JN306942

二見文庫

夢を焦がす炎

ジェイン・アン・クレンツ／中西和美＝訳

Fired Up

by

Jayne Ann Krentz

兄のスティーブ・キャッスルへ
ラスベガスの裏舞台を教えてくれたことへ
感謝と愛をこめて

ドリームライト・トリロジー

読者のみなさんへ

アーケイン・ソサエティは、いくつかの秘密のうえに成り立っています。そのなかで、錬金術師《れんきんじゅつし》のニコラス・ウィンターズの子孫が守っている秘密ほど危険なものはいくつもありません。ニコラスはシルベスター・ジョーンズの強力なライバルでした。

バーニング・ランプの伝説は、ソサエティの創設当時までさかのぼります。ニコラス・ウィンターズとシルベスター・ジョーンズは当初は友人でしたが、やがて激しく敵対するようになりました。どちらも超能力を高める方法という同じ目標を追い求めていたのです。シルベスターは化学的アプローチを選び、不思議な薬草や植物を用いた禁制の実験にのめりこみました。最終的につくりあげた不完全な秘薬は、今日に至るまでソサエティを苦しめつづけています。

ニコラスは技術的アプローチを取り、バーニング・ランプを製作しました――未知のパワーを持つ道具を。ランプが放出したパワーはニコラスのDNAをゆがめ、一族の男子に受け継《つ》がれることになる超能力遺伝子の〝呪い〟が生まれました。

ウィンターズの呪いが現われるのはごくまれですが、そのときはアーケイン・ソサエティが深刻な懸念を抱くだけのもっともな理由があります。遺伝子変異したニコラスの能力を受け継いだウィンターズの男子は、ケルベロス——複数の殺傷能力を持つ狂気の超能力者に対してソサエティがつけた名前——となる宿命にあるのです。〈ジョーンズ＆ジョーンズ〉とソサエティの理事会は、そういう人間のかたちをしたモンスターは可能なかぎり早急に追い詰めて抹殺すべきだと確信しています。

バーニング・ランプの呪いがかかった男性にとって、望みは一つしかありません。呪いによって引き起こされる変化をくつがえすために、バーニング・ランプとランプのドリームライト・エネルギーを操れる女性を探しだすしかないのです。

ドリームライト・トリロジーで、読者のみなさんは三人の男性に出会うでしょう。バーニング・ランプの呪いがかかった過去と現在と未来の男たちは、いずれもニコラス・ウィンターズの直系の子孫です。三人とも、ランプの危険な秘密を発見することになります。三人とも、みずからの運命を定める力を持つ女性と出会うことになります。

そして最後には、はるか未来に、〝ハーモニー〟と呼ばれる世界で、彼らの一人がランプの最後にしてもっとも危険な謎、ミッドナイト・クリスタルの秘密を解き明かすことになります。

みなさんにこのトリロジーを楽しんでいただけますように。

敬具

ジェイン

夢を焦がす炎

登場人物紹介

クロエ・ハーパー	〈ハーパー調査会社〉の経営者
ジャック・ウィンターズ	ベンチャーキャピタリスト。超能力者
ファロン・ジョーンズ	〈ジョーンズ&ジョーンズ〉西海岸支部の責任者
ローズ	クロエのアシスタント
ベアトリス・ハーパー	クロエのおば。アンティーク・ショップの経営者
フィリス・ハーパー	クロエの大おば
エドワード・ハーパー	クロエのおじ。アンティーク・ディーラー
ニコラス(ニック)・ウィンターズ	17世紀の錬金術師。ジャックの先祖
エレノア・フレミング	17世紀の超能力者。ニコラスの愛人
グリフィン・ウィンターズ	18世紀末のジャックの先祖
アデレイド・パイン	18世紀末の超能力者
ハンフリー・ハルゼイ	科学者
ヴィクトリア・ナイト	超能力者
ドレイク・ストーン	往年のロックスター
ナッシュ	〈夜陰〉の幹部
イザベラ・バルディーズ	〈サンシャイン・カフェ〉のウェイトレス

一六九四年、四月十四日のニコラス・ウィンターズの日記から……

わたしの命はもう長くないだろうが、かたきはかならず討《う》ってみせる。たとえ今生《こんじょう》ではかなわなくても、未来のどこかでかならず。なぜならわたしの血のなかに三つの能力が封じこまれ、子孫へ受け継がれると、もはや確信しているからだ。

いずれの能力もかなりの犠牲を強いる。それゆえにつねに力を伴う。

一つめの能力は上げ潮のごとき不安で心を満たし、その不安は研究室で無限の時を過ごしてもやわらげることはできず、強い酒やケシの実の絞り汁で静めることもかなわない。

二つめの能力は、不気味な夢や恐ろしい幻覚を伴う。

三つめの能力は、もっとも強力かつ危険なものだ。もし錠前のなかで正しく鍵をまわさなければ、この最後の超能力は死を招くものとなり、まずは狂気を、やがては死をもたらす。

三つめにして最後のパワーの発現には、重大な危険が伴う。生き残った子孫は、バーニング・ランプとドリームライト・エネルギーを操れる女性を見つけださなければならない。最後の能力への扉を開く錠前の鍵をまわせるのは、彼女だけだ。最後の能力がひとたび発現しはじめたら、変化をとめたり逆行させたりできるのは彼女しかいない。

だが用心が必要だ。パワーを持つ女性は裏切る可能性がある。いまはわたしもそれを承知している。大きな犠牲を払って。

一六九四年、四月十七日のニコラス・ウィンターズの日記から……

終わった。わたしの最後にして最高の作品、ミッドナイト・クリスタルが完成した。わたしはそれをほかのクリスタルと一緒にランプに取りつけた。これほど見事な石はない。石のなかには強大なパワーを封じこめてあるが、製作者であるこのわたしでさえこの石が持つ能力すべてを推《お》し量《はか》ることすらできないし、その光がどのように解《と》き放たれるか知るよしもない。それを解き明かすのは、わたしの血を引く子孫にゆだねるしかあるまい。

だがこれだけは確信している。ミッドナイト・クリスタルの光をコントロールする者は、わたしの復讐《ふくしゅう》を果たす者となるだろう。なぜなら、この石にはどんな魔力や魔術もしのぐ霊的コマンドを注入してあるからだ。ミッドナイト・クリスタルが放出するパワーによって、この石のパワーを行使する男はシルベスター・ジョーンズの子孫を葬《ほうむ》らずにはいられなくなるだろう。

わたしの復讐は果たされるのだ。

プロローグ

シアトル、キャピタル・ヒル近郊

ブロードウェイにあるバス停から自宅アパートまでの二ブロック分の道のりは、夜遅い時刻には恐怖の試練になる。彼女は街灯がつくる小さな光の島をしぶしぶ離れ、物騒な暗闇へ踏みだした。とりあえず雨はあがっている。病院が職員向けに行なった二時間の護身術クラスで教わったとおり、彼女はバッグをしっかり脇にかかえ、鍵束を握りしめていた。ぎざぎざした小さな金属の先端が、指のあいだから鉤爪《かぎづめ》のように突きだしている。

夜勤なんて断わればよかった——彼女は思った。けれど特別手当の魅力にあらがえなかった。半年後には中古車を買えるぐらいの蓄えができるだろう。そうなれば深夜一人でバスに乗る必要もなくなる。

アパートまで一ブロック半のところで、背後で足音がした。彼女は心臓がとまったかと思った。本能に逆らい、振り向いてうしろを見る。空っぽ同然の駐車場から男が一人現われた。街灯の明かりで、男の剃《そ》りあげた頭がつかのまきらりと光った。ステロイドを摂取しているボディビルダーのようながっしりした体型をしている。彼女はわずかに緊張を解いた。知り合いではないが、男がどこへ向かっているかは知っていた。

大柄な男がガラスドアを抜けてジムへ入っていった。窓についた小さなネオンサインが、二十四時間営業を告げている。この通りでいまも明かりがついているのはジムだけだ。本屋――オカルト関連本でウィンドーが埋まっている――もゴス系ジュエリーショップも質屋も小さな美容院もサラ金も、数時間前に閉店している。

ここにあるジムは、レオタードやヨガファッションに身を包んだ客を相手に商売している高級フィットネス・クラブではない。熱心なボディビルダーたちが通うたぐいの施設だ。ここを出入りする大柄な男たちは知るよしもないが、彼女は彼らを自分の守護天使と思うことがあった。もしアパートまでの長い道のりを歩く途中で何かあったら、ジムにいる誰かが悲鳴を聞きつけて助けに来てくれるように祈るしかない。

交差点にさしかかったとき、通りの向かいの玄関先で人影が動いた。男がたたずんでいる。わたしを待ちかまえているの？――彼女は思った。男の動き方で、ジムの客ではないとわかる。ステロイドやバーベルで筋肉が盛りあがった体型ではない。むしろしなやかで細身な体型、捕食者の雰囲気がある。

闘争・逃走本能にスイッチが入り、すでに早鐘を打っていた鼓動がいっそう高まった。うなじにぞくぞく寒気が走る。駆けだしたい強烈な衝動にかられたが、男より早く走れるはずはなかった。

逃げこむ先はジムしかないが、通りの向かいの人影は彼女とジムの入り口のあいだに立っている。たぶん大声をあげるべきなのだ。でももし思い過ごしだったら？　通りの向かいにいる男は彼女に関心があるようには見えない。ジムの入り口を見つめている。

心を決めかね、彼女はその場で凍《こお》りついていた。蛇を見つめる仔ウサギのように、通りの反対側にいる人影を見つめる。

背後の暗闇から現われた人殺しの気配には、まったく気づかなかった。汗臭い男の手で口をふさがれた。鋭いナイフの刃がちくりと喉にあたる。歩道に金属が落ちる音で、唯一の武器である鍵束を落としてしまったことに気づいた。

「おとなしくしないと殺すぞ」耳元でしゃがれ声がした。「一緒に楽しもうじゃねえか」

どっちにしてもわたしは死ぬのだ――彼女は思った。失うものはない。バッグから手を離して抵抗したが、無駄だった。男の腕が喉にまわっている。男は彼女の喉を絞めあげたまま路地に引きずりこんだ。彼女は手を上にあげ、相手の手の甲を爪で引っかいた。今夜を生き延びることはかなわないだろうが、警察に提供するろくでなしのDNAを手に入れることはできたはずだ。

「おとなしくしろと言ったはずだぞ、くそあま。ゆっくり楽しんでやる。命乞いしてみろ」

息ができない。口を手でふさがれているので悲鳴もあげられない。なのにこれまでずっと、大声でジムに助けを求めるのを頼みの綱にしていたなんて。

路地は闇に包まれていたが、彼女はそれとは違う暗さに包まれた。運がよければ、相手がナイフを使うまえに喉を押さえこむ腕の力で窒息できるだろう。彼女はハーバービューのトラウマセンターに勤めていたことがあった。ナイフに何ができるかはよくわかっていた。

路地の入り口に人影が現われた。背後の薄暗い街灯でシルエットになっている。さっき、通りの向かいの玄関先に立っていた男だ。二人の人殺しは仲間だったの？　激しいパニックと絶望に捉われるあまり、わたしは幻覚を見ているの？

「手を離せ」あとからきた男が言い放ち、近づいてきた。その声は喉元のナイフと同じぐらいありありと死を予言していた。

彼女を捕らえている男の動きがとまった。「さっさとうせろ。さもないとこの女の喉を掻《か》き切るぞ。こっちは本気だ」

「もう遅い」見知らぬ男が前へ踏みだした。急いではいないが、近づいてくる足取りにはどこか情け容赦ない鬼気《きき》迫るものがある。獲物を追い詰めたことを承知している捕食者。

「おまえはもう死んでいる」

そのとき、彼女は何かを感じた。言葉にできないものを。あたかも雷雨の中心に捕らわれたようだった。エネルギーの奔流《ほんりゆう》が五感に襲いかかってくる。

「来るな」彼女を捕らえている男が怒鳴った。「この女はおれのもんだ」

次の瞬間、男が悲鳴をあげた。神経をかき乱す悲鳴のなかで、恐怖とショックが混じりあっている。

「あっちへ行け」男がわめいた。

だしぬけに彼女は崩れ落ちていた。じめじめした地面にどさりと倒れこむ。ナイフを持った男がうしろへよろめき、路地の壁にぶつかった。

神経を逆《さか》なでするエネルギーが、現われたときと同じぐらい唐突に嘘のように消えうせた。檻《おり》から解き放たれたように、人殺しが壁から離れた。

「やめろ」うわずったひと声に、狂気と憤怒が聞き取れる。

そしてもう一人の男に飛びかかった。まだつかんだままでいるナイフがきらりと光った。

ふたたび強烈なエネルギー波が路地を震わせた。

人殺しがふたたび悲鳴をあげた。甲高い金切り声は、唖然《あぜん》とするほど唐突にやんだ。人殺しがナイフを落とし、胸をつかんでどさりと倒れた。

暗い人影はつかのま人殺しを見おろすように立っていた。かがみこむのを見て、彼女は脈を調べているのだと気づいた。脈がないのはわかっていた。死人は見ればわかる。

人影が背筋を伸ばして彼女に振り向いた。彼女は恐怖で身動きできなかった。相手の顔はどこか変だった。暗くて顔立ちははっきり見えないが、その目元にはエネルギーがくすぶっているのが見て取れる。

新たなパニックが全身を駆け抜け、それと同時にどっとアドレナリンが噴出した。彼女はあわてて立ちあがり、表通りへ走った。走りながらも望みがないのはわかっていた。燃える瞳を持つあのモンスターなら、ナイフを持つ人殺しにやったようにやすやすと彼女を倒せるはずだ。

だがモンスターは追ってこなかった。彼女は一ブロック先でようやく足をとめ、呼吸を整えた。振り返ったときは何も見えなかった。通りに人影はない。

帰宅途中で最悪なことが起きたら、ジムにいる男たちに助けてもらえるかもしれないと彼女はずっと期待していた。でも最終的に彼女を助けてくれたのは、悪魔だった。

1

エジプトの女王の小さな彫像で、ドリームライトがほのかに光っていた。不鮮明な痕跡《こんせき》が厚く重なりあっている。長年にわたって大勢の人間がこれを手にしてきたが、十八世紀末より古い痕跡は一つもない。クロエ・ハーパーはそう判断した。第十八王朝までさかのぼるものは明らかに皆無だ。

「残念ですが、これは贋作《がんさく》ですね」クロエは感覚を緩め、小さな彫像からバーナード・パッドンへ視線を移した。「とてもよくできた贋作ですが、贋作は贋作です」

「そんな、間違いないのか？」パッドンのもしゃもしゃの銀色の眉が寄った。困惑と不信で顔が紅潮している。「これはクロフトンから購入したものだ。彼のことはむかしから信頼している」

パッドンのアンティークのコレクションは多くの一流美術館をはるかにしのいでいるが、一般には公開されていない。パッドンは秘密主義の過度なほど熱心なコレクターで、黄金を守る気むずかしい小人《トロール》のように自分の宝を保管室にこっそりたくわえこんでいる。アンティークの闇市場の違法すれすれの世界でほとんど他のあずかり知らないかたちで取引し、それより合法的な表社会で売買するときに求められる面倒な事務処理や通関申告やその他もろもろの雑多な法的認可を避けることを好む。

だからこそ彼は〈ハーパー調査会社〉がクライアントにしたい相手、請求書の支払いをしてくれる相手なのだ。クロエはパッドンに彫像が贋作だと告げざるをえないことを、喜んではいなかった。とはいえ、この取引で自分が代理を務めているクライアントは、間違いなく相応の感謝をしてくれるに違いない。

パッドンは、父親が保管室に所蔵していた大量のエジプトやローマやギリシャの遺物を相続した。父親は、いまとはまったく異なる時代に一族の富を築いた裕福な実業家だった。パッドンは現在七十代だ。一族の伝統である蒐集《しゅうしゅう》を続ける一方で、あいにく投資となるとさほどいい仕事をしてこなかった。その結果、最近は新たな買いつけ資金をつくるために、コレクションのなかからいくつかの品物を売却するようになっている。欲しくてたまらない遺物の代金を払うために、この彫像の売却を当てにしていたのだ。

クロエは取引の金銭面にはいっさい関わらないように重々気をつけていた。警察やインターポールのみならず、彼女の場合は、超能力警察官を自称する癪《しゃく》にさわることこのうえない〈ジョーンズ&ジョーンズ〉の注意を引かないためにはこれに尽きる。

クロエは自分の仕事を、おもしろそうなものを見つけだし、売り手と買い手を引き合わせることだと考えていた。彼女は自分の仕事に対する料金をもらい、そのあと――フィリスおばの言葉を借りれば――〝とっととずらする〟

クロエは肩越しに彫像を一瞥《いちべつ》した。「十九世紀のものだと思います。ヴィクトリア朝時代。見事なほど巧みな贋作がつくられた時代です」

「贋作と言うのはやめてくれ」パッドンが嚙《か》みついた。「贋作なら見ればわかる」

「気に病《や》むことはありません。大勢のあなたのような熱心なコレクターは言うに及ばず、大英博物館やメトロポリタン美術館のような一流施設の多くがこの時代の贋作や偽物にだまされています」

「気に病むなだと？　わたしはこの彫像に大枚《たいまい》を費やしたんだ。由来は非の打ちどころのないものだった」

「きっとクロフトンは料金を払い戻してくれるはずです。あなたがおっしゃったように、彼は定評がありますから。おそらくクロフトンもだまされたんでしょう。この彫像は一八八〇年代から見破られることなく流通してきたんだと思います」事実、それには確信がある。「でもそういう事情ですから、わたしは自分のクライアントに購入を勧めることはできません」

パッドンの表情はむしろブルドッグにふさわしいものだった。「この見事なヒエログリフを見ろ」

「ええ、とてもよくできています」

「なぜならこれが第十八王朝につくられたからだ」歯を食いしばっている。「わたしはセカンドオピニオンを求めるつもりだ」

「ごもっともです。よろしければ、わたしはこれで失礼します」クロエは黒い革のバッグをつかんだ。「お見送りは不要です」

すばやく出口へ向かう。

「待て」パッドンがあわててあとを追ってきた。「クライアントにこの話をするつもりか?」

「まあ、わたしは専門家としての意見に対して料金をいただいていますから」

「わたしなら違う意見を提供する専門家をいくらでも用意できる。クロフトンを含めて」

「それはそうでしょう」それに疑いの余地はない。この小さな彫像は、つくられたときからずっと本物としてとおってきたのだ。その間《かん》にこれがオリジナルだと断言した専門家はいくらでもいたはずだ。

「これは追加料金の交渉をするときの手なんだろう、ミス・ハーパー?」パッドンが不機嫌に言った。「いいだろう。どのぐらいを見込んでいるんだ? それ相応の金額なら、話をまとめることもできると思う」

「申しわけありませんが、ミスター・パッドン。わたしはそういうことはしません。その種の取引はプロとしての評判を大きく傷つけかねませんので」

「自分がプロのつもりなのか? おまえはたまたまアンティーク市場に手を出している一介の私立探偵にすぎない。ここまで無知だとわかっていたら、この彫像の鑑定などさせなかった。それどころか、今後いっさいコンサルタントとして雇わないぞ」

「お気を悪くしたなら申しわけなく思います。でも頭に入れておいていただきたいことが一つあります」

「なんだ？」パッドンが怒鳴った。

クロエは戸口で足をとめ、相手に向き直った。「わたしを雇えば、嘘偽りのない査定を得られると安心できます。わたしが買収されることはないと確信できるんですから」

クロエは返事を待たなかった。保管室を出て廊下を進み、大きな屋敷の玄関ホールへ向かう。メイド服を着た女性が、まだ湿っているトレンチコートと柔らかいつばのついた帽子を手渡してきた。

クロエはコートに腕をとおした。このコートはフィリスおばからもらったものだ。フィリスは長年ハリウッドで仕事をした経験があり、私立探偵を演じたスターを大勢知っているから、私立探偵がするべき服装は心得ていると自負している。クロエは見た目に関するおばの意見についてはそこまで確信がなかったが、ポケットが多いコートの便利さは気に入っていた。

屋敷の前の階段に出たところで足をとめ、帽子を目深《まぶか》に引きおろす。また雨が降りはじめていて、まだ五時十五分前なのにあたりは真っ暗に近い。ここはアメリカ太平洋岸北西部だし、季節は十二月の頭。一年のこの時期、このあたりには暗さと雨がつきものだ。風情《ふぜい》があると考える人もいる。そういう人たちは、午後十時まで明るい夏が来れば一種の因果のバランスが取れると考えているので、いまの日の短さも気にしない。

物事には陰と陽があるという説を信じない人たちは、ＳＡＤ——季節性情動障害——として知られる鬱《うつ》状態を治療するためにつくられた特製の照明器具を買う。クロエは暗さも雨も平気だった。けれどそれはおそらくドリームライトを読み取る能力のせいだろう。夢と闇は共存するものだ。

クロエは階段をおりて広々した円形の私道を横切り、特徴のない小型車をとめた場所へ向かった。助手席でおとなしく待っていた犬が、近づく彼女を食い入るように見ている。四十分前に彼女が屋敷のなかへ姿を消したときから、彼女がふたたび現われるのを待って犬がじっと屋敷の玄関を見つめつづけていたのをクロエは知っていた。犬の名前はヘクターといい、置き去りにされないかと不安がっているのだ。

車のドアをあけると、ヘクターが一週間ぶりに会ったように大喜びした。クロエは耳を掻いてやり、手を舐《な》めさせてやった。

「ミスター・パッドンは嬉しそうじゃなかったわ、ヘクター」挨拶の儀式が終わると、後部座席にバッグを置いて運転席に乗りこんだ。「近いうちにハーパー調査会社のクライアントとして彼と再会することはなさそうね」

ヘクターはクライアントには関心がない。クロエが戻ったことに満足すると、いつもの指定席の助手席に戻った。

クロエはエンジンをかけた。小さなエジプトの女王について、パッドンには真実を話した。あれは贋作で、ヴィクトリア朝時代から個人のあいだで取引されてきたものだ。そう確信する理由は三つある。そのどれもパッドンに説明するわけにはいかなかった。一つめは、彼女の能力のおかげで品物の年代をかなり正確に特定できることだ。二つめの理由は、美術品やアンティークの専門家が多い一族出身なこと。クロエはこういう商売のなかで育ったのだ。

三つめの理由も単純明快だ。あの彫像をひと目見た瞬間に、職人の技量とすべてを物語るドリームライトが見えていた。

「数世代前のおじいさんを裏切ることはできないわ、ヘクター。たとえ二十世紀の最初の四半世紀に亡くなった人でもね。家族は家族だもの」

ノーウッド・ハーパーは名匠だった。ノーウッドの作品は西側諸国の一流美術館のいくつかに展示されている。もっとも、本人の名前ではないが。そしていま、彼がつくったもっとも出来栄えのいい見事な贋作の一つが、パッドンの個人コレクションに納まっている。

ノーウッドがつくった贋作に遭遇するのはこれがはじめてではない。広範囲にわたるクロエの家系は、贋作や偽物や種々雑多な美術品詐欺を専門にする人間が多いことを誇りにしている。それ以外にも、手練手管《てれんてくだ》やイルージョンや手品の卓越した才能を持つ人間がめだつ。クロエの親族は一人残らず、けっして合法とは言えない仕事に対する生粋《きっすい》の才能としか言いようのないものを備えているのだ。

クロエ自身の超能力はそれとは異なり、はるかに市場性が低いかたちで現われた。ドリームライトを読み取る能力は、一族のフィリスおばの側から受け継いだ。現実的な用途はほとんどなく——ただしフィリスはそれでまんまとたっぷり稼いでいたが——、そのうえかなりのマイナス面が一つある。そのマイナス面のせいで、クロエが結婚できそうにない可能性がどうしようもなく高くなっていた。

セックスは問題ではない。けれどここ一、二年のあいだにクロエはセックスへの関心を失いはじめていた。それはたぶん、自分には男性と数カ月以上続く関係を持てそうにないことをようやく受け入れたからだろう。どうしてかはわからないが、それを悟ったせいで短期間の恋愛関係が残すわずかばかりの喜びも消えてしまった。数カ月前に経験したフレッチャー・モンローとの大失敗の後遺症のなか、クロエは大いなる安堵《あんど》とともに独身主義に落ち着いたのだった。

「独身主義には一種の自由があるわ」クロエはヘクターに話しかけた。

ヘクターは耳をぴくぴくさせたが、その話題にそれ以上の関心を見せなかった。

クロエは優雅な家がならぶクイーン・アン・ヒル通りを離れ、雨のなか、自分のオフィスとアパートがあるダウンタウンのパイオニア・スクエアへ帰っていった。

2

ジャック・ウィンターズは、くすんだ虹色のドリームライトを残しながらクロエのオフィスの硬材の床を歩きまわっていた。

「どうぞおかけください、ミスター・ウィンターズ」クロエは声をかけた。

クライアントの見かけには無数のバラエティがあるが、探偵稼業《かぎょう》をしていると、さほど時間がたたないうちに大きく二つに分かれるグループの見分けがつくようになる――安全か危険か。ジャック・ウィンターズは明らかに後者だ。

ヘクターが新来《しんらい》の客に挨拶するために立ちあがった。いつものヘクターは短くざっとクライアントをチェックすると、そのあとは見向きもしなくなる。だがジャック・ウィンターズに対しては、犬族なりの敬意らしきものを見せていた。

なかば目に見えそうなほどのオーラのなかで、ウィンターズからは冷徹なまでの自制と決意が放たれていたが、彼はつかのまヘクターに軽くうなずいて見せてクロエを驚かせた。たいていのクライアントは、ヘクターが噛みついてきそうにないことを確認すると関心を失う。ヘクターはかわいらしくもないし、ふわふわでもない。だがそれを言うなら、ジャック・ウインターズも同じだ。きっとそのせいで男同士の絆《きずな》が生まれたのだろう。

ウィンターズは、アシスタントのローズに対しても冷静さを保っていた。ローズの凝ったタトゥーとピアスは、しばしばクライアントを不安にさせる。でも考えてみれば、ウィンターズを不安にさせるには、派手なボディアートや変わった場所につけたアクセサリー程度のものではとうてい足りないのだろう。目の前の男に炎をあげる剣を持たせたら、傭兵か、ひょっとしたら復讐の天使にも見えそうだ。単にいかめしい修道士のような顔つきのせいでも、贅肉《ぜいにく》がほとんどないがっしりした体格のせいでもない。緑色の瞳に浮かぶ、相手を射抜くような冷たい表情のせいだ。まるでおまえの弱みはすべて承知していて、躊躇《ちゅうちょ》なくそれを利用するぞと言っているように見える。

満足したヘクターがオフィスの隅にあるベッドへ戻り、横になった。だがまた眠る気はないらしい。あいかわらず一心にジャックを見つめている。

そのときクロエはふと思いあたった。わたしも——願わくばもっとそれとなくであってほしいけれど——まさに同じことをしている。ジャック・ウィンターズをじっと見つめている。

クロエはうっとりする気持ちと強い警戒心のあいだで引き裂かれていた。周囲を揺るがすエネルギーのせいで、はじめて経験する不安なかたちで心がかき乱されている。おそらくもっと不安になるべきなのだろう。それなのに、わたしは興味をかき立てられている。

ウィンターズは座るように勧めたクロエの言葉を無視した。硬材の床を横切ってファースト・アベニューと雨に濡れたパイオニア・スクエアを見おろす窓辺へ歩いていく。感覚を高めたままでいたクロエは、あらためて彼の足跡をすばやくチェックした。疑いの余地はない――ウィンターズは強力な超能力者だ。

原則的にクロエは強力な超能力者には例外なくしっかり疑念の目を向けることにしていた。単にハイレベルの超能力者が珍しく、危険な存在になりかねないからではない。それより重要なのは、彼らがアーケイン・ソサエティのメンバーである可能性がつねにあることだ。ソサエティとの接触を避けるのは、ハーパー家の家訓になっている。

本来、クライアントの大半は誰かの紹介でやってくる。クロエの協力を必要としている人間の知り合いが、紹介の段取りをつけるのだ。ジャックは誰かの紹介でやってきたのではない。ハーパー調査会社は電話帳には載っていない。ネット上の情報はめだたないように細心の注意を払っているし、ビルの上階にあるオフィスもそうだ。飛びこみのクライアントが来ることはめったにない。なのにウィンターズはわたしを見つけだした。彼がここへ来たのが偶然とは思えない。油断することはできない。

「どんなご用件でしょうか、ミスター・ウィンターズ？」それなのに、そう言う自分の声が聞こえた。

「古くから一族に伝わる品物を探してほしい」ジャックは振り向かなかった。かわりに窓の外の景色に見入っている。あたかもこの街でいちばん古いこの界隈《かいわい》の、十九世紀末のレンガや石造りの建物に心を奪われてでもいるように。「そういうことが得意なんだろう？」

北西部では男性の懐《ふところ》具合を服装で判断するのは禁物だ。なぜなら裕福な人びとの多くが、とくにハイテク産業で富を築いた新富裕層は、ジャケットやランニングシューズやズボンをふつうの人と同じアウトドアショップで購入するからだ。とはいえ、そこはかとない手がかりやサインはあるものだ。ジャック・ウィンターズの職業が何にせよ、そうとう優秀でそれゆえに繁盛しているのは間違いない。

「ええ、実際なにかを探すのはかなり得意です」クロエは言った。「具体的に、何を探してるんですか、ミスター・ウィンターズ？」

「ランプだ」

クロエはデスクの上で指を組み、つかのま考えをめぐらせた。〝ウィンターズ〟という名前と〝ランプ〟という単語の組み合わせには、なんとなくはるか遠い記憶を呼び起こすものがある。警戒すべき記憶を。でもはっきり思いだせない。クロエはあとで祖父に電話をするようにメモしておいた。ハリー・ハーパーは一家の歴史家だ。

「できたらそのランプをくわしく説明していただけますか？」

「古い」ウィンターズがようやく彼女のほうへ振り向いた。「十七世紀末」

「なるほど。あなたはコレクターなんですね？」

「いいや。でもどうしてもこのランプを手に入れたい。さっきも言ったように、一族に伝わる品なんだ」

「行方がわからなくなったのはいつですか？」

「三十六年前だ」

「おそらく」肩をすくめる。「あるいは単になくなったのかもしれない。わかっているのは、ぼくが生まれた年に国を横断して引っ越すあいだに消えたことだけだ。行方不明になったのは、それがはじめてじゃない」

「はい？」

ウィンターズの口元の一方がきゅっと上がったが、その笑顔にはユーモアの片鱗《へんりん》もなかった。「あのランプは、しょっちゅうなくなるんだ」

クロエは眉をしかめた。「意味がわかりません」

「いろいろ込み入っている」

「ランプについて、もう少し教えてもらえます？」

「ぼくは一度も見たことがないが、両親の話だととくに目を引くようなものではないし、珍しいものでもないそうだ。居間に飾るようなものじゃない。高さは四十五センチぐらいで、金色の金属でできている」

「純金？」

「いや」とジャック。「本物の金じゃない。本物のランプでもない。油や芯《しん》を入れるためにつくられてはいない。どちらかというと大きな花瓶に似ているらしい」両手でかたちを示す。「底のほうが細くなっていて、口元は広がっている。縁に沿ってぐるりと石かクリスタルがついている」


「盗まれた？」

「どうしてランプと呼ばれているんですか？」

「なぜなら、言い伝えによると、強力な光線を出すためにつくられたからだ」

クロエはデスクに置いたメモ帳を引き寄せ、ペンを取ってメモを取りはじめた。

「最後に見たのは？」

「両親は、シカゴにある自宅の地下室に保管していた。カリフォルニアへ越したあとは、興味を抱いたぼくに質問されるまでなくなっていることに気づいてもいなかった。ぼくが十代のころだ」

クロエはメモに集中しようとしたが、うなじの産毛《うぶげ》が逆立つぞくぞくする軽い寒気を無視できなかった。これまで人並みに男性とつき合ってきた。人並み以上かもしれない。男性を引きつけたのは、わたしの見た目でも体でもない。どちらも自分がまあまあのレベルにすぎないことはわかっている。それでもある種の人間がいる——わたしの職業に引き寄せられる人間が。そういう人たちは女探偵とデートすることをおもしろがり、わたしが銃を携帯しているのか知りたがり、持っていないと答えるとがっかりした顔をするのが常だ。

それ以外の人たちは、無意識にわたしのオーラに反応している。わたしにはかなり強い超能力があり、超常パワーは人を惹きつけることがある。たとえ本人が自分の超常的素質を自覚していなくても、ある程度の感受性を備えている男性ならなおさらだ。

さらに、長続きする関係を求めない女性とつき合える可能性にそもそも狂喜する、フレッチャー・モンローみたいな男はどこにでもいるものだ。彼らにとって、わたしは夢をかなえてくれる存在になる。少なくともしばらくのあいだは。

ただ、わたしは男性が好きだし、そこそこ経験もあるけれど、男性のせいでこんなふうにセクシーな気持ちと期待が混じったぞくぞくする感覚を最後にかき立てられたのがいつだか思いだせない。

まるで自分でも説明できないかたちで、意識の奥底でジャック・ウィンターズを知っていたような気がする。おそらく彼のきわめてハイレベルな能力に反応しているだけなのだろう。あるいは、彼の足跡から見えた、くすんだ刺激的なドリームライトのせいか。いずれにせよ、ウィンターズがオフィスに入ってきたとき、彼の瞳につかのま欲望がよぎるのを見た気がする。でも、一〇〇パーセント断言はできない。なぜならウィンターズはすぐに自分の反応を隠してしまったからだ。

独身主義には一種の自由があるのよ――クロエは自分に言い聞かせた。

「ほかにも承知しておいてほしいことがある」ジャックが言った。

「なんですか？」

「できるだけ早くランプを見つけることが何より重要だ」

ふたたびかすかに警報が鳴った。

「なくなったのは三十六年前だと言いましたよね」クロエは言った。「なぜいまになって急いで見つける必要があるんですか？」

ジャックの眉がわずかにあがった。「ぼくはクライアントだぞ、ミス・ハーパー。つまり、緊急を要するかどうか決めるのはこっちだ。もし忙しくて時間が取れないなら、いますぐそう言っておたがいの時間を節約してくれ」

クロエは笑みを返した。氷の微笑には氷の微笑で。「はったりね。ここへ来たのはわたしが必要だからでしょう。さもなければ、少なくともこの仕事を達成するにはわたしが必要だと思ったから」

「なぜそう思う？」

「おさらいしてみましょう。あなたはかなり成功した人間だわ。お金がある。この街で最高の探偵を雇えるだけのお金が。ここはわたし一人でやってる会社だし、ことのほかめだたない存在よ。紹介人のいる仕事しかしていない。なのにあなたはわたしを見つけた。それはつまり、わたしを雇うつもりできたということよ」

ジャックがこくりとうなずいた。無言の承認。「なるほど、どうやら優秀な探偵のようだな」

「それはどうも。それじゃあ、話を進めるまえにいくつかはっきりさせておきましょう」

「何を？」

「あなたは警察官か何かなの？　ＦＢＩ？　インターポールとか？　もしそうならこの場で身分証明書を見せてちょうだい」

「これは犯罪がらみじゃない」ジャックが言った。「保証する」

クロエはあらためて相手の足跡に目をやり、ジャックの言葉を信じることにした。ドリームライトで嘘をついているかどうかがわかったわけではない。ドリームライトが強く示しているのは、ジャックがハーパー一族と同じぐらい隠された秘密を持っていることだけだ。

「犯罪がらみじゃなくて、ここへ来た理由が公的資格によるものでないなら、なぜ行方不明のランプを急いで見つける必要があるの？」クロエは訊いた。「ほかにも探している人がいるの？」

「ぼくが知るかぎりはいない」

クロエはデスクトップをペンでたたいた。「あなたは美術商なのね？　そして期日に追われている。短期間のうちにランプを呈示しないと、料金をもらえない」

「そうじゃない」ジャックがデスクに近づき、クロエを見おろした。「ぼくは実業家だ、ミス・ハーパー。美術品やアンティークの世界には関心がない。ベンチャー・キャピタル企業を経営している。〈ウィンターズ投資会社〉。聞いたことはないと思う。ぼくもかなりめだたないように努めているから」

クロエの口元がほころんだ。自分の勘が的中したのがなぜか嬉しい。間接的にではあるけれど。

「じゃあ、あなたは天使なのね」

ジャックの両目がわずかに細くなった。「どういう意味だ？」

「小規模の会社や事業に設立資金を提供する人をそう呼ぶんじゃなかった？　天使って」

「この仕事をしているあいだにいろんな呼ばれ方をしたが、クライアントや競争相手に天使と呼ばれたことは一度もない。少なくとも、ぼくが取締役会のメンバーになって彼らの会社の株の過半数を手に入れるつもりだと気づいたあとは」

「なるほどね」ごほんと咳払いする。「話を進めましょう。どうやってわたしを見つけだしたか、話す気はあるの？」

ジャックはつかのま彼女をしげしげと見つめていた。クロエは周囲で渦巻くエネルギーの流れを感じ取れる気がした。ヘクターがベッドのなかでもぞもぞしている。ジャックは感覚を高めているのだ。まあ、わたしだって自分の能力を使っていないわけじゃない。

やがてジャックがふたたびうなずいた。今度こそ取引の条件を受け入れる決意をしたのがわかる。

「どうやってきみの名前を見つけたか教えなければ、この仕事を引き受けるつもりはないんだな？」

「ええ、ミスター・ウィンターズ。ハーパー調査会社ではいくつかルールを決めてるの。どうやってわたしを見つけたか、ぜひとも知りたいわ」

ジャックは一瞬無言だったが、やがてわずかに微笑んだ。「コンピュータのデータベースで見つけたんだ」

クロエはぎょっとした。胸の奥で不合理としか言えない失望と不安がとぐろを巻いている。

彼女は意志の力を振り絞り、落ち着き払った自制した表情を保った。

「いやだ」とつぶやく。「そんな予感がしてたのよ」

「予感？」

「ジョーンズ&ジョーンズの人間なんでしょう？」うんざりして首を振る。「実際、もっと早く察するべきだったわ。そういうことなら、ランプ探しに協力するようにわたしを脅迫できると一瞬でも思ったのなら、考え直したほうがいいわよ。わたしは何も悪いことはしていないし、あのいかれた調査会社とつながってる人間の言いなりになるつもりはないわ」

彼の表情の何かで、自分が相手の不意をついたことがわかった。非難されるとは夢にも思っていなかったらしい。すぐに気を取り直したジャックは、むしろ少し緊張を解いたように見えた。

「落ち着け、クロエ」デスクに両手をつき、言わんとすることを強調するために軽く前へ乗りだす。「保証するよ、ぼくはJ&Jの人間じゃない。ほんとうだ。ぼくにはきみ以上にあの会社の関心を引きたくない理由がある。J&Jに対して同じ姿勢を共有していることが、ここへ来た理由の一つだ」

「それを聞いても心からほっとしたとは言いがたいわね。J&Jの人間じゃないなら、実際にはどうやってわたしを見つけたの？」

「言っただろう、J&Jのファイルでだ」

クロエは席を立ってデスク越しに彼と向き合った。「ちょっと確認させて。わたしはソサエティの正式メンバーにはなっていないわ。長いあいだJ&Jにはわたしの一族のファイルがあるんだろうと思っていたけれど、そのファイルにアクセスできる社員は一人しかいないと思ってた。あなたはどうやってアクセスしたの？」

「よくある手さ」背筋を伸ばし、両手をデスクから離す。「不正に侵入したんだ」

「まあ、すてき。つまりあなたはJ＆Jを避けてるだけじゃなく、あそこのファイルに侵入したのね。それを聞けば、わたしが協力する気になるとでも思ってるの？　さっさとここから放りだしたほうがよさそうね」

「そんなことをしたら、ぼくに死の宣告をするようなものだ」

クロエはあきれて天井に目をやった。「こんな茶番にはつき合っていられないわ。J＆Jが関わっているとなれば、なおさらよ。ただでさえ充分刺激のある人生を送ってるんだから」

「いちばん大事なのはこれだ、クロエ・ハーパー。もしきみの協力を得られないと、これから数週間か数カ月のあいだにJ＆Jはぼくを殺す人間を雇う可能性が高い。ぼくの将来を変えるには、例のランプを見つけるしかないんだ」

クロエは呆気《あっけ》に取られてジャックを見つめた。「真面目に言ってるの？」

「ああ」

クロエは息を呑んだ。「話の展開が速すぎてついていけないわ。少しスピードを落として。どうしてウィンターズという名前をどこかで聞いた気がするのかしら」

「きみの一族は長年J＆Jを避けてきた。ということは、きみはアーケイン・ソサエティについて多少知ってるんだろう？」

「あいにく答えはイエスよ」

「ニコラス・ウィンターズという名前に心当たりは？」

「そんな」ゆっくり椅子に腰をおろす。呆然《ぼうぜん》としていた。「あのウィンターズと血がつながってると言ってるの？　複数の超能力を手に入れたあと、正気を失ってシルベスター・ジョーンズを殺そうとした錬金術師の？」

「ぼくはウィンターズの直系の子孫だ」

「そんな」クロエはくり返した。それ以上言う言葉が見つからなかったので、口を閉ざしていた。

「ここからがほんとうに悪いニュースだ」とジャック。「一族の呪いを受け継いだのは、ヴィクトリア朝時代末のグリフィン・ウィンターズ以来、ぼくが最初の男なんだ」

クロエはほとんど息ができなかった。「でもあれはただの伝説でしょう」か細い声で言う。「ソサエティが伝説や言い伝えであふれているのは確かだもの。でもそのほとんどは、シルベスター・ジョーンズと彼の子孫にまつわるものだわ」

「そしてジョーンズ一族にまつわらない伝説は、ウィンターズ一族にまつわるものだ。残念ながら、ぼくの一族にまつわる伝説はジョーンズ一族の伝説ほど楽しいものじゃない」

「まあ、そうね。たぶんウィンターズ一族の伝説のラストが悲惨だからよ」考えるより先に口が動いてしまった。クロエは自分が言った言葉に怯《ひる》んだ。「ごめんなさい」

ジャックがふたたび氷と熔岩《ようがん》の微笑を浮かべた。「謝ることはない。きみの言うとおりだ。

むかしからずっと、ウィンターズの家系はソサエティの陰の側面だと言われつづけている」

「でも大切なのは、そういう話がどれも伝説ということよ」あくまで食い下がる。「自分が超能力モンスターに変わるなんて、本気で信じてるわけじゃないでしょう」

ジャックがじっと見つめてきた。何も言おうとしない。

「本気で信じてるのね」しばらくのち、クロエは言った。

ジャックは沈黙を保っている。

クロエは両手を横に広げた。「でも、そんなのばかげてるわ。もしあなたに超感覚に影響する遺伝的異常があるとしたら、すでに兆候が出ているはずよ。あらゆる超能力は、異常なものもそうじゃないものも、十代か二十代はじめに発現するのがふつうだもの。悪気はないけど、あなたは十代には見えないわ」

「ぼくは三十六だ。ぼくがなんとか突きとめた情報によると、ニコラス・ウィンターズが超能力を二つ持つようになったのと同じ年齢だ」

ぞくりと寒気が走った。「そこに立って自分はモンスターだと本気で信じてると言うつもりじゃないわよね？」

「自分が何かわからないんだ、クロエ、これから何になろうとしているのかも。だが、不安定で危なっかしい多重能力者に対し、J&Jがむかしから適切な措置を講じることは知っている」

「まさかそんな――」

「ケルベロスに対してはそれ以外に打つ手はない」

「ケルベロス？」ぞっとしてジャックを見つめる。「やめてよ、あなたは神話のなかで地獄の門を守っている頭が三つある番犬なんかじゃないわ」

「ランプを見つけてくれ、ミス・ハーパー。どれだけ金がかかってもかまわない。言い値《ね》を払う」

3

カリフォルニア、スカーギル・コーブ

ファロン・ジョーンズは二階にあるオフィスの窓から外をながめていた。小さなスカーギル・コーブの町には三階建てのビルがなく、彼のオフィスが入っている建物より高いものはない。通りの端に建つ六部屋のちっぽけなホテルさえ例外ではない。

もう午後になるのに、空はどんより曇っていた。断崖の下に果てしなく広がる太平洋は鉛色だ。また次の嵐が海から近づいていた。

カリフォルニア北部の海岸線にしがみついている猫の額ほどのスカーギル・コーブは、工芸品店やクリスタル・ショップ、海草産業やニューエイジ書籍店のある時代遅れの町だ。救いようがないほど世間知らずで、すさまじいまでに発展の見込みが皆無の町議会は、はるかむかしに非合法な紙やプラスチックとともにレストランチェーンやコンドミニアムを禁止した。もっとも、これまでスカーギル・コーブに関心を見せたレストランチェーンやコンドミニアム開発業者がいたわけではないが。この町は事実上、独自の時間のひずみにはまりこんでいる。超能力調査会社にはまたとない環境だ。

オフィスの窓からは〈サンシャイン・カフェ〉がよく見えた。その日の朝、ファロンはイ

ザベラが六時半に小さなコーヒーショップを開ける姿を見ていた。いつもの定刻どおり。イザベラは光沢のある黄色いレインコート姿でやってきた。いつものように。彼女は窓に下がった〝閉店〟の看板をいつもどおり裏返し、そのあと——いつものように——彼のオフィスの窓を見あげて愛想よく手を振りながら明るく微笑んだ。ファロンは片手をあげて挨拶を返した。いつものように。

たがいの存在を遠くから無言で認め合うことは、二人の日課になっていた。同じことが毎日午後五時半にイザベラがカフェを閉めるときにもくり返されている。ファロンはいつしかこの日課を楽しみにするようになっていた。いい兆候とは思えなかった。

イザベラは、ファロンが窓辺で外を見ているのがいつもわかるようだった。

まあ、おそらくほんとうにわかっているのだろう——ファロンは自嘲《じちょう》的に独りごちた。イザベラ・バルディーズはほぼ間違いなくハイレベルの超能力者で、本人に自覚があるかどうかはともかく、十中八九鋭い直観を備えている。ファロンには彼女のエネルギーが感じ取れた。それはファロン自身説明できないかたちで彼の感覚を刺激した。

イザベラがアーケイン・ソサエティのメンバーでないことは確かだ。二週間前に彼女がこの町へ越してきてサンシャイン・カフェで働きはじめたとき、ファロンはソサエティのファイルで確認していた。ソサエティのデータベースに彼女の年齢と人物像に一致するイザベラ・バルディーズが見当たらなかったので、すぐに身元調査の範囲を広げ、アクセス可能な膨大な資料すべてを総動員した。

私情がからんだものではなく、あくまで合理的な予防措置だ。ソサエティの調査会社がたまたま西海岸支部を置いている、誰も知らない地図上の小さな点に、ハイレベルの超能力者が引っ越してくる？　そう、そんな可能性がどれぐらいある？

最初は夜陰のスパイに違いないと思った。そして二人の精鋭のオーラ能力者、グレイスとルーサー・マローンを呼び寄せた。二人は昨日ハワイからサンフランシスコに着き、空港で車に乗り換えて、海岸線をスカーギル・コーブまでやってきた。

ファロンは窓から二人がオフィスの前に車をとめ、さもコーヒーを一杯飲もうとしている観光客のカップルであるかのように通りの向かいにあるサンシャイン・カフェへ入っていくのを見ていた。二十分後、二人は二階まで階段をのぼってオフィスへやってきた。

「彼女に後ろ暗いところはないわ、ミスター・ジョーンズ」グレイスが言った。「オーラに秘薬の兆候はなかった」

グレイスはいつもファロンをミスター・ジョーンズと呼ぶ。ファロンはそれを気に入っていた。彼が調査員に求めているこの種の敬意を見せる人間はほとんどいない。たいていは反抗的な態度を示す。

厳密に言えば、調査員はJ＆Jと個人契約を交わしているコンサルタントだ。彼らはさまざまな超能力を備えているだけでなく、頭が切れて臨機応変の才があり、現場で自分で判断することができる。これらの特性が組み合わさると信頼できる一流の調査に役立つが、あいにくえてして態度に問題を伴う。

　グレイスにはそれがない。彼女はつねに礼儀をわきまえ、丁寧な態度を見せる。だがそれより重要なのは、超感覚を大幅に高める危険な薬の影響を特定できる能力があることだ。ルーサーも同じ能力を備えている。二人の能力は、〝夜陰〟と呼ばれる陰の組織と戦うＪ＆Ｊにとって、新たな武器になっていた。

　夜陰はソサエティのみならず、この国全体の脅威だ。ファロンもソサエティの上層部のメンバーも、この冷酷な敵との密かな戦いが孤軍奮闘なのは承知していた。正規の法執行機関や情報機関や政府の役人は、犯罪者やテロリストのようなありきたりの悪党の相手をするので手一杯だ。摂取した人間に強力な超能力を与える大昔の錬金術の秘薬を再製した超能力ギャング団の話に、耳を傾けようとする者はいない。それどころか、そんな突飛な陰謀説を信用する人間などいないだろう。

「そうか、彼女のオーラに薬の兆候はないんだな」ファロンは言った。肩から大きな荷がおりたような気がしていることを、グレイスにもルーサーにも悟られたくない。「だが夜陰が秘薬を摂取していないスパイを使いはじめた可能性もある」

　グレイスが微笑んだ。「また被害妄想が出てますよ」

「偶然は好きじゃない」

「ぼくもだ」ルーサーが言った。窓辺へ行ってカフェを見おろしている。「でもただのウェイトレスということもある」

　ファロンはルーサーがどこかいつもと違うことに気づいた。痛めた脚や杖に至るまで、ほろぼろになった元警察官に見えるのはあいかわらずだ。だが一種独特の前向きなエネルギーのようなものが感じられる。グレイスからも同じ不思議なエネルギーが出ている。このカップルに何が起きているのだろう？

「わたしなりに系図データをチェックしてみたんです」グレイスが言った。「でも何も見つからなかった。どうやらミス・バルディーズの先祖に、ソサエティのメンバーだった人は一人もいないようね」

「これまでに夜陰がソサエティのデータベースに侵入してデータを改竄《かいざん》したことがなかったわけじゃない」ファロンはむっつりと釘を刺した。

グレイスがきっぱり首を振った。「彼女は見た目どおりの人間だと思います。自分はこの世で独りぼっちだと思っている、ハイレベルの超能力を持つ女性。どうやらソサエティの外で育ったみたい。だから持って生まれた超常的側面を理解したり受け入れたりする力になってくれる人は誰もいなかった。ここへ来たのは孤独だったからだと思うわ、ミスター・ジョーンズ。彼女はわが家と呼べる場所を探していたの。信じて、わたしはこの感覚のことはよく知ってるんです」

ファロンはつかのまじっくり考えをめぐらせた。「バルディーズは物心ついたときからずっと自分は他人とは違うと感じていて、だからここにたどりついた、人口の九九・九パーセントが札付きの環境不適応者である場所に。そう言ってるのか？」

「ええ」とグレイス。「そのとおりです」

ルーサーが肩越しに振り向いた。「環境不適応者は住人の九九・九パーセントだけなのか？　誰がふつうだと思ってるんだ？」

ファロンは質問に当惑して渋い顔をした。

「わたしだ」

ルーサーがにやりとする。「やっぱりな。さて、コーヒーショップの新しいウェイトレスは、あんたを調べるために夜陰が送りこんだスパイじゃないとわかったことだし、グレイスとぼくは失礼するよ」

「なにをそんなに急いでるんだ？」ファロンは尋ねた。彼を訪ねてくる者は多くない。たいていの場合、客は歓迎していない。少なくとも長いあいだは。客があると気が散ってしまう。手間がかかる。それでもなぜかルーサーとグレイスを帰したくなかった。

「せっかくJ&Jの仕事で本土へ来たんだから、ハワイへ戻るまえにイクリプス・ベイの友人を訪ねてみようと思ってるんだ」ルーサーが言った。「経費の水増しってやつさ」

「友人？」露骨なあてこすりを無視して尋ねる。

グレイスが微笑んだ。「アリゾナ・スノーというの」

「スノー」記憶を探る。「どこかで聞いたことがあるな」

「わたしの以前の大家さんです」

「そうじゃない」ファロンは眉間《みけん》に皺《しわ》を寄せ、その名前とどこで遭遇したか思いだそうとした。

ルーサーが心得顔で彼を見た。「アリゾナは高齢の女性だ。町の変わり者。無害だが、むかし政府の秘密機関で働いていた」

「思いだしたぞ」ぱちんと指を鳴らす。「グレイス、きみがイクリプス・ベイに引っ越したとき、彼女のデータを見たんだ。調べてみたのを覚えている。スノーはかつて一種のハイレベルの超能力者だった。ソサエティのメンバーに登録されたことはないから、彼女の能力の具体的な種類に関する記録はない。どこかで自己崩壊を起こした。頭がおかしくなって、自分だけの異常な陰謀説に取りつかれた。無害だが、完全に頭がいかれている」

グレイスとルーサーが目配せした。ファロンは自分が何かをつかみそこねているような気がした。だが考えてみれば、他人といるときはよくあることだ。

遅ればせながら、彼はグレイスとルーサーが交わした目配りの意味に思い当たった。ゆっくり息を吐きだす。

「おまえたち、わたしにはアリゾナ・スノーと共通点があると思ってるんだな？」ふいに言葉にできない疲れを感じた。「わたしも陰謀説に取りつかれていると思っている」

「そんなことありません」すかさずグレイスが言う。「あなたの能力が特殊なだけです。あなたがやること、一見でたらめに見える複数の情報のあいだに関連を見つける能力は、とても珍しいもの」

「いいや、違う」そっけなく言う。「誰でもしょっちゅうやっていることだ。本物の陰謀説マニアを見たいなら、インターネットをチェックしてみろ」

「あんたと大半の陰謀説信者には、大きな違いがある」とルーサー。「あんたの場合、九五パーセントは正しい」

「正確にはほぼ九六・二パーセントだ」うわの空で間違いを正す。「以前はもっと高かったが、ハワイの一件のあとで計算しなおす必要があった。とにかく、そのためにささいではあるが偽りのない許容誤差が生まれている。おまえたちはそれを手厳しいかたちで経験した」

「まあ、人間なら誰だって多少のミスはおかすものです」グレイスが寛大に言った。「わたしの提案を考えてくれました、ミスター・ジョーンズ？」

「提案？」

「あなたにはアシスタントが必要だと言ったでしょう」オフィスを見わたす。「あなたは事務処理とコンピュータに埋もれているわ。ここを整理してくれる人が必要です」

ファロンは周囲をしげしげと眺めた。「何がどこにあるかは把握している」

「でしょうね。でもだからって効率よく整理されているとは言えないわ」とグレイス。「以前もこの話はしたでしょう。夜陰との戦いを統括する重責の大半は、あなたの双肩《そうけん》にかかっている。あなたは責任者だけれど、何から何までやるのは無理だという事実を直視するべきです。日々の管理業務を引き継いで、あなたがもっと大事な優先事項に集中できるようにしてくれる人が必要なんです」

「彼女の言うとおりだ」ルーサーが言った。「もっと睡眠時間が長くなれば、それも役に立つかもしれない。悪気はないが、トラックに轢《ひ》かれたみたいに見えるぞ。最後にゆっくり寝たのはいつだ？」

どういうわけか弁解する必要を感じた。「ゆっくり眠る必要などない」むっつりと言う。

「いいえ、あります」とグレイス。「アシスタントを雇うべきです、ミスター・ジョーンズ。それもすぐに」

「ということで、ぼくたちは失礼するよ」ルーサーが言った。グレイスに笑顔を向ける。「行こうか？」

「ええ」グレイスがドアへ向かいながら腕時計に目をやった。「まあ、たいへん。もうこんな時間。急がないと」

ルーサーがファロンに向かって軽くうなずいた。「またな、ファロン」

「帰るまえにもう一つ」ファロンはグレイスを見た。「わたしが口を出すことじゃないが、だいじょうぶか？」

グレイスがはっとしたように目をしばたたかせた。そして笑い声をあげた。「さすがですね、ミスター・ジョーンズ。わたし、妊娠してるんです。あなたが気づいても驚かないけれど。三カ月めに入ったところです」

ファロンは顔が赤くなるのがわかった。「おめでとう。妊娠した女性は輝いて見えるという話はほんとうだったようだな」ルーサーに目を向ける。「だが、おまえのまわりでも同じエネルギーを感じる理由がわからない」

グレイスがにっこりした。「わたしたち、幸せなんです、ミスター・ジョーンズ。あなたもそのうち試してみるといいわ」

グレイスが踊り場へ出て行った。そのあとにルーサーが続き、ドアを閉める。数分後、二人の車が走り去るのを見守ったファロンは、ふたたび一人きりになった。

以前は一人でいるのが好きだった。一人になる必要があった。たいがいは。

ファロンは現在に意識を引き戻し、サンシャイン・カフェの華やかな照明を見つめた。彼がグレイスとルーサーを呼び寄せたのは、イザベラ・バルディーズに問題はないという保証を二人から得るためだった。どういうわけか、自分の判断を信用できなかったのだ。確信が持てないなんて、彼らしくなかった。普段のファロンは、自分の論理性と観察眼に自信を持っている。

グレイスとルーサーはイザベラへの疑惑を晴らしたかもしれないが、ファロンの勘はイザベラの周囲でいくつもの謎が渦巻いていると警告していた。

しばらくのち、彼はデスクに戻って腰をおろし、あらためてパソコン画面に表示されている新聞記事を読んだ。毎朝二十以上の西海岸の日刊紙のネット版に目をとおし、夜陰の活動をにおわせる記事を見つけることに淡い期待をかけている。夜陰は抜け目がなく、深く潜伏して活動している組織だ。当局の関心を引きかねないあからさまな犯罪行為には手を染めない。

だがなぜか、最近ファロンの注意を引きつけたのは、よくある犯罪記事だった。最初に現われたのは数日前だが、ファロンは毎朝それを読み返していた。記事の何かで呼び起こされたかすかな意識の流れが、頭の奥でささやくような音をたてている。それなのに、何度読み返してもファロンは何がその感覚のきっかけになったのか特定できずにいた。

殺人の容疑者　遺体で発見
最後の被害者　襲撃を生き延びる

シアトル：昨夜キャピタル・ヒル近郊の路地で見つかった遺体の身元がアーロン・ポール・ハニーと特定された。ハニーは少なくとも女性二人に対する暴行と殺人の犯人と考えられている。三人めの被害者であるシャロン・ビリングスは警察に、自分が助かったのは通りかかった人物が犯人に立ち向かって邪魔してくれたおかげだと話している。ハニーはその場で倒れ、死亡した。検死解剖が行なわれ、警察は死因は心臓麻痺《まひ》と思われると述べている。
ミス・ビリングスは警察の事情聴取を受けた。そのなかで、彼女は街灯が暗かったので助けにきてくれた男性を断定するのは無理だと述べている。
警察はシャロン・ビリングスを救出した男性に、すぐに連絡をしてくるように求めている。

ここには何か重要なものがある――ファロンは思った。だが今日の午後はそれを掘り下げているひまがない。彼は厳重に暗号化されたノートパソコンを閉じると、ラックから革ジャケットをつかんでオフィスを出た。

上質のコーヒーの買い置きはたっぷりある。それはこのところ彼にとって麻薬になっていた。けれど最近は通りを渡ってサンシャイン・カフェへ行き、メモを取ったり頭を整理したりしながらコーヒーを二杯飲むのが習慣になっていた。

スカーギル・コーブの曲がりくねった短いメインストリートに出ると、空気は冷たくてじめじめしていた。ぬくもりと光のオーラに引き寄せられ、ファロンはサンシャイン・カフェへ向かった。

火に飛びこむまぬけな蛾《が》のようだと、彼は思った。

4

まずい展開だ――ジャックは思った。クロエ・ハーパーはぼくが妄想を抱いていると思っている。目を見ればわかる。これまで血も涙もないとか、要求が厳しいとか、取りつかれているとか――これら三つは離婚を申し出る直前にシャノンが思いついた表現だ――いろいろ言われてきたが、いまのいままで完全に頭がおかしい人間だと思われたことはなかったと断言できる。もちろん、今日まで自分が超能力モンスターになりかけていると誰かに打ち明けたこともなかったが。

ニックじいさんの子孫だと説明しようとしたのが間違いだった。なぜそんなことをしてしまったのだろう？　先祖から伝わるランプとの関係に触れるつもりはなかった。柄《がら》にもなくばかなまねをしたものだ。

言い値を言えなどという話もするべきじゃなかった。とんでもないミスだ。クロエはJ&Jのファイルにあったように抜け目なく状況を操るいかがわしいやり手かもしれないが、一番の弱点は単純明快な貪欲《どんよく》さではない。彼女の泣きどころはまったく違うところにある。ジャックはそれには自信があった。というのも、オフィスに足を踏み入れた二分後には、彼の能力がそれを感じ取っていたからだ。

クロエ・ハーパーは生まれながらの救済者だ。おそらく料金を踏み倒すありとあらゆるタイプのクライアントの依頼も引き受けているのだろう。涙なしでは聞けない話に同情するタイプ。タトゥーを入れたアシスタントは、路上生活が長かった若い女性に特有の、実年齢より老けた目をしている。部屋の隅に横たわっているひょろ長い脚をした雑種犬は、おおかたアニマルシェルターか近くの路地の出に違いない。

救済者うんぬんは予想外だったものの、それはべつにかまわない。クロエを利用するつもりでいることには少々罪の意識を感じるが、自分ならそれをはね返せるのはわかっている。何がなんでも助けがいるのだ。彼女に事実を納得させることさえできれば、事態の主導権を取り戻せるだろう。クロエをこちらの思いどおりに操るのだ。

「ほかに頼める相手がいない」ジャックは静かに言った。「きみが唯一の頼みの綱だ」

「そうなの?」

不信感丸出しの表情で立ちあがり、デスクをまわってくる。ジャックの感覚で不安の火花が散った。室内での居場所を変化させた彼女の行動はじつにさりげなく、少々なめらかすぎる気がした。こちらに犬をけしかけ、そのすきに出口へ逃げるつもりなのだろうか。ひょっとしたら怖がらせてしまったのかもしれない。もっとも、怖がっているようには見えないが。どちらかと言えば興味を引かれているように見え、好奇心をかき立てられているとも言えそうだ。それもかなり。

興味や好奇心は、クロエに対するジャックの反応とは似ても似つかなかった。オフィスへ足を踏み入れるまで、彼女に関する知識はJ&Jのデータで見つけたことだけだった。一族全員がソサエティと広範囲に亘《わた》るさまざまな過去を持っているが、そのなかに立派なものはほとんどない。記録によると、クロエはこちらの目的にはまたとない相手だ。違法すれすれのコレクターの闇市場と接点がある、強力なドリームライト・リーダー。しかもシアトルに住んでいる。なんと都合のいいことか。西海岸で見つけたドリームライトを読み取れるほかの人間は、みなカリフォルニアに住んでいた。

クロエは完璧だ。

予想外だったのは、デスクの向こうに取り澄ました冷静な態度で座っている彼女を見たとたん、欲望の熱い火花が全身を走ったことだ。まるで体の奥で自然の力のようなものがうごめいたようだった。いい兆候とは言えない。意識喪失や悪夢や幻覚や、死ぬまで不気味な生涯を送る運命に突き進んでいる可能性がきわめて高いことだけで手一杯の状況なのに。これから雇おうとしている探偵と寝ることを考えている場合じゃない。

彼女のどこに惹かれているのか考えて、時間を無駄にしている場合じゃないことも明らかだ。クロエは一見、妥協を許さない堅苦しい女教師に見える。ぼくのタイプではない。洞察力にあふれた鋭い知性が生き生きとしたブルーグリーンの瞳を活気づかせているが、それをのぞけば人ごみでめだつ顔立ちじゃない。夕日のように赤い髪をうなじできっちりひねってまとめている。

身につけているのは実用的な黒いパンツスーツに白いシルクのタンクトップ、かかとの高い黒いブーツだ。アクセサリーは両耳の小さなゴールドのピアスと革ベルトの金の腕時計のみ。おそらく三十代はじめだろうが、結婚指輪は見当たらない。

オフィスに入ったとたんみぞおちにがつんと来たのは、彼女の周囲にあるエネルギーのオーラだった。それはたちまちパワーにかたちを変えた。パワーはつねに抵抗しがたいものだ。とくにそれがクロエ・ハーパーのような予期せぬかたちを取っているときは。通りで相手が誰か知らずに偶然クロエとすれ違ったら、あらためて彼女に目をやるに違いない。場合によっては三度。振り返る可能性もある。あとをつける？　自己紹介しようとする？

くそっ。まずいぞ。こんなことに気を取られるわけにはいかない。いまはだめだ。生き延びることに集中しなければ。何を置いてもやるべきことがある。

クロエがデスクの手前の縁にゆったり寄りかかり、ブーツを履いた足を反対の足とクロスすると、あくまでもなにげなくうしろのデスクへ両手を伸ばして体を支えようとした。

「ウィンターズの古い伝説のことだけれど」と話しはじめる。

そこでふいに体をこわばらせ、デスクから両手を離した。両目をわずかに丸くしたまま振り返り、直前にジャックがデスクに手のひらを置いていた場所を見ている。

熱いコンロに触れたみたいな態度。どういうことだ？

「だいじょうぶか？」ジャックは訊いた。

「ええ、だいじょうぶよ」かすかに息を切らしている。クロエが何を考えているかわからない顔でまじまじと彼をうかがった。「わかったわ、ミスター・ジョーンズ」きっぱりと言う。「話を聞かせてちょうだい。でもできれば芝居がかった話は抜きにして」

「いいだろう」ジャックはちらりとデスクに目をやった。「でも、もしよかったら、何にショックを受けたのか教えてくれるか？」

クロエが眉をしかめた。「わたしはドリームライト・リーダーよ」

「それはわかってる。Ｊ＆Ｊのデータにそうあった。きみの能力はぼくがきみを雇おうとしている理由の一つでもある。古い言い伝えによると、ランプを見つけて操るには、ドリームライトを読み取れる女性が必要なんだ。きみみたいな能力は夢の超常エネルギーに対して親和力がある」

「それで、Ｊ＆Ｊのデータにはわたしやわたしの能力について、どんなふうに書いてあったの？」

ジャックは肩をすくめた。「ぼくが見つけだした内容からすると、分析家はきみをレベル７か８と予想している」

クロエの口元がばかにしたようにかすかにひきつった。「わたしだったら、ソサエティのデータの内容を鵜呑《うの》みにはしないわ。わたしやわたしの家族に関するものの場合はね」

ジャックの体に寒気が走った。「きみはドリームライト・リーダーなのか？」

「そうよ。でもこの能力は珍しいし、あまり解明されていない。ましてやレベルが高いものならなおさらよ。ソサエティはわたしみたいな人間を研究するチャンスがあまりなかった。

わたしには、検査を買って出ない明白な理由があるしね」

「ソサエティに登録されているドリームライト・リーダーは、きみ以外に数人いるだけだ。ぼくは、あちこちにあるソサエティの博物館のスタッフのなかに四人いるのを見つけた」

「知ってるわ」冷ややかな気取った顔で彼を見る。「でもその四人に見えるのは、せいぜい夢のエネルギーが発するウルトラライトのスペクトルの限られた一部よ。アンティークの贋《がん》作《さく》みたいなものを特定するときは役に立つでしょうけれど、彼らのなかにわたしみたいにドリームライトの痕跡の細かいところまで読み取れる人がいるとは思えない。探偵として成功しているのは、この能力のおかげなのよ、ミスター・ウィンターズ」

ジャックは相手の自信ありげな態度がおかしくて笑みを浮かべた。「自分は優秀だと言いたいのか?」

「わたしはすごく優秀なの。広範囲にわたる夢の痕跡が見えるだけじゃなく、その痕跡を残した人間についてもかなりくわしく説明できる。むかしからの言い伝えにあるように、〝汝《なんじ》、他人の夢によって他人を知るべし〟よ」

「誰の言葉だ?」

「おばのフィリスよ」

「いまの話はほんとうなのか? だったら教えてくれ、ドリームライトを読み取る能力があると、なぜ優秀な探偵になれるんだ?」

クロエが一方の肩を上品にすくめて見せた。「夢はその人のオーラの一部にエネルギー場をこしらえるけれど、その波長を見ることができるのはわたしみたいな能力を持つ人間に限られるわ。わたしの勘は、わたしにできることとつながっているの。そのおかげでとても正確にドリームライトを解読できる。勘は優秀な探偵の必須要素よ」

「きみの能力はどのぐらい強いんだ？」

「家族はみんな、とてつもなく強いと考えているわ」

「きみはどんなふうに能力を発揮するんだ？」

クロエがちらりとデスクを見おろし、ジャックが手を置いていた場所を指先でこすった。今回はわずかに息を呑んだものの、怯《ひる》みはしなかった。

「どんな生物もある程度の超常エネルギーを出していることは、あなたも知ってるでしょう」クロエが言った。「人間は、ジョーンズ基準の下のレベルの人たちや、自分には超能力がないと思っている人たちでさえ、たとえ精神的に落ち着いているときでもかなり多くのエネルギーを出しているの」

「オーラだな」相手の講釈を少々まどろっこしく感じながら答える。

「ええ。ハイレベルのオーラ能力者なら、人間が起きているあいだに発するその種のエネルギーを読み取れる。でも人間は夢を見ているあいだもたくさんエネルギーを出しているの。たとえ夢を見ている自覚がなくても、夢の内容を忘れてしまっても、そのエネルギーは生まれるわ。そして行った場所や触れた場所すべてにその痕跡を残すのよ」

「そしてきみはそのエネルギーを感知できる？」

「わたしには夢エネルギーの痕跡が見えるの。足跡や手形みたいなものね。ウルトラライトのさまざまな色を放っているの」

ジャックはデスクの自分が手のひらを置いた場所に目を向けた。「ぼくについて、何かおもしろいことはわかったか？」

「ええ、ミスター・ウィンターズ、わかったわ」指先をデスクから放し、興味津々の顔で彼を見つめる。「最近、誰を、あるいは何を殺したの？」

5

気をつけて見ていなかったら、自分がどれだけ彼の不意をついたかを示す小さなサインに気づかなかっただろう。肉体的なサインは最小限だった——ごくかすかな顎《あご》のこわばりと口元の緊張。つかのまクロエはジャックの目がわずかに熱を帯びたのを捉えたと思った。けれど今回の原因は性的関心ではない。まるであたかも高い熱があるかのように、彼の瞳のグリーンが実際に濃さを増し、それまで以上に熱くなったように感じられた。その瞬間、クロエは魂を凍らせるエネルギーの低いうなりを聞いた気がした。うなじの産毛が逆立つ。

ヘクターが小さく鼻を鳴らした。やっぱり間違いない。わたしもヘクターも少し不安になっている。怯えているのではない。少なくともいまはまだ。緊張し、何かの気配を感じ取っているだけだ。警戒——同じ部屋に大きな肉食獣がいることに気づいたとき、敏感な人間や犬がかならず起こす反応だ。クロエとヘクターはそろってじっとジャックを見つめた。

奇妙なエネルギーが消えた。ジャックの瞳はもう熱を帯びていない。

「何を言ってるんだ？」彼が尋ねた。自分が話している相手が、一日だけ精神病院から外出を許された人間ではないかと疑いはじめているような口ぶりだ。

クロエは来《きた》るべきショックに備えて気を引き締め、ふたたびデスクの表面に指先をすべらせた。超感覚にどぎついウルトラライトの火花が散った。暴力を示す色。だが同時に、燃え立つほど強烈な明るい色合いも含んでいる。クロエを安堵させたのは、その色の明暗だった。たしかにジャックは恐ろしい存在にもなりうるが、しっかり自制している。

「おそろしいものと対決したのね」クロエはなんとか話を進めた。「そしてそれを倒した」いっとき口ごもり、相手のドリームライトをもう少し分析する。「誰かを守ったみたいね。男か女か知らないけれど、その人は無事だったの？」

ジャックは身じろぎもしない。「勝手に話をつくるな」

「あなたのなかでは、いまも暴力の痕跡がくすぶっているわ。そういうエネルギーは落ち着くまでしばらく時間がかかるの。完全に消えることはない。夢の波長へ弱まっていくだけよ。いまから十年か二十年、五十年たっても、わたしみたいな能力を持つ人間ならこのオフィスであなたの痕跡を感知するはず。そして何があったにせよ、あなたはずっとその夢を見つづけるの」

「本気でそう信じているなら、どうしてここから逃げだして警察を呼ばないんだ？」

「わたしが逃げないのは知っているからよ。何があったにせよ、あなたは誰かを助けようとしたって。何があったの？　恋人と一緒にいるとき襲われたの？」

「違う」

「襲ってきた男を撃退したんでしょう？　そして殺した」あらためてデスクに触れ、六つめの感覚が見せてくれる光に目を凝らして微妙な色合いをさらに読み取る。「自分の能力を使って殺したのね」

「ぼくは戦略能力者だ」ジャックが抑揚なく答えた。

クロエは眉をしかめた。「戦略能力者なら、じょうずに殺人を計画できるでしょうね。もしそれがあなたの目的なら。でもその能力で実際に人を殺すことはできない。少なくとも、わたしは殺人ができる戦略能力者の話なんて聞いたことがないわ」

ふたたび心臓が二度打つあいだ沈黙が落ちた。やがて意外にも、ジャックが覚悟を決めたようにこくりとうなずいた。

「ウィンターズ家の呪いの話をしただろう」彼が言った。「ぼくは戦略能力者だ。強力な。この能力はきみを見つけるのに役に立ってくれた。でもニコラス・ウィンターズとドリームライトの放出に関して彼が行なったろくでもない錬金術の実験のおかげで、ぼくはほかのものになりかけている」

クロエは眉を寄せた。「同じぐらい強い能力を同時に二つ持つのが不可能なのは、誰だって知ってるわ。少なくともハイレベルなものは。人間の精神がそこまで大量の超常エネルギーの刺激に対処しきれないことと関係があるのよ。きわめて高い能力を一つコントロールするだけでも大変なんだもの」

「嘘じゃない、ぼくは調べたんだ。一人の人間が生まれつきハイレベルの能力を二つ持っていた例がいくつかあったが、能力はどちらも子どものころに現われていて、最終的には全員正気を失っていた。ぼくがJ＆Jのデータで見つけた片手ほどの事例では、全員十代後半から二十代前半で死んでいる」

「悪気はないけれど、あなたは二十代には見えないわ」

「ぼくは三十六だ」

「なのにあなたの新しい能力は、最近発現しはじめたの？」

「何かが起きている兆候が現われだしたのは、一カ月ほど前からだ」

「どんな兆候が？」

「幻覚。悪夢」ジャックがオフィスをうろうろ歩きだした。「ひどい悪夢だ。目が覚めたあと冷や汗を流しながらぶるぶる震えてしまうようなやつ。でもそれはなくなりはじめていた。少なくとも、生々しさや頻度は少なくなっていると自分に言い聞かせていた。そんなとき、べつのことが起きた」

「ちょっと待って」開いた片手をあげる。「そのまえに、幻覚と悪夢について話して」

ジャックが肩をすくめた。「たいして話すことはない。悪夢はいまわしいものだったが、対処できないほどじゃなかった。心底不安になったのは幻覚のほうだ。いつ襲ってくるかわからない。通りを歩いていたり、バーに座っているときに、突然そこにないものが見える」

「そこにないとわかっているものが？」

「ああ。鏡像。悪夢で見た光景のこともあった」

「でも、幻覚を見ているという自覚はいつもあるのね？」とはっきりさせる。「そういう光景や鏡像を現実と勘違いすることはなかった」

ジャックが顔を曇らせた。「ああ。でも自分にそういうものが見えているという自覚があったから、気が楽にはならなかった」

「そうでしょうね。でも、小さいけれど大事なことよ。いいわ、続けて」

「さっきも話したように、ぼくは幻覚や悪夢の生々しさは軽くなっていると自分に言い聞かせていた。少なくとも回数は減っていると。そんな矢先に最初の意識喪失が起きた。たっぷり二十四時間ほど続いたのに、前後の記憶がいま一つ曖昧《あいまい》なんだ」

クロエは腕を組んで考えをめぐらせた。「どうやら短期間の記憶喪失みたいね。専門用語があるのよ。一過性全健忘症。めったにないけれど、きちんと立証されているわ」

ジャックが足をとめてクロエに振り向いた。「ぼくにわかるのは、一週間前に人生のほぼ二十四時間を失ったことだ。そのあいだに自分がどこへ行ったかも、何をしたのかもわからない」

「そうなるまえの最後の記憶は？」

「友人とビールを飲んだあと、徒歩で自宅へ向かっていた。ファースト・アベニューとブランチャード・ストリートの角で意識がなくなった。ぼくのアパートからさほど遠くない場所だ」

「意識を取り戻したときはどこにいたの？」

「自分の部屋だ」窓へ歩み寄り、その場にたたずんで灰色の空を見つめる。「ひどい熱が出ていた。インフルエンザにかかったんだと思った」

クロエは少し緊張を解いた。「もし病気だったのなら、それでいろいろ説明がつくわ。高熱はいろんな悪さをすることがあるもの。なかでもとくに多いのは幻覚や悪夢よ」

「いいや」ジャックがきっぱり一度首を振った。「あの二十四時間にぼくはどこかべつの場所にいたんだ。なのにそれがどこか覚えていない」

「なぜそこまで確信があるの？」

ジャックが振り向いた。「ぼくにはわかるんだ。それだけじゃない、あれ以降、意識喪失が三度起きた。すべて夜のあいだだ。最初の二回はいつもどおりベッドに入った。目が覚めたときもベッドにいたが、ちゃんと服を着ていた。服は雨で湿っていて、靴にはまだ濡れた泥がついていた」

「夢遊病ね。そんなに珍しいものじゃないわ」

「三回めに意識が戻ったとき、ぼくはキャピタル・ヒルの路地に立っていた」ジャックが感情を抑えた声で続けた。「足元で男が死んでいて、女性が一人助けを求めて走っていた」そこで一拍置き、真意が伝わるようにする。「女性の名前はシャロン・ビリングズ。死んだ男の名前はアーロン・ポール・ハニーだ」

あたかもとてつもなく深い井戸をのぞきこんでいるように、クロエの体に得体の知れない衝撃が走った。「女性二人を殺害したと警察が考えている男？　遺体で見つかった……そんな、まさか」深呼吸して混乱した気持ちを落ち着かせる。「キャピタル・ヒルの路地で心臓麻痺で死んでいるのを警察が見つけた男ね」

「どうやらぼくは深夜の散歩に出かけて男を一人殺したらしい」

クロエは眉をひそめた。「その男は、看護師をしているあの女性を殺そうとしたのよ」

「あいつが死んだことを気に病んでいるとは言ってない。問題は、そもそも自分があの路地で何をしていたのかわからないことだ。自分の能力で、新しい二つめの能力であの男を殺したことだ」

「なぜ自分が殺したと思うの？　新聞には死因は心臓麻痺だと書いてあったわ。きっとあなたはたまたまその場にいただけよ」

「信じてくれ」ジャックが言った。「ぼくがあいつを殺したんだ。痕跡を残さずに」

「でも、どうやって？　あなたは戦略能力者でしょう」

「はっきりはわからない」疲れたように首のうしろをさする。「でもぼくはあいつを死ぬほど怯えさせたんだと思う。比喩《ひゆ》ではなく。たぶんそれがぼくの二つめの能力なんだ」

クロエはデスクの反対側へ戻り、倒れこむようにどさりと椅子に腰かけた。少しのあいだ口をひらかず、たったいま聞いた話を頭に染みこませようとした。そんな彼女をジャックがじっと見つめている。

「ぼくは頭がおかしいと思ってるんだな」やがて彼が言った。

「いいえ」デスクマットをとんとんと指でたたく。「頭がおかしい人間がどんなものかはわかってる。狂気は夢の超常エネルギーにはっきり現われるから。あなたが何にせよ、正気を失ってはいないわ」

ジャックの緊張がいくぶんやわらいだ。「出発点にはなりそうだな」

「わたしが思うに」ゆっくりと続ける。「一族の呪いとやらについて、もう少し話してもらったほうがよさそうね」

「かいつまんで言えば、ニコラス・ウィンターズのDNAは、彼がバーニング・ランプと名づけたものを最初に使ったときショートしてしまったんだ。遺伝子変異は一族の男子の血統のなかに閉じこめられた。突然変異体はめったに現われない。一族の言い伝えとソサエティの噂《うわさ》によれば、これまでに現われたのは一度だけだ。十八世紀末に」

「その、いわゆる呪われた人は、具体的にどうなるの？」

「わからない」冷ややかに微笑む。「手がかりになる確実な情報があまりないから、誰にもわからないんだ。でも仮説では、ぼくは精神に異常をきたし、ジョーンズと名のつく人間を片っ端から殺そうとするらしい。邪魔だてする者もろとも」

・クロエはゆっくり息を吐きだした。「なるほどね。あなたの先祖もそうなったの？　十八世紀末に生きていた人も？」

「いいや。グリフィン・ウィンターズはどうにかしてバーニング・ランプとランプを操れる女性を見つけだした。一族に伝わる話だと、アデレイド・パインには一連のプロセスを逆転させることができたらしい。彼女はグリフィン・ウィンターズが三つの能力を持つ人間にならないように阻止した。ソサエティの記録も歴史もこの見解では意見が一致している」

「ふうん」

「ぼくには二つめの能力が現われはじめている。J&Jにとって、ぼくはすでにケルベロスなんだ」

「ケルベロスの頭は三つよ、二つじゃなく」うわの空で答える。

「あいにく、その違いはJ&Jにとってあまり重要じゃない。あそこはぼくを追い詰めて始末するに決まってる」

「断言できる？」

ジャックが氷のような笑みを浮かべた。「ぼくがファロン・ジョーンズなら、そうする」

彼は本心を話している。もしジャックがファロン・ジョーンズの立場だったら、やるべきことをやるはずだ。

クロエは大きく息を吐きだし、じっくり考えをめぐらせた。

「わかったわ、あなたがほんとうに多重能力者に変化しかけていると仮定しましょう。誤解がないように言っておくけれど、わたしはまだそうだと納得しているわけじゃないわよ。でもそうだと仮定して、あなたはランプが役に立つと本気で思ってるの？」

「いちかばちかの賭《か》けだが、それに賭けるしかない」そっけなく言う。「ぼくの依頼を引き受けてくれるか？」

彼がオフィスに一歩足を踏み入れた瞬間から心は決まっていたが、それを打ち明ける必要はない。

「ええ」クロエは答えた。

「ありがとう」心から出た言葉に聞こえる。

　クロエは咳払いした。「話し合っておくべき問題が二つあるわ。ウィンターズのランプがすでに破壊されている可能性を考えたことはあるの？」

ジャックの瞳で冷たい炎があがったが、すぐに掻き消えた。「壊すにはそうとう手間がかかるはずだ。言い伝えによると、ニックじいさんはバーニング・ランプと名づけたものに使った金属とクリスタルを、独自の錬金術の秘伝をもとにつくっている。シルベスター・ジョーンズですら、精錬作業に関してはニコラス・ウィンターズの右に出る者はいないと認めていた」

「壊せないものなんてめったにないわ。いまごろスクラップ工場に行き着いているかもしれない」

「車輌用の圧縮機でもニックじいさんがつくったものを破壊できるとは思えない。いずれにしても、言い伝えではランプはエネルギーを出している。超常的な工芸品がどういうものかは、きみも知ってるだろう。たいてい生き延びるものだ」

「たしかにそうね」クロエは認めた。「正真正銘の超能力を備えていない人でさえ、人間はそういうものに心を奪われがちだもの。超常エネルギーはつねに感覚を刺激する。本人が気づいていようがいまいが」メモ帳に手を伸ばす。

「もう一つは？」ジャックが訊いた。

「え？」メモから目をあげずに尋ねる。

「話し合っておきたいことが二つあると言っただろう」

「ああ、そうだったわね」デスクの表面で光り輝いている手形にあらためて視線を走らせる。

「どんな薬を飲んでいるの？」

ジャックはすぐには返事をしなかった。クロエはペンを置いて返事を待った。

「どうしてぼくが薬を飲んでいると思うんだ？」やがて彼が言った。

「あなたの夢の超常エネルギーに影響が出ているからよ。どんなものにせよ強力な薬で、スペクトルの端でエネルギーをかき乱しているわ」そこでそれとなく一拍あける。「ひょっとして、睡眠薬を飲んでるの？」

ジャックの苦行僧のような顔がこわばった。「路地で意識を取り戻してから、睡眠薬を飲むようになった。医者に処方してもらったんだ。よく眠れないと話して。効果はある気がする。あっという間に眠れるからな。薬を飲みはじめてから、夢遊病は出ていない」

クロエは歯を舌で打ってチッチッと音をたてた。

「強い向精神薬は、あなたみたいにハイレベルの超能力者にとって問題をはらんでいることをわきまえたほうがいいわ」

「ほかにたいして選択肢はないんだ、クロエ」

「睡眠薬であっという間に眠れるかもしれないけれど、あなたがちゃんとした睡眠を取っていないのは明らかよ。あなたに必要で、超感覚に不可欠な深い睡眠が取れていない。そのせいで、極度の疲労の瀬戸際にいる」

ジャックの顔にせせら笑いがよぎった。「いまにも眠りこみそうに見えるか？」

「いいえ。でも、あなたが睡眠不足の影響を抑えるために低レベルの超常エネルギーを使っているのは、そのせいよ。しばらくは効果があるかもしれないけれど、最終的には無理がきかなくなる。遅かれ早かれ壊れてしまう。そしてそのときはひどい壊れ方になるわ」

「ゆっくり眠る心配は、きみにランプを見つけてもらったあとでする」

クロエはため息を漏らした。「どうしてわたしがよかれと思ってしているアドバイスに、耳を傾けようとする人がいないのかしら。だからわたしは私立探偵になったのよ、夢療法士でなく」

「そうなのか？」

「若いころは、心理学の学位を取って夢療法の仕事をするつもりだったの。でも、すぐにものすごくいらいらするに違いないと気づいたわ。たしかにみんないいアドバイスには喜んでお金を払うけれど、それに従おうとはしないのよ」

「セラピストより探偵としての腕のほうがいいといいんだが」

クロエはその言葉に傷ついたが、表には出さなかった。軽く背筋を伸ばしてふたたびペンをつかむ。「言ったでしょう、わたしは優秀だって。連絡先を教えてちょうだい。今夜はべつの案件を仕上げてしまわなければいけないけれど、すぐにあなたのランプの調査に取りかかるわ。二日以内に連絡する」

「ずいぶん自信があるんだな」

「あたりまえでしょう」上品に鼻を鳴らして見せる。「錬金術師のニコラス・ウィンターズがつくった超常的な工芸品？　もし四十八時間以内にランプを見つけるか、ランプがどうなったか突きとめられなかったら、学校へ戻って心理学の学位を取るわ」

6

その夜の七時、両手でピザの箱を抱えたローズが肩で風を切るようにオフィスへ入ってきた。黒くて長いレインコートで、雨粒が黒ダイアのように光っている。ローズはつねに単に歩くというより肩で風を切るようにつかつかと歩く。きっと金属のバックルがついた、ヒールが五センチあるウェッジソールの黒いレザーブーツのせいだろうとクロエは思っていた。

「夕食の時間よ」ローズがきっぱり言った。「ミスター・ウィンターズが帰ってから、ずっとパソコンか電話にかかりきりじゃない。お茶を何杯か飲んだだけで。エネルギーを補充しなきゃだめよ、ボス」

「ありがとう」送信箱に届いたばかりのメールに目をとおしながらクロエは答えた。「言われてみれば、ちょっとお腹がすいたわ」

ヘクターがとことことオフィスを横切ってローズに近づいた。目の前に腰をおろしてローズの行く手をさえぎり、宝くじの当たり券が入った箱を見つめる人間のような顔でピザの箱を見つめている。

「安心しなさい。みんなのぶんはあるから」ローズがヘクターに話しかけ、クロエのデスクにピザの箱を置いてレインコートを脱いだ。「調査の進み具合はどう?」

「なかなかおもしろいことになってるわ」クロエは座っている椅子をくるりとまわした。

「しかも時間を追うごとにどんどんおもしろくなってるの」

ローズがレインコートをコートラックにかけてクライアント用の椅子に腰をおろした。

「もうランプは見つかったの?」

「たぶん。数時間前にベアトリスおばさんから確実な情報をもらったわ」

「ロサンジェルスでアンティークショップを経営している親戚? むかしの映画スターの記念品を専門に扱っている人でしょう?」

「そうよ」

ベアトリス・ハーパーは、有名スターがサインした映画ポスターのオリジナルや珍しい映画フィルム、その他もろもろのハリウッドの黄金時代に関連する品物を扱う商売で成功している。マレーネ・ディートリッヒやケーリー・グラントやジョン・クロフォードの長らく行方不明だった未公開シーンから、ハンフリー・ボガートの使用が保証されているアールデコのライターまで、ベアトリスに見つけられないものはない。

ほとんどの場合、ベアトリスがそれらの貴重品を見つけるのは、レドンド・ビーチにある特定の作業場だ。その店はクライブとイブリン・ハーパーが経営している。二人には、一九三〇年代から行方知れずになっていたビンテージものの映画フィルムを〝発見する〟才能がある。彼らの娘のロンダとアリソンは正真正銘の芸術家で、ロンダは〝オリジナル〟のポスターを無限に制作し、アリソンはスターのサインを偽造《ぎぞう》する。

ベアトリスは一族のなかでべつの道を歩み、ウィリアム・ホールデンやグロリア・スワンソンが所有していた一風変わった家具やライターを扱うほうを選んだ。複製はとても出来がいいので、本物として通用する。そういうわけで、ベアトリスはそれを仕事にした。関係者全員にとって取引はうまくいっている。

クロエは自分が書きとめたメモに目をやった。「ランプの最後のオーナーと思われる人物は、ドレイク・ストーンよ。あらゆる証拠がまだ彼の手元にあることを示しているわ」

「嘘でしょ?」ローズがピザの箱をあけた。「むかしのロックスターのドレイク・ストーンのことを言ってるの?」

「ええ」

ローズがベジタリアン・ピザをひと切れ取ってヘクターに差しだした。「まだ生きてるなんて知らなかったわ」

「それに関しては、多少議論の余地があるかもしれないわね」自分も箱からひと切れピザを取る。「なんと言っても彼はラスベガスに住んでいるんだから。いまでも週に六日、ひと晩に二回ステージに立ってるわ。むかしから言うでしょう、古《いにしえ》のスターはけっして死なない、ベガスへ行くだけだって」

「ふうん」ローズがナプキンにピザを載せた。太い黒のアイラインで囲まれた青い瞳の表情がやわらいだように見える。「そう言えば、ママはドレイク・ストーンのファンだったわ。

ママが大好きな歌があったの。あたしが子どものころ、しょっちゅうその曲を聞いてた」

クロエは驚きを隠そうとした。ローズはめったに子どものころの話をしない。その時代は、両親が殺された晩に木っ端微塵《こっぱみじん》になったのだ。当時ローズは十五歳で、遺体を見つけたのは彼女だった。そのあとおばと住むようになったが、すでに離婚していたおばは二人の子どもを抱えて四苦八苦の状態だった。おばは自分の務めを果たそうとしたが、食べさせなければならない三人めの存在、とくにトラウマを抱えたティーンエイジャーは手に余った。愛情や思いやりは不足しがちで、ましてやお金はなおさらだった。

ローズは数カ月後、おばの家より路上のほうが居心地がいいと判断し、そこを出た。寒空の下、シェルターや持って生まれた勘のよさに頼って半年近くなんとか生き延びたあと、ハーパー調査会社にたどり着いた。クロエがローズを見つけたのは、のちにゴミ容器をあさっているヘクターを見つけたのと同じ路地だった。

「ひょっとしたら、お母さんが好きだった曲って〝ブルー・シャンパン〟？」クロエは尋ねた。

「そう、それよ」ローズの顔が輝いた。何小節かハミングする。「なんでわかったの？」

クロエはパソコン画面をたたいた。「わたしの調査では、それがストーンの最初にして唯一のメガヒットなの。三十年以上前の曲よ。でも、彼が有名になるには充分だった。ストーンの代表作ね。いまでも毎回ステージで演奏しているわ。どうやら観客の女性はいまだにステージのあと彼にキスしてもらうために列をつくってるみたい」

ローズが黒く縁取りされた目をぐるりとまわした。「本人は歌いあきてうんざりしてるでしょうね」

「たぶんね。いずれにせよ、さっきベガスにいるエドワードおじさんと話したの。ウィンターズから聞いた、かなり漠然とした特徴と一致する古いランプをストーンが持っているはずだと言われたわ。あるいは少なくとも一時期持っていたと。明日フィリスおばさんに相談してみるつもり」

「ベガスに住んでるおじさんって、高級アンティーク家具を売ってる人でしょう?」

「エドワードおじさんは、ベガスと南西部全体で屈指のアンティークディーラーなの。ドレイク・ストーンのインテリア・デザイナーがストーンの屋敷で使用した家具をたくさん提供した。去年ランプを手に入れたとき、ストーンはランプが本物であることを確認してほしいとおじさんに頼んだの。でも、調べる機会がなかったんですって」

ローズがヘクターにもうひと切れピザを差しだした。「なぜ?」

「ストーンの気が変わったからよ。ストーンはおじさんに、受け取ったランプをひと目見ただけで現代のものだとわかったと連絡してきたの。でもおじさんはそこまで確信していない。ハーパーの勘よ。いずれにしてもおじさんは、ストーンに会う手はずを整えられる人間がいるとしたら、フィリスおばさんしかいないと話していたわ」

「ランプが見つかったと聞いたら、新しいクライアントは大喜びするでしょうね」

「ミスター・ウィンターズにはまだ経過を報告していないの」クロエはピザをかじった。

「彼、いますぐにでもランプを見つけたがってるみたいだったわ」

「そうよ。でも、本物だと確認したいの。こんなこと言いたくないけれど、伝説の工芸品を扱うときは、偽物をつかまされる可能性を考慮しないと」

ローズがにやりとした。「万に一つでも、誰かが古いランプの偽物をつくってドレイク・ストーンに売った可能性を否定できないってこと?」

「そうでないように祈るばかりよ」クロエは言った。

ローズの黒い眉がぴくぴくした。「たしか、芸術品やアンティークの忠実なコピーや正確な複製は、偽物や贋作とみなされないって聞いた気がするけど」

「オリジナルと断言したり売ったりした場合はべつよ」皮肉に答える。「わかってる。そんなことがあるなんて思いたくないけれどね。誰かにストーンを紹介してもらわないと。フィリスおばさんなら、ショービジネスの関係者に知り合いがいるわ。少なくともドレイク・ストーンと同年代のスターと。明日の朝おばさんに電話して、ストーンに会えるように協力してもらえるか聞いてみるわ。そのあとベガスまでひとっ飛びしてランプを調べるつもり。ランプが本物だったら、ミスター・ウィンターズに報告して取引を進めるわ」

「ベガスは大好きよ。一緒に行ってもいい?」

「いいえ、だめよ」きっぱり言う。「あなたはアシスタントなのよ。あなたの仕事はここに目を配ってヘクターの世話をすること。ヘクターを長いあいだ放っておくことができないのはわかってるでしょう」

二人はそろってヘクターを見た。尻尾でぱたぱたと床をたたき、もっとピザをもらえるかようすをうかがっている。

「がっかりだわ」とローズ。「ベガスは大好きなのに」

「今週は心理学のテストがあるんじゃなかった？」クロエはふたたびピザをかじった。

ローズは地元のコミュニティ・カレッジの一年生に在学中で、ハーパー調査会社のパートナーになるのを目標にしている。自分がほんとうになりたい仕事を見つけるまで、数えきれないほど心変わりをするはずだとクロエは予想しているが、ローズからそんな迷いはいっさいうかがえない。

「ドレイク・ストーンにサイン入りの写真をもらってくるって約束して」ローズが言った。

「約束するわ」

ローズが眉をひそめた。「ちょっと思いついたんだけど、もしストーンがランプを売りたがらなかったらどうするの？」

「その心配は、ランプが本物だとわかったあとでするわ。一度に一歩ずつ。調査ビジネスについている人間がよく言うようにね」

「ボスはもっぱら、クライアントは悩みの種だって言ってるじゃない」

「それも事実よ」

「でもミスター・ウィンターズは違う。そういうことね？」

「なぜそう思うの？」

ローズがまじまじと見つめてきた。「ボスは彼をセクシーだと思ってるわ。得体が知れないけれど、かっこいいって」

「ジャック・ウィンターズが？　セクシー？」クロエはピザを吹きだしそうになった。「彼はクライアントよ、ローズ」

「だからってセクシーでどこがいけないの？」にんまりする。「彼がオフィスを出ていくときのボスの顔を見たわ。彼に惹かれてるんでしょう？　認めなさいよ」

「ハーパー調査会社のルール1は知ってるでしょう」

「クライアントと寝ないこと。ええ、知ってるわ。でもこの件が決着したあとはどうなの？」

「ローズ――」

「ボスがミスター・ウィンターズを見るような目でフレッチャー・モンローを見たことは一度もなかったわ」

クロエは警告するように目を細めた。「フレッチャー・モンローで思いだしたわ」

「ええ、今夜でしょう？」

「そうよ」ちらりと腕時計を見る。「でも、早くても夜中になるわ。コーヒーでも淹《い》れたほうがよさそうね」

「コーヒーは嫌いなくせに。いつも紅茶じゃない」

「眠くならないようにカフェインが必要なの。さしあたって、バーニング・ランプについてもう少し調べる時間がありそうね。手伝ってくれる？」

ローズの瞳が張り切ったように輝いた。「もちろん。こういう胡散《うさん》臭い仕事は大好きよ」

クロエはアシスタントを見た。「あなたには、古いランプを探してるとしか話してないわ。どうして胡散臭いと思うの？」

ローズがピザの最後のひと切れに手を伸ばした。「あたしにはちゃんとわかるのよ」

7

クロエは縁石に車を寄せてエンジンを切った。フロントガラス越しに小さな家へ目を凝らすうちに、うなじの産毛がむずむずしてきた。

家は一階も二階もすべてのブラインドとカーテンが閉ざされていた。居間の窓の端に、ぼんやりテレビ画面の光が見えているだけだ。それ以外の明かりはすべて消えている。

「変だわ」クロエはヘクターに話しかけた。「明かりもテレビも零時には全部消えているはずなのに。もし今夜フレッチャーがデート相手を家に連れこんでいたら、この件からは手を引くわ。騒ぎに巻きこまれるのは、ごめんだもの」

ヘクターはぴんと背を伸ばして助手席に座っている。クロエに話しかけられて少しだけ首をめぐらせたが、それをのぞけばいまの状況にさしたる興味は示していない。クロエといるだけで満足しているのだ。

クロエはしばらく運転席に座っていた。ノース・シアトル近郊の閑静な通り沿いに建つほかの家は闇に包まれ、玄関先の外灯や二階の窓にぽつりぽつりと明かりがついているだけだ。

「わかったでしょう？　フレッチャーと別れた理由の一つはこれなのよ」ヘクターに話しか

ける。「彼は当てにならないの。我慢っていうものができない。約束をしても、それを最後まで守れないの」

バッグはヘクターの前の床に置いてあった。クロエはバッグのストラップをごそごそいじってなかに手を入れ、携帯電話をつかんだ。フレッチャーはまだ電話帳の〝プライベート〟に分類したままになっている。

「〝仕事関係〟に移しておくべきだったわね」ヘクターに言う。

クロエはフレッチャーの番号を押した。呼びだし音が四回鳴ったところでボイスメールに切り替わった。クロエはメッセージを残さなかった。

「あくまで客観的に考えれば、フレッチャーが新しい彼女とセックスしてない可能性もあるわ」クロエは言った。「まず考えられないけれど、可能性はある。もしかしたら、テレビの前で眠ってしまっただけかもしれない。男の人はよくそういうことをするもの」

ヘクターが見つめてきた。例によって辛抱《しんぼう》強く。クロエが張り込みをすることはめったにない。インターネットの到来に伴い、張り込みはどんどん必要なくなっている。もし保険会社に高度障害保険請求をしている人物が実際には首にコルセットをつけていないことを証明したければ、ソーシャル・ネットワークサイトのどれかでその人物のホームページをチェックするか本人のブログを見つければすむ。保険請求者は判で押したように、最近出かけたスキー旅行やハイキングの写真を何枚もアップしていて、それがどれだけ楽しかったかや、保険会社が請求に応じたら手に入るお金をどうやって使うつもりでいるかについて、他愛ない短いコメントをつけている。そしてクロエは絶対に離婚は扱わない。それは自分で決めたルールの一つだった。

今夜のような仕事もめったにやらない。かならず厄介なことになるからだ。でもクロエはフレッチャーに同情するという致命的なミスを犯していた。

「彼に弱いのは認めるわ」彼女はヘクターに話しかけた。「ほんの一瞬、きらめく一瞬だけ、彼はわたしの理想の相手だって思いこんでしまったせいね。彼のために独身主義を捨てることまで考えたのよ。わたしの勘違いだとわかったからって、彼のせいじゃないわ」

クロエはさらに数分間じっと運転席にとどまり、真っ暗同然の家を見つめていた。見えないエネルギーが感覚をくすぐってくる。

「なにかおかしいわ、ヘクター」

ヘクターがあくびをした。

クロエはもう一度フレッチャーの番号を押した。やはり返事はない。クロエは電話を閉じた。

「いいわ。しょうがない、彼を起こしましょう」きっぱりと言う。「彼が最高のセックスをしてる最中だろうがどうでもいい。終わったあとの幸福感を邪魔されたところで、自業自得《じごうじとく》よ」

ダッシュボードから引き綱を出してヘクターの首輪につけ、そろって車を降りる。それから一分かけてカメラと携帯電話をトレンチコートのポケットに移した。

クロエはバッグをトランクにしまい、ヘクターの引き綱の端を持った。そのままブロックの真ん中あたりで通りを渡り、フレッチャーの家の私道を歩いて玄関へ向かった。カーテンの隙間からちらちらとテレビの明かりが漏れている。なぜかその青みがかった光が不気味に見えた。ふたたびクロエはうなじの産毛がざわつくのを感じた。反射的にわずかに感覚を高め、あたりを見まわす。玄関前の階段やドアノブには超常エネルギーの痕跡が何層も重なっているが、新しいものや危険なドリームライトは一つもない。ほとんどの痕跡はフレッチャーが残したものだ。

「神経がぴりぴりしてるのよ」クロエはヘクターに話しかけた。「きっと二杯めのコーヒーのせいね」

ひとしきり呼び鈴を押し、室内で鳴るこもったチャイムの音に耳を澄ます。返事はない。肌がむずむずした。クロエはヘクターに視線を落とした。あくまで無関心に見える。

「まあ、おまえはもともとフレッチャーが嫌いだものね」クロエは言った。「ほんとに彼がこの家のなかでまずいことになっていたとしても、どうせ後ろ足をあげておしっこをかけてやるんでしょう?」

クロエはドアノブをまわしてみた。鍵がかかっているのを予想して。たしかに鍵がかかっている。フレッチャーは最近かなりセキュリティを意識するようになっているのだ。

うしろにいるヘクターに目をやると、ヘクターは玄関前の階段に置かれた植木鉢の匂いを退屈そうに嗅いでいた。そのうち縄張りを主張する匂いをつけたが、無関心なのはわかった。

ヘクターはフレッチャーに関するすべてに関心がないのだ。

「でも、いまの彼はクライアントなのよ」クロエは説明した。「これを無視するわけにはいかないわ」

ヘクターは退屈そうにしている。

クロエはコートのべつのポケットに手を入れ、誕生日プレゼントにいとこのエイブがくれたハイテク工具を取りだした。「一流の探偵なら錠前ぐらい鍵なしでもあけられるべきだ」エイブはそう言った。「こいつを使えば標準仕様のドアの錠前ならたいていあけられる。これを使うたびに、ぼくのことを思いだしてくれよな」

クロエはまさにエイブのことを考えていた。エイブには、錠前とそれにまつわるテクノロジーに関する能力がある。けれど彼の家系にはソサエティが暗号解読能力者と呼びたがる人間が大勢いる。

ひとむかし前、彼らはもっと差別的なレッテルを貼られていた——上階の窓や天窓から忍びこむ泥棒や金庫破りというレッテルを。

暗号解読能力者にはさまざまな共通点や差異があるが、全員に共通するものが一つある。彼らには施錠された扉を通り抜ける超自然的能力があるのだ。多種多様なサイバースペースを含めて。クロエのように、エイブはかなり立派な方法で生計を立てている。コンピュータ・セキュリティ・システムをデザインしているのだ。

クロエは玄関の扉を押しあけ、わずかに感覚を高めて暗い玄関ホールをのぞきこんだ。テレビの音がはっきり聞こえる。古い映画の活気に満ちた早口の会話がけたたましく鳴り響いていた。フレッチャーは古い映画のファンではない。ということは、やはりソファで眠りこんでしまったのだろう。

「フレッチャー?」

返事はない。

また不安に襲われたが、その理由がわからなかった。ヘクターは落ち着いているし、クロエのもう一つの視覚にも警戒すべきものは何も映っていない。玄関ホールのタイルには、危険なほど真新しい足跡は皆無だ。

ヘクターは薄暗い狭いホールをじっとのぞきこんでいた。いくらか関心を見せはじめているが、新しい場所に入るときにいつも見せる反応にすぎない。もっとも、ヘクターのフレッチャーに対する強い軽蔑《けいべつ》を考えると、フレッチャーが居間の床で死んでいようが、病気で苦しんでいようが、どうでもいいのだろう。

死んでいるか病気か。強烈な不安で胃がよじれた。

フレッチャーは三十代前半だ。週に三回トレーニングをし、食べるものに気をつけている。それでも一見健康そうな男性が、思わぬ心臓の病気や動脈瘤《りゅう》で突然倒れるという話は前例がないわけじゃない。

新たな不安の波が押し寄せてきた。クロエは玄関ホールに踏みこみ、壁のスイッチを手探りした。壁についた薄暗い照明がつき、ホールと居間の一部を照らしだした。床に伸びる男性の両脚が見えた。それ以外の体はソファの陰になっている。

「たいへん、フレッチャー」

クロエは引き綱から手を離して居間へ走り、同時に携帯電話が入っているポケットに手を入れた。

フレッチャーのぴくりともしない体の横にひざまずき、脈を探る。喉元でゆっくりだがしっかりと脈が打っているのがわかり、どっと安堵がこみあげた。ホールの明かりとテレビの光で見るかぎり、出血はない。何かの発作でも起こしたのだろうか。クロエは緊急電話番号を押した。

ヘクターが鼻を鳴らした。ちらりと目をあげると、ヘクターが階段のふもとに立って二階の暗闇を食い入るように見つめていた。

そのときはじめて階段と階段の手すりが見えた。暗闇のなか、黒と紫が混じる凶暴な夢の痕跡が不気味に光っているのを見て、クロエは凍りついた。

ヘクターがうなった。あいかわらず階段の上をじっと見つめている。

九一一のオペレーターが応答した。「どうしました？」

「家のなかに侵入者がいるの」クロエはささやいた。

「相手は銃を持っていますか？」

「わからない。二階にいるわ」

「すぐに外へ出てください」

「怪我をしてる人がいるの。意識がないわ」

「外へ出て。いますぐ」

8

この先に待ち受けている睡眠薬漬けの夜と悪夢のことを考えないようにしながらコンピュータに向かっていたジャックは、雷に打たれたようにある認識に襲われた。みぞおちにパンチを食らった気がした。椅子から立ちあがり、オフィスの暗がりに潜む得体の知れない敵を探しているうちに、何が起きたか悟った。

落ち着け。また幻覚だ。いつもはせいぜい数分しか続かない。けれど、いつもは自分が見ているものが現実ではないとわかっている。あたかも超感覚がつかのまショートして、その結果起きる混乱の意味を脳が理解しようとしているように。

でもいま起きているのはそれとは違う。現実世界がぼやけて夢のような超現実感を帯びるときの、視覚障害がもたらす短い認識不能状態ではない。幻聴でもない。最初は新しい能力のべつの一面かと思った。だがどういうわけか、いまひしひしと感じている強烈な認識と警戒心は、クロエ・ハーパーに向いている気がした。

この不安は理不尽なものじゃない――ジャックは思った。なんと言っても自分はクロエに望みをかけているのだから。もし彼女がランプを見つけられなかったら、高い壁にぶちあたることになる。クロエのオフィスを出てから彼女のことが頭から離れず、自分のなかの戦略家の部分が、急速に制御不能になりつつある状況のなかで事態の手綱を保つ方法を捜し求めていた。

だが理屈もここまでだ。何かとんでもないことが起きていて、クロエがその中心にいるという感覚をぬぐい去れない。

ジャックは携帯電話を出してハーパー調査会社の番号を押した。三度めか四度めの呼び出し音でゴス・ガールが応えた。うしろで音楽が鳴っている。よりにもよってオペラだ。

「ボスはいるか？」ジャックが訊いた。

「仕事で出かけてるわ」ローズが答えた。

「もう零時過ぎだぞ」

「張り込みよ。元カレみたいな男が教え子にストーカーされてると思ってるの」

「どこにいる？」

「そういう情報は探偵社ではしゃべっちゃいけないことになってるのよ」

「クロエがまずいことになってるんだ。ぼくにはわかる」ジャックはかまわず言葉に新しい能力のエネルギーをこめた。ローズを少し怯えさせたい。でも超物理学の法則では、超常エネルギー波を携帯電話やサイバースペースやその他のハイテク機器をとおして送ることはできないとされている。それでも自分が戦略家であることに変わりはない。今日の午後、ローズとクロエが強い絆で結ばれているのを感じ取った。その角度から攻めれば効果があることは、さほど強い超能力がなくてもわかる。

「ほんとにそう思うの？」ローズが言った。疑っているが心配してもいる。

「ボスが超能力者なのは知ってるんだろう？」

「え、ええ、知ってるわ」

超自然的なものを信じている人間が相手なら、話が早い。

「ぼくもそうなんだ」ジャックは言った。「信じてくれ。クロエが危ない」

「わかったわ。不思議ね。あたしも数分前からちょっと落ち着かなかったの。クロエには、あたしは勘が鋭いって言われてるのよ。ちょっと待ってて、ボスに電話してみる」

ジャックはオフィスを出て居間へ向かった。最近家具を入れたばかりの部屋は、磨きあげた冷たいコンクリートの床とつややかに光るスチールとガラスでつくられていて、ざわつく緊張感を鎮める効果はまったくない。彼は壁一面に延びる窓に歩み寄り、黒く広がるエリオット湾とウェスト・シアトルの夜景を見つめながら待っていた。また嵐が近づいている。その気配が感じ取れる。

まもなくローズが電話口に戻ってきた。本気で心配している声になっている。

「電話に出ないの」ローズが言った。「あなたの言うとおりだわ。変よ。あのイタチ野郎がボスを思いどおりにするために、頭のおかしいチアリーダーを利用してるってわかってたのよ」

ジャックは玄関へ向かいながらポケットからキーを出した。「住所を教えろ」

「どうするつもり？」

「彼女を探す」

「その前にあたしを拾って。一緒に行くわ」

「時間がない」

「お願い、車を持ってないの。あたしも行きたい」

ローズの声で高まる不安が胸に染みた。ローズはパニックを起こしかけている。

「どこにいる？」ジャックは訊いた。

「クロエの部屋の向かいに住んでるの。オフィスの上よ。下の歩道で待ってるわ」

9

階段を伝ってガソリンの臭いが漂ってきた。ヘクターがふたたびうなる。だしぬけに、シューッという背筋が凍る音がした。階段の上がいっきに真っ赤に燃えあがった。

「うそ」クロエの口からかぼそい声が漏れた。

「もしもし？　もう外に出ましたか？」九一一のオペレーターが問いかけてきた。

煙探知機のスイッチが入った。けたたましい音で、激しく吠えたてはじめているヘクターの声がかき消されている。二階では勢いを増す炎が貨物列車のようなうなりをあげていた。

「約束するわ、できるだけ急いで外に出る」クロエは答えた。

携帯電話を閉じてポケットにしまい、勢いよく立ちあがる。そしてフレッチャーの両脇に手を入れて思いっきり持ちあげた。フレッチャーの頭ががくりと垂れた。彼の体はカーペットの上を数センチしか動いていない。ものすごく重い。

いざというとき女性に並外れた力をもたらすことで有名なアドレナリンの噴出とやらも、この程度のものだ。フレッチャーをカーペットからもっと摩擦の少ない硬材の床へおろすしかない。クロエはフレッチャーの両脇に入れていた手を離して彼の横にひざまずき、玄関のほうへ転がしはじめた。

意外にも、その方法がうまくいった。転がすあいだにフレッチャーの頭が何度かごつんとカーペットではねた。朝になったらいくつかアザができているだろうが、少なくとも命は落とさずにすむ。たぶん。あくまで家が焼け落ちるまえに彼を玄関から外へ引っ張りだせたらと仮定しての話だ。

ヘクターはすでに興奮状態になっていた。激しく吠えながら開いた玄関と階段のふもとをせわしく往復している。

「外よ」クロエは叫んだ。散歩に行くときいつも使っている言葉だ。

ヘクターが指示に従った。うしろで引き綱をはためかせながら玄関前の階段へ駆けていく。

クロエはフレッチャーを床まで転がしたところで、ふたたびすばやく立ちあがった。早くも階段を伝ってもうもうと煙がおりてきている。クロエは咳きこみはじめた。フレッチャーの両腕をつかんで引っ張ると、今回はたっぷり五十センチほど動かせた。

階段の途中から怒りの叫びが聞こえた。

「彼から手を離しなさい」流行の黒いフードつきのトレーニングウェアを着たほっそりした女性が、階段のふもとに現われた。煙越しに見るその姿は、正気を失ったチアリーダーの幽霊のようだった。二階から届く火明かりがブロンドのポニーテイルで躍り、手に持った拳銃で反射している。信じられないほど魅力的な姿のなかで、女性の顔だけは例外だった。愛らしい顔が憤怒でゆがんでいる。

「おまえには渡さないわ」女性がわめきたてた。「フレッチャーはわたしのものよ。わたしたちは固い絆で結ばれているの。彼から手を離しなさい」

フレッチャーから話を聞いていたクロエは、すぐに相手が誰かわかった。マデリン・ギブソン。マデリンの背後にある階段で、すさまじいエネルギーが勢いよく燃えあがっていた。理性を失った執念は、生々しい超常エネルギーを生みだす。

「ここを出ないと」けたたましいアラームに負けじとクロエは叫んだ。どうにかフレッチャーをさらに玄関へ引っ張る。「心配しないで。安全なところまで行ったら彼をあげるから。ほんとうよ、わたしはいらないの」

「彼から手を離せと言ってるの」マデリンが銃を向けてきた。「彼はわたしのものよ」

「あなたも一緒に来るのよ、マデリン」クロエはせきたてた。「外へ出たらフレッチャーを渡すわ、約束する」

「いいえ、彼はわたしとここにいるのよ。おまえには渡さない」ヒステリックな金切り声になっている。「誰にも渡さない。彼にもそう言ったのに、信じてくれなかった」

クロエは背後で何かが動く気配を感じた。物音は聞こえなかった。そのときようやくヘクターがもう吠えていないことに気づいた。ヘクターが玄関を駆けぬけ、クロエの横を走っていった。姿勢を低くしたまま、まっすぐマデリン目指して駆けていく。

「ヘクター、だめ」クロエは叫んだ。

けれど遅すぎた。マデリンが――おそらくは意図してというより反射的に――ヘクターに銃口を向けた。引き金を引くと同時に耳を聾《ろう》する銃声が轟《とどろ》く。ヘクターがどさりと床に倒れた。

愕然《がくぜん》としてクロエはヘクターを見つめた。

「ヘクター」かすれた声が漏れた。

マデリンがすばやくフレッチャーに銃口を向けた。ふたたび引き金を引く覚悟を決めた表情は、ぞっとするほど冷静で落ち着いている。

「待って」クロエはきっぱり告げた。フレッチャーから手を離し、ゆっくりマデリンに歩み寄る。彼女に近づくために、動かないヘクターの横を通り過ぎるしかなかった。「まだだめよ。フレッチャーは意識を失っているわ。いま撃っても、彼はあなたと離れられないことを知らずに死ぬことになる。彼にそれをわからせたいんでしょう?」

「ええ」マデリンの顔が混乱でくしゃくしゃになった。「彼はそれをわからなきゃいけないの」

煙探知機がたてるけたたましい音の向こうで、家の前に車が急停車する音が聞こえた気がした。クロエはマデリン・ギブソンから目を離さなかった。

「そうよ」クロエは言った。「あなたがすべて説明できるように、彼には目を覚ましてもらわなくちゃ。どうして眠ってるの?」

「クッキーよ」マデリンが答えた。「睡眠薬をすりつぶしてクッキーに入れたの。それを裏口に置いておいた。あの女の名前を書いたメモをつけて。フレッチャーは食べちゃいけなかったのよ。テストだったの」

「テスト」

「あの女がふさわしくないことを彼がわかっているか確かめるテスト。もしクッキーをゴミ

箱に捨てれば、彼女がふさわしくないってフレッチャーもわかっていることになる。でも、

このばかはクッキーを食べたのよ」

「そういうこと」マデリンはもうすぐそこだ。手を伸ばせば触れられるほど近い。「それで

合点がいったわ」

「おまえはここにいるべきじゃないのよ」マデリンが言った。

「心配しないで、すぐ消えるわ」

クロエはマデリンの肩に触れた。相手に気づいているようすはない。

開いた玄関の戸口をふさぐようにジャックが現われた。それと同時に玄関ホールにエネル

ギーが満ちあふれた。クロエは超常エネルギーの強烈な波がマデリンに向けられているのを

感じたが、相手の肩から手を離さずにいた。その直後、悪夢が襲いかかってきた。

あたかも電線に触れたようだった。マデリンに触れていたせいで、クロエもかなりのショ

ックを受けるはめになった。魂のもっとも深い場所に埋まっている原始の暗闇への恐怖が、

くねりながら全身を貫いた。悪霊や亡霊や夜中に出合うものたちが、荒れ狂うエネルギーの

波に乗って狭いスペースにどっと押し寄せてくる。背筋が凍りそうな何かがクロエの視界の

隅でちらつき、足元をずるずる這《は》っていた。

悲鳴が聞こえた。地獄をのぞきこんでいる女性の長く尾を引く甲高い悲鳴。わたしじゃない――クロエは思った。マデリンだ。あえぎながらクロエはマデリンの肩から手を離し、相手との接触を断《た》った。みるみる悪夢が消えていく。クロエは息を切らせ心臓を高鳴らせながらよろよろと壁へあとずさった。

ようやくマデリンの悲鳴がとまった。硬直した体が震えだし、どさりと倒れこむ。拳銃が大きな音をたてて玄関ホールの床にころがった。

ジャック・ウィンターズが指示する声がした。

「ローズ、彼女に手を貸してその男を頼む」クロエの横をすりぬけていく。「ぼくは女を運びだす」

ローズがフレッチャーの片腕をつかんだ。クロエは反対の腕をつかんだ。二人で力をあわせて玄関前の階段までフレッチャーを引っ張り、そのまま芝生へおりる。クロエが燃え盛る家へ振り向くと、ジャックが一方の肩にマデリンを背負って現われた。片腕でぐったりしたヘクターを抱えている。彼がつかのま足をとめ、何かを玄関から蹴りだした。それがローズの近くの芝生に落ちた。

「やだ」とローズ。「彼女、銃を持ってたの?」

「さわらないで」クロエは言った。「マデリンの指紋がついてるはずよ。証拠になるわ」

クロエはまだ先ほど押し寄せてきた悪夢の冷たい波の影響で震えていた。いまでも充分不快だが、攻撃をまともに受けていないのはわかっていた。マデリンがどんな思いをしたのか、想像もつかない。

クロエは自分のほうへ歩いてくるジャックを見つめた。意識のない女性とヘクターを燃え盛る家から運びだす、闇に包まれた勇ましい姿。

復讐の天使。

10

ジャックは警察官と話しているクロエから少し離れたところに立っていた。ヘクターは死なずにすんだ。現場にいた救命士の一人がヘクターを調べ、頭の傷に包帯を巻いたあと、たぶんだいじょうぶだろうと心強い意見を述べた。親切な隣人が、救急窓口のあるいちばん近い獣医へ連れて行くと申しでてくれた。

ローズはクロエの横にぴったり寄り添い、無言の支えになっている。ジャックは自分も彼女のそばにいたがっていることに気づいていたが、それは彼の役目ではなかった。クロエとは親しい間柄ではない。あくまでクライアントだ。悪夢の精神炸裂《さくれつ》でクロエにひどい火傷《やけど》を負わせたクライアント。彼女がマデリンのように意識を失わなかったとは不思議だ。おそらくクロエ自身が持つ強い能力の賜物だろう。

フレッチャー・モンローとマデリン・ギブソンは、救急車で搬送された。警察官の一人に付き添われていたマデリンは、救急車に運びこまれたときもまだ意識がなかった。モンローはストレッチャーに固定されたとき身じろぎしはじめていて、クッキーについて何か話しているのが聞こえた。

消防士たちは燃え盛る炎を撃退したが、家はまだくすぶっていた。芝生の上で何本ものホースがもつれ合い、緊急車輌の点滅する光があふれ、通りは水びたしだ。自宅から出てきた近所の住民が、あちこちで数人ずつ固まって状況に目を凝らしている。

「科学捜査班《CSI》がクッキーを調べますが、あなたがギブソンから聞いた、クッキーに睡眠薬を入れたという話はどうやら事実のようですね」警察官がクロエにそう告げ、自分が取ったメモを確認した。「ギブソンは夜中まで待ってから、ミスター・モンローもろともこの家を焼き払うために戻ってきたんです」そこで視線をあげる。「モンロー殺害と同時に自殺するつもりだったと思いますか？」

「彼女はきちんとものを考えられる状態ではありませんでした」クロエが胸の下できつく腕を組んだ。「でも、わたしは彼女が炎のなかで死ぬつもりだったとは思いません。フレッチャーが自分以外の女性のものにならないようにしたかっただけです。つまり、ミスター・モンローが」

「ギブソンは彼の学生だと言いましたね？」

「学生だったんです。たしか直近の学期で。二人はデートをする仲でしたが、学期が終わると同時に二人の関係も終わりました。そのあと彼女はミスター・モンローにつきまとうようになったんです。夜中にここに現われては、玄関先にちょっとしたプレゼントを置いていくようになりました」

警察官がうなずく。「男ならそれだけでぞっとするでしょうね。モンローは接近禁止命令を取ったんですか？」

「いいえ。大学でスキャンダルになりかねないので、それは避けたがっていました。わたしはギブソンの不利になる写真を撮ることになっていたんです。モンローはその写真を使って彼女と対決するつもりだった。わたしはそんなことをしても効果はないと言ったんですが、わたしが撮った写真があれば、事態を収拾できると彼は決めてかかっていました」

「彼はなぜ合理的な手段で彼女に対応できると思ったんでしょう？」怪訝《けげん》な顔をしている。

「ミスター・モンローは心理学者です」

警察官が顔をしかめた。「なるほどね。いろいろありがとうございました、ミス・ハーパー。証言していただくために、追って連絡を差しあげることになるはずです。連絡先を教えてください」

「名刺があります」トレンチコートのポケットのどれかに名刺が入っているはずだと思っているように視線を落とす。その顔に困惑がよぎった。「名刺はバッグのなかだわ。バッグは車のトランクのなかよ」

「あたしが取ってくる」ローズが言った。「キーをちょうだい」

「キー」クロエがポケットに手を入れ、キーホルダーを出してローズに渡した。

ローズが通りの先にとめてある小型車へ走っていった。

警察官が何やら思うところがありそうな顔でクロエを見つめた。「あなたの名前には聞き覚えがあります、ミス・ハーパー。去年、アンダーソン・ポイントの連続殺人事件で意見を伺った方ですよね？」

クロエはローズが車を見つけたか確認するようにちらりと肩越しに振り向いた。

「タカハシ刑事に少しばかり情報を提供しました」静かに言う。「優秀なタカハシ刑事は、その情報を使って容疑者を特定したんです」

「知ってます。あれはこれ以上ないほど難解な事件だった。タカハシは昼も夜も捜査を続けていました。自分のデスクの下にずっとファイルを置いていたが、あなたの情報で突破口が得られるまでさっぱり進展がなかったんです。最後には人質事件になったのを覚えています。あれはほんとうに危険な状況だった」

「ええ」厳しい口調になっている。

「頭がいかれた悪党は、ウィンター・コーブ精神病院へ送られた。あいつがみずから首を吊ってくれたのは、関係者全員にとって幸いでしたよ。州は大金を節約できた」

ローズが名刺を持って戻ってきた。「ほんとにだいじょうぶなの、ボス？」あらためて頭の先からつま先までクロエをながめまわしている。「火傷とかしてない？」

「だいじょうぶよ」クロエは警察官に名刺を渡し、相手がCSIのヴァンから下りてきた人間と話しに立ち去るまで待っていた。それからまずローズに、次にジャックに目を向けた。

「悪く思わないでね。あなたたちに会えてほんとうに嬉しいのよ。でも、いったいここで何をしてるの？」

「ミスター・ウィンターズが警察に話した内容を聞いたでしょ」ローズが言った。「ミスター・ウィンターズは、ここで一人で張り込みをしてるボスを心配したのよ」

「あなたが警察になんと話したかは知ってるわ、ミスター・ウィンターズ」しかめた顔をいっそう曇らせる。「でも、今夜わたしが仕事をしてるって、どうしてわかったの？」

「ローズに電話していくつか質問したんだ」とジャック。「彼女からきみが一人でここにいると聞いた」

「夜中にオフィスに電話したの？」煤《すす》が筋になった顔が不信でこわばった。「そしてわたしの無事を確認するために、たまたま二人でここへ来ることにしたって言うの？」

「クロエ」ローズが静かに言った。「ミスター・ウィンターズは何かを感じたのよ。あたしもそう。勘には注意しろって、ボスはしょっちゅう言ってるじゃない」

「ごめんなさい」クロエは額をこすった。「文句を言ってるんじゃないの。どうして何かおかしいって思ったのか、不思議に思っただけよ」

「ぼくはきみを大いに頼りにしてるんだ」ジャックがクロエの腕をつかんだ。「震えてるぞ」

「寒いせいよ」

「アドレナリンのせいだ」とジャック。「それで神経が高ぶっている。座ったほうがいい」

「それより一杯飲みたいわ」

「それもそうだな。家まで送ろう」

「自分の車があるわ」

いまは彼と同じ車に乗ることすらしたくない気分だった。あんなふうに熱い思いをさせられたのだから。

ローズが鼻先で笑った。「運転できる状態だと思ってるの、ボス？　危機一髪のところだったのよ。ミスター・ウィンターズの言うとおりだわ。彼にオフィスまで送ってもらうのよ。ボスの車はあたしに任せて」

クロエはつかのま抵抗しようとしたが、結局はあきらめた。

「わかったわ」

ジャックはクロエを助手席に乗せ、運転席側へまわった。まだ煙の臭いがしている革ジャケットを脱いで後部座席の床に投げ、運転席に乗りこむ。

ドアを閉めると、狭いスペースがいっきに親密な雰囲気で満たされた。すぐ近くにいるクロエの存在がどうしようもなく意識される。彼女は煙と女性とアドレナリンの余波の匂いを放っていた。ジャックが玄関から駆けこんだとき、クロエは限界まで能力を解き放っていた。即座にそれがわかった。ジャックも最大限まで能力を高めていた。いまはおたがいに強烈なアフターバーンの渦中にある。ジャックは自分がすっかり興奮しているのがわかった。全身の筋肉がはちきれんばかりに固くなっている。

ハイレベルな超能力者同士が惹かれあうと、エロティックな欲望が引き起こされるという噂は聞いたことがある。長年のあいだに強力な女性の超能力者には一人ならず遭遇し、自分の感覚が心地よくかき乱されたこともある。だがここまでの過熱状態に陥ったことはない。しっかりしなければ。

二人は二分ほど黙って車内に座り、くすぶる家の前庭のあわただしい動きを見つめていた。

「あなたのおかげでわたしの犬は助かったわ」しばらくのち、クロエが言った。「そしてたぶんフレッチャーとわたしも。ありがとう」

「いいさ」

クロエが目にかかった髪をはらった。「ヘクターはマデリンに襲いかかったの。わたしを守ろうとして。あの子があんなことをするの、はじめて見たわ。きっとわたしと出会うまえに、番犬の訓練を受けていたのね」

「そうかもしれない。あるいは単に本能的に行動したか。あいつはタフな犬だ。救命士は持ちこたえると確信しているようだった」

「お礼を言うわ。でも、できるだけ早くヘクターを家に連れて帰らないと」声に不安がこもっている。「あの子には捨てられることへの恐怖心があるの。知らない場所で意識を取り戻したら――」

「獣医は扱い方を心得ているさ」

「ええ、そうね」ゆっくり息を吐きだす。「ごめんなさい、ちょっと動揺してるの」

「無理もない」

クロエがはじめて見るように車内を見まわした。

「いい車ね」

「どうも」

「でもわたしが降りたあとは煙の臭いがしちゃうわ」シートベルトをごそごそいじっている。

「きっと室内清掃にかなりお金がかかるでしょうね」

「そのぐらいの余裕はある。それに、今夜煤や煙がついてるのはきみだけじゃない」

クロエが肩越しにジャックが先ほど革ジャケットを投げた後部座席をうかがった。「ええ、そのようね」

ジャックはさらに二度ほどシートベルトのバックルをいじるクロエを見ていた。手を伸ばしてベルトをはめてやる。クロエが息を吐きだし、ヘッドレストにもたれて目を閉じた。

「悪かったな」遅まきながらジャックは言った。それ以上つけくわえる言葉を思いつかなかった。悪夢の波をぶつけた女性になんて言えばいい？

「すごい能力ね」クロエの声はあくまで冷静だった。「二つめの能力でしょう？　ウィンタースの呪いがかかった証拠だとあなたが考えている能力」

ジャックはくすぶる家をにらんだ。「まだコントロールしきれていないんだ。言うまでもないが、実験するチャンスがあまりない」

「そうね、なかなかむずかしいのはわかるわ」

自分は今夜、文字どおりクロエを怯えさせたのだ。これから数週間はぼくの悪夢を見つづけるだろう。はじめてのデートで女性に気に入られる最良の方法とは言えない。

「だいじょうぶか？」彼は訊いた。

「ええ。ちょっと動揺しているだけ。アドレナリンね、あなたが言ったように」

ジャックの口元がほころびそうになった。肝の据わったタフなぼくだけの私立探偵。

「すまない」あらためて彼は言った。

「いいのよ。事情が事情だもの、少し大目に見てあげるわ」

ジャックは車を出した。「それで、きみはこういうことをよくやってるのか?」

クロエが目をあけ、フロントガラス越しにまっすぐ前を見つめた。「めったにやらないわ。こういう仕事は嫌いなの、たいてい面倒なことになるから」

「モンローはきみの元何かだとローズが言っていたが」

「元恋人よ、元夫ではなく。数カ月前に別れたわ。この学期のあいだ、彼はマデリン・ギブソンとつき合っていた。その関係に終止符を打とうとすると、マデリンのストーキングが始まったの。マデリンはフレッチャーを理解していなかったのよ。彼にはこれ以上ないほど予測可能なパターンがあることに気づかなかった」

「どんなパターンだ?」

「フレッチャーは学期ごとに自分のクラスの一つから新しい女子学生を選んでつき合うの。自分の女性関係は、毎回学期終了と同時に終わると話していたわ。彼にとって、新学期はつねに新しい恋人を意味している。彼は典型的な連続一夫一婦主義者なの。一度に一人の相手としかつき合わないけれど、その相手を次つぎに変えるのよ」

「そのルールを聞いてもマデリンは納得しなかった?」

「ええ。どんどん思いつめるようになったわ。いつもフレッチャーの教室の外で待ちかまえていた。彼がトレーニングしているときにはジムにやってくるようになった。玄関先にちょっとしたプレゼントを置いていくようになった。花。淹れたてのコーヒーとドーナツ。来るのはいつも零時をまわったころだった。フレッチャーは話をしようとしたけど、マデリンはただ笑ってからかっているだけだと言ったの」

「それでモンローはきみを雇ったのか？」

「彼とは別れたけれど、友人としての関係は続いていたの。わたしが何で生計を立てているか、彼はもちろん知っていたしね。それに彼はこの問題を絶対に表沙汰《おもてざた》にしたくなかったのよ」

「モンローは大学での悪影響を心配していたと、きみは警察に話していたな」

「フレッチャーの女性関係のパターンが噂になりはじめていたの。大学のほかのメンバーから苦情が出ていたし、好ましくないゴシップもあった。大学にとっては、講師が学生とつき合うこと自体は前例がないわけじゃない。でも何度もくり返しそういうことがあると、人目を引くわ。そして誰もが容認するとはかぎらない」

「要するに、モンローは仕事を失う可能性があったんだな」

クロエは首をめぐらせてジャックを見た。「ことの全体像を把握したようね、ミスター・ウィンターズ」

「ぼくのもう一つの能力は戦略能力だ、忘れたのか？　ぼくには全体像と本質がわかる」

「そうよ。フレッチャーは告発されれば仕事を失いかねないと思っていた。内々に処理したかったのよ」

「だからきみに証拠をつかんでもらうことにした」

「もちろん、インターネットでかなりいろいろなことがわかったわ。ブログや個人のホームページでみんながどんなことを書いているか、あきれるほどよ。みんなサイバースペースをプライベートな日記みたいに使ってるの。マデリンは自分の恋愛についてかなり細かくチャットしていたわ。執念深さは明らかなのに、ストーカーをしているという自覚はなかった。フレッチャーにプレゼントをしても、彼が喜んでくれないと書いていただけ。フレッチャーは現状の証拠写真を欲しがったの」

「きみは彼に同情して依頼を受けた」

「それと、彼とはいまでも友だちだからよ」クロエが言った。「フレッチャーはすっかりおろおろしていたわ。彼はいいやつなの。頭がいい。一緒にいて楽しい。気分にむらがない。抜群のユーモアのセンス。どう言えばいいの？　わたしは彼が嫌いじゃないのよ」

「学期末にきみとの関係を終わらせたことは気にならなかったのか？」

「ああ、じつは、終わらせたのはわたしのほうだったの」

「モンローが連続一夫一婦主義者だとわかったから？」

「いいえ、そうじゃないわ」本気で驚いているらしい。「わたしにとって、フレッチャーの女性関係のパターンは、彼が持つ最善の特徴の二つのうちの一つだったわ」

「もう一つは？」

「異性関係恐怖症。問題は、わたしも異性関係で問題を抱えていると気づいたフレッチャーが、それを治そうとしたこと。たぶん一種の誤った投影だったんでしょうね」

「誤った投影」ジャックは自分がいまだに連続一夫一婦主義や異性関係問題の扱いに頭を悩ませていることに気づいた。どういうわけか、どちらも予測していなかった。

「わたしに一種の能力があることをフレッチャーに話すと、彼との関係はいっそうぎくしゃくするようになった。たぶんあのときわたしは彼にとって患者になったのね」

「あててみようか。モンローは超常的なものを信じていないんだな」

「彼は心理学の博士号を持ってるのよ。当然そんなものは信じていないわ」ため息を漏らす。

「結局のところ、二、三度デートしたところでわたしは彼との関係を終わらせるしかなかった。寝室までたどり着いてもいなかった。ローズはそれがいまもフレッチャーの心にひっかかっているんだと思ってるけど、わたしはそうは思えない」

「なぜ？」

「フレッチャーはすぐ気持ちを切り替えたからよ。すぐほかの女性とつき合いだした。たちまちいつものパターンに戻ったわ。べつに忘れられなかったからじゃないの。わたしのことはあくまで職業上の失敗ととらえているんだと思う」

「きみの問題を治せなかったから？」

「そう」

「彼とはどうやって出会ったんだ？」

「彼のクラスを取っていたの。仕事に役に立つと思ったのよ」

「具体的に、彼は何を教えているんだ?」

「犯罪心理学」

「勉強になったことはあったのか?」

「わたしがもっぱら学んだのは、心理学者は解釈と動機を探しているということね。わたしはただの私立探偵よ。わたしが探すのは、質《たち》の悪い超常エネルギー」

　ジャックは州間高速道路五号線に乗るスロープをあがり、ダウンタウンへ向かった。時刻が時刻なので、高速道路はがらがらだった。夜空を背景に、街の高層ビル――彼の住まいがあるビルを含め――の明かりがきらめいている。

「モンローの連続一夫一婦主義癖や異性関係問題は長所だと、本気で思ってたのか?」しばらくのち彼は訊いた。

「もちろん。わたしは、彼は理想の相手だってなかば思いこんでいたのよ。例の話をすると、フレッチャーは露骨に嬉しそうな顔をしたわ。でも、考えてみれば男性は最初は嬉しそうに見えるものなのよね。どうして考えが変わるのかわからないわ。フィリスおばさんは、男はそういうものだと言ってるけれど」

「こんなことを訊いたら後悔しそうだが、〝例の話〟ってなんなんだ?」

「自分の異性関係問題に関する話よ。わたしは自分が始めた男性との関係はたいてい短期間で終わるし、条件をつけることもないことをはっきり話す。相手はちっとも罪悪感を抱かずに、いつでもいきなりわたしを振ってかまわないってきちんと伝えるの」そこで少し眉をひそめる。「でもどういうわけか、たいてい振るのはわたしのほうなのよ」

「正真正銘の理想主義者なんだな」そっけなく言う。

「理想主義者になんてなれるわけないわ、ミスター・ウィンターズ。わたしみたいな能力がある人間はね」

ジャックはすばやくクロエをうかがった。「きみの能力とどんな関係があるんだ?」

「うまく説明できないわ」ヘッドレストに頭をもたれ、腕を組む。「どっちにしても、いまはどうでもいいことよ」

「どうして?」

「連続一夫一婦主義はもうやめたの。一年前から新しい段階に入ったわ。フレッチャーとつき合っているときは、たしかに少しのあいだ連続一夫一婦主義に戻ってもいいかもしれないと思ったけれど、結局はうまくいくはずがないとわかったから」

「それで、連続一夫一婦主義の次に何を選んだんだ?」

「独身主義よ」

ジャックはまたしても不意を突かれた。「独身主義?」

「独身主義のライフスタイルには、一種の自由があるのよ」

「そうなのか? それは知らなかった」

11

　ジャックはハーパー調査会社が入っているビルの前で車をとめた。クロエは彼がドアをあけてやるのを待たずに車を降りた。彼女の周囲でエネルギーがぱちぱち音をたてている。それがジャックの感覚を刺激して、彼を落ち着かない気分にさせていた。

　クロエがトレンチコートのポケットに手を入れて鍵束を出した。鍵束と一緒にポケットから出てきた奇妙なものが歩道に落ちて、カチャンと音がした。ジャックは小さなハイテク工具を拾いあげ、街灯の明かりがあたるようにした。

「質問しないほうがいいんだろうな」クロエに工具を返しながら言う。「なにしろこいつはどうやらかなり高級なピッキング道具のようだし、違法の可能性が高そうだ」

「誕生日にもらったのよ」

「べつの元恋人から？」

「いいえ、いとこのエイブよ」

「きみの家族は変わったプレゼントをくれるんだな」

　クロエがドアをあけて狭いロビーに入った。ジャックは彼女のあとから建物に入り、ドアを閉めた。そろって階段をのぼりはじめる。クロエはしっかり手すりをつかみ、体を持ちあげるようにして階段をのぼっていた。ジャックが反対の腕に手を添えても抵抗しなかった。すぐに彼は直接彼女に触れたのは間違いだったと悟った。血を燃えたぎらせている切迫した欲望が高まり、胸の奥深くにあるものがかき乱されている。ふいに、この場でクロエを自分のものにする光景が脳裏に浮かんだ。幻覚ではない。むしろ抗《こう》しがたいほどの欲求だ。

ジャックはクロエがひと休みできるように二階でいったん足をとめた。

「恥ずかしいわ」クロエがつぶやいた。「こんなに弱ってるなんて思わなかった」

「疲れてるんだ」ジャックは言った。「モンローは体格がいい。どのぐらい彼を引きずったんだ？」

「わたしが着いたとき、彼は居間にいたの」

それなりに室内のようすを見ていたジャックには、モンローを玄関ホールまで引きずるのはクロエにとってかなりたいへんだったはずだとわかった。そのうえ彼女は顔に銃口を突きつけられ、飼い犬を撃たれ、悪夢の一撃を浴びたのだ。

「さんざんな夜だったな」彼は言った。

「ああ、それで思いだしたけれど――」

三階の踊り場にローズが姿を見せた。

「いま獣医さんと話していたの」ローズが言った。「ヘクターはだいじょうぶよ。でも傷口を縫うために麻酔をかけたから、まだ眠っているわ。明日の朝には退院できるって。だいじょうぶ、クロエ？　そこで倒れそうな顔をしてるわよ」

「まだよ」クロエがもう一段体を引きあげた。「一杯飲むまではだめ。それからシャワーも。まずはとにかくシャワーを浴びたいわ」

ジャックはふたたびクロエの腕を取ると、なかば持ちあげるようにして三階まで付き添った。ローズがドアをあけた。

「やれやれ、ただいま」クロエがつぶやく。「ちょっと失礼するわね。これ以上一分だって煙の臭いに耐えられないの」

クロエが戸口を抜けて姿を消した。ローズがあとに続く。つかのまジャックは迷ったが、帰れと言われもしなかったし、邪険に廊下に締めだされることもなかったと判断した。つまり、入ってもかまわないということだ。彼はアパートに踏みこみ、扉を閉めた。

その部屋はおよそシアトルらしくなかった。地中海沿岸を思わせる豊かでぬくもりのある色味であふれている。赤レンガではない壁は、深みのある琥珀《こはく》色と黄土色に塗られていた。カーペットは抽象的な柄がついたサフラン色と赤錆《あかさび》色だ。蜂蜜《はちみつ》色のソファには色とりどりのクッションがならんでいる。窓辺には青々とした観葉植物が植えられた赤い陶器の植木鉢がいくつも置いてある。

ローズが煙の臭いがぷんぷんする服を抱えて戻ってきた。

「クロエは色が好きなの」ローズが言った。「カラフルなのが」

「そのようだな」

ジャックはスチールとコンクリートばかりの寒々とした自分のアパートを思い浮かべた。誰もがぼくにぴったりだと言うだろう。それがかならずしも褒《ほ》め言葉とはかぎらない気がしてならない。

「キッチンで手を洗ってもいいわよ」ローズが流しを示した。「あたしはこれを洗濯機に入れてくる」

「ありがとう」ほんとうに必要なのはシャワーだが、まだ家には帰りたくない。クロエに放りだされるまで、彼女のそばにいたい。

〝独身主義には一種の自由があるのよ〟

とんでもない。

彼は袖《そで》をまくりあげて流しの水を出した。ローズが狭い洗濯室に姿を消した。洗濯機がまわりはじめる音がする。まもなくローズが戻ってきて、戸棚をあけて赤ワインのボトルを出した。

「私立探偵はウィスキーを飲むものだと思ってたよ」ジャックは言った。

「クロエはためしてみたのよ。残念なことに、ウィスキーは好きじゃなかったの」戸棚からグラスを一つ出す。「飲む？」

「いや、遠慮しておく」

「どうぞお好きに」ボトルとグラスをテーブルに置く。心痛で顔が曇っていた。「彼女、だいじょうぶよね？」

「クロエか？　だいじょうぶだろう。ちょっと動揺しているが、それだけだ。なぜ？」

「あの家から出てきたとき、地獄をくぐりぬけたみたいに見えたから。あんなクロエを最後に見たのは――」

そこでふいに口を閉ざす。

「最後に見たのはいつなんだ？」

「警察に協力してアンダーソン・ポイントの事件を解決したときよ」

「今夜みたいな仕事はめったにやらないと聞いたぞ」

「それはほんとうよ。クロエは〝ごたごたケース〟と呼んでるものが好きじゃないの。自分がいちばん得意なのは、あなたのランプみたいに行方不明になったものを見つけることだって言ってるわ」

「ほんとうにそういうことが得意なんだな」

「クロエは天才よ。あなたも言ったけど、超能力があるの」

ジャックは椅子に腰かけた。「ぼくの調査で進展があったかどうかなんて、きみは知らないだろうな」

「クロエから聞いてないの？」グラスの半分までワインを注ぐ。「今日の午後、ラスベガスであなたのランプが見つかったのよ」

「なんだって？」

「まあ、ともかくクロエはそれが目当てのランプだと思ってるわ。でも明日持ち主に紹介してもらう手はずを整えるつもりでいる。すべてがうまくいったら、明後日ベガスへ飛んでランプが偽物でも複製でもないことを確認することになってるの。ランプと同じ部屋にいないと確信が持てないんですって。ほら、例の疑似科学的要素よ」

ジャックはローズのうしろ姿を見つめていた。不信の大波が全身を駆け抜けている。「ぼくはあのいまいましいランプを長年にわたって断続的に探しつづけてきたんだ。この一カ月はそれにかかりきりで、ぼくは戦略能力者だ。なのにクロエは半日で見つけたと言うのか？」

クロエが戸口に現われた。「わたしは優秀だって言ったでしょう」

彼女を見たとたん、ジャックは体の奥を隅から隅までぎゅっとつかまれた気がした。クロエは白いバスローブをまとい、髪をタオルでくるんでいる。顔がバラ色に染まって温かそうだが、目に疲れが浮かんでいた。

「ああ」彼は言った。「たしかに言ったよ」

「手がかりをつかんだランプが本物だという確信はまだないの」クロエがテーブルの前にある椅子に腰をおろし、グラスを取ってたっぷりひとくちワインを飲んだ。「できるだけ早く実物を見て本物だと確認できればいいと思ってるわ」

「ぼくも一緒に行く」

「いいえ、だめよ」片手をさっと振ってふたたびワインを飲む。「コレクターと接するのは、とくに超常的な品物を集めている人たちが相手の場合は、とても神経を遣う仕事なの。わたしの経験では、同じ部屋にクライアントがいたらうまくいくはずがない。こういうことは第三者が対処するのが最善と決まってるのよ、わたしを信じて」

「くそっ——」

「もしミスター・ストーンにランプを売る気があれば、連絡するわ。あなたはその時点で先方の口座に代金を送金すればいい。わたしはランプを受け取って戻ってくる。これが手順よ」

「はっきり言っておく」ジャックは言った。「今夜あやうく起こりそうだったことを考えると、ぼく抜きできみを遠くへは行かせない」

「ばか言わないで」クロエが顔をしかめた。「今夜あったことは、あなたの調査となんの関係もないわ」

「そういう問題じゃない。ランプがぼくの手元に来るまで、きみに運任せの賭けをさせるわけにはいかない」

クロエがローズを見た。「ほらね？　クライアントが厄介なのはいつだってこれなのよ。問題を解決するためにわたしを雇ったくせに、仕事のやり方を指図しようとするの」

12

一時間後、自分のアパートに戻ったジャックはノートパソコンのスイッチを入れた。探していた新聞記事はほとんど即座に見つかった。アンダーソン・ポイント連続殺人事件の遅れに遅れた逮捕は、その劇的な結末ゆえに紙面のかなりの部分を占めていた。当時ジャックは南カリフォルニアで新規事業の取引をまとめるために街を離れていたので、その事件にはあまり注目していなかった。

犯人は逮捕に向かった警察をまんまとかわし、人質をとらえるだけの時間をかせいでいた。そして人質の少女とともに自宅に立てこもり、少女を殺すと脅した。

……容疑者のリチャード・ソーヤーは、私立探偵のクロエ・ハーパーにはめられたと交渉人に告げた。ハーパーは人質になった十代の少女のために動いていた。少女は殺害された夫婦、ジョンとエレイン・トラナーの娘だった。

ソーヤーは人質とミス・ハーパーの交換を持ちかけた。警察は消極的だったが、最終的には現場の混乱にまぎれてハーパーが容疑者の自宅に向かった。

次に何が起きたか定かではない。容疑者の自宅に入って間もなく、ハーパーと人質が無傷で現われた。室内に入った警察は、意識不明で床に倒れているソーヤーを発見した。ソーヤーはなんらかの発作を起こしたと思われる。

数カ月後、事件の続報が掲載されていた。

……アンダーソン・ポイントで起きた夫婦殺害事件の三十一歳になる容疑者が犯行を自供したが、公判に付すのは不可能と判断された。容疑者はウィンター・コーブ精神病院への入院を命じられ、死ぬまでそこで過ごすと考えられている。

三週間後に最後の記事があった。短いものだ。

……アンダーソン・ポイントで起きた夫婦殺害を自供したリチャード・ソーヤーが、ウィンター・コーブ精神病院の病室で遺体で発見された。死因は自殺と見られ……

少し調べただけで、殺害された夫婦の娘の名前がわかった。クロエに付き添われて裁判所を出て行く少女の写真が見つかった。タトゥーはあらかたコートでめだたないように覆ってあるし、メイクも抑えぎみだが、誰かはすぐわかる。ローズだ。

ジャックはパソコンを閉じて窓に歩み寄り、その場にたたずんで夜景を見つめた。燃え盛る家の玄関を駆け抜けたときに感じた超常エネルギーの奔流に思いを馳《は》せる。あのエネルギーはクロエから出ていた。彼女はマデリン・ギブソンの肩に触れようと手を伸ばしているところだった。

「さてさて、クロエ・ハーパー」彼は声に出してつぶやいた。スチールとコンクリートの冷え冷えした空間がつくる静寂のなかに、彼の声が響いた。「あのときぼくが駆けつけていなかったら、何が起きていたんだ？　マデリン・ギブソンはリチャード・ソーヤーみたいに謎の発作を起こして意識を失っていたのか？　ドリームライト・リーダーにできるのは、夢の超常エネルギーをちょっとばかり読み取れるだけだとばかり思っていたよ。どんな秘密を隠してる？」

ジャックはしばらくその場にたたずんで暗闇を見つめていた。やがて寝室に入り、睡眠薬のボトルを出した。

13

逆巻く闇が深淵《しんえん》いっぱいに広がっている。それをのぞきこむ彼女は、いかなる光もこの底知れぬ深みには届かないとわかっていた。自分を引き裂いている渇望が満たされる日はけっして来ないのだ。

責めを負うべきは彼のほうだ。この飽くなき渇望を駆り立てたのは彼なのだから。けれど彼はわたしに背を向けた。わたしなど必要ないと、けっしてわたしのものにはならないと言って。

それが事実なら、誰にも彼を渡さない。

違う。わたしのエネルギーじゃない。わたしの夢じゃない。

クロエははっと目を覚ました。心臓が激しく脈打ち、寝巻きが汗でびっしょり濡れている。咄嗟《とっさ》にヘクターを求めて手を伸ばしたが、ベッドにずっしりとしたぬくもりはなかった。そこでようやくヘクターがまだ病院にいることを思いだした。

クロエは何度か深呼吸した。ゆっくりと鼓動が静まっていく。今夜あったことは、あくまで運とタイミングが悪かっただけだ。マデリン・ギブソンに触れたとき、わたしは感覚を解き放っていた。まさにそのとき――ジャックのせいで――、マデリンは図《はか》らずもおぞましい夢の世界へ飛びこもうとしていた。

テレパシーなんてものは存在しない。他人の夢を実際に見ることなどありえない。けれど、男性にしろ女性にしろ、夢を見ている人間が放つドリームライトの奔流は、起きているときに比べてはるかに強い。実際に夢を見ているとき、夢の超常エネルギーはその人が触れるものすべてに沈着するだけに留まらず、夢を見ている人間の周囲に満ちあふれている。

十代で能力が現われてから、わたしは夢を見ている人に近づくだけで落ち着かなかった。その人に直接触れるのは、千倍つらい。

今夜ジャックがマデリンにエネルギーの一撃を向けたとき、彼は事実上マデリンを本格的な悪夢へ追いやったのだ。そしてそのときわたしは彼女に触れていた。あのときのショックは、去年リチャード・ソーヤーを眠らせたときにあの悪党から感じたものと同じぐらいひどいものだった。

運とタイミングが悪かっただけ。こういう仕事をしているかぎりは起こりうること。でもあの経験で、ジャックに現われつつある悪夢を生みだす能力を目の当たりにすることができた。

興味をそそられる。

14

「お茶のおかわりは?」フィリスが尋ねた。

「ええ、いただくわ」クロエはカップとソーサーを差しだした。

自分のアパートにいるときは大きなマグカップで紅茶を飲むが、クイーン・アン・ヒルにある大おばのエレガントな古い屋敷にいるときは、繊細な磁器と最高級のクリスタルと磨かれた銀のカトラリーを使うのがしきたりになっている。もちろん、それは贅《ぜい》を尽くしたライフスタイルを維持するためにフルタイムの家政婦を雇うだけの財力がフィリスにあるおかげだ。


ヘクターは庭を見わたせる窓の前に横になっていた。窓からはエリオット湾とシアトルのダウンタウンも見晴らせる。ヘクターに、自分を取り囲む洗練された雰囲気を気にとめているようすはない。頭の一部と片方の耳に真新しい包帯が巻いてある。包帯を掻かないように首につけている円錐《えんすい》形の器具のせいでいささか勇猛なイメージが損なわれているとはいえ、ヘクターにはその侮辱的待遇に負けない貫禄がある。フィリスはヘクターに新しいガムを用意してくれていた。ヘクターも気に入ったようだ。

数十年にわたり、フィリス・ハーパーは大御所たちのなかで〝霊能者〟として知られていた。彼女はセレブやプロデューサーやマスコミの大物、それ以外のハリウッドを支配する人たちが贔屓《ひいき》にする相談相手だった。さらに、多くの政治家やCEO、暗黒街の面々の相談にも乗っていた。壁にフロック加工されたピンクのベルベットが貼られた居間には、有名人と写った写真がいくつもかかっている。屋敷の維持費は長年にわたる数多くの恋人によって賄《まかな》われていた。

引退を公式に発表したあと、フィリスは生まれ故郷のシアトルへ戻ってきた。もう新しいクライアントは受けつけていないが、いまでも長年彼女にアドバイスを求めてきた人たちの電話は受けているし、むかしの恋人から連絡がくることもある。

クロエはむかしから、大おばとは特別なつながりがある気がしていた。家族のなかで、彼女の能力をほんとうに理解しているのはフィリスだけだった。フィリスにも似たような能力があるからだ。

クロエの能力のほうが強いが、二人はどちらもドリームライトを感じ取る能力に伴うマイナス面から逃れられない運命にあった。

フィリスがダイアモンドとさまざまな宝石がきらきら光っている手でポットを取った。

「今日のあなたの足跡はことさら輝いているのね」フィリスが言った。「彼の名前はなんていうの？」

「彼はクライアントよ、フィリスおばさん」

「ええ、あなたのばかげたルールのことなら知っているわ。そんなもの、わたしが認めていないのはわかってるでしょう。わたしは長年にわたって大勢のクライアントとつき合ったけれど、なんの支障もありませんでしたよ」

「おばさんが住んでたのはハリウッドよ。わたしはシアトルに住んでるの」

「それのどこが問題なの？」フィリスがポットを傾けて紅茶を注いだ。「あなたの足跡でこんなエネルギーを見るのははじめてよ」ポットを置く。「かなり興味をそそられる男性のようね」

「それは間違いないわ。でもだからって彼がクライアントであることに変わりはない」クロエは言った。「しかも、前にも話したように、わたしは人生の次のステップに入ったの」

「独身主義がどうとかいう話ね。ばかげた判断だわ」感心しかねると言いたげに舌を鳴らす。

「どうせいずれ気が変わるわ。でも今日は仕事の話で来たんでしょう？　わたしに何を頼みたいの？」

「新しいクライアントに、一族に古くから伝わるものを見つけてほしいと頼まれたの。ベアトリスおばさんとエドワードおじさんがその品物を見つけてくれたわ。どうやらいまはドレイク・ストーンが所有しているらしいの。いまでもベガスでステージに立ってるのよ」

フィリスの顔が輝いた。「ドレイクのことなら知ってるわ。チャーミングな人。彼がゲイだというニュースが広がったとき、どれほど悩んでいたか覚えているわ。でもわたしは、それが表ざたになったことで、むしろキャリアにはずみがつくかもしれないと言ったのよ」

「おばさんなら彼と知り合いの可能性が高いと思ったの。彼に電話して、仲立ちをしてもらえる？　わたしみたいなしがない私立探偵がストーンみたいな有名人と連絡を取るのは、ちょっとむずかしいもの」

「もちろんいいわ。彼にはなんて言えばいいの？」

「彼からぜひともアンティークのランプを購入したがっているクライアントがいるって」

「お安いご用よ。それだけ？」どうにか眉間にわずかに皺を寄せる。長年にわたってたっぷり施された美容整形のせいで、なまやさしいことではない。「あなたが言っていることよりもう少しややこしい話の気がするのはなぜかしら」

「クライアントの名前はジャック・ウィンターズというの。そして一族に伝わる品物はバーニング・ランプ。何か思い当たる？」

「まあ、驚いた」フィリスがつぶやいた。さっきまで大おばを生き生きさせていた活発なエネルギーがふいに弱まっている。厚化粧をした目が、抜け目ない知性を漂わせてすっと細くなった。「だとすると、明らかにややこしい状況ね。彼はほんとうにウィンターズ家の人間だと思ってるの？ニコラス・ウィンターズの子孫だと？　とくに珍しい名前ではないわ」

クロエは昨夜襲われた悪夢のエネルギーのことを考えた。「間違いなく本物だと思うわ」

「なぜランプを手に入れたがっているの？」

「ランプを見つけないと、一種の超能力モンスターに変わってしまうと信じているのよ」

「でも、ニコラスとバーニング・ランプにまつわる古い言い伝えが、あくまで作り話や伝説だということは本人もわかってるんでしょう？」

「彼はそれはみんな事実だと確信しているわ」

フィリスが鼻を鳴らした。「だとすると、彼は頭のねじがいくつかはずれているのよ」

「頭のねじがはずれているクライアントをみんな断わっていたら、一週間もしないうちに廃業になっちゃうわ」

「どうやってあなたを見つけたの？」

「強力なドリームライト・リーダーを見つけるために、ソサエティのデータをハッキングしたって白状したわ」

「そしてあなたを見つけた？　でもあなたはソサエティに登録していないでしょう。ハーパー家の人間は誰も登録していないわ」

「どうやらソサエティは、わたしたちのことをずっと監視していたみたい」

「傲慢《ごうまん》な連中だこと」苛立ちもあらわにフィリスが言った。「ささやかな超能力を持ち合わせている自分たち以外の人間に対して、あの連中に規則を決める権利があるって誰が決めたのかしらね。もしJ&Jの人間が、うちの一族の誰かがソサエティが言うところの〝超能力者の評判を落とす〟事業に従事しているとあつかましくも警告してくるたびに五セントためていたら、いまごろわたしは大金持ちになっていたわ」

クロエは笑みを漏らした。「おばさんはお金持ちよ」

「そういうことを言ってるんじゃないの。わかってるでしょう」

クロエはうなずき、紅茶に口をつけた。細かい説明は必要ない。いついかなる場合も可能なかぎりソサエティとJ＆Jを避けるべきだということは、一族全員が承知している。

「信じて、状況を考えると、ミスター・ウィンターズはわたし以上にソサエティの関心を引くのを望んでいないわ」

「そう。ということは、あなたたちには共通点があるということね？」

「わたしたちの仲を取り持とうとしてるの、フィリスおばさん？」

フィリスがため息をついた。「ごめんなさい、からかうつもりはなかったのよ。でも、わたしはあなたと新しい独身主義段階とやらを心配しているの。あなたの選ぶ道がむかしながらの結婚じゃないからって、少しぐらい楽しい思いをしてはいけないことにはならないわ」

「男の人と例の話をするのはもううんざりなの。毎回同じ結果になるんだもの。最初はみんな、条件なしの関係の申し出に飛びつくわ。願ってもない話だと思うのよ」

「男の理想だものね」

「でも、わたしがほんとうに長続きする関係を望んでいないとわかると、みんな腹を立てさも自分が正しいみたいにお説教を始めるの。丸く治めるには向こうから先に振ってもらうように仕向けるしかない。でも、そうなるのをじっと待ってるなんてできないわ」

「わかるわ」なだめるようにフィリスが言う。「うまく切り抜けるテクニックを覚えないとね」

「努力はしてるのよ、フィリスおばさん。でも結局は、一見知的な男性に、気持ちを切り替えるのは自分のほうだってわからせるためにさんざん時間とエネルギーを費やすはめになるの」話に熱が入り、鬱憤《うっぷん》が口からあふれだす。「うんざりするだけじゃなく、ストレスになるわ」

「たしかに一筋縄ではいかないわね。若いころ、わたしはそういう構図は結婚している男性が相手のときにいちばんうまくいくと思いこんでいたわ」とフィリス。「既婚男性は、絶対に結婚を求めてこない女性との慎重な申し合わせにはとても意欲的だもの。でも不思議なことに、わたしが関係を終わらせようとすると、既婚男性もたいてい独身男性と同じぐらい取り乱した。たぶん男のエゴと関係があるのよ」

「わたしが結婚している男性とつき合わないのは知ってるでしょう」クロエは念を押した。

「知ってるわ、それもあなたのルールの一つよね。どうしてそんなにたくさんルールを守ってるのか、理解に苦しむわ。ルールなんて、人生から楽しみや自発性を奪ってしまうだけなのに」

「それに、外泊の問題もあるわ」大おばの横槍《よこやり》を無視して続ける。「遅かれ早かれ男性は、わたしとロマンチックな週末を過ごしたがる。遅かれ早かれわたしだって数日ハワイに逃げだしたくなるわ。でも、部屋を二つ予約しなくちゃいけないとわかったとたんにみんな腹を立てるのよ、二つめの部屋の料金はわたしが払うと言っても」

フィリスが神妙な顔でうなずいた。「あなたをほんとうの意味で自分のものにできないと思い知らされるからでしょうね。むかしから多くの男性が、自分のものにならないものを欲しがる傾向があるもの」

「数カ月前の心理学の講師との大失敗で、我慢も限界になったわ。フレッチャー・モンローは理想の相手に思えたのに。なんであんな勘違いをしたのかしら」

「だから心理学に関わっている人間とつき合うのはやめたほうがいいと言ったでしょう。ああなたを治そうとするに決まっているもの」

「たしかに間違いだったわ」

「でも、べつに愛やふつうのセックスライフを、少なくともある程度人並みのセックスライフをあきらめる必要はないのよ」フィリスがきっぱり言う。「あなたは若くて健康だもの。ホルモンも活発だし、かけがえのない人が、あなた独自の関係を受け入れてくれる男性が見つかる可能性はつねにあるわ」

「一緒に寝ようとしない女と真面目につき合おうとする男性が？　さあ、どうかしらね。そんな確率がどのぐらいある？」

「前世紀には、夫婦がべつの寝室で寝るのは珍しくなかったのよ」

「それは主として上流階級の話でしょう」顔を曇らせる。「たぶん、寝室を二つ持てる余裕があったのは上流階級だけだったことと、その階級の結婚は愛情ではなく理性に基づく契約だったせいよ」

「そうかもしれないわね」フィリスが認めた。「だとしても、結婚に対してそういう考え方をした先例はあるわ」

クロエは大おばを見た。「おばさんには寝室を二つ持つだけの財力があった。寝室を十個持つ財力があった。なのに一度も結婚しなかったじゃない」

フィリスが珍しく憂いのこもるため息を漏らした。「そうね、まあ、わたしも理想の相手が見つからなかったとだけ言っておくわ」

「現実は現実よ、わたしたちみたいな女は、結婚とは縁がないのよ、フィリスおばさん」

「そうかもしれない。でもだからって人生や男性を楽しめないことにはならないわ。自分は花から花へ飛びまわるミツバチだと思いなさい」

クロエはデイジーの花畑に咲く華奢《きゃしゃ》な花としてジャック・ウィンターズを思い描こうとした。そして失敗した。

「どうもそのイメージはミスター・ウィンターズにあてはまりそうにないわ」クロエは言った。「とにかく、独身主義にはたしかに一種の自由があるのよ」

「そうなの？」フィリスの言葉がいっときとぎれた。口に近づけたカップが宙でとまっている。「知らなかったわ」


一時間後、フィリスから携帯電話に連絡が入った。

「ドレイクと連絡が取れたわ。わたしを覚えていてくれたのよ、かわいい人。喜んでランプを見せてくれるそうよ。明日の午後いらっしゃいって」

「よかった」クロエは言った。「どうもありがとう。そのほうが都合がよければ、明日の朝ベガスへ行ってもいいわ」

「ドレイクはショービジネスの世界の人間なのよ。朝は活動しないの」

15

翌朝早く、クロエはヘクターといつもの散歩に出かけた。あたりはまだ薄暗く、雨が降っていた。典型的なシアトルの小ぬか雨。クロエはトレンチコートを着て帽子をまぶかにかぶっていた。傘を差すのは観光客だけだ。

ヘクターはクロエとローズと暮らすようになってから間もなく、縄張りをつくっていた。パイオニア・スクエアの数ブロックで構成される縄張りの境界線を毎日パトロールし、あちこちの建物の角や立ち木にマーキングをしていく。その途中で、夜を過ごした雨宿り場所や戸口や路地や高架橋の下にある粗末なねぐらから出てきた人たちと、挨拶をする。

路上生活者のなかには、足をとめてヘクターと他愛ないおしゃべりをするようになっている人も何人かいた。彼らはヘクターがいっさい批判しないのを知っているのだ。それにくわえ、ヘクターは彼らがクロエとコミュニケーションを取るためのパイプ役も務めている。クロエは彼らを不定期のクライアントと捉えていた。

もじゃもじゃの顎鬚《あごひげ》から〝山の民《マウンテン・マン》〟を思わせる男性が、かがんでヘクターのわき腹を軽くたたいた。

「よお、でかいの」マウンテン・マンがぼそりと言った。「そのへんちくりんな襟と包帯はどうした？　怪我したのか？」

「わたしを守ろうとして撃たれたんだってヘクターが伝えてくれって言ってるわ」クロエは言った。

「撃たれた？　そりゃたいへんだったな。そんな経験は一度で充分だ。だいじょうぶなんだろ、でかいの？」

「だいじょうぶよ」クロエは答えた。「ヘクターが調子はどうか知りたがってるわ」

「なんとかやってるよ」マウンテン・マンがヘクターに話しかけた。「けど、ゆうべまたいやな夢を見た。どうやら振り払えそうにない。頭から消えないんだ」

「夢を忘れられるように手を貸してほしいか、ヘクターが知りたがってるわ」

「そりゃ助かる」マウンテン・マンがヘクターを撫でつづけたまま答えた。

クロエは感覚を解き放ち、マウンテン・マンが撫でているヘクターの背中の近くに手をあてた。来るべき心的ショックに備え、マウンテン・マンのがさがさになった手を指でかすめる。

恐怖と苦悩の戦慄《せんりつ》が全身を貫いた。他人の夢が実際に見えるわけではないが、ドリームライト・リーダーの直観が、きわめて視覚的かつ本能的なかたちで夢のエネルギーの残滓《ざんし》を解釈した。マウンテン・マンの夢の世界は、闇と血と肉体の一部が描かれた身の毛のよだつキャンバスだ。背景で、爆発音と銃声とヘリコプターの轟音《ごうおん》がぼんやり響いている。見覚えのある悪夢だ。こういうものに出合ったのははじめてじゃない。

クロエは歯を食いしばり、ドリームライトの乱れた流れの特定に取りかかった。激しく脈打つ流れを鎮めるために、対位する波長の超常エネルギーをすばやく放つ。マウンテン・マンの波長が正常に戻ることはないだろうが、とりあえず日中もつきまとう夜の恐怖から多少解放することはできる。

しばらくすると、マウンテン・マンが体を起こした。「気分がよくなった。ありがとうな、でかいの。あんたたち、いい一日を」

「そうするわ」クロエは答えた。「ところで、今朝は咳《せき》はどう？」

マウンテン・マンが返事がわりに耳障りなかすれた咳をした。そして胸をたたいた。「いつもよりましだよ」

「病院へは行ったの？」

「まだだ」

「行ってちょうだい。行かなきゃだめだってヘクターが言ってるわ」

「そうか？」ヘクターを見おろす。「わかった。そのうち行くよ」

「今日よ」クロエはやさしく言った。「今日行くって約束してほしいって、ヘクターが」

「わかった」マウンテン・マンがヘクターに誓う。「約束するよ、でかいの」

そして向きを変え、よろよろと交差点を渡って日中の仕事――パイク・プレイス・マーケット近くでの物乞い――へ向かった。パイク・プレイス・マーケットには、マウンテン・マンのような人たちのための診療所がある。クロエには今度こそ相手が約束を守ってくれるように祈るしかなかった。

クロエが万が一ラスベガスに一泊することになった場合に備えて寝室で小型のスーツケースに荷物を詰めていると、二階の踊り場からローズが叫んだ。

「クロエ？　フレッチャー・モンローが来てるわ。あなたと話したいんですって」

それだけは避けたい。クロエはすでにスーツケースに詰めてあるきれいにたたんだシルクの旅行用シーツの上に長袖のシルクのガウンを放ると、ひらいた戸口へ向かった。床で眠っていたヘクターがのっそりと立ちあがり、彼女のあとを追ってきた。フレッチャーは早くも三階にあるクロエの部屋へ続く階段を半分のぼりかけていた。ヘクターがフレッチャーをにらみ、向きを変えて居間へ戻った。

フレッチャーはジーンズにTシャツ、その上に着たボタンダウンのシャツ、ランニングシューズという格好で、ネクタイはしめていなかった。どことなくよれよれした印象のファッションは、アカデミックな世界で礼儀にかなうとされている、少しくたびれた身だしなみそのものだ。太平洋岸北西部の大学講師が会社組織の一員に間違われることはけっしてない。

フレッチャーがいまだにこの部屋まであがってきて、わたしのプライベート空間に踏みこむ権利があると思っているのが腹立たしい――クロエは思った。たしかに夕食後の一杯やお茶を飲むために何度か彼を招き入れたことはあるし、ソファで軽くいちゃついたこともある。

でもいまの彼はクライアントだ。

仕事と快楽をごっちゃにしたとき起こる問題の一つがこれだ。クライアントになった恋人も、恋人になったクライアントも、絶対にルールを理解できない。わたしは境界線を設けざるをえないのに、彼らはひどく腹を立てるのだ。

二階で話を聞くと言おうとしたとき、フレッチャーの足跡で超常エネルギーが不安定に光っているのが見えた。フレッチャーは屈託のないチャーミングな笑みを浮かべ、普段と変わらないふうを装っている。けれど不安定に揺れ動くドリームライトの色合いで、まだかなり神経が高ぶっているのが伝わってきた。彼は死と紙一重の経験をし、本人もそれを知っている。恐怖を克服するにはしばらくかかるはずだ。

「やあ、ミス超能力探偵」フレッチャーが言った。「このあいだの夜はぼくの命を助けてくれたそうだね」

クロエは彼にミス超能力探偵と呼ばれるのが嫌いだった。クロエの妄想上の能力と彼が捉えているものを、あからさまに茶化すときの表現だ。

「手を貸してくれる人がいたのよ」相手をじっくりながめる。「気分はどう?」

フレッチャーが真顔になって大きく息を吐きだした。「過去最悪の後遺症を経験したよ。あの女がクッキーに入れた睡眠薬のおかげでね。でもこの程度じゃすまなかったかもしれないのはわかってる」踊り場で足をとめ、クロエの肩越しにちらりとアパートのなかを見る。

「実際、思った以上にひどいんだ。眠るところがない。無理な頼みなのは承知だが、アパートを借りるまで泊めてくれないか？」

「ごめんなさい、フレッチャー」いたわりをこめてクロエは答えた。「でもそれはできないわ。ホテルへ行ってもらうしかない」

「あの火事で何もかも失ってしまったんだよ」

めそめそした口調になっている。クライアントにめそめそされるのは大嫌いだ。「銀行口座があるでしょう？」クロエは言った。「それに、財布はどうなの？　あなたを玄関まで引きずったとき、ズボンに入ってたのは財布でしょう？」

「あ、ああ、でも――」

「それならクレジットカードもATMカードもあるじゃない。何日かホテルに泊まるぐらいできるはずよ。アパートを見つけるまでたいして時間はかからないはず。家のことは心から同情するわ」

「なんでマデリンをとめてくれなかったんだ？」フレッチャーがなじるように訊いた。いっそうめそめそした口調になっている。「ぼくはそのためにきみを雇ったんだぞ」

「あなたがわたしを雇ったのは、彼女につきまとわれている証拠を手に入れるためよ」

「あの女はぼくもろとも家を焼こうとしたんだぞ」

「知ってるわ。現場にいたもの」

「それなら、どうして彼女をとめなかった？」

クロエはため息を漏らした。「何もかもあっという間だったのよ。何が起きているか気づいたときは、もう彼女をとめるには手遅れだった。あなたを助けようとするだけで精一杯だったわ」

「それだってきみ一人じゃまともにできなかったみたいじゃないか。アシスタントとどこかの男が現われて、きみと一緒にぼくを家から引きずりだしたと聞いたぞ」

「そうよ」

「警察は、マデリン・ギブソンは精神崩壊を起こして意識を失ったとも話していた。ぼくを助けられた本当の理由はたぶんそれなんだ」

「たぶんね」と認める。「ねえ、フレッチャー。わたし、時間がないのよ。飛行機に乗らなきゃいけないの」

「旅行にでも行くのか？」

「違うわ。仕事よ」

「留守になるなら、なんで二晩ぐらいぼくがここに泊まっちゃいけないんだ？　こんな状況なんだから、せめてそれぐらいしてくれてもいいだろう」

「だめよ、フレッチャー。悪いけど、できない」

わたしのプライベート空間に男性を泊めるわけにはいかない。たとえわたしが留守のあいだでも。夢のエネルギーは夜に暗闇がつきまとうようにシーツや寝具につきまとって離れない。その種の超常エネルギーを洗い流すのは不可能だ。

もしわたしのベッドでフレッチャーが眠るのを許したら、新しいマットレスに新しいシーツ、新しいベッドパッド、新しい枕、さらには新しい掛けぶとんまで買うはめになるだろう。しかるべき予防措置を取れば幾晩かここ以外のベッドで寝ることはできるけれど、自分のベッドはまっさらにしておきたい。

「いったいどうしたんだ？」フレッチャーがぼやいた。「ぼくたちは友だちだと思ってたよ」

返事をしようとしたとき、一階のロビーの扉が開いて閉まるこもった音が聞こえた。かすかな認識がぞくりとクロエの全身を駆け抜け、体の奥底で何かがうごめいた。階段をのぼってくるのが誰か、踊り場に出て確かめるまでもない。ヘクターが足元をすり抜けてジャックに挨拶しに行った。

「ごめんなさい、フレッチャー」クロエは言った。「クライアントが来たわ。もう行かなくちゃ」

「クライアント？」フレッチャーが振り向いて階段の下を見おろした。

「わたしに手を貸してあなたの命を救ってくれた人よ」

ジャックが三階の踊り場にやってきた。ヘクターそっくりの無関心な顔でフレッチャーを見ている。

「ジャック・ウィンターズだ」ジャックが言った。

「フレッチャー・モンローだ」眉をひそめている。「ゆうべぼくの家にいたのか？」

「ああ」

「なんでわざわざマデリン・ギブソンを助けた？」

ジャックがクロエを見た。

クロエは肩をすくめた。「言ったでしょう、クライアントは絶対に満足しないって」

16

ヴィクトリア・ナイトは厳重に暗号化された自分の携帯電話をつかんである番号を押した。数回呼びだし音が鳴ったのち、新しい同志が応えた。

「どうした?」ハンフリー・ハルゼイが押し殺した声で言う。「知らせることがあるのか?」

「初期実験は間違いなく成功よ。一週間以上たつのに、ウィンターズはいまも生きている。精神異常や衰えの兆候も見せていないわ」

「では、きみの第一の仮説は正しかったんだな」狂喜している。

「そのようね」ヴィクトリアは冷静な声を保ち、みずからのわきあがる喜びを表に出さないようにした。

「これで決まったな。さらに先へ進めるために、ランプとランプを操れるドリームライト・リーダーを早急に見つけなければ」

「偶然にも、すごい幸運に恵まれたの」

「というと?」

「ウィンターズ自身もランプを探しているのよ」ヴィクトリアは言った。「どうやらランプの行方を追うために、いまではそれ以外のすべてを棚上げにしているみたい。仕事ですらね。急にそれほど必死になった理由は一つしかないわ」

「二つめの能力が現われているんだな」

「発生の引き金になる年齢についても祖父は正しかったようね。ジャック・ウィンターズは二カ月前に三十六歳になった。二つめの能力が現われたときのグリフィン・ウィンターズと同じ年齢よ」

「おもしろい。遺伝子変異が暦年齢に結びついているというのもうなずける話だ。ジャック・ウィンターズがランプを探していると言ったな？」

「ランプ探しを手伝わせるために、ドリームライト・リーダーを雇ったわ。彼も伝説を信じているのよ」

「どこでハイレベルのドリームライト・リーダーを見つけたんだ？」ハルゼイが訊いた。

「ありふれた能力ではないぞ」

「たまたまその能力を備えている二流の私立探偵を雇ったのよ。すでにある程度の成果をあげているみたい」

「どうしてわかる？」ハルゼイが問い詰めた。

「二人は二十分前にラスベガス行きの飛行機に乗ったの。ギャンブルが目的とは思えない」

「実際にランプを見つけた可能性があると思っているのか？」

「答えはすぐわかるわ。二人の人間に監視させているから」

夜陰の上層部は沈黙を保っているが、目下《もっか》大混乱に陥っている。何よりだ。組織トップの一時的な力の空白ほど、指揮系統のはるか下層で行なわれるちょっとした策略を隠蔽《いんぺい》してくれるものはない。

夜陰の中枢メンバー――正式には幹部会と呼ばれている――が、組織の設立者兼リーダーがもはやこの世にいないと納得するまで、多少時間がかかった。ウィリアム・クレイグモアは伝説的人物で危険な男だった。そういう男はたやすく死んだりしない。だが幹部会も最後にはクレイグモアの死を認めた。死因に関してはいくつか疑問が残っている。アーケイン・ソサエティがクレイグモアが夜陰の設立者であることを突きとめて彼を始末したのか、あるいはクレイグモアはほんとうに心臓麻痺《まひ》で死んだのか、みな確信を持てずにいる。クレイグモアは数十年にわたって秘薬を摂取しつづけていた。長期に及ぶ摂取が心臓血管系に及ぼす影響は知りようがない。いずれにせよ、できるだけ早く新しいリーダーを選ばなければならない。

設立当初、クレイグモアはみずからの組織を夜陰と呼んではいなかった。彼はそれを合法的な、きわめてめだたない団体として設立したのだ。芝居がかった名称は、ソサエティの二十一世紀の宿敵になったものに対する暗号名としてファロン・ジョーンズが編みだしたものだ。

クレイグモアがJ&Jの暗号名を知ったのは、彼がソサエティの理事会のメンバーを務めていたからだった。どうやら芝居じみた雰囲気が気に入ってその名称を採用したらしい。おそらく政府職員だったころの遺産だろうと、ヴィクトリアは思っていた。どういうわけか、スパイ機関は風変わりな暗号名に目がない。事情はどうあれ、クレイグモアがつくった謎に包まれた陰謀団のメンバーは、現在自分たちの組織を夜陰と呼ぶようになっている。

設立者の最近の死にくわえ、夜陰は密かに活動していた数カ所の秘薬研究所をJ&Jに発見され破壊されたショックで浮き足立っている。上層部では責任の追及がさかんに行なわれているに違いない。最上位のメンバー数人は生き延びられないだろうとヴィクトリアは踏んでいた。夜陰は明らかにダーウィン説を実践している。組織内の政治的駆け引きが命取りの局面を迎えることは、これからもあるはずだ。

上層部で何があろうと、ヴィクトリアはどうでもよかった。いまのところは。どうせ現時点では権力闘争の結果に対する影響力はほとんど持っていない。いずれ時が来れば自分が夜陰を支配するつもりだが、その日が来るのはまだ先だ。

当面の目標は、破壊をまぬがれた三つの研究所のうち、一つの責任者になることだ。具体的にはオレゴン州ポートランドにある研究所の。

「ウィンターズが見つけたドリームライト・リーダーの能力は、ランプを操れるほど強いと思うか?」ハルゼイが気がかりそうに訊いてきた。

「J&Jのデータによると、レベル7みたいね」

「それでは感覚の鋭さが充分とはとても思えんな。大半のドリームライト・リーダーに見えるのは、せいぜい夢のスペクトルの限られた一部だ。あの種のエネルギーを実際に操れる者はめったにいない」

ヴィクトリアは、多彩な顔ぶれがならぶハーパー一族に関する覚書が表示されているパソコン画面に目を向けた。「7のうしろには大きな星印がついているわ。J&Jは、彼女の能力はそれよりはるかに高いと考えているのよ」

「J&Jは確信を持っていないのか?」

「彼女はソサエティに正式に登録したこともなければ、あそこの検査を受けたこともないの。一族のなかに、正式メンバーになっている者や検査を受けた者は一人もいない。たぶんウィンターズがクロエ・ハーパーを選んだ理由はほかにもあるのよ。自分の名前を聞いたとたんに受話器をつかんでJ&Jに連絡しそうなドリームライト・リーダーを避けたいんだわ」

「ウィンターズがランプを見つけるまで、残りの実験には進めない」ハルゼイが言った。

「また連絡してくれ」

「わかったわ、ドクター」

ヴィクトリアは電話を切り、それから数分かけてあらためて計画を検討しなおした。これほど大胆な計略にはリスクがつきものだが、限定的なリスクですむようにしてある。失敗したときに備え、複数の逃げ道や抜け穴も用意ずみだ。

よしんばうまくいかなかったとしても、まんまと姿をくらますのはこれがはじめてではない。数カ月前に惨憺《さんたん》たる結末を迎えたオリアナ・ベイでの一件のあと、夜陰とJ&Jの双方にわたしは死んだと思いこませるために、ニッキ・プラマーという存在を消さなければならなかった。強力な超能力催眠術師であることにはメリットがある。とはいえ、全体として見れば、新しい冒険的企てはかなりうまくいっている。

大多数の関係者と違い、ヴィクトリアはアーケイン・ソサエティの伝説や神話を信じていた。なにしろ彼女は伝説の一つの産物なのだから。

17

クロエは飛行機の窓から外に目を向け、ラスベガス大通りの幻想的な光景を食い入るように見つめていた。上空から見ると、現実と見せかけをくっきり分ける境界線がはっきりわかる。ハリウッド映画の撮影セットのように、大きなカジノホテルの奇想を凝らしたエキゾチックなファサードはうわっ面にすぎない。

まやかしのルネッサンス様式の邸宅や中世の城、古代ローマの神殿、エジプトのピラミッド、滝、熱帯雨林、人工の島や海賊船のすぐうしろには、コンクリートが広がっている。リゾートホテルのだだっぴろい屋上には、外気温が摂氏四十三度を超えてもカジノフロアを涼しく保つための巨大な空調設備が設置されていた。

いくつもならぶ屋上の向こうには、大きな屋内駐車場や屋外駐車場、大型車専用駐車場がある。その先にあるのはみすぼらしい安ホテルや安アパートだ。そしてそれらをはるかかなたで囲う山並みまで、住宅地やゴルフコースやヤマヨモギの茂みが点在する広大な砂漠が不規則に広がっている。

けれどひとたび地上におり、大通りの真ん中にいると、目に入るのは幻想の世界だけなのだ。

「やっぱりこんなこと絶対やめたほうがいいわ」クロエは言った。「確認作業にクライアントを同行したことはないの。クライアントはかならず感情的になるんだもの、結果はどうあれ」

「その話はもう何度も聞いた」ジャックが言った。「心配するな、ぼくは感情的なタイプじゃない」

それは確かだ。ジャックは明らかに〝自制〟を得意としている。おそらく氷と氷河が溶けた水だけで生きているのだろう。けれどだからといって感情に左右されるクライアントより彼のほうが予測可能ということにはならない。

「忘れないでね、話をするのはわたしよ」

「少なくとも十二回は聞いたよ」腕時計をチェックする。「気分はどうだ？」

「言ったでしょう、だいじょうぶだって」

「この二日間、どのぐらい眠った？」

「たっぷり眠ったわ」

「どのぐらいひどかった？」

「何が？」そう尋ねはしたが、ジャックがなんの話をしているのかはわかっていた。

「夢だ」

「心配無用よ、悲鳴をあげながら起きるようなことはなかったから。ワインが神経をほぐしてくれた。それにわたしはドリームライト・リーダーなのよ？　不愉快な夢の一つや二つ、ちゃんと対処できるわ」

「凄惨《せいさん》な夢だったんだろう？」

「まあね」クロエは答えた。「マデリン・ギブソンはかなり情緒不安定だった。当然、夢のエネルギーもかなり不安定になるわ」

ジャックが眉をしかめた。「どういう意味だ？　ぼくの悪夢に襲われたんじゃないのか？」

「違うわ。マデリンのエネルギーを少し受けただけ」座席の上で体の向きを変え、わずかに眉を寄せる。「何が起きたと思っていたの？」

「わからない」ジャックが答えた。「言っただろう、これまでいまいましい二つめの能力をきちんと実験できたわけじゃないんだ。ただそれを使ったときは、夢の世界のエネルギーとイメージを発生させていて、標的を攻撃するのはそのイメージだと考えていた」

クロエは彼の考えを検討し、首を振った。「間近で見たのは一度しかないけれど、能力を使うときのあなたは、夢のスペクトルの暗い片隅から出たかなり強力で極端に集中したエネルギー波を出しているんだと思う。ただ、そのエネルギーにあなたの夢や悪夢のイメージは入っていない。ただのエネルギーよ」

「じゃあ、どうして効果があるんだ？」

「わたしの印象では、あなたの能力は標的自身のどす黒い夢のエネルギーを刺激するのよ。超常エネルギーでマデリン・ギブソンを攻撃したとき、マデリンはいっきに自分の悪夢に飛びこんでしまったの。あなたの悪夢ではなく。わたしが触れたのは、彼女の夢の世界のウルトラライトだった」そこで肩をすくめる。「さっきも言ったように、彼女は病気だったもの」

「つまりこの能力で、ぼくは他人にとてつもなくいやな夢を見せることができるのか？」

「よくあるありきたりの悪夢でも、強烈な生理学的変化が起きるわ。鼓動が速まる。呼吸が浅くなる。血圧があがる。冷や汗をかきながら目を覚ます。起きているとき突然悪夢に襲われたら、そのショックで強い失見当識やパニックを起こしたとしても筋がとおるわ。マデリンみたいに気を失う人だっているかもしれない」

「あるいは心臓がとまって死ぬこともあるかもしれない」厳しい口調でジャックが言った。「このあいだの夜、路地にいた男のように」

「その可能性もあるわ」クロエは認めた。

「くそっ」ジャックがつぶやいた。前の座席の背面をじっとにらんでいる。「新しい能力のせいで、ぼくはあらゆる人間の最悪の悪夢になろうとしているんだな」

クロエは彼が言ったことをつかのま考えていたが、やがて笑みを漏らした。我慢できない。気づいたときはシャンパンの泡のように口から笑い声があふれていた。

「何がおかしいんだ？」ジャックが不機嫌に訊いてきた。

「さあ」なんとか笑いをこらえたものの、口元がひきつっているのがわかる。「単にあなたの言い方のせいね。たいして興味はないかもしれないけど、あなたの新しい能力について、あまりくよくよ悩まないほうがいいわ」

「ぼくには超能力が二つある」感情を抑えた声でジャックが言った。「アーケイン・ソサエティの目からすれば、ぼくはモンスターだ」

「ソサエティが何よ。フィリスおばさんに言わせれば、あそこはほかの超能力者にああしろこうしろと指図する権利があると思っている傲慢な連中の集まりにすぎないわ。わたしたちが守るべきルールを決めるのがジョーンズ一族だって誰が決めたの？　教えてほしいものだわ」

ジャックの目におもしろがっている表情がつかのま浮かんで消えた。「いい質問だ」真顔で同意する。

「二つだろうがそれ以上だろうが、複数の能力を持つ人間に関してソサエティが抱えているほんとうの問題は、そういう人をたいして知らないことよ。二つ以上の強い能力を見せた片手ほどの人間に関する数少ない過去の事例をもとに推測しているの。でもどうやらそういう人たちは精神的に弱くて、それだけ強い能力を使いこなせなかった。いわば自滅してしまったの」

「ソサエティはニコラス・ウィンターズも始末している」ジャックが釘を刺す。

「ええ、そうね。伝説によると、ニコラスはシルベスターを殺そうとした。ジョーンズ家の人間が事態の全容に対して、公明正大でバランスの取れた見方とは程遠い態度に出たとしても無理はないわ。いずれにしても、いま肝心なのは、あなたは弱くないということよ。あなたにはどう見ても二つめの能力をコントロールするだけの力がある」

「いまのところはな」ジャックがむっつりつぶやいた。

「そう、前向き思考が大事。とりあえずおとといの夜のことは、もう謝らなくていいわ。銃をかまえたマデリン・ギブソンを見ただけでも、不愉快な夢を見る引き金になるには充分だもの。これであなたもわたしがああいう仕事を嫌ってる理由がわかったでしょう」

ジャックがクロエを見た。「ああいうきみはなかなかいい」

「ああいうって？」

「タフな私立探偵らしくふるまうきみさ」唇の一方の端がわずかにきゅっとあがる。「ひときわ興味を引かれるのは、きみが実際にタフなことだ。なんで合法的な仕事をしているんだ？」

クロエは座席の上で凍りついた。「何が言いたいの、ミスター・ウィンターズ？」

いきなり気色ばんだクロエを見て、ジャックがいっそうおもしろそうな顔をした。「怒ることはない。べつに道徳的な判断や倫理的判断をしようとしてるわけじゃない。興味があるだけだ。ハーパー一族はソサエティと長年にわたるいきさつがあって、そのいきさつの多くは控《ひか》えめに言っても険悪と言えるものだった」

「親戚のほとんどは芸術に関する能力を持っているわ」こわばった声で言う。「わたしにはその種の能力はないから、生活費を稼ぐほかの方法を見つけなければならなかったの」

「とうてい納得できないな、これっぽっちも」

「ほんとうよ。わたしに芸術的才能はない。探すのが得意なだけ」

「だが、合法的な仕事を選んだ理由はそれじゃない」

ありったけのよそよそしさを声にこめたが、ジャックを怯《ひる》ませることはできなかったらしい。

「そうなの？」

「ああ」彼が言った。「きみが私立探偵になったのは、きみが善玉の一人だからだ。生まれつきの調整役。きみは答えを見つけて人びとのために物事を正常な状態に戻したいんだ」

「どうしてわたしについて、そこまで知りつくしていると確信があるの？」

ジャックが肩をすくめた。「戦略能力の一端さ。ぼくは他人の弱点やもろさを見抜くのを得意にしている。そのおかげでたっぷり稼げているんだ」

「それはよかったこと」

「この能力にも使い道があるんだ」穏やかに認める。

フライトアテンダントの機内放送が聞こえ、乗客に着陸に備えるように指示してきた。クロエは背筋を伸ばして座席に座りなおし、ベルトをチェックした。

「ドレイク・ストーンに会うまえに、もう一つ言っておくわ」

「なんだ？」

「ランプを売るように無理強いするようなことは絶対にしないで。保証するわ、そんなことをしてもうまくいくはずがない」

「ぼくは取引をまとめることで金を稼いでいる戦略能力者なんだぞ」

「知ってるわ、でも――」

「保証する、誰にでも首を縦に振る金額というものがあるんだ、クロエ。ドレイクに会って五分もすれば、ぼくには彼の金額がわかる」

クロエはジャックの口ぶりが気に入らなかった。

「わたしに仕切らせるって約束して」執拗《しつよう》に食いさがる。「コレクターは独特な人種なの」

「これまでにぼくが助言してきた連中より変わっているとは思えない」

「とにかく忘れないで、仕切るのはわたしよ」

「専門家はきみだ」

それはクロエがほんとうに聞きたい返事ではなかった。

18

「もう一度〝ブルー・シャンパン〟を歌わされたら、ステージのうえで自制心を失って頭がどうにかなってしまうと思うこともあるんですよ、ミス・ハーパー」

クロエは微笑んだ。「では、わたしのアシスタントが、あなたは自分の母親がいちばん好きな歌手だと言っていたなどという話はしないほうがよさそうですね」

三人は、きらきら光るターコイズブルーのプールを見晴らすパティオに座っていた。プールを囲んで石柱と二列にならぶ古典的な彫像が立っている。よく晴れて日差しが照りつけているが、クロエに言わせればいくら砂漠地帯といえども戸外で過ごすには気温が低すぎた。なんといってもいまは十二月で、十七度はあくまで十七度であり、シアトルから来た人間にとってもパティオ向きの陽気とは言えない。だが大きな二台のパティオ用プロパンヒーターが赤く光って熱を放っているおかげで、居心地は悪くなかった。

ベガスでは、天候のようにささいな問題が雰囲気を損なうことを許さない。夏の盛り、気温が毎日四十度近くなる時期も、ストーンのパティオはいまと同じぐらい居心地がいいのだろう。日よけの縁に沿って設置されているミスト噴霧器が、細かい水滴で空気を冷やしてくれるに違いない。

ストーンはきわめてベガスらしい歓迎をしてくれた。空港ではストレッチリムジンがクロエとジャックを待っていた。車内のうしろにあるバーには冷たいビールと冷えたシャンパン、さまざまなソフトドリンクが用意されていた。静かで贅沢《ぜいたく》な車内で炭酸水を飲んでいるあいだに、リムジンはウォーム・スプリングス・ロードから高級住宅街へ向かった。その途中で通過したヤマヨモギに覆われた広大な未開発地域には、ところどころに宅地や小さな商店街が点在していた。

ストーンの屋敷は高い石の壁で囲われ、ゲートには制服姿のガードマンが配置されていた。松とパープルプラムの木が地面に影を落としている。屋敷はラスベガス大通りにならぶ幻想的なカジノホテルを思わせるつくりで、桁外《けたはず》れに豪華な地中海風の邸宅を中心にプールと青々とした緑の庭が広がっていた。

ストーンのインテリア・デザイナーは、ラスベガスでルネッサンス風を演出しようと力を振り絞っていた。たっぷり金箔《きんぱく》をほどこした特大サイズの家具は錦《にしき》織りの布地が張られ、金色の房飾りやいくつものベルベットのクッションで飾られている。広々した居間の天井に手描きで描かれた空には、ふわふわした雲や丸まる太った天使までそろっていた。そこここの壁にタペストリーがかかっている。

ストーンは愛想のいいホストで、客を歓迎しているのがありありと伝わってきた。仕立てのいいゆったりとしたゆるやかな白いズボンに長袖シャツ、白いサンダルにブランド物のサングラスという格好だ。両手にはいくつも指輪をはめ、首には金のチェーンを複数かけている。宝石も金も本物に見えた。

クロエにはストーンが六十代半ばのはずだとわかっていたが、彼にはどことなく年齢不詳なところがあった。まるでプラスチックのなかに保存されているか、防腐処置が施されているみたいだ。顎のラインはしっかり引き締まっているし、歯はまばゆいばかりに白く、スプレーで色づけしたようにほんのり日焼けしている。髪は十九歳かそこらと思えるほど豊かで色も濃い。もっとも、平均的な十九歳ならオールバックにはセットしないだろうが。

ドレイク・ストーンがラスベガスのラウンジで甘くささやくように歌う年配の歌手のカリカチュアだと決めてかかったとしても無理はないが、それはとんでもない間違いだ。おばのフィリスに耳にたこができるほど言われたから、ストーンほど長くショービジネスの世界で現役を続けるには、知性と現実主義と運と生粋《きっすい》の才能が必要だとクロエは知っていた。そのキャリアがたった一曲のヒットをもとに築かれているとなれば、なおさらだ。ラスベガスの砂漠にローマ時代の邸宅を再建できるほどの財産を築くには、豊富な財政的手腕やコネも必要になる。

ドレイク・ストーンにはそれ以外にも興味を引かれるところがあった。かすかながらもエネルギーのオーラが感じ取れるのだ。彼の足跡にその超常エネルギーが見える。賭けてもいいが、ストーンは低いレベルの超能力者だ。ジョーンズ基準の2かもしれない。おそらく本人は自分の能力に気づいていないのだろう。平均以上の勘に恵まれた人たちは、自分の能力をとくに気にかけないものだ。けれどその能力が長年にわたって彼に有利に働き、生き馬の目を抜く業界で長く成功しつづけている原因の一つになっているのは間違いない。

クロエは家政婦が運んできた紅茶に口をつけた。男性二人はコーヒーを飲んでいる。クロエは楽しいときを過ごしていた。ドレイク・ストーンのような人間に会うのはこの稼業の役得だ。だが隣りに座っているジャックは世間話にいらついているのを隠そうともしていない。黒いサングラスで目が隠れているし、顔は無表情だが、抑えきれない期待が伝わってくる。

ドレイクが笑い声をあげた。「だいじょうぶ、大好きな歌手だと言われれば、いつだって嬉しいものです。ただ白状すれば、お母さんよりアシスタント本人に大好きな歌手だと言われたほうがもっと嬉しかったでしょうがね」

「母親は数年前に殺されたんです」クロエはそれとなく言った。「彼女にとって、母親があなたの歌を聞いていた記憶は大切なものなんです」

「そうですか」ストーンが言った。あらたまった口調になっている。「光栄に思うとお伝えください」

「伝えます」クロエはにっこりした。「客席のご婦人たちがいまもステージが終わったあとあなたにキスしてもらうために行列をつくるというのはほんとうですか?」

「ほんとうですよ」ストーンがウィンクする。「ただ、わたしはここでステージをやるようになって三十年になります。当初、客席のご婦人たちは三十歳は若かった。まあ、わたしも同じですがね。でも、わたしの話はこれぐらいにしましょう。フィリスはどうしていますか？　彼女の鋭いアドバイスが懐かしい」

「元気にしています。いまでもむかしのクライアントから電話を受けているんですよ。あなたもぜひ連絡してみてください」

「そうします」ストーンが言った。探るようにちらりとジャックをうかがい、視線をクロエに戻す。「わたしがあのランプを持っているとどうしてわかったのか、教えてもらえますか。あれは去年、ネット上で取引しているディーラーから買ったものです。ランプについて問い合わせてきたのは、あなたがたがはじめてだ」

「わたしはあのランプのようなものを見つけだすのを仕事にしているんです」クロエは答えた。「おばが電話でご説明したと思いますが、わたしはランプの所在を突きとめるためにミスター・ウィンターズに雇われました。ミスター・ウィンターズは、コレクションにくわえるためにランプの購入を検討しています」

　ストーンがジャックに目を向けた。「あのランプのどこに興味をお持ちで？」

「一族伝来の品です」ジャックが答えた。「数年前に国を横断して引っ越す過程で行方知れずになりました」

「なかなか興味深い一族のご出身と見える」とストーン。

「なぜそう思われるんですか？」

「貴重な一族の伝来品の捉え方から生じた勘とでも言っておきましょう」さらりと答える。

「なぜ購入することにしたんですか？」

「さあ、どうしてでしょう」ストーンが漠然と片手を動かした。「大手のインテリア雑誌の見開きページにこの家の写真が掲載されてから間《ま》もなく、一人のディーラーからメールで連絡がありました。この家にぴったりの、興味深い来歴を持つ本物の十七世紀後半のランプがあるという話だった。金製で、いくつもの良質の宝石で装飾されていると。それでなんと言うか、わたしは興味を持ったんです」

「現物を見ずに購入を決めたんですか？」クロエは尋ねた。

「いやいや」とストーン。「まずは専門家に鑑定させたいとディーラーに伝えました。ここへランプを持ってくるように言ったんです。懇意にしている地元の専門家に見てもらうつもりでした」

クロエはうなずいた。「エドワード・ハーパーですね。おじの一人です」

「ええ。わたしのインテリア・デザイナーは、この家に配置した美術品の多くで彼に協力を求めました」

「あなたがあのランプを持っているかもしれないと教えてくれたのは、おじだったんです」クロエは言った。「でもおじには確証がなかった。実際にランプを見てはいないと話していました。ランプの鑑定と評価は誰がしたんですか？」

「誰も」ストーンが答えた。コーヒーをひとくち飲み、椅子の背にもたれる。「鑑定の手はずを整えたとディーラーに連絡した翌朝、玄関先にランプが入った包みが届いたんです。送り状や配送伝票など、書類のたぐいはいっさいなかった。ネットでディーラーを探したが、相手は忽然《こつぜん》と消えてしまっていた。わたしはランプは盗品で、身元をたどられたくない人間がいるのだろうと考えた」

「なぜもとの計画どおり専門家にランプの鑑定をさせなかったんですか？」クロエは訊いた。

「包みをあけたとたん、そんなことをしても時間の無駄だとわかったからです。一見ランプは金製に見えたが、金ではなかった。ひと目でわかりましたよ。金は柔らかいものだが、あのランプにはへこみ一つつけられないはずです。ほんとうです、ためしてみたんですから。あれは間違いなく近代の合金でつくられている」

「宝石は？」とクロエ。

ストーンが顔をしかめた。「大きな曇ったガラス玉ですよ。エドワード・ハーパーに訊かずとも、あのランプが十七世紀後半のものでないことはわかった」

「くそっ」ジャックがぼそりとつぶやき、クロエを見た。「こんなに早くランプが見つかるはずがなかったんだ」

クロエの胸が失望といらだちでよじれた。決まりの悪さも混じっている。あれやこれやで、すっかりしょげた気分だった。

「確信があったのよ」ストーンに目を向ける。「宝石がガラスというのは間違いないんでしょうか？」

「さあ、傷をつけられなかったから、高度な技術でつくられたクリスタル製品の可能性もあるでしょうね」ストーンが認めた。「ハンマーで二度ほど実験したあと、ドリルでも試してみました。小さなかけら一つ削ることはできなかった」

「ちょっと確認させてください」抑揚のない声でジャックが言った。「あなたはあらゆる手を尽くしてランプを壊そうとしたということですか？」

ストーンが平然と肩をすくめた。「好奇心をかきたてられたのは認めます。なんとなく興味を引かれたんです。でもしばらくすると、どうにも気になりだした。うまく説明できないが。当初は台座に載せてゲストルームの一つに飾っていたんです。まあ、ジョークのつもりでね。だが家政婦にあのランプを見るといやな気分になると言われたんです。そのうちわたし自身も、あれをこの家に置いておくのもいやだと思うようになった。それで元の箱に戻して釘で封印し、目につかない場所にしまうことにした」

クロエは咳払いした。「気に入らないなら、なぜ手元に置いているんですか？　ゴミとして捨てればすんだのでは？」

「自分でもわからないんです」ストーンが言った。「折にふれてそれは何度も考えました。でもどういうわけかできなかった。あのランプには何かある」そこでジャックを見る。「あれの始末を考えるたびに、手元に置いておくべきだという妙な印象を抱いたんです」スポットライトを浴びているとき用の笑みを浮かべる。「本物の持ち主が現われるまでは、というような印象を」

〝あのランプには何かある〟クロエのなかで小さな希望の火花がまたたいた。超常的な工芸品には抵抗しがたい独特の誘引力があり、わずかながらも超能力を備えた相手にはなおさら影響を及ぼす。おそらくドレイク・ストーンは、ランプが持つなんらかのエネルギーを感じ取ったのだろう。けれどウィンターズのランプがつくられたのは一六〇〇年代後半だ。どうもストーンはネット上で購入したランプは近代のものと確信しているらしい。

ジャックがふたたび興味を引かれた顔になった。「よかったら、ぜひ見せていただきたい」

「お見せしましょう」ストーンがコーヒーカップを置いてラウンジチェアから立ちあがった。「率直に言って、あのランプを引き取ってもらえるなら、これ以上の喜びはない。こちらが金を払いたいぐらいだ」

プールを囲ってきれいに整備された庭園を横切っていく。

クロエはちらりとジャックをうかがったが、彼はすでに立ちあがってストーンを追っていた。クロエは紅茶のカップを置いて席を立ち、二人を追いかけた。なじみのある泡立つような感覚が沸き起こっていた。正しい道を進んでいるときは、ハーパーの勘がそれを教えてくれる。

ストーンが植え込みや彫像や噴水を縫って迷路のようにうねうねと延びる小道をたどり、背の高い生垣のうしろにめだたないように建てられている低い建物へ向かった。建物の前で足をとめ、鍵を出して扉をあける。

「さっきも話したように、一週間ほど家のなかに置いていました」扉をあける。「そのあと、もう耐えられなくなった。ここにあれをしまったときは、プールの整備員たちから苦情が出たが、こちらはそれなりの料金を払っているんだから、我慢してもらうしかないと思ったたんです」

「プールの整備員はなぜ苦情を言ってきたんですか？」ジャックが訊いた。

「箱の中身は有毒な園芸用の化学薬品か殺虫剤だと思いこんでいたんです。中身がなんであれ、始末してほしいと言ってきた」

「悪臭がするんですか？」とクロエ。

「いや」ストーンが苦笑いする。「正体は不明だが、どうも神経にさわるんですよ」

扉の縁に沿って手を入れ、明かりのスイッチを入れてうしろに下がる。

開いた扉のすきまから、どす黒い強烈なエネルギーがふわりと漂ってきた。それはクロエのうなじの産毛を逆立てるだけでなく、二の腕の皮膚をちくちくと刺して鼓動を高鳴らせた。不安な寒気がぞくりと走った。ジャックも感じ取っているのがわかる。言葉はいっさい発していないが、あらゆる感覚を解き放っているのが感じ取れた。彼の周囲で見えないエネルギーが脈打っている。彼は戸口に立ってプールハウスの暗い室内を見つめていた。

クロエは二歩前に出ると、ジャックの肩越しに物であふれた空間をのぞきこんだ。薄暗い照明に目が慣れるまで少し時間がかかった。暗さに目が慣れると、園芸用具とプール用薬剤と掃除道具が見えた。箱は見えない。

「いちばん奥にしまってある」クロエの心を読んだようにストーンが言った。「防水シートの下だ」

ジャックが黒いサングラスをはずしてシャツのポケットにしまい、プールハウスに踏みこんだ。目的地が正確にわかっているような足取りだ。

「わたしは外で待ってるわ」ジャックにクロエの言葉が聞こえたようすはない。

あたりのエネルギーがいっきに強まった。建物のなかから不吉な波となって漂ってくるエネルギーではない。クロエはすばやくもう一つの視覚を働かせ、下を見た。ジャックの足跡で強烈な夢エネルギーが燃えあがっている。

プールハウスのなかから園芸用具を動かす金属音やどさりという音が聞こえてきた。間もなくジャックが出てきた。小脇に木箱を抱えている。彼が空いているほうの手でサングラスをかけた。

「ぼくが引き取ります」ストーンに話しかける。「値段は?」

「まだ箱をあけてもいないじゃないか」ストーンが言った。

「その必要はありません」とジャック。「この箱に何が入っていようと、ぼくのものです」

ストーンはまじまじとジャックを見つめていたが、やがて彼の歯が日差しを浴びてネオンのように輝いた。「どうぞ持っていってくれ、金などいらない。もともと無償で手に入れたものだし、きみのおかげで廃品回収に来てもらう料金を節約できる。わたしにとっては好都合だ」

「適正な料金を払う余裕はあります」

「わかっている。きみはウィンターズ投資会社のジャック・ウィンターズだろう?」

「下調べをしたようですね」

「当然だ。きみはたっぷり金を持っている。だがそれはわたしも同じだ。ランプを持っていきたまえ。それはきみのものだ」

ジャックはつかのまストーンを見つめていた。クロエはふたたびわずかにエネルギーがほとばしるのを感じた。やがてジャックがこくりとうなずいた。あたかも交渉がまとまったかのように。

「この借りは返します」ジャックが言った。「ぼくが力になれることができたら、連絡してください」

「ああ、そうさせてもらうよ」取引に満足しているのがひと目でわかる。「そう言ってもらえて嬉しい。金ですべてが手に入るわけではない。この街でもね。貸しをつくることのほうがはるかに価値があることは、ずっとむかしに学んでいる」

ストーンがプールハウスの扉を閉めた。

19

「飛行機に乗るまえにせめて箱をあけるぐらいしなくていいの？」クロエは訊いた。「中身がほんとうにバーニング・ランプだって確認しなくていいの？」

「ストーンにも言ったが、箱の中身がなんであれ、ぼくのものだ」ジャックが答えた。「それに、もちろんシアトルへ帰るまえに確かめる。だが、いまここではやらない」

二人はマッカラン空港の入り口の外に立っていた。箱と二人はストレッチリムジンから歩道におりたばかりだった。リムジンはすでにタクシーや車の絶え間なく続く流れのなかに消えようとしている。

クロエはちらりと腕時計を見た。「もっと人目のない場所へ行きたいの？ 気持ちはわかるけれど、わたしたちが乗る飛行機が出るのは一時間半後よ」あたりを見まわす。「タクシーで近くのホテルへ行ってもいいけど、部屋をとらないと。あまり時間がないわ」

「たしかにぼくたちには部屋が必要だ」ジャックが言った。小脇にしっかり箱を抱えている。プールハウスから持ちだしたときから、片時も離さずにいる。パソコンが入ったケースを肩からかけていた。「こっちで一泊しよう。ランプを操る方法を突きとめて、明日の朝シアトト

ル へ 戻れ ば い い」

クロ エ は 目 を ぱちくり させ た。「あまり いい 考え とは 思え ない わ」

「やっ て しまい たい ん だ。 今夜 の うち に」

彼 の なか で 超常 エネルギー が 燃え盛っ て いる の が わかる。 箱 の 中身 の こと で 頭 が いっぱい で、 それ しか 考え られ なく なっ て いる の だ。 こちら が 何 を 言っ て も 聞く 耳 が ある とは 思え ない。 それ でも やる だけ の こと は やっ て みる しか ない。

「自分 に 起き て いる と あなた が 思っ て いる こと を ランプ に 阻止 できる か どう か、 確かめ たく て やき もき し てる の は わかる わ」 クロ エ は 言っ た。「でも、 ランプ を 操る の は わたし なん で しょう？　わたし は どう すれ ば いい の か 見当 も つか ない。 時間 を かけ て じっくり ランプ を 観察 する 必要 が ある。 ネット で 調査 を する 時間 が ほしい わ。 考える 時間 が」

「観察 し たり 考え たり し た ところ で どう なる？　この ランプ は スペクトル の ドリーム ライト 領域 で エネルギー を 放っ て いる。 きみ は ハイレベル な ドリーム ライト・ リーダー だ。 ぼく が モンスター に 変身 し ない よう に、 ランプ の エネルギー を 操れる は ず だ」

「ずいぶん 単純 な 話 みたい に 言う の ね」

「単純 な 話 だ」

「そう かしら。 そもそも、 わたし が 役目 を 果たせ なかっ たら どう する の？」

ジャック が 黒い サングラス 越し に 見つめ て き た。「言い伝え に よる と、 失敗 し た 場合 の 可能性 は 二つ だ。 きみ は ぼく の 超能力 を すべて 消す か、 ぼく を 殺す」

「そんな。だったらよけいに、少し時間をかけて観察と熟考をしたほうがいい気がするわ」

つかのまジャックは無言だった。こちらの理屈の賢明さを認めはじめたのかと期待を抱いた矢先、彼の口元がこわばった。

「ほかにもあるんだ、クロエ」やがて彼が言った。

「なんなの？」

「失敗した場合、きみがぼくの二つめの能力を消して夢の領域を安定させられなかった場合、ぼくは姿をくらますしかない」

「J&Jのことがあるから？」

「ぼくが知るかぎり、J&Jは数カ月前からぼくを監視している。ひょっとしたら数年前からかもしれない」

「いったいなんのために？」

「なぜなら、ソサエティにとって大きな頭痛の種になりうる問題に対し、ファロン・ジョーンズが取る手段がそれだからだ。ニコラス・ウィンターズ直系の男子の子孫、彼の唯一の男子の子孫であるぼくは、ファロンが考える歩く時限爆弾の特徴にあてはまっている」

「どうやって行方不明の芝居を打つつもりなの？」

「一年前、身元をもう一つ用意した。その身元でつくったパスポートとクレジットカードをつねに持ち歩いている。もしきみにランプを操れなかったら、ぼくは飛行機に乗って雲隠れする」

クロエは咳払いした。「ええと、ジャック、ちょっとやりすぎだとは思わない？」

「ファロンとは一度話をしたことがあるんだ」

「ファロン・ジョーンズと人間時限爆弾について話したの？」信じられない。

「最後に二人でビールを飲みに出かけたときのことだ。ファロンがスカーギル・コーブへ引っ越す直前。ぼくたちは幼なじみなんだ。むかしは友だちだった。ファロンはランプの由来を知っていたし、呪いが降りかかったときぼくがどうなるかも知っていた。そしてぼくが危険な存在になったらどんな手段を取らざるをえないか、はっきり伝えてきた」

「あなたを追い詰めるって、面と向かって警告したの？」嫌悪もあらわに鼻を鳴らす。「ジョーンズ家の人間を友だちに持つと、そういう目に遭うのね」

「あいつの血筋は知っていた。きみには最初から、もしぼくがファロンの立場だったら同じことをしていたと話したはずだ。ソサエティにはこういう事態に対する責任がある。人為的に超能力が高められた悪党を野放しにするわけにはいかない」

「ストップ」クロエは両手を広げて前に差しだした。「ちょっと待って。あなたは悪党なんかじゃないわ。それはわたしが証明できる。あなたのドリームライトを読んだもの。悪党は見ればわかる。あなたは違うわ」

「たしかにいまはまだ悪党になってない。でもぼくのエネルギー場の超常サイドにあるスイッチが入るまで、あとどれぐらい時間があるか誰にわかる？　こうしてランプが手に入ったからには、もう一刻も無駄にはできない。言っただろう、こいつには行方不明になる癖があるんだ」

ジャックを飛行機に乗せることはできそうにない。それは明らかだ。

「わかったわ」クロエは言った。「こうしましょう。こっちで部屋を取る。わたしはランプを見てみる。もしランプを操る気になったら、やってみるわ。でも、もし手に負えないと思ったら——」

「きみならできるはずだ、クロエ。言っただろう、ソサエティのデータで見つけたほかのドリームライト・リーダーは、みんなソサエティに雇われていた。たとえリスクを承知でそのうちの一人に接触しても、どうせ無駄だ。きみほど能力が強い人間はいない」

クロエはゆっくり息を吐きだし、これ以上言い争うのをあきらめた。「フィリスおばさんにしょっちゅう言われてたのよ。いつかわたしの能力を気にしない男性が見つかるって」

20

箱からランプを出してそれに触れ、自分に何が起きているにせよ、ランプがそこから救ってくれるのか是が非でも確かめなければならない。その重圧がジャックにずしりとのしかかっていた。強烈な重力場にあらがおうとしているようだった。だが分別に従うわけにはいかない。いまはまだ自分のなかにいる邪悪な存在を封じこめているし、これからも封じこめておく必要がある。たとえそいつに殺されようが。

タクシーの運転手には、まずはいちばん近い金物屋に寄ってほしいと頼んだ。車内にクロエを残し、メーターを倒したまま店に入り、バールとドライバーを買った。十分もしないうちにタクシーに戻っていた。

「ダウンタウンへ行ってくれ」ジャックは指示した。

運転手がルームミラーで彼を見た。「ダウンタウンのどこに?」

「向こうに着いたら教える」

運転手は肩をすくめ、街の古ぼけた地区へ向かった。ラスベガスでタクシーの運転手をしている人間は、あれこれ質問しないものだ。

クロエも何も訊いてこなかった。ヤシの木がならぶラスベガス大通りのきらびやかな高層リゾートホテルを素通りし、砂まみれのみすぼらしいダウンタウンへ向かったときも無言だった。運転手に盗み聞きされかねないタクシーの後部座席にいるかぎり、何を訊いても返事は返ってこないと思っているのだろう。

クロエの考えていることはよくわかっていた。こちらが本格的な被害妄想になっていると思っているのだ。そのとおり。むかしから言うように、被害妄想患者にも敵はいる。そしてその敵の一つがJ&Jの可能性があるとき、用心するのは常識にほかならない。もしJ&Jが自分を探しに来たら、大通りの大型ホテルから始めるはずだ。ぼくのように金を持っている人間が泊まるのはそういうホテルなのだから。

被害妄想、たしかにそうだ。

タクシーが州間高速道路十五号線をはずれ、〝オールド・タウン〟と呼ばれる地区に入った。さびれた二階建てのモーテルやうらぶれたストリップバー、通りに面したカジノやけばけばしいドライブスルーの結婚式用礼拝堂が通り沿いに乱立している。

ジャックはアダルト本専門店の前で車をとめるように運転手に告げた。

クロエがタクシーを降り、歩道に立つ彼の隣りにやってきた。片手でキャスターつきスーツケースの取っ手をつかみ、反対の手にバッグを持っている。二人はスピードをあげて走り去るタクシーを見送り、やがてクロエが近くの質屋とその隣りにあるタトゥーショップをしげしげと眺めた。

「本物のベガスね」にこりともせずに言う。

「ベガスに本物なんてない」ジャックは小脇の箱を抱え直し、反対の手でパソコンケースをつかんだ。ケースに入っているのはパソコンだけではない。外泊用の道具一式と、ジョン・スチュアート・カーターの名前でつくった身分証明書一式も入っている。彼は歩きだした。

「行こう」

クロエが小走りで追いかけてきた。「どこへ行くの？」

ジャックは通りを半分行ったあたりの日に焼けた看板を見つめた。「〈トロピカル・ガーデンズ・ホテル〉の貸切風呂で一時間過ごすのはどうだ？」

「〝げーっ〟っていう言葉が浮かんだわ」

「なるほど、そういう反応か。風呂はやめだ。部屋だけ取ろう。でも、どこにも連れて行ってくれなかったなんて言うなよ」

トロピカル・ガーデンズのフロントでは、わざわざカーターの身分証明書を出す必要はなかった。偽名を使って現金で払えばすんだ。ラスベガススタイル。

退屈そうなフロント係が鍵を差しだした。「どうぞごゆっくり、リバーズさま」

二人は薄汚れた狭いロビーを横切り、二台のスロットマシンの前に置かれたスツールに腰かけている高齢者のうしろをとおって階段で二階へあがった。

「ねえ、わたしも感じるわ」クロエが小声で言った。

ジャックにはその意味がわかった。「ぼくが感じ取っているのは、ランプが放っているエネルギーだけじゃない。妙な霊気を感じる。なじみのある霊気。曇った鏡をのぞきこんでいる気がする」

二人は十二号室の前で足をとめた。ジャックは鍵穴に鍵を差しこんだ。クロエが彼に続いてみすぼらしい部屋に入る。すえたタバコと漂白剤の臭いが二人を出迎えた。クロエは鼻の頭に皺《しわ》を寄せているが、文句は言わずにいる。

「当然よ」かわりにそう言った。

ジャックはドアを閉めて鍵をかけた。「ぼくがランプが放つエネルギーを感じ取るのも当然だと？」

「ええ」スーツケースとバッグを置く。「ランプはニコラス・ウィンターズがつくったもので、そのあと彼の子孫の少なくとも一人が使用したんでしょう？　グリフィン・ウィンターズが」

「ああ」ジャックは染みだらけの擦り切れたラグの上に箱を置いた。

「ランプには、二人の超常エネルギーの痕跡が残っているはずだわ。あなたは二人と血がつながっている。遺伝的な問題よ」

ジャックは木箱を見おろした。「中身の年代がわかるか？」

「実際に見るまで正確にはわからないけれど、漏れだしているドリームライトはかなり強いわ。だから中身は十七世紀末のものだと思う」

「ストーンは近代につくられたものだと信じていたぞ」

クロエが首を振った。わずかに眉をしかめて集中している。周囲でエネルギーが揺れ動き、彼女が感覚を数段階高めたのがわかった。

「いいえ」クロエが言った。「箱の中身は絶対に近代のものじゃないわ」

ジャックは彼女と目を合わせた。「危険なのか?」

「わたしはパワーを感知するだけよ。エネルギー自体は中立なものなの。あなたも知ってるでしょう」

ジャックは箱をにらんだ。「むきだしのパワーだけ?」

「それがたくさん。しかも男性のものばかりじゃない。女性のものもあるわ」

ジャックは視線をあげた。「夢のエネルギーに性別があるのか?」

「それはないと思うけど、エネルギーの痕跡を残した人には間違いなく性別がある。こういうエネルギーはたいてい濁っているから毎回きちんと読み取れるわけじゃないけれど、今回のエネルギーのなかにはかなりはっきりしたものがあるの。少なくとも二人の超能力を備えた女性がこのランプを使っているわ」

ジャックは頭のなかでクロエの言葉を嚙《か》みしめた。「エレノア・フレミングがニコラスのためにランプを操った。アデレイド・パインはグリフィン・ウィンターズのためにこれを操った」

クロエがかすかに微笑む。「二人とも、かなり興味深い女性だったに違いないわね」

きみのようにね――ジャックは思った。興味深いだけじゃない。魅力的だ。

「記録と言い伝えによると、それは確かだ」かわりに彼はそう言った。「エレノアがランプを操ってニックじいさんに二つめの能力を与えたのは事実だ。そのあと彼女はランプで意図的にニコラスの超感覚を消した。きっと彼の能力を葬り去ったのは究極の復讐だったんだろう」

「なぜ復讐する必要があったの?」

「言い伝えを知らないのか?」

「ねえ、あなたに会うまで、わたしはバーニング・ランプなんてソサエティの伝説にすぎないと思ってたのよ。ほら、シルベスターや彼がつくった超能力増強薬みたいに」

「そうだったな、例の秘薬。あれも伝説の一つだ。オーケイ、呪いについてぼくが知ってることを教えよう。ニコラスとシルベスターは、当初は友人だった。どちらも錬金術師で、どちらも強い超能力を備え、錬金術の秘法を使えば、超能力を強めるだけでなく新たな能力を身につけることができるとどちらも信じていた」

「そこまでは知ってるわ」クロエが言った。「シルベスターは科学的なアプローチをした。薬草や植物を研究して、目的を達成できる薬を探したのよ」

「ニコラスは技術的なアプローチを取った。錬金術師は炎で卑金属を貴金属に変えようともくろんだことで知られている」

「ええ、そうね」とクロエ。「鉛を黄金に変える古《いにしえ》の夢だわ」

「ニックじいさんは一歩先を行っていた。彼の目標は、夢見状態と覚醒状態をつなぐチャネルをひらき、それをひらいたままにしておく強力なドリームライトの波長を生みだす装置をつくることだった。それがあれば、夢のスペクトル上に存在する新たな超常エネルギーにアクセスできると考えたんだ」

「どうかしてるわ。そんなことをしたら正気を失ってしまうのよ」あきれた顔をしている。「ソサエティの専門家はそう信じているわ。エネルギーや刺激が多すぎると、人間の心は一度に対処しきれないの。夢見状態と覚醒状態が分かれているのには意味があるのよ」

「ああ、そうは言ってもニコラスは錬金術師だった。錬金術師はみんな、頭のねじが少しゆるんでいたんだ。ニコラスには過度な自負もあった。力のある自分なら、新たな超常エネルギーにも対処できると信じていたんだ」

「それでランプをつくったのね。そのあとどうなったの？」

「ランプをつくった本人だったにもかかわらず、ニコラスは自分の能力ではみずからのチャネルをひらくのに必要なかたちでランプを操れないと気づいた。そしてドリームライト・リーダーが必要だと判断した」

「わたしみたいな」とクロエ。

ジャックは微笑んだ。「きみみたいな人間がほかにいるとは思えないな、クロエ・ハーパー。だが、たしかにニコラスにはきみのような能力を備えた人間が必要だった。そして理由は定かではないが、ニコラスはその人物は女性でなければならないと信じて疑わなかった。あるいは、女性のほうが意のままにしやすいと考えただけかもしれない。しばらく時間はかかったが、最終的にロンドン郊外の小村でドリームライト・リーダーが見つかった。エレノア・フレミング。彼女はニコラスのためにランプを操ることに同意したが、大きな見返りを求めた」

「どのくらい大きかったの？」

「結婚を要求したんだ。ニックじいさんは取引に応じた」

「言い伝えがハッピーエンドじゃないのもうなずけるわね」

「エレノアはランプを操った。その直後、ニコラスは彼女をベッドに連れて行った」

「気の毒なエレノアは、結婚するんだから彼と寝てもかまわないと思ったんでしょうね」

「たぶん。それから間もなく、ニコラスに二つめの能力が現われだした」

「あなたと同じようなものだったの？」

「能力が具体的にどんなものだったか、言い伝えでは曖昧《あいまい》なんだ。いずれにしても、この世にまったく同じものなど存在しない。ただ、二つめの能力がどんなものだったにせよ、危険なものだったのは間違いない。ニコラスは日記に、自分の感覚に何かが起きていることを示す最初の兆候は、悪夢と幻覚だと書いている」

「あなたが自分に起きていると話していた、一時的な意識喪失や夢遊病を経験したという記録はあるの？」

「いいや。だがおそらく副作用は個々によって異なるんだろう。能力がそうであるように」指で髪を梳《す》く。「呪われた人間は一族のなかにめったにいなかったから、あまり情報がない」

クロエが彼をにらんだ。「呪いなんて言うのはやめて」

ジャックは彼女を見た。「もっとましな言い方があるのか？」

「そんなのどうでもいいじゃない。それで、ニコラスとエレノアのあいだに何があったの？」

「どうやら関係は続いていたらしい。でもニコラスは研究室にこもりきりも同然だった。そんなとき、ある噂《うわさ》が広がった。ニコラスの使用人たちが、敷地内で悪魔や化け物を見たと言いだしたんだ」

「なんてこと、使用人で実験していたのね」

「おそらく。地元の村人たちはニックを恐れるようになり、時がたつにつれて噂はさらにひどいものになっていった」

「言い伝えとはそういうものよ」

「そのあいだにも、ニックはあいかわらず幻覚や悪夢に悩まされていた。そしてエレノアならランプでその問題をどうにかできるかもしれないと考えたんだ。そのときエレノアは妊娠していた」

「おおかた結婚式の準備にいそしんでいたんでしょうね」

「そのとおり。彼女はふたたびランプのエネルギーを操り、悪夢と幻覚をなんとか消してみせた。そのあとで、ニコラスは彼女と結婚するつもりはないと伝えたんだ」

「サイテーの男ね」

「ニコラスは、自分ほどの地位と身分の男が貧しい商人の娘と結婚するなんてありえないと説明した。でも愛人としての彼女と関係を続けるのも、子どもの養育費を払うのも異存はなかった」

「心が広いこと」クロエがぼそりとつぶやいた。

「エレノアは〝失せろ〟と言った」

「当然よ」

「ニコラスはふたたび数カ月間研究室にこもり、ランプのための新しいクリスタルづくりに取りかかった」

クロエが腕を組んで顔をしかめた。「なぜ新しいクリスタルが必要だったの？」

「そこもはっきりしない。推測だが、ニコラスはランプを使えば三つめの能力を身につけることができるんじゃないかと期待していたらしい」

「あきれた。大馬鹿もいいところだわ」

「ああ、実際彼はずば抜けた大馬鹿者だった。言い伝えでは、ニコラスは錬金術のかまどで新しい石をいくつかつくり、ランプに取りつけたことになっている。それから三度《みたび》エレノアに会いに行った」

クロエがため息を漏らす。「そのころには息子が生まれていたのね？」

「ニックじいさんは息子に興味津々だった。シルベスターのように、子孫に自分の能力が遺伝するか興味があったんだ。ニコラスが妻という厄介者を望んだとは思えないが、実験資金が底を突いていた。財政状態にてこ入れするために、彼は裕福な地主の娘と婚約していた」

「エレノアは婚約のことを知っていたのね？」

「ああ。ニコラスが懲《こ》りずに玄関先に現われたことで、堪忍袋の緒が切れた。彼女はもう一度ニコラスのためにランプを操ると同意した。そして実際にやったんだ。ただ、ランプを使って三つめの能力を授《さず》けるかわりに、ニコラスの超感覚をすべて消し去ることで復讐を果たした」

「何があったの？」

「もめごとがあった。ニコラスは生き延びた。エレノアはだめだった」

クロエの目が丸くなる。「ニコラスはエレノアを殺したの？」

「はっきりしない。一説では、エレノアが解き放ったエネルギーがニックのみならず彼女にも影響を及ぼしたと言われている。エレノアがその場で命を落としたことしかわからない。ニコラスは生き延びたが、それから間もなく超能力が弱まりだした。事態を悟った彼は激怒した。友人だったシルベスターがエレノアに金を払い、新しい能力を消させたのだと思いこんだ」

「だからシルベスターを殺そうとしたの？」

「ああ。だが最後の対決をするまえに、一度だけニコラスは研究室に戻っている。ランプに取りつける石をもう一つ仕上げるぐらいの能力は残っていたんだ。彼はその石を〝ミッドナイト・クリスタル〟と名づけた。それにはとてつもない力があり、子孫の誰かがランプを使ってシルベスター・ジョーンズの子孫を葬り去ってくれると信じていた」

「そのあとシルベスターと対決したの？」

「そうだ。ニコラスは自分が対決から生きて戻れるとは思っていなかった。それでも復讐の手はずを整えたことや、その復讐は長い年月を経たのちに果たされることをシルベスターに宣告したかったんだ。その日に何があったか、具体的な記録は残っていない。わかるのは、二人の男の最後の対決が終わったとき、ニコラスが死んでいたことだけだ」

「エレノアの息子はどうなったの？」

「そのことも知らないのか？」

「ええ」

「シルベスターは赤ん坊を引き取って、自分の三人の愛人に育てさせたんだ」

クロエは啞然《あぜん》としている。「シルベスターはニコラスの息子を養子にしたの？」

「正式にじゃない。ジョーンズを名乗らせはしなかった。だが赤ん坊がきちんと世話をされ、教育を受けられるように取り計らった」

「ふうん」口をすぼめて考えこんでいる。「シルベスターが思いやりにあふれた人間だったなんて話、聞いたことがないわ」

「思いやりとは無関係だったんだと思う。ニコラスの息子が父親の一つめと二つめの能力を受け継いでいるか、興味があったのかもしれない。赤ん坊にジョーンズ一族の敵になる兆候がないことを確認するために、目の届くところに置いておきたかった可能性のほうが高いだろうな」

「べつの言い方をすれば、そのウィンターズの赤ちゃんもシルベスターにとっては研究材料にすぎなかったのね」

「ニコラスもシルベスターも、いい父親として歴史に名を残してはいない」

21

小さな窓についた黄ばんだカーテンを開閉するひもは壊れていた。クロエはよれよれの生地を両手で引っ張って薄汚れた窓を覆い、通りの向かいにある古びたカジノとその隣りのカフェが見えないようにした。

「本気でJ&Jがあなたを監視してると思ってるの？」

「ことファロン・ジョーンズに関するかぎり、〝過度の猜疑心《さいぎ》〟ほど的確な表現はない」ジャックがバールを片手に床に置いた箱の横にしゃがみこんだ。「こうしてランプが手に入った以上、きみにこいつを操れるか確かめるまで、せいぜいめだたないようにしていたい」

「もしわたしにできなかったら？」

「そのときは、いっそう深く潜伏《せんぷく》する」

クロエは寒気を覚えた。「でも、どこへ行くの？」

「これ以上知らないほうが身のためだ」

クロエはため息をついた。「まあ、ここはめだたない場所としてはうってつけね。ひと晩過ごすためではなく、たいていは時間貸しされてる部屋みたいだもの。最後にシーツを換えたのがいつか、わかったものじゃないわ」

「きみの言うとおりの気がする」

金属と木がこすれてみしみし音をたてた。釘が二本はずれた。クロエはすばやくもう一つの視覚を働かせ、箱から漏れるウルトラライトの波長に目を凝らした。あたりで黒ずんだエネルギーが渦巻いている。

「計画どおりにことが進んだら、どうやってシアトルにランプを持ち帰るつもりなの？」

「機内持ちこみで」ジャックが答えた。「どうやって持ち帰ると思ってたんだ？」

さらに二本釘がはずれた。

「それはあまりいい考えじゃないかもしれないわ」クロエは言った。「箱から漏れだすエネルギーで、近くに座っている乗客はきっと少しぴりぴりしてしまうわ」

「飛行機に乗っているとき不安になる人間は大勢いる。チェックインカウンターでこのランプを預け、セントルイスやアカプルコに行き着くはめになるような危ない橋を渡る気は断じてない」

最後に残った釘がはずれた。ジャックがバールを床に置く。つかのま彼はじっと箱を見つめていた。やがて蓋《ふた》を持ちあげた。ゆっくり、慎重に。まるで棺《ひつぎ》の蓋をあけているようだとクロエは思った。

スペクトルの暗い領域から放たれているエネルギーが、渦巻きながらいっそう強くあふれだした。感覚を解き放ったままでいたクロエには、冷たいウルトラブルーと異様な紫、不気味なグリーンと数えきれない色調の黒が見えた。とてつもなく陰鬱《いんうつ》な夢に出てくる真夜中の虹。

箱の中身は、擦り切れた黒いベルベットの袋に入っていた。ジャックが袋を取りだし、立ちあがって小さなテーブルへ運んだ。袋の口を縛っているひもをゆっくりとほどく。放出される超常エネルギーが強まり、色合いが濃くなっていく。クロエは吸い寄せられるようにランプに近づいた。

ベルベットの袋がはらりと落ち、ランプが現われた。

「ドレイク・ストーンが言ったとおりね」クロエは言った。「みんなが魅力的と思うようなものじゃないけれど、惹きつけられるものがあるわ」

ランプは高さが四五センチほどあった。見た目はほぼジャックの説明どおりだ。底のほうが細く、上へ行くに従って幅が広くなっている。見たことのない金色の金属製で、おかしなことに——ドレイク・ストーンの言葉どおり——近代のものに見えるが、古《いにしえ》の錬金術のデザインでつくられている。縁《ふち》のすぐ下に、大きなくすんだ灰色のクリスタルがぐるりと取りつけてあった。

クロエはジャックを見た。彼は一心不乱にランプを見つめていた。炎を凝視する錬金術師。室内で超常エネルギーが激しく脈打っている。それはランプのエネルギーと同じぐらい黒ずんでいたが、不安になるほどセクシーな、ぞくぞくさせられる性質を持っていた。すぐにクロエは悟った——ジャックは忘我の世界に入っている。ほかにも気づいたことがある。わたしの感覚が彼のエネルギーに反応し、わずかに共鳴しはじめている。

クロエは両手をきつく体に巻きつけ、ランプに集中した。ふいに、室内を満たしている水晶のような雰囲気を壊さなければならないと感じた。

「どうやって操るの？」クロエは訊いた。

ジャックが答えるまで一瞬間があいた。口をひらいたときは、意志の力を振り絞ってランプから視線をはずしたように見えた。

「それがわかれば苦労はない」彼が言った。「アデレイド・パインの日記になんらかの助言や扱い方が書いてあるはずだが、行方不明になっている。日記がなければ、きみに頼るしかない。ぼくをむしばんでいるものをきみに治せなかったら、もう打つ手はない」

クロエはランプに目を向けた。心もとなさで胸がうずく。

「自分はむしばまれているって確信があるの？」

ジャックの口元がこわばり、目つきが険しくなった。「その話はもうすんだはずだ。ぼくには超能力が二つあり、二つめの能力には人を殺す力があるんだぞ。喜べるような話じゃない。正気を失うまでどのぐらい時間の余裕があるか、わからないんだ」

「まあまあ、落ち着いて」となだめる。「ただ、あなたは安定しているように見えるだけよ。自分を抑制しているように」

「いまのところはな」

苦悩が浮かぶ険しい目つきで、最悪のシナリオを覚悟しているのがわかった。いまの状況を、まだグラスに半分水が残っていると捉えた話になど耳を傾ける気分ではないのだ。それにわたしにランプの何がわかるだろう。あれは彼のランプで彼の呪いだ。この場の専門家は彼であって、わたしじゃない。

クロエはテーブルをまわり、あらゆる方向からランプを観察した。

「アデレイド・パインの日記はどうなったの?」

「聞いたところによると、祖父が仕事で留守にしているあいだに、祖母のところへ稀覯《きこう》本のディーラーが訪ねて来たらしい。ディーラーの話では、ヴィクトリア朝の個人の日記や手記を扱う市場を手がけているということだった。祖母は売れるようなものはないと言ったものの、アデレイドの日記を見せた。そして数週間後、日記がなくなっていることに気づいたんだ」

「ディーラーが盗んだの?」

「祖母はずっとそう信じていた」

「もしその稀覯本のディーラーが日記のことを知っていたのなら、どうしてランプも見たがらなかったのかしら」

「祖母は古いランプについても訊かれたが、そのときはすでに不安を感じはじめていたらしい。そしてアンティークのランプなど持っていないと答えた。嘘じゃない。そのころ父はもう結婚していて、祖母は父にランプを譲っていたんだ。一緒に日記も渡さなかったのは、日記のことは忘れていたからだった。どっちみち両親はそれから間もなくカリフォルニアへ引っ越した。ランプはその途中で行方知れずになったんだ」

「稀覯本のディーラーを探そうとはしなかったの？」

「したとも。数カ月かけて居場所を突きとめようと努力した。だが、追跡は出だしからつまずいた。まるでこの世に存在しないみたいだった」

クロエは一つ大きく息を吸いこむと、ランプの縁に指先を置いた。夢のエネルギーがぞくりと全身を貫き、あわてて手を引く。

「少し時間をちょうだい」彼女は言った。「隠れている潜在エネルギーを分析しないと。こんな感覚ははじめてなの。すごく強いパワーを感じる。万が一しくじったら……」言葉を濁す。

「どのぐらい必要なんだ？」

クライアントはつねに急いでいるものだ。

「二時間あればだいじょうぶだと思う」クロエは答えた。「それだけあれば、自分の手に負えるかわかるはず。でも検討するまえに、とりあえず何か口に入れたいわ。朝食を食べてから何も食べてないもの。このランプに秘められている強力なドリームライトを操るには、大量の超常エネルギーが必要な気がするの。きっとありったけの力が必要になる」間違いなくジャックに伝わるようにそこで一拍置く。「あなたも同じよ」

ジャックは不満そうだったが、反対はしなかった。彼はしびれを切らし、どうかすると思いつめてさえいるが、ばかではない。わたしたちはこれからかなり手ごわいエネルギーに関与しようとしている。そんな雷雨のなかに準備万端整えずに漕ぎだしていくのが得策ではないことは、彼もわかっている。

ジャックが部屋を横切り、勢いよくカーテンを引いた。「向かいにカフェがある。看板に二十四時間営業と書いてある」

「ベガスにあるたいていのものと同じね」

彼がダッフルバッグのファスナーをあけ、バッグにランプを詰めた。それからパソコンケースをつかんだ。クロエはバッグを持った。二人で一階へおり、ロビーを抜けて雑草がはびこるひび割れた駐車場を横切る。十二月初旬の砂漠の夜はあっという間に日が暮れるが、通りはチカチカまたたく古びたネオンで明るく照らされていた。

カフェの窓はモーテルの部屋の窓と同じくらい薄汚れていた。ビールの看板が陰気な雰囲気をかもしだしている。ブースの合板のテーブルは、そうとう古くてそうとう汚れたふきんで拭かれているように見えた。狭いカウンターには、三人の客が飲み物に覆いかぶさるようにして座っている。三人とも野球を放送しているテレビを見つめているが、誰一人本気で関心があるようには見えない。

ウェイトレスはカフェと同じぐらい陰気でくたびれて見えた。喫煙とへたな美容整形で容貌が損なわれている。けれど長い脚や人工的に大きくした胸、そしてかつては美しかったことをうかがわせる顔の骨格が、以前の仕事を裏づけていた。元ショーガール。

「この街はきれいな女性にとってのバミューダ・トライアングルみたいなものね」クロエは

しんみりつぶやいた。「彼女たちを呑みこんで溺《おぼ》れさせてしまうの。なのに、きれいな女性は次から次へとやってくる。どうしてか理解に苦しむわ」

　ジャックが変な顔でクロエを見てからウェイトレスに視線を走らせた。

「会った相手すべてに同情するのか?」クロエに視線を戻して訊く。「きみみたいな仕事をしている人間にはかなりの弊害になりそうだな」

　理由は定かではないが、弁解する必要を感じた。「あのウェイトレスが気になっただけよ」

「だから、おそらくはなんの根拠もないストーリーをつくりあげて、急に気の毒になったわけか」

「もう一度彼女を見てちょうだい、ジャック」

「その必要はない。きみの想像どおりだと思う。ここがベガスで大勢の元ショーガールが最後にはウェイトレスになることを考えると、彼女が下降傾向のあるキャリアの道をたどった可能性は大いにある」

　二人は無言でそれぞれのサンドイッチと脂ぎったポテトフライを食べた。ジャックが二人ぶんの料金を現金で払った。クロエは彼がテーブルに重ねて置いたお札に視線を走らせ、微笑んだ。

「チップをはずんだのね」彼女は言った。「しかもたっぷり」

「ベガスではみんなチップをはずむものだ。勝ったというメッセージを伝えるのさ」

「へえ」にやりとする。「チップをはずんだのは、彼女に同情したからでしょう?　認めなさい」

「なにも認めるつもりはない。でもこれだけは言える。あれは浅はかな行動だった」

「なぜ?」

「チップをたっぷりはずんでくれた人間のことは覚えているものだからだ」

22

「こんなこと聞きたくないでしょうけど」クロエは言った。「そんなふうにうろうろ歩きまわって五分おきに肩越しにのぞきこまれていたら、集中できないわ。気が散るのよ、控えめに言っても」

ジャックが狭いバスルームの前でぴたりと足をとめ、ベッドの向こうからクロエを見た。

「すまない」

「しかも、あなたは睡眠不足に打ち勝つために、まだ超常エネルギーを燃やしているわ。できるだけ早く終わらせたいのはわかるけれど、たとえ奇跡的にわたしがランプの謎をすぐ解き明かしたとしても、いまのあなたは大量の超常的放射を受けられる状態じゃない。あなたは疲れきってるわ。少し眠りなさい」

彼の目の端が険悪にこわばった。「きみの言うとおりだ。そういう話は聞きたくない」

「言うとおりにして、ジャック。このランプと渡り合うまえに、体を休めなきゃだめよ。この実験がどういうものになろうと、あなたはありったけの能力を振り絞ることになるはず。必要な睡眠を取ることをどうしても拒否するなら、ランプを操るのはやめるわ」

「ばか言うな、ぼくはこのために金を払ってるんだぞ」

「何かの拍子にあなたを殺しかねないような危ない橋を渡るだけのお金はもらってない」と言い返す。「そんなことになったら、今後の仕事にさしつかえるわ」

ジャックがむっつりと見つめてきた。はねつけるつもりなのかと思った矢先、彼がこくりとうなずいた。

「きみの意見にも一理あるかもな」彼が言った。「睡眠薬を飲む。二、三時間は前後不覚になるはずだ」

「薬はだめよ」きっぱりと言う。「大量の強い夢エネルギーを相手にしようとしているときはだめ。危険すぎるわ。ただでさえどんな結果になるのか予測がつかないのに。睡眠薬が引き起こしかねない影響で、これ以上事態を複雑にしたくない」

げんなりした顔でジャックがうなじをこすった。「睡眠薬を飲んだときは夢遊病の症状が出ない」

「薬で前後不覚に眠れるかもしれないけれど、あなたの感覚に必要なほんとうの意味での休息は取れない。あなたには睡眠が必要なの、ジャック。良質な睡眠が。わたしを信じて」

「いちかばちかに賭《か》けるわけにはいかない。夢遊病状態のときは自分の抑えがきかなくなる」

「わたしが見張っているわ」

彼が冷たい笑みを浮かべた。わたしを怖がらせようとしているのだ。「賭けに出ない最大の理由はきみだ。数日前の晩、ぼくは無意識に徘徊《はいかい》しているあいだに男を一人殺したんだぞ、忘れたのか？」

「それはあくまでも誰かを助けようとしたからでしょう。心配しないで、あなたから目を離さない。変なようすや夢遊病の兆候が現われたら、起こしてあげるわ」

「ああいう状態からぼくを引きずりだせると本気で思ってるのか？」

「そんなにむずかしいこと？」雰囲気を明るくしようと言ってみる。

ジャックがじっと見つめてきた。何も言わない。

クロエはため息を漏らした。「ただの夢エネルギーじゃない。わたしならうまく処理できるわ」

「でも、もしできなかったら？　あの状態のときの自分が何をするか、知りようがないんだぞ」

「落ち着いて。あなたがわたしを傷つけるはずがないわ」

「どうして断言できる？」

「たしかにドリームライトを読み取る能力にはさほど実用性がないけれど、相手が危険かどうか見きわめるのにはかなり役に立つの」ジャックのうしろのカーペットを示す。「わたしにはあなたの足跡を読み取れる。わたしに危害を及ぼす人間じゃない」

「起きているときはな」

「眠っているときもよ。さあ、フロントへ行って続き部屋を取って少し眠りなさい」

ジャックがベッドを見た。「ここでも眠れる」

「だめ」あくまで冷静な口調を貫く。「どんな事情があろうと、この部屋で寝るのはだめよ。寝ているあなたの近くでは仕事ができない」

ジャックが眉をひそめた。「どうしてできないんだ？　ぼくはうろうろ歩きまわりもしないし、肩越しにのぞきこんだりもしない。眠ってるんだぞ」

クロエは長年のあいだに、自分の能力にまつわる複雑な事情を何人かの男性に説明しようとしたことがあった。けれど理解してくれた相手は一人もいなかった。ほんとうの意味では。たいていはフレッチャーのように、わたしの勘違いか、男性と深い仲になることへ深刻な問題を抱えているだけだと判断した。でもジャックは違う。強い超能力を備えているだけでなく、彼自身も夢のエネルギーに関する問題を抱えている。彼ならわかってくれるかもしれない。

「人間は眠っているとき、夢を見ているの。本人にその自覚があろうとなかろうと」クロエは慎重に話しだした。「起きている人の近くにいても、たいていは問題ないわ。相手が精神的、もしくは感情的に不安定でないかぎり、夢のエネルギーは抑制されている。感覚を解放して相手の足跡を見ないかぎり、エネルギーは感じない。でも眠っている人間は、夢のスペクトルから野放しのウルトラライトを大量に出しているの。近くにいると、そうとう集中しないとその流れを無視できないし、そっちに集中していたらランプに集中できないわ」

ジャックが理解の浮かぶ顔で見つめてきた。「さぞかし奇妙な感覚だろうな」

「奇妙どころじゃないわ」ぞくりと寒気が走る。「フルスロットル状態のおとなの夢エネルギーは支離滅裂で奇妙で、しかもむやみになまめかしいの。ひどく心がかき乱されるのよ」

「子どもの夢エネルギーはどうなんだ?」

クロエは肩をすくめた。「相手が子どもならだいじょうぶ。どうやら夢を見る能力は時間をかけて発達するらしいの。たいていはほかのものと一緒に十代のあいだに成熟する。赤ちゃんや子どものドリームライトはふつうかなり弱いから、たいがい無視できるわ」

「参ったな」ジャックが言った。「きみは男と寝られないんだな」

「文字どおりの意味ではね、無理」

「きみが連続一夫一婦主義と呼んでいるものを守っている理由はそれなんだな。男との関係が長続きしない理由。一度も結婚しなかった理由」

「連続一夫一婦主義を守っていた理由よ。いまは独身主義、忘れたの?」とっておきのクライアント向け笑顔を浮かべて見せる。「でも以前のわたしは、あらゆる男性が密かに夢見ている存在だったのよ。条件抜きでつき合うことをいとわない女性」

ジャックはしばらく考えこんでいた。「興味をそそられる概念だ」感情のこもらない口調で同意する。

理由はわからないが、その言葉がクロエを傷つけた。彼女はランプに視線を戻した。

「続き部屋を取って、ジャック」クロエは言った。「ふらふら出て行かないように見張っているから」

23

ランプの奥で、ウルトラバイオレットのドリームライトがゆったりゆるやかにうごめいていた。冬眠から目覚めた原始の海獣のように、エネルギーの弱い流れがいくつも渦巻いている。クロエは胸を躍らせ魅了されながら、浮かびあがってくる光を見つめていた。もう零時が近いとはいえ、ようやく超常エネルギーでランプをわずかに刺激することに成功した。やり方は間違っていないのだ。

しっかり集中できるように、部屋のライトは消してある。暗闇のなかに座り、ランプのかすかな光に心を奪われながらエネルギーの流れを解き明かそうとしていたとき、直観に襲われた。藪《やぶ》から棒に襲ってきたその直観で、瞬時に集中力が粉々になった。そのとき、新しい不安なエネルギーの発生源がランプでないことに気づいた。ジャック。

クロエはすばやく椅子から立ちあがり、続き部屋のドアを振り返った。向かいにあるカジノのネオンの冷たい明かりで、ドアが閉まったままなのがわかった。肺から空気が漏れ、自分が息を詰めていたことに気づいた。

ジャックが夢を見ているのだ。でも彼はもう二時間近く眠っているのに、これまではさまよいだした夢のエネルギーに邪魔されたことはなかった。ジャックは閉じたドアでへだてられたべつの部屋にいる。これだけ離れていれば、彼を感じ取れるはずがない。いま感じているエネルギーはとても強いだけでなく、大量の鎮静剤の影響らしきものを含んでいる。

ジャックは薬は飲まないと約束した。

クロエは部屋を横切ると、片手を拳にして大きな音でドアをノックした。

「ジャック？　だいじょうぶ？」

返事はない。クロエはそろそろとドアをあけた。ベッドに横たわるジャックの姿を期待しながら。だが彼はベッドにいなかった。ベッドから出て目の前にぬっと立っていた。

「ジャック、いやだ、驚かさないで。心臓がとまるかと思ったわ」

彼のうしろへ視線を走らせると、ベッドメイクされたままのベッドが見えた。ベッドカバーのさっきまでジャックが横になっていた場所にくぼみができている。彼はシャツと靴だけ脱いでいて、ズボンと丸襟のTシャツは着たままだ。点滅するネオンを浴びた顔は恐ろしい仮面のようだが、両目は超常エネルギーでぎらぎら燃えている。それはカーペットについた足跡も同じだ。

「ジャック？」

「ぼくがきみを守る」ぞっとするほど棒読みで語られた言葉には、ニュアンスも感情もなかった。トランス状態にある人間の声。

クロエは来るべきショックに備えて心の準備をしてから、彼の肩に触れた。意外なことに、電気ショックは感じなかった。信じられない。深い夢見状態にある人間に触れているのに、わたしの感覚は相手のエネルギー場をかすめても怯んでいない。

どういうことなのか、よく考えてみたい。これが何を意味しているのか突きとめたい。でも、いまはそんなことをしている場合じゃない。ジャックの夢遊病をなんとかしなければ。

ジャックは自分の肩にクロエの指先が触れていることに気づいていないようだった。クロエは慎重にわずかにエネルギーを脈打たせ、夢遊病のエネルギー波のパターンを探った。すぐにパターンがわかった。

「ジャック、目を覚まして」

「きみに危険がせまっている」

「いまは違うわ。今夜は違う。あなたからじゃない」クロエは相手のパターンを鈍らせる流れを起こし、遁走《とんそう》状態にあるエネルギーの強い流れをさえぎろうとした。反応がない。まずい兆候だ。もうすっかり目を覚ましているはずなのに。「ジャック、聞こえる?」

彼が片手をあげてクロエの顔に触れた。暗闇のなかで両目がらんらんと光っている。「ぼくは夢を見ている」

だしぬけにべつのエネルギーがあたりを満たした。原始的で、荒々しいほど男性的で、驚くほどセクシーなエネルギー。しっかり戸締りした家の閉じた窓に最初にあたった近づく嵐の風のように、それがクロエの感覚をがたがた揺らした。その瞬間クロエはわけがわからなくなり、同時にはじめて強い危機感を抱いた。

けれどこみあげる不安と混乱のかげで、欲望が胸の奥で揺らぎはじめているのがわかった。性的魅力を感じたときの感覚がどういうものかは知っている。通常の状態なら、心がぬくぬくする感覚や、かき立てられた興奮ぐらい、必要とあれば簡単に押し留めるなり無視するなりできる。でもいま起きていることを無視するのは稲妻を無視することに等しい。しかも稲妻と同じぐらい危険な気がする。

「そうね、あなたは夢を見ているわ」自分でも少し声がかすれているのがわかった。

さらにエネルギーを送りこみ、欲望の流れが引き起こすつい気が散りそうになる気持ちを押しのけて、もっと強いドリームライトをジャックに注ぎこむ。クロエはジャックの肩をつかむ手に力をこめた。

スペクトル全体で超常エネルギーが光を放った。感覚を高めているクロエには、そのエネルギーが車のヘッドライトを浴びて虹色にきらめく雪のように見えた。きらきら輝く光の波にどの程度ジャックが気づいたのか定かではないが、彼のパターンがみるみる変化していった。

トランス状態から覚めただけではない――ジャックはエネルギーの衝撃波に乗って一瞬で覚醒状態に戻っていた。超常エネルギーの流れが轟音をあげながらクロエのエネルギー場に殺到し、彼女が放っているドリームライトの繊細な振動に襲いかかった。

つかのまクロエは地面にあいた深い穴へ意識がすべり落ちていくような感覚に襲われた。周囲で部屋がまわっている。窓の外の薄暗いネオンがスポットライトのようにまばゆく輝いている。とっさに腕で両目を覆ったものの、なんの役にも立たなかった。通常とは違う感覚を使っているときは、ありきたりの視覚ではなく心で光を感じてしまう。

本能的にクロエはありったけのエネルギーで押し寄せる波を押しのけようとした。まるで深みへ引きずりこもうとする渦に逆らって荒れ狂う海の海面に留まろうとしているようだった。実際に永遠に沈んでしまうのではないかという感覚が、途方もなく長いあいだ続いた。だしぬけに、クロエを溺れさせようとしている強烈な超常エネルギーの波長がとまった。こんどはクロエ自身の流れと共鳴しはじめている。

変化はあまりに突然で、すぐには理解できなかった。一つ呼吸をするあいだに、気づくとクロエはもうジャックのパワーを食いとめようとはしていなかった。その逆だ――自分にできるとは夢にも思わなかったかたちで彼のパワーに反応している。まあ、こういう経験を夢見たことはあるかもしれないけれど、実際に起こると本気で思ったことはない。

ジャックの瞳で認識が燃えている。もう遁走状態にないのは確かだが、強烈な欲望で熱くたぎっている。一〇〇パーセント完全にわたしに集中している。

「だいじょうぶか?」ジャックがクロエの両肩をつかんだ。「何が起きた?」

「わたしはだいじょうぶよ」息切れしないように必死でこらえながらなんとか答える。たくましい手の感触でぞくりと興奮の身震いが走った。ずっとこのまま触れていてほしい。彼に触れたい、触れたくてたまらない。「あなたはトランス状態だったの。以前話してくれた状態。わたしはあなたを起こした。約束どおり。仕事の一環よ」

彼の指に力が入った。「きみを傷つけていたかもしれない」

「いいえ」クロエはきっぱり否定した。ジャックのうしろをちらりとうかがい、くすぶる足跡を見る。「それはないわ」

「きみのアドバイスに従って薬を飲まずに眠るべきじゃなかった」

クロエはジャックの胸に手をあてた。Tシャツの下にあるなめらかな筋肉の感触が心地いい。クロエはそう思う自分の気持ちを懸命に無視しようとした。

「よく聞いて。何も問題はないわ。わたしは遁走状態からあなたを助けだすことができた。さっき言ったように」

ジャックが探るように見つめてきた。「意識が戻ったとき、きみを押しつぶしそうになっている気がした。圧倒しかけている気が」

「あなたほど力の強い相手にあんなことをしようとしたのははじめてだったの。はじめてのときはつねに経験から学ぶしかないのよ」Tシャツにさらに少しだけ深く爪を食いこませる。「多少の調整が必要だっただけ。さっきも言ったとおり、何も問題はないわ」

これもわたしのルールの一つだ――クライアントには、けっしてこちらの力が及ばないかもしれないと思わせてはいけない。

つかのまジャックはクロエを見つめていた。畏怖《いふ》の念を抱いているのがありありとわかる。

「嘘がへただな」やがて彼が言った。

「ちょっと、わたしは呑みこみが早いし、いま自分が何をしてるかちゃんとわかってるわ。

もう零時過ぎよ。ベッドに戻りなさい。そして何があろうと絶対に睡眠薬は飲まないで」

「もしまた夢遊病になったら?」

「そのときはわたしが手を打つわ。ベッドに戻って」

「ベッドに戻る気分じゃない」ジャックがクロエを引き寄せた。無理強いはしていないが、意図ははっきり伝わってくる。「一人では戻らない」

クロエは考えようとしたが、全身でシューシューと泡立つ高揚感でうまく頭がまわらなかった。

「わたしにはルールがあるの」かすれ声で言う。「クライアントと寝ることに関するルールが」

「クロエ」

彼が言ったのはそれだけだった。クロエの名前だけ。けれどその声はしわがれて切羽詰まっていた。彼の瞳とオーラで欲望が燃えている。狭いスペースで、まだ興奮が覚めていない彼の感覚の生のパワーが目もくらむばかりの渦を巻いていた。クロエ自身のエネルギーはいまも彼のエネルギーとしっかり共鳴している。クロエの体の奥で欲望が燃えあがり、わずかに残った警戒心を焼きつくした。この男性と過ごすこのチャンスを逃したら、一生後悔するに違いない。

その気持ちの魔力と神秘に魅せられ、クロエはジャックの顔に触れた。

「いいわ」そしてささやいた。「ええ、いいわ」

24

J&Jの機密ファイルでクロエの名前を見つけたときから、彼の体の奥でたぎりつづけていた期待が歓喜の叫びをあげた。

ジャックはクロエを引き寄せてきつく抱きしめ、キスの高揚感を嚙みしめた。激しく求めてくるクロエの反応で感覚に火がつく。彼女は敏感で従順で熱心で、興奮で身震いしていた。唇をひらいて応え、両手をジャックの首にまわしている。

情熱的にキスを返してくるが、抱擁は意外にもぎこちない。自分と同じように、これほど切羽詰まった状態には慣れていないのだ。ぼくたちは未知の領域へ一緒に飛びこもうとしている。

いいセックスの経験はそれなりにある。だが、今夜これから経験するはずの、心底身に染みるような満ち足りた思いを抱いたことはなかったという強烈な確信がある。これまでの女性関係に欠けていたのはこれだったのだ。骨の髄までつながっている感覚、根本的に認め合っている感覚には、人を酔わせるものがある。

ジャックは両手でクロエの顔をはさみ、やっとの思いでつかのま唇を離した。

「まいったな」とつぶやく。「あの話はほんとうだったんだ」

「なんのこと?」クロエがささやいた。唇は濡れてぽってりふくれ、目の焦点が少し合っていない。

恍惚《こうこつ》状態の女性のように。正真正銘の良質な恍惚状態。

「ソサエティ内で耳にする伝説や言い伝え、噂や風説さ」彼は答えた。「強い能力を持つ人間二人のエネルギーがぴったり合ったときどうなるか、ほかの超能力者たちが話すのを何度も聞いたことがある。ずっと嘘だと思っていた」

「ああ、あの噂」クロエが朦朧《もうろう》としながらかすかに微笑んだ。「わたしもずっと嘘だと思っていたわ。いまのいままで」

ジャックはクロエの喉にキスした。「おたがいによくわかっていなかったようだな」

「そうね」ジャックの耳を軽く噛み、Tシャツの下に入れた手を胸に這わせてくる。「ええ、ぜんぜんわかっていなかった」

素肌に触れるクロエの手のひらの感触で、新たな欲望がかき立てられた。ジャックは彼女の黒いタートルネックの裾《すそ》をつかみ、いっきにめくりあげて頭から抜いた。それを椅子に放り投げる。

深紫色のブラがそのあとに続いた。ジャックの呼吸はすでに荒くなっていたが、つかのま手をとめて柔らかそうな胸の曲線を堪能せずにはいられなかった。彼が次の行動に出ようとしたとき、クロエはすでに震える指で彼のズボンのボタンをはずしていた。

ジャックはクロエを抱きあげてベッドへ運んだ。彼女が欲しくてたまらない気持ちを抑えきれず、はぎ取るようにTシャツとズボンを脱ぎ、クロエの隣りに横たわる。二人の重みで古ぼけたスプリングがきしみ、擦り切れたマットレスがたわんだが、二人とも気にしなかった。ジャックには自分たちがどちらも興奮していて、それがたがいの血と感覚を燃えあがらせているのがわかっていた。

彼は仰向けになり、自分の体にクロエをまたがらせた。あたたかくて生々しい重みで、新たな熱いエネルギーが全身を貫いた。興奮した彼女が発する抵抗しがたい芳醇《ほうじゅん》な香りはよく効く霊薬のようだ。これほど固くなったことも、自分の能力にここまで集中したこともはじめてだという確信がある。

クロエが彼の肩と胸にキスの雨を降らせた。素肌に舌が触れる感触で、頭がどうにかなりそうだ。ジャックはクロエのズボンを引きさげ、そこで少しペースを落として弾力のある柔らかな丸みをぎゅっと握りしめた。あと邪魔をしているのは紫色の小さな三角形のコットンだけだ。彼はショーツを引きさげると、お尻の割れ目に沿って熱く潤った場所まで一本の指を這《は》わせた。神経が集まる小さな固いつぼみに触れると、クロエが息を呑んで体をこわばらせた。

「ジャック、もう無理。こんな気持ちははじめてよ」

ジャックは彼女を仰向けにして、ズボンと紫色のコットンのショーツを完全に脱がせた。クロエがブリーフのなかにするりと手を入れてきて、彼をつかんだ。ジャックは息を呑み、達してしまわないようにうめきながらこらえた。

ブリーフを脱ぎ、片脚の膝をクロエの脚のあいだに入れる。クロエが手を伸ばして自分のほうへ彼を引き寄せた。背中にまわしたクロエの手の爪が、わずかに食いこんできたのがわかる。太ももの内側のなめらかな肌は、あたたかいクリームのように柔らかくて官能的だ。彼女は熱く潤い、なまめかしい。

ジャックはゆっくり時間をかけてクロエのあらゆる謎を探求したかったが、そんな余裕がないのはわかっていた。はじめての今回は無理だ。二人のあいだのエネルギーはとてつもなく強烈で、激しく求めてくる。彼女のなかに入り、この陶然とさせられるほど親密な感覚が二人をどこへ連れて行くのか突きとめたい気持ちが何よりも強い。

「いいわ」ふたたびクロエが言った。誘いと命令と懇願が溶けて一体となったひとこと。

ジャックは腰を沈めた。入り口にある固くて繊細な筋肉を通過したとき、クロエが鋭く短い息を呑んだが、慣れる時間を与えるために動きをとめようとすると、きつく締めつけてきた。

「だめ」半分閉じたまぶたのあいだから見つめてくる。「あなたが欲しいの。どんな気持ちがするか知りたいの」

「ぼくもだ」ジャックの声はかすれていた。

彼は唇を重ねて力強くキスすると、奥まで身を沈めた。その瞬間、彼は感情の熱い流れに乗って空を飛び、クロエも一緒に高く舞いあがっていた。

まもなくクロエがクライマックスに達すると、ジャックも続いて燃え盛る雨のなかへ飛びこんだ。

25

ジャックは寝入って夢を見ている。彼が放つエネルギーは心がかき乱されるようなものではないが、どこかおかしい。クロエは片肘をついて体を起こし、ジャックを見おろした。彼はクロエのほうを向いて横向きに寝ていて、腰までシーツを引きおろしている。周囲でうごめくエネルギーはごくかすかだが強力だ。

体の奥から沸いてくるような絶頂の余波のなか、ジャックはほとんどすぐに眠りに落ちた。それはいいことだと思う。彼には休息が必要だ。でもジャックの感覚が切に求めているのは本物の深い眠りなのに、いまの彼の眠りはそれとは違う。

クロエは枕についた痕跡で沸き立っているくすんだエネルギーに目を凝らした。彼がわたしのオフィスへやってきた二日前に比べれば、エネルギーの残滓は弱くなっているけれど、まだ感知できることに変わりはない。夢遊病をとめるために服用している薬がどんなものであれ、どうやら効果が完全に消えるまでかなり時間がかかるらしい。べつに驚くようなことじゃない。強い向精神薬のなかには、血液中に何日も影響が残るものが珍しくない。ひじょうに強い薬の残留が体内からすべて消えるには、長い時間がかかることもある。かなりよく効く鎮静剤のいくつかは、まれに超感覚に永久に消えないダメージを残す。でもジャックが回復しつつあるのは間違いない。もう少し時間がいるだけだ。けれど、わたしなら今夜の彼に必要な本物の睡眠を取れるように手助けができるかもしれない。

クロエはおそるおそるジャックのむきだしの肩に手のひらをあてた。彼は身じろぎしたが、目は覚まさなかった。ジャックはすっかり落ち着いている。これからわたしがやろうとしていることを、きっと彼は気に入らないだろう。とはいえ、もしうまくいけば、必要な休息が取れるはずだ。朝になったら説明して謝ればすむ。

クロエは最大限まで感覚を解放し、ジャックの夢エネルギーの流れに慎重に波長を合わせた。他人のドリームライトをかすめたとき毎回感じるぱちぱちと焼けるような不快な感覚に備えて気を引き締めたが、驚いたことに今回もショックはまったく感じなかった。エネルギーの流れは強いけれど、痛みは感じない。

そこで彼のパターンをつかんで調整を始めた。睡眠薬の黒ずんだ痕跡がさっきよりはっきり見えてきた。それはいまだにジャックの夢のスペクトルの一部を不健全なかたちでかき乱していて、しかもかなり強力だった。でもわたしならその乱れを一時的にやわらげることができるかもしれない。彼が本物の休息を取れるぐらいのあいだ。通りで〝不定期のクライアント〟を悪夢から解放するときと同じやり方だ。

クロエは作業に取りかかり、ジャックのエネルギー場に超常エネルギーの微妙な波動を送りこんだ。

あたかも火事場風の吹き戻しのようにスペクトル上でエネルギーが跳ね返され、クロエはぎょっとした。焦点を失った彼女は、逃げる間もなく生々しいパワーにむんずとつかまれていた。タイミング悪く波に乗ったサーファーのように、海に呑みこまれて海底をころがっていく。クロエはジャックの肩からすばやく手を放した。心臓を高鳴らせながら息を整える。

ジャックがクロエを見つめていた。両目で超常エネルギーが熱く燃えている。

「いったい何をしてる？」彼の声はぞっとするほど冷静で冷ややかだった。

クロエはあわてて体を起こし、何度か息を吸って落ち着こうとした。「ごめんなさい」どうにか口に出す。「よく眠れるようにしてあげようとしていただけよ」

「どうやって？」

「え？　その、わたしにはそういうこともできるのよ」

「他人を眠らせることができるのか？」

クロエは怯んだ。「人聞きが悪くない？」

「いいや。きみは何者だ？　子どもの目に砂をかけて眠らせる砂の精か？」

「ごめんなさい」とくり返す。「あなたに害を及ぼすつもりはなかったの。それはわかるでしょう。熟睡できるようにしてあげたかっただけ」

「どうやって？」ジャックが同じ質問をくり返した。

クロエはため息をついた。「つまり、もしあなたがいやじゃなければ、わたしにはあなたのドリームライトを調整するみたいなことができるのよ」

「調整するみたいなこと？」

「ほんのちょっとだけよ。夢遊病をとめるために飲んでる薬が、まだあなたの睡眠に悪影響を及ぼしているの」

「それで、自分ならその悪影響を消せると思ったのか？」

「ええ、まあね。一時的にだけれど。少なくとも質のいい睡眠が取れるぐらいのあいだは」

ジャックが考えこんだ顔をした。「ぼくを眠らせることができるのか？」

「すっかり目が覚めているいまはできないわ。あなたの力が強すぎるもの。協力してもらわなければ無理。そしてそのためにはわたしを信用してもらうしかない。心から、という意味よ」

「なるほど」

「ごめんなさい」

「そればかり言ってるぞ」

「そうね、ごめんなさい」

ジャックが無言でにらんできた。まだ少し目が怒っている。

「でも、相手の意識を失わせることもできるんだな？」彼が言った。「例の悪党、ローズの両親を殺したソーヤーにやったのはそれだ。きみは人質として家に入り、ソーヤーを眠らせた」

クロエはつかのま口ごもったが、やがてうなずいた。「あいつがわたしに触れたとたんに、終わっていたわ。彼は明かりを消すみたいに気を失ったの」

「そして意識が戻ったときは正気を失っていた」

クロエは体をこわばらせた。「あの男は人殺しだったのよ。もともと正気じゃなかったわ」

ジャックが例の訳知り顔で見つめてきた。弱みも弱点もすべて承知だと言っているような顔で。「だが、狂気の意味が違う。ソーヤーは自殺するような男じゃなかった。あの手の男なら、体制と駆け引きしようとしたはずだ。おそらく新聞や出版社に自分の話を売っただろう。注目を浴びて得意になったはずだ。ところがあいつはそうするかわりに首を吊った」

クロエはゆっくり息を吐きだした。「睡眠にはいろいろ種類があるの。なかには深くて、往々にして二度と目覚めないものもある」

「昏睡《こんすい》のように？」

「そう」そこでいったん言葉を切る。「でも、睡眠にはそれ以外の段階もある。長期間そこにはまりこんでしまうと、精神に壊滅的なダメージを受ける段階が」

「というと？」

「睡眠状態と覚醒状態の境界よ。わたしはそれをグレーゾーンと考えているわ。誰もがその領域を経験するけれど、たいていは数秒か数分以上留まることはない。ただし、不安や混乱を感じるけれどね。自分が夢を見ているのか目覚めているのかわからないの。ときには体が動かないこともある。そこにないものが見える。わたしは相手をそういう状態にできるの」

「永久に？」

「それはたぶん無理」静かに答える。「でもリチャード・ソーヤーの場合は、正気を失わせるだけの時間は維持できた。あの男はもともと情緒障害だった。わたしは狂気へひと押しすればよかったの」

ジャックはつかのま無言だった。「知り合いの私立探偵の言葉を引用すれば、たいした能力だな」

「じつを言えば、リチャード・ソーヤーにやるまで自分にあんなことができるなんて知らなかったの。でも彼をグレーゾーンに送りこんだときは意図的にやった。自分が何をしているのかわかっていたわ」

「ぼくがキャピタル・ヒルで男を殺したとき、自分が何をしているかわかっていたように」

「ええ。そして、あなたもわたしもこれから死ぬまで自分がしたことを夢に見つづけるの」

「自分の行為の代償として？」

「どれほど正当な理由があろうと、ほかの人間を破滅させればスペクトルのどこかで代償を払わなければならないわ」

「ぼくは自分がやったことを受け入れられる」

クロエはリチャード・ソーヤーの死後ローズが感じるようになった終幕感を思った。どんなふうにようやく悪夢が消えはじめたか。ローズがどんなふうに癒しの道のりを歩きだせるようになったかを。

だからぼくが
「このあいだの晩、きみはマデリン・ギブソンを眠らせようとしたんだな？　だからぼくがあの家に駆けこんだとき、彼女の肩に手を置いていたんだ」

「意識を失わせようとしていただけよ。グレーゾーンに送りこもうとしてたんじゃない」

「そしていまはぼくを眠らせようとしている」

クロエは憂《うれ》い顔で微笑んだ。「いまの話を聞いたからには、わたしに眠らされるのはごめんだと思ってもしょうがないわね」

「やってみてくれ」

クロエは目をしばたたいた。「ほんとうにいいの？」

「きみの言うとおりだ。ずっと超常エネルギーを使いつづけることはできない。ぼくには本物の休息が必要だ。効果があるかやってみよう」

「さっきも話したように、協力してもらわなければできないわ」クロエは言った。「感覚を解き放ってわたしに逆らわないでいてもらわないと」

「きみを信じる」

クロエはふたたび深呼吸した。「わかった、やってみましょう」

またしても周囲でエネルギーがかすかにうなるのがわかった。それを感じたクロエは感覚を高め、やさしくなだめるパターンを探した。ジャックは抵抗せずにつかのま彼女を見つめていたが、やがて目を閉じた。

たちまちジャックが眠りこみ、あっという間に夢見状態に陥った。ただ、今回はエネルギーが安定している。薬がもたらす乱れが抑えられている。とりあえず、いまは。クロエは数時間エネルギーが安定したままでいるように軽く微調整をくわえると、慎重に彼のパターンからしりぞいた。

しばらくようすをうかがっていたが、ジャックはぐっすり眠りつづけていた。熟睡し、夢を見ている。本来ならいちばん近い出口を探していて当然なのに、ジャックが相手だと平気だった。どうしてだろう？

ジャックを見つめるクロエのなかで、不思議に思う気持ちが強まっていった。ジャックのなめらかな肩の筋肉で、薄いカーテン越しに差しこむネオン混じりの月明かりがほのかに光っている。

クロエはあらためて慎重に感覚を高めてみた。枕とシーツにジャックの夢の痕跡がついていて、黒ずんだウルトラライトのオーラが彼を包みこんでいる。ジャックは間違いなく夢を見ている。なのにわたしのエネルギーのパターンは平穏なままだ。

生まれてはじめて男性と同じベッドで眠れるかもしれない。

けれど、そんな驚くべき思いが浮かぶと同時に、クロエは以前の宿泊客がシーツや寝具に残した古い夢エネルギーの不愉快で心をかき乱す痕跡にも気づきはじめていた。ジャックと眠れるかもしれないが、なんの予防策も取らずにこのベッドで眠るのは無理だ。

クロエはシーツをめくって起きあがると、部屋を横切って自分が持ってきた小さなスーツケースのところへ行った。ファスナーをあけ、長袖ハイネックのシルクの寝巻きとシルクのシーツを出す。クロエにもおばのフィリスにも理由はわからなかったが、シルクは一種のバリアになるのだ。古い夢エネルギーを完全にブロックすることはできないが、シルクは緩衝材になり、つねにではないものの汚れたシーツで眠れることもある。

クロエは寝巻きに着替え、ジャックの横に旅行用シーツを広げた。シーツはファスナーつきの寝袋のかたちをしていて、一辺がファスナーであくようになっており、頭のほうには枕を覆う大きな布がついている。ジャックはぴくりともしなかった。クロエはシルクの繭《まゆ》にもぐりこむと、ファスナーを閉めて〝大実験〟を行なう覚悟を決めた。

その言葉が意味するものをあれこれ考える間もなく、クロエは眠りに落ちていた。

26

ここ数カ月ではじめて、ジャックはくつろいだすっきりした気分で目を覚ました。悪夢は見なかった。ほぼ正常。クロエのおかげだ。彼女のほうへ伸ばした手が、シルクをつかんだ。

「なんだ?」

体を起こして手のなかの皺くちゃの生地を見おろす。自分がつかんでいるのがクロエのサイズで袋状に縫われたシルク製のシーツだとわかるまで、一瞬かかった。

ジャックは寝返りを打ってたわんだベッドから床におりた。続き部屋のあいだにあるドアが半開きになっている。クロエは続き部屋にいた。パソコンを置いたテーブルの前に座って、小型のノートパソコンにせっせとなにやら打ちこんでいる。

朝いちばんにそんな彼女の姿を見るのは、なんだか妙に親密な気がした。クロエは昨日と同じズボンを穿《は》いているが、トップスは違う。今朝はダークグリーンのタートルネックだ。すでにシャワーを浴びたのがはっきりわかる。赤褐色の髪がまだ湿っている。それを耳のうしろにかけて乾かしている。モーテルの貧弱なアメニティに、ドライヤーは含まれていないのだろう。

ジャックの口元がほころんだ。クロエには、すばらしいセックスをした数時間後にベッドを出たばかりの恋人にありがちな、なごやかでほのぼのした雰囲気はない。仕事に没頭している意志の強い私立探偵に見える。それでもこれほどセクシーな女性を見たことがないと確信がある。

つかのまその場にたたずみ、クロエの姿やえもいわれぬ女らしいパワーを心ゆくまで味わっているうちに、昨夜二人を結びつけた骨身に染みるほどの親近感がよみがえってきた。彼女の近くにいて彼女を守りたいという抵抗しがたい欲求をひしひしと感じる。だが驚くべきことに、現時点で彼女が直面している最大の脅威は自分だということだ。純粋な恐怖のエネルギーで人を殺せる男。なぜそんなことに？　もし自分が自制を失うようなことがあったら……。

クロエが顔をあげた。「おはよう」

「おはよう」ジャックは答えた。

クロエが彼の全身に鋭い視線を走らせ、こくりとうなずいた。どうやら満足したらしい。

「昨日やおとといよりはるかに元気そうね」

ジャックは顎《あご》を撫でて無精ひげが伸びているのを確かめた。「まだ鏡を見ていないが、ひどい顔をしてる気がする」

クロエの目で笑いがきらめいた。「心配しなくてもいいわ。少しひげを伸ばすのは、いまも流行《はやり》だから」

「荷物にかみそりが入ってる」

「おたがいにひと晩外泊する準備をしてきてよかったわね」冗談めかしてクロエが言った。

ジャックは笑顔を返さなかった。「ぼくはゆうべあったことをはっきり予期してはいなかった」抑えた声で言う。「それどころか、あんなことになるとは思ってもいなかった。夢遊病の真っ只中で目が覚めたらきみがいて、次の瞬間には二人でベッドにいた。冷静に検討したり前もって考えたりする余裕はなかった」

クロエはつかのまわけがわからない顔をしていたが、やがて意味が呑みこめたらしい。顔が赤くなり、急に忙しそうにパソコンで作業を始めた。

「ええ、そうね。でもだいじょうぶ。たった一度きりだもの。妊娠なんかしているはずがない。そんな可能性がどのぐらいある？」

「ベガスでするのにふさわしい質問とは思えないな」腕を組んでドア枠にもたれる。

「何も使ってないんだろう？」

クロエが咳《せき》払いした。「ええ、まあね。最近は何か使わなきゃいけない理由なんてなかったもの。言ったでしょう、わたしはふんぎりをつけたの。新たな段階に入ったのよ」

「そうだったな。独身主義の段階」そこでいっとき口を閉ざす。「で、その主義はどう役に立っているんだ？」

クロエが真っ赤になってジャックを冷たくにらみつけ、つんと顎をあげた。「ゆうべのわたしたちは大量のエネルギーに乗っていた。同じ部屋にベッドがあった。おとな同士だもの、ああいうこともあるわ」

「独身主義を貫いているときでも?」

「朝ごはんを食べに行けるように、そろそろシャワーを浴びてきたら?」冷ややかに言う。

「もう一つ」

クロエが警戒した顔になった。「何?」

ジャックはシルクのシーツを掲げた。「この寝袋はなんだ?」

つかのま返事をする気はないのだと思った。だがクロエは肩をすくめてパソコンに向き直った。

「他人の夢のエネルギーが染みこんだ寝具では眠れないの。シルクはその種のエネルギーに対して多少バリアになるのよ。自宅を離れるときは、かならずそのシーツを持っていくようにしてるの」

「他人が使ったベッドで寝るのが耐えられず、夢を見た人間が出すエネルギーに心をかき乱されるなら、どうしてぼくと眠れたんだ?」

クロエの動きがぴたりととまった。じっとパソコンのモニターを見つめている。両手が宙に浮いていた。

「わからないわ」彼女がつぶやいた。「あなたは違ったの」

ジャックは長いあいだクロエを見ていた。「もし妊娠していたら?」

今回の沈黙は永遠に続くように思われた。やがてクロエの片手が平らなおなかを軽く撫でた。

「それもまた違った話になるわね」ようやく彼女が言った。「子どもを持つことはないとずっと思っていたから」

「でもいまは？」どうして問い詰めているのか自分でもわからない。クロエは正しい。妊娠していない可能性が高い。それなのに、なぜか返事を聞きたかった。

クロエが彼の背後のカーペットに視線を走らせ、目にしたものに満足したようにかすかに微笑んだ。足跡に残るジャックの超常エネルギーを見ているのだ。

「あなたは立派な父親になるわ」

そしてパソコン作業に戻った。せわしなくキーボードをたたいている。

ジャックは言うべき言葉が見つからなかった。アーケイン・ソサエティのあらゆる定義によれば、自分は半分モンスターなのだ。次の世代に受け継がれる遺伝的ゆがみを抱えている。それなのに、クロエはぼくが立派な父親になれると思っているのか？

かすかに微笑みながらジャックは隣りの部屋へ戻ってバスルームへ向かった。

27

二十分後、朝食を食べに一階へおりたときもジャックはまだ気分がよかった。手に持った革のダッフルバッグにはランプが入っている。反対の手でパソコンケースを持っていた。クロエはパソコンをしまった黒いバッグを持っている。

ロビーに置かれたスロットマシンの前のスツールには、昨日と違う白髪の年配のカップルが座っていた。ジャックとクロエが通り過ぎても、どちらも顔をあげようともしなかった。フロント係はオフィスにこもったまま出てこなかった。

二人は雑草だらけの駐車場を横切り、通りを渡ってカジノの小さなカフェに入った。朝番のウェイトレスは昨夜二人を担当したウェイトレスではなかったが、不運な過去をうかがわせる雰囲気は同じだった。

ジャックとクロエは前の晩と同じブースに向かい合って腰をおろした。ジャックの位置からは、薄暗い洞窟《どうくつ》のような隣りのカジノが見えた。まだ朝の七時四十五分だというのに、恐れを知らぬ数人がスロットマシンにコインを投入している。ブラックジャックとポーカーテーブルは閑散としていた。時間の経過とともに活動が活発になり、午後や夜のあいだにどんどん活況を呈していくのをジャックは知っていた。日付が変わるころには満員になっているのだろう。そのペースは明日もあさっても来年も変わらない。カジノゲームのパターンは不変なのだ。

どんなものにもパターンがある。ひとたびそのパターンを把握すれば、強みと弱みがわかる。それを思うといくぶん気が楽になった。少なくともまだ戦略能力者らしく考えることができている。

クロエがフォークを手に取った。「ベガスはつねにみずからに再投資して、古いホテルやカジノがつぶれては、同じ場所に新しいホテルやカジノができるのよ。ゲームマシンではしょっちゅう新しいコンピュータテクノロジーが生まれる。ラスベガス大通りに新しいテーマパークリゾートができる。カジノの劇場では、それまで以上に新鮮でそれまで以上に度肝を抜くショーが行なわれる。でも、ひと皮むけば何一つ変わってないの。べつの次元の話みたい」

ジャックは肩をすくめて卵料理を食べた。「それが人を惹きつけるのさ。この街はセックスと罪で成り立っている。本業から離れすぎると客を失う」

クロエのフォークが宙でとまった。眉があがっている。「ときどきあなたが投資で生計を立てている非情な億万長者だって忘れてしまうわ」

なぜか〝非情〟と言われたことがひっかかった。

「ベガスの何が気に入らないんだ?」

「気に入らないなんて言った？」

「悪気はないが、言われなくてもわかる」

クロエがため息を漏らす。「お上品ぶるつもりはないし、賭け事についてどうこう言うつもりもない。ただカジノのエネルギーがいやなの」

「そうなのか？　どうして？」

「あっちの部屋を見て、何が見える？」

ジャックはあらためてカジノの入り口へ目をやった。「ずらりとならんだスロットマシン。点滅する光が山ほど。客を待つ賭け金清算係。酒を載せたトレイを運ぶセクシーな格好の女が一人」

「朝の七時四十五分にね」にこりともせずに言う。

ジャックはふたたび卵をフォークですくった。「ここはカジノだぞ。大通りにあるような派手なものじゃないが、カジノに変わりはない。カジノとは、こういうものだ」

クロエが肩越しにちらりと振り返り、薄暗いゲームフロアをつかのま見つめた。エネルギーの振動が伝わってきて、彼女が感覚を高めたのがわかった。

「わたしには、誰かが放射性の熱い酸を撒《ま》き散らしたみたいに見えるわ」自分の卵料理に向き直る。「それが何層も重なってる。何年も、何十年も重なりつづけたものがね。ギャンブルが熱病と呼ばれてるのにはわけがあるのよ。麻薬みたいなものなの。夢の超常エネルギーに大きな影響を及ぼす」

「能力が高い人間、たとえばきみやぼくのような人間は、運に恵まれる傾向がある」ジャックは指摘した。「持って生まれた超自然的側面が有利に働くんだ」

クロエが非難の表情でにらんできた。「あなたはギャンブルをするの?」

「しょっちゅうやってるよ」にやりとする。「ただ、確率を計算できる情報が充分にあるときだけだ」

クロエの表情が明るくなった。「ベンチャー・キャピタルのビジネスのことを言ってるのね。そういう仕事をしてたらリスクを冒すことが求められるでしょうね」

「きみの仕事もそうだ」

クロエは無視した。「財政的リスク、という意味よ」

ジャックはコーヒーを飲みながら、今朝はランプと同じぐらい重要に思える話題にどうやって話を戻すか考えをめぐらせた。

マグカップを置き、クロエを見る。「ゆうべのことだが」

クロエは確実にわずかに怯んだが、まぶしいばかりの笑みを見せた。

「ねえ」彼女が言った。「文明の歴史をとおして、〝ゆうべのことだが〟で始まる会話が楽しいものになったためしはないと思うわ」

ジャックは妙なほてりを感じたが、性的なものではなかった。どうやら顔が鈍い赤に染まっていることに気づくまで、一瞬かかった。

「この話をする必要があるのはわかってるはずだぞ」

まだ微笑んでいるが、目はヘッドライトに照らされた鹿のようになりかけている。ジャックは自分が危険な領域に踏みこんでいるのがわかった。

「なんのために？」

「きみはどうか知らないが」感情をこめずに言う。「ぼくはあんなふうになったのははじめてだった」

クロエが咳払いした。「かなりユニークな経験だったことは認めるわ」

「ユニーク」ふたたびコーヒーに口をつける。「いいだろう、そういう言い方もできる」

「でも、あなたも言ったように、能力が高い人間二人が結ばれたときの話はむかしからよく聞くわ」クロエが気負いこんで続けた。「それを言いたかったの」

「能力が高い人間には会ったことがある」感情をこめずに言う。「別れた妻はレベル8だった。似たようなことを経験したとは言いがたい。きみは？」

「さっきも言ったように、ユニークだったわ」そっけなく答える。「この話はもう終わりにしない？　いまはもっと大事なことがあるもの」

「何を怖がってるんだ？」

クロエがゆっくり息を吐き、フォークを置いた。

「わたしがずっとどんな思いをしてきたか知らないでしょう。ベッドはおろか、誰かと同じ寝室を使うこともできなかったのよ。椅子でうたた寝をしている人と同じ部屋にいるだけで居心地が悪いの。子どものころは友だちの家へ泊まりに行くことができなかった。みんなと寝られないからキャンプに行ったこともない。ルームメイトに耐えられないから大学時代は自分でアパートを借りなければならなかった。大学生のときからずっと一人暮らしをしてるわ」

「それならゆうべは？」

「言ったでしょう、ゆうべは違ったの」クロエが言った。「わたしにわかるのはそれだけ。話題を変えてもいい？」

「ああ」

クロエはすぐさま有能な探偵モードに戻り、意志が固そうなきびきびした態度になった。

「少なくともこれであなたのトランス状態の対処法はわかったわ」

「情熱的なセックスか？」ジャックは微笑んだ。「ぼくには効果がある」

クロエが真っ赤になって冷たくにらみつけてきた。「夢遊病状態からあなたを引っ張りだせた話をしてるの。そのあとに起きたことでなく」

「そうか」残った卵料理をたいらげてブースの背もたれにもたれる。「どうしてぼくを助けようとそこまで躍起になってるんだ？　同情してるのか？」

クロエが気色ばんだ。「わたしは同情から仕事を受けたりしないわ」

「嘘をつくな」

「とにかく、この仕事にこだわっている理由はそれじゃない」

「じゃあ、なぜだ？」

「挑戦しがいがあるからに決まってるでしょう。こんなに興味をかき立てられる仕事ははじめてなの。わたしをお払い箱にしようとしても無駄よ」

きみを目の届かないところに行かせるなんて、もう無理だ。やろうとしてもできない。

「きみは驚くべき女性だな、クロエ・ハーパー」

「それがわたしよ、驚くべき女性。請求書を受け取ったとき、これを思いだしてね」卵を食べ終え、バッグからノートを出す。「ところで、ゆうべあなたの夢遊病が始まるまえに、ランプについて書き留めたことがあるの」

「何かわかったのか？」

「ええ、たぶん。あのランプには明らかに、静止状態にあるきわめて強力なドリームライトが染みこんでいるわ。わたしはあれを光らせることができる。少なくとも光らせるだけのエネルギーを起こすことはできるけれど、持てるパワーのすべてにはアクセスできない。あなたかあなたみたいな遺伝的超能力を備えた人にしかできない気がする」

「全力を発揮させたらどうなるんだ？」

「はっきりとはわからないけれど、あのランプを操るには二人の人間が必要なんだと思う」ノートから目をあげる。「一人で扱うにはパワーが強すぎるのよ」

「肝心な話をしよう。ひとたびランプを作動させたら、きみはランプの光波を操ってぼくに起きていることを阻止できると思うか？」

クロエがくちごもった。「たぶん」

「たぶん、ね。クライアントを安心させる台詞《せりふ》だな」

「ごめんなさい、とにかくわからないことが多すぎるのよ。現時点では、わたしなら一種独特なかたちでエネルギーを操れる気がするとしか言えない。あのランプはあなたの精神の周波数と同調するから、それを利用してあなたの能力に影響を与えられると思う」そこでいっとき口を閉ざす。「本気でわたしにそうしてほしいなら」

「それがいちばん大事なことだ」むっつりと言う。

「もう一つ、言っておきたいことがあるの」

「なんだ？」

「さっきも話したように、あのランプにはパワーがたっぷりあるけれど、そのすべてがあなたの能力をコントロールするためのものとは思えないの。エネルギーが多すぎるのよ」

「どういう意味だ？」

「わからない」困惑がありありと浮かぶ顔でノートに視線を戻す。「あのランプのなかには、ひどくおかしな静止状態の光波があるの。一度も見たことのない色を感じたわ。いまは活性状態にないけれど、さっきも言ったように、あなただけが活性化させられる気がするの。ただ、ひとたび活性化したら、深刻な問題が起きるかもしれない」

「どんな問題が？」

クロエがノートを閉じた。「あのランプには、あなたの夢エネルギーのチャネルを安定させる以上のことができるような気がするとしか言えない。ほんとうにソサエティの専門家に任せなくていいの？」

「もしあそこの連中がドジを踏んでぼくがケルベロスに変身したら、どうせ命はないんだ。どうせならきみに賭けたい」

「ソサエティの研究者たちのほうが、わたしよりはるかに超心理物理学にくわしいわ。わたしは手探り状態だもの。誇張じゃなく」

ジャックはテーブルをとんとんたたきながら考えをめぐらせた。「ニックじいさんはエレノア・フレミングに三度ランプを操るように頼んだ。一回めの目的は、二つめの能力を得ることだった。二回めは、新しい能力のせいで起きた幻覚と悪夢を消してもらうため。だが三回めの目的がなんだったかははっきりわかっていない。もし言い伝えが間違っていたら？もしニコラスが三つめの能力を身につけようとしたんじゃなかったら？　もしそれほど大量の超常エネルギーを発生させることは人間には不可能で、ましてやコントロールなんてできるはずがないと気づく程度には賢明だったとしたら？」

「じゃあ、三回めのとき、ニコラスはエレノアにランプで何をさせたかったの？」

「わからない。でも最後にエレノアを訪ねたとき、ニコラスが新しくつくったクリスタル数個をランプに取りつけていたことはわかっている。たぶん、誰も考えたこともないかたちでランプを使うつもりだったんだろう」

「たとえば？」

「それさえわかれば苦労はない」

明るいメロディのこもった音色に邪魔され、そこで口を閉ざす。クロエがちょっと驚いた顔をしてバッグに手を入れた。携帯電話を出している。

「ローズ？　ええ、まだベガスよ。そっちは問題ない？　え？　だいじょうぶなの？」

顔にショックと強い不安が浮かんでいる。ジャックの感覚にぱりぱりと音をたてながら凍るような直観が走った。

「ほんとうにだいじょうぶ？」クロエが訊いている。「そう、よかった。いいえ、わたしも警察に通報してもどうにもならないと思うわ。でもいずれにしても通報しないと。ちょっと待って、ジャックにも状況を話すから」耳から携帯を放す。

「何があった？」ジャックは訊いた。

「ゆうべ、ローズが学校へ行ってるあいだにオフィスとわたしのアパートに何者かが侵入したみたいなの。彼女はヘクターも一緒に学校へ連れて行っていたらしいわ」

「侵入したみたい？　確信はないのか？」

「ローズが言うには何も盗まれていないし、いくつかの小物の置き場所が変わっているように見えるだけなんですって。でも、ゴミ箱とデスクを誰かが調べたのはほぼ間違いないと言ってるわ」

「それからおそらくきみのパソコンも」立ちあがって財布を出す。

「わたしのファイルを見られた可能性は低いと思うわ」クロエがするりとブースから出て立ちあがった。「いとこのエイブはハイレベルの暗号解読能力者なの。わたしの持ち物すべてを高性能な暗号でロックしてくれたのよ」

「Ｊ＆Ｊの暗号解読能力者に侵入できないデータはない。行こう」

28

クロエの目が丸くなっていた。「侵入したのはJ＆Jの人間だって、本気で思ってるの？」

「ぼくが思いつくかぎり、ほかにこの件に関心を持ちそうな人間はいない」アドレナリンが引き起こした切迫感がどんどん強まっていく。ジャックはダッフルバッグとパソコンケースをつかんで出口へ向かった。「警察のことは忘れろとローズに伝えるんだ。すぐ戻らないと」

「わかったわ」あわてて追いかけてくる。「ローズ？　もう切るわ。またあとでかけ直す。とりあえず警察に通報するのはやめておいて。ジャックがソサエティが関わっていると考えてるの。だとすると、警察に通報してもどうにもならない。証拠が見つかるはずがないもの。また電話するわ」

出口に着いたジャックはクロエのためにドアを押さえてやった。クロエが小走りで外へ出た。続いて歩道に出たジャックは通りをチェックした。モーテルの駐車場に新しくとまった車は見当たらないものの、それにたいした意味はない。二人は通りを渡りはじめた。

「ジャック、どういうことだと思ってるの？」

「何かの拍子《ひょうし》にファロン・ジョーンズがぼくがドリームライト・リーダーを探していること

に気づき、ぼくがそうする理由は一つしかないと考えたんだ。ぼくが変化しはじめていると判断した。そしてぼくの捜索命令を出した」

「あなたに新しい能力が発達しつつあるかもしれないという理由だけで、あなたを殺すために誰かを雇うなんて信じられないわ。わたしはJ&Jの熱狂的支持者じゃないけれど、あそこはやたらと人を殺したりはしない。ソサエティはときには不愉快きわまりない存在になるけど、そこまで悪質じゃないわ。それに、あなたみたいに顔が広い裕福な男性を殺したら、世間の関心を引いてしまう。それはソサエティが何を置いても避けたいことよ」

「こちらには多少時間がある。ぼくはファロン・ジョーンズをよく知っている。あいつには独自の基本方針があるんだ。行動に出るまえに全貌を把握したがるはずだ」

「どういう意味？」

「誰にでも弱点はある。よく言うだろう、最大の弱点は最大の強みとつながっているものだ」

「わたしが聞いたかぎり、ファロン・ジョーンズの最大の強みは、ほかの人には無秩序なパターンや関連性にしか思えないところでパターンや関連性を見つける能力よ。彼独特の直観能力と関係があるの」

「表向き、ファロンはカオス理論能力者ということになってるが、それはあいつが世界レベルの陰謀マニアであることを気取って表現しているだけだ。ファロンなら黒いヘリコプターに乗ってるやつらや秘密基地《エリア51》の連中にも講義ができるだろう。あいつの問題は、ほかの陰謀マニアと違って、たいていファロンが正しいことなんだ」

「彼には大きな弱みがあると言ったわよね」せかせかと隣りを歩きながらクロエが訊いた。

「それはなんなの？」

「生粋の陰謀論者にとって、めぐりあわせや偶然の結果なんてものは存在しない。あらゆるものが大きな枠組みにあてはまる。問題は、どこにどうあてはまるか突きとめることだ」

「だから？」

「だから、ファロンの最大の弱点は好奇心ということになる。ほかの人間に食べ物や酸素が必要なように、あいつには答えが必要なんだ」

「わかったわ」とクロエ。「彼はほんとうにランプが機能するのか、どんな結果を生むのか知りたがるはず」

「そうだ。そして実験するにはぼくが欠かせない」

「わたしたちがベガスにいるのを知っていると思う？」

「ぼくがきみを雇ったのを知っているとすると、ぼくたちがここにいることも、ランプを手に入れたことも知られていると考えるのが妥当だろう。このモーテルでは身元証明書のたぐいを使わなかったから、運がよければまだ正確な居場所までは突きとめられていない。だが見つかるのは時間の問題だ。絶対にあいつのレーダーに引っかからないようにしないと」

「ふうん」

「何を考えてる？」

「エドワードおじさんのことを考えてるの」

「こっちでアンティーク家具を専門に扱っているおじさんか？　それがぼくたちにどうプラスに働くんだ？　ルイ十六世の飾りだんすを手に入れようとしてるわけじゃないぞ」

「エドワードおじさんは、息子のデックスと、デックスの奥さんのベスと一緒にちょっとした副業をやってるのよ。言うなれば、もう一つの一族に伝わる家業」

「聞いたところによると、ハーパー一族の家業はたいてい偽物や贋作《がんさく》がからんでいる」

「じつは、いとこのデックスとベスには偽の身分証明書をつくる才能もあるの」

「それはいい。去年ぼくがつくらせたやつはもう使えないかもしれない。ファロンに気づかれている可能性が高い」

「彼のことをよく知ってるのね」

「あいつのことはよく知っていると言っただろう。少なくとも以前は知っていた」

「二人のあいだに何があったの？」

「数年前、ファロンのようすがおかしくなった。もともと人づき合いがいいほうじゃなかったが、それまで以上に引きこもるようになったんだ。ソサエティの研究室や博物館に何週間もこもりきりになることがあった。J&Jを引き継ぐと、完全に姿を消したも同然になった。カリフォルニア北部の海沿いにある小さな町に引っ越したんだ。最近は、本人が夜陰と名づけた謎の陰謀団のことで頭がいっぱいになっている」

「夜陰ってなんなの？」

「ぼくにわかっているかぎりでは、悪党超能力者集団が運営している組織だ。どうやら創設者の秘薬を再現したらしい。ファロンは連中を阻止できるのはJ＆Jだけだと考えている」

「あきれた。シルベスターの秘薬でハイになってる超能力者の犯罪者集団？　ファロン・ジョーンズはほんとに頭がおかしいみたいね」

「そうとはかぎらないぞ」ジャックは言った。「相手はファロン・ジョーンズだ。さっきも言ったように、あいつの陰謀説はたいてい正しい。だが、夜陰なんてものが存在しようがしまいがぼくにとってはどうでもいい。関心があるのはランプだけだ」

クロエをせかしてモーテルのガラスドアを抜け、ロビーに入る。フロント係が体をそらせてオフィスのドアの縁から投げやりに二人を見たが、すぐに雑誌の見開きページに視線を戻した。

スロットマシンの前に座っているのは一人だけになっていた。高齢者ではなく、さかんにバーベルをあげたりステロイドを打ったりしていそうな二十代前半の男性だ。ジーンズと頑丈そうなブーツと革ジャケットを身につけている。男性はクロエを階段へせかすジャックには無関心なようすでプレイボタンを押した。

果物の絵が回転し、大きなベルの音がした。筋肉隆々のバイカーファッションの男性が勝ったのだ。せいぜい十ドルというところだろうと、ジャックは思った。勝つまでいくら注ぎこんだかわかったものじゃない。だが、もう一度プレイする気になるには充分だろう。あの十ドルをそっくりスロットマシンに投入するに違いない。ギャンブルとはそういうものだ。

たまに勝ちさえすれば、もっと続けようという気になる。活動中の間欠強化の原理だ。階段の踊り場でジャックはクロエを立ちどまらせ、ロビーへ振り向いた。レザーとデニムに身を包んだ筋肉隆々男はふたたびプレイボタンを押すかわりに、勝った金を回収していた。そして外へ出て姿を消した。間欠強化の原理もここまでだ。

ジャックはクロエの耳元に口を近づけた。「あの男が使ってたマシンを見ろ」

クロエがロビーを見おろした。「あれがどうかしたの?」ジャックと同じように声をひそめている。「これまで見たスロットマシンと同じに見えるけど」

「もう一つの視覚を使え」

「ああ、わかったわ」

クロエがもう一つの感覚を働かせると、ジャックの周囲でかすかにエネルギーが渦巻いた。いわく言いがたい異国の香水のように、それはジャックを刺激してなまめかしくうなじの産毛をくすぐった。男はこういう感覚にあっという間に慣れるものだ。

「たいへん」クロエがつぶやいた。

身震いしてあとずさったクロエがどしんとジャックにぶつかった。ジャックは彼女を支えてやった。

「何が見えた?」

「スロットマシン一面にドリームライトがたっぷりついているわ。あの人は間違いなく超能力者で、奮《ふる》い立っていたのよ。でも色がすごく変だわ」

「どう変なんだ？」

「異常。気味が悪い。おかしい。うまく説明できない。通りで出会う精神的に不安定な人たちの足跡や手形で見る不健全なエネルギーに似ている。でも、まったく同じじゃないの。あのスロットマシンを使っていた人は、強い薬を使ってる気がする。あの筋肉から考えて、たぶんステロイドね」

ジャックはつかのま考えをめぐらせた。「ファロン・ジョーンズが雇いそうなタイプとは思えない。たぶんこの世には偶然というものも存在するんだろう。あいつが超能力者というのは間違いないのか？」

「どんな超能力かはわからない。でも、ちょっと待って、ここはベガスよ。きっとあの人は賭けで生活費を稼いでいる確率能力者なのよ。もしギャンブル依存症なら、気味が悪いエネルギーも説明がつくわ」

「気に入らないな」ジャックは体の向きをかえて廊下を進み、鍵へ手を伸ばした。「行こう。できるだけ早くここを発ちたい」

出し抜けにクロエが足をとめた。

「ジャック」ささやいた声が張りつめている。

彼は足をとめた。「どうした？」

クロエは彼を見ていなかった。不安な面持ちで廊下の床を見つめている。

「ここにも超常エネルギーの足跡があるわ」クロエがささやいた。「さっきと同じいやなエネルギー」

「あいつがここへ来たのか?」

「いいえ、ほかの人」廊下のつきあたりへ目を向けている。「足跡は非常階段のほうから来てる。ロビーにおりる階段じゃなく。でもドリームライトの気味の悪さは同じ。鳥肌が立つわ」

「偶然説もここまでのようだな」

二人は続き部屋のドアを見つめた。

「十四号室に入ってるわ」クロエがささやいた。「出てきた足跡はない。まだなかにいるのよ」

29

「ファロン・ジョーンズ、あの野郎」ジャックは言った。

ほとんど聞こえないほど声を潜めていたが、クロエが怯んだのがわかった。ジャックは瞬時に集中していた。感覚が最高潮に研ぎ澄まされている。放っているエネルギーはまだ焦点が定まっていないが、クロエにも伝わっているはずだ。

「どうするの？」クロエが小声で訊いてきた。

ジャックは彼女を見た。「十四号室の錠前に鍵を差して音をたてろ。ドアがあかないふりをするんだ」

「ジャック――」

「いいからやれ」

ダッフルバッグとパソコンケースを彼女の横の床に置き、続き部屋のドアに歩み寄る。

クロエがポケットから鍵を出して十四号室に近づいた。そして鍵をあけようとしているふりをした。

「おかしいわ」大きな声で言いながらドアノブをがちゃがちゃまわしている。「鍵があかないの。下へ行ってべつの鍵をもらってきたほうがよさそうね」

ジャックは続き部屋の錠前に鍵を差しこんだ。臨戦態勢になっているが、標的の場所を特定しないうちは効果的にパワーを使えない。超能力の使用にあたり、超心理物理学の法則には妥協というものがない。効果を出すには相手に焦点を合わせる必要がある。あるいは——クロエの能力の場合は——個人が残した超常エネルギーの痕跡に。単純にエネルギー場をばらまいて盾や大量破壊兵器にすることはできない。いま誰かが廊下を通りかかったら得体の知れない不安を感じるだろうが、それだけだ。

彼は勢いよくドアをあけて室内に入り、できるだけ音をたてずに急いだ。

続き部屋にいた男はドアに銃を向けていた。ジャックに気づくと目にもとまらぬスピードで振り向き、二つの部屋のあいだの戸口に銃口を向けた。

ハンター——ジャックは思った。一階にいたバイカーのように、ステロイドでふくれあがった体型をしている。

侵入者が引き金を引こうとしているのがわかったが、ジャックはすでに標的を捕捉していた。銃を構える相手にありったけの能力をぶつけ、的をしぼったエネルギーをたたきつけた。

男の体が感電したようにこわばった。見開いた両目がおのれの悪夢の深淵《しんえん》をのぞきこんでいる。声にならない悲鳴をあげて口をあけているが、早くも意識を失いかけていた。

男はどうにか一発発砲し、床に倒れた。こもった銃声が聞こえ、ジャックのうしろにあるベッドに弾丸が食いこむ音がした。サイレンサー。事前に用意を整えてやってきたのだ。

侵入者は床に倒れたまま動かない。

ジャックは慎重に近づいた。男の横にひざまずき、ポケットを探る。

続き部屋の戸口にクロエが現われた。片手にバッグを持ち、肩にジャックのダッフルバッグをかけてパソコンケースを抱えている。

「その人――」かぼそい声でクロエが言った。

「いや、意識を失っているだけだ」ポケットを探るのをやめ、銃を拾って立ちあがる。「だが、意識を取り戻すまでどれぐらいあるかわからない。今度こそほんとうに急がないと」

「そうね」

ジャックにダッフルバッグとパソコンケースを渡し、部屋の反対側にあけっぱなしで置いてあるスーツケースへ走る。そしてスーツケースのファスナーを閉めはじめた。

「放っておけ」ジャックは言った。「そんなものを持っていたら走れない」

「でも荷物が」

「バッグに入るものだけ入れるんだ」続き部屋に入って外泊用のポーチをつかむ。「必要なものは買えばいい」

クロエが戸口にやってきた。バッグを持っている。

「あの人、あなたを殺そうとしたのね」

「どうやらそのつもりだったようだな」ダッフルバッグを拾いあげ、ドアをあけて廊下をチェックする。

「誰もいない」彼は言った。「用意はいいか？」

「ええ」クロエが小走りでドアへ向かいながら、ちらりと床の男に目を向けた。「あの人はどうするの？」

「自分の不始末はファロン・ジョーンズにさせればいい」ロビーへおりる階段へ歩きだす。

「ドジな超能力者を使った報いだ」

　クロエがあわてて追いかけてきた。「非常口を使わないの？」

「ああ。べつの誰かが裏にとめた逃走用の車であいつを待っている可能性が高い」

「べつの誰かって――」はたと思い当たったようにそこで口を閉ざす。「そうね。さっきロビーでスロットマシンをやっていた男は見張りだったんだわ」

「二人とも、ハンターだった気がする」

「ぞっとするわ」とクロエ。「ほんとにぞっとする。足跡に現われていたの」

「頭がおかしい人間を使っているとなると、ファロンはかなり必死になっているに違いない」

「ファロン・ジョーンズは、この俗に言う実験が自然な成り行きをたどるまで思いきった手段には出ないと言わなかった？」

「どうやらぼくの勘違いだったらしい。きっとファロンはランプを手に入れることが何より大事だと判断したんだろう」

「気を悪くしないでほしいんだけど、納得してるようには聞こえないわ」

「納得はしていない」ジャックは認めた。「問題は、いくら考えても、ぼくの戦略能力がファロンの仕業とは思えないと言っていることだ。とはいえ、いまは自分の一つめの能力を信用していいのかわからない。悪夢のエネルギーがそれにどんな影響を及ぼしているかわからないからな。あるいはぼく自身に」

30

ちょうどジャックがロビーのドアを押しあけたとき、バイクのエンジンがかかるこもった音がした。モーテルの裏の路地から男が二人乗った大きなハーレーが飛びだしてきて、駐車場を横切って爆音をあげながら通りを走り去っていった。ナンバープレートがついていない。

ジャックは黒いサングラスをかけ、遠ざかるバイクを見つめた。

「部屋に残してきたやつがもう意識を取り戻したんだ」彼は言った。「おそらくハンターならではの反応だろう」

クロエは走り去るバイクを目で追っている。「刺客としてはお粗末だったけど、ハンターに変わりはないのよ」

「考えれば考えるほど、ファロンらしくない気がする」

「でも、ほかに誰がさっきの男たちを送りこんでくるの?」

「いい質問だ」

「これからどうするの?」周囲を見わたしている。「このあたりにあまりタクシーはいない気がするわ」

「カジノから一台呼ぼう」

二人は通りを横切った。ジャックは携帯電話を出すと、久しく使っていない番号を押した。最初の呼びだし音でファロン・ジョーンズが出た。「着信表示はジャック・ウィンターズになっているが、そんなはずはない。あいつからは一年近く連絡がない」

「もしクロエが先にドアを抜けていたら今ごろ命はなかっただろうし、ぼくはおまえを殺すためにスカーギル・コーブへ向かっていた」ジャックは言った。「話はついていたはずだぞ、ファロン」

視界の隅でクロエがぎょっとしたのがわかった。くるりと振り向いた彼女は目を丸くして口を呆然《ぼうぜん》とひらいている。ジャックは気づかないふりをした。

電話の向こうは静まり返っている。

「なんの話だ？」やがてファロンが訊いた。

ジャックはカジノの駐車場にとまっている片手ほどの車をながめ、違和感があるものを探した。「ぼくはまだ生きてるぞ。どうしたんだ？　注意がおろそかになってるのか？　それとも有能な人間が見つからなかったのか？」

「連想ゲームにつき合っている気分じゃない。何が言いたいのか、はっきり言え」

「ベガスのぼくたちが泊まっているモーテルの部屋で、サイレンサーつきの銃を持ったハンターが待ちかまえていた。もう一人は一階で見張りをしていた。質問に答えてくれ——なぜいまなんだ？　どうしてぼくにランプが有効だとわかるまで待たない？」

ふたたび重苦しい沈黙が流れた。

「ちょっと確認させてくれ」ファロンの声は、闇に包まれた洞窟から聞こえてくる不気味な轟きを思わせた。「おまえはランプを見つけ、現在はベガスにいて、たったいま何者かに殺されかけたと言ってるのか？」

「おまえには得意なことがいっぱいあるが、身に覚えがないふりはそのなかに入ってない」

「よく聞け、ウィンターズ。いいニュースと悪いニュースがある」クマのような声が緊迫感でかすれている。「いいニュースは、わたしはおまえのもとへ誰も送りこんでいないことだ。この問題についておまえが被害妄想になっているのは知ってるが、わたしはおまえを追ってはいない」

「嘘をつくな、ジョーンズ。取引の一部だったはずだぞ、忘れたのか？　ぼくと関係がある人間を追いまわさないと約束したはずだ。それにはぼくが雇った人間も含まれる。クロエ・ハーパーはぼくに雇われている。おまえに関するかぎり、彼女は民間人だ」

「たしかに約束した」とファロン。「約束は守っている」

ジャックはゆっくり息を吐きだした。「そう言うだろうと思ってたよ」

「信じようが信じまいが、最近のわたしはおまえの監視チームを編成するほど暇じゃない。そんなことに人手を割《さ》く余裕はないんだ。たとえ割きたくともな。おまえが言った男たちは、わたしのスタッフじゃない」

アドレナリンが幾分弱まり、ジャックはクロエをモーテルから出すこと以外にも戦略能力の使い道があると気づいた。衝撃とともに最初に気づいたのは、ファロンの口調に不安の響きがあり、それはスタッフがしくじったからではないということだった。

「いいだろう、ファロン、議論をつづけるために、とりあえずそっちの言い分を信じてやる。悪いニュースは？」

「誰がおまえを始末しようとしたのかはわからないが、ランプへの関心とおまえを探す手段の両方を備えている集団なら、一つ心あたりがある——夜陰だ」

「おまえの最新の陰謀説なら耳に入ってるよ。だが噂によると、その夜陰とかいう組織はすでに創設者の秘薬を再現している。どうしてランプを狙うんだ？　しかも、これだけ時間がたったいまになって？　そもそもランプのことをどうやって知ったんだ？　ウィンターズ家は秘薬の秘密を守るジョーンズ家よりはるかにうまく自分たちの秘密を守ってきたんだぞ」

「わたしには答えようがない」ファロンが認めた。

「だとすると、これ以上ないほど興味を引かれる話だな。おまえはつねに答えを用意している男だ」

「いまはほんとうにわからないんだ」いつになく声に疲労がにじんでいる。「部屋で待ち伏せしていたのはハンターだったと言ったな？」

「たいして会話をしたわけじゃないが、ハンターの動きだった。ステロイドで筋肉隆々だった」

「誤解しないでほしいんだが」とファロン。「おまえとクロエが無事でよかった。だが、どうやったんだ？　ハンターは敏捷《びんしょう》だ」

「ぼくは戦略能力者だぞ。ぼくにはぼくなりの特技がある」

「ふむ」

納得していないのがわかる。

「運がよかったんだ」ジャックは言った。戦略能力者にとって、嘘をつくのは簡単だ。それも能力の一部だ。「争いになった。相手はパニックを起こして逃げた。注意を引きたくなかったんだろう。もう一人は裏の路地でハーレーで待っていた。ナンバープレートはついていなかった」

「夜陰だ」ファロンが言った。「間違いない。よく聞け、ジャック。クロエもおまえも携帯電話を捨てろ。パソコン、クレジットカード、電子機器のたぐいは全部処分するんだ。夜陰はそういうものを使っておまえたちを追っている可能性がある。新しい身分証明書を手に入れろ。ただし、この一年おまえが持ち歩いているような証明書じゃない。それは焼いてしまえ」

「ぼくが偽の身分証明書を持ってるのを知ってたのか？　やっぱりぼくを監視していたんだな」

「いいや、だがわたしはおまえという人間を知っている。わたしたちは考え方に似ている点がある。わたしが長年おまえの立場でいたら、こういうときのために緊急用の身分証明書を用意していたはずだ」

小さな音をたててカジノの黒い着色ガラスのドアがひらき、よどんだ冷たい空気がどっとあふれだした。ジャックはクロエのあとに続いて、ライトがまたたく薄暗い空間に踏みこんだ。

「こっちは砂漠の真ん中にいるんだぞ、ファロン。しかもパソコンも携帯も使えないときてる」ジャックは言った。「どうやって二人ぶんの新しい身分証明書を工面しろって言うんだ?」

「そこはベガスだ。その街で買えないものはない。ただ最高級品が欲しいなら、クロエに頼んでおじのエドワードといとこのデックスを紹介してもらうといい」

ジャックはずらりとならんでちかちか明るく点滅しているスロットマシンの前で足をとめた。サングラスをはずしてクロエを見る。「クロエのおじさんがベガスで偽の身分証明書を扱っているのを知ってるのか?」

クロエの目が丸くなった。

「ハーパーの仕事は一流だ」ファロンがあっさり答えた。「むかしからな。あの一族はそっちの才能に恵まれている。わたしが誰を使っていると思ってるんだ?」

電話が切れた。

31

「エドワードおじさん、ファロン・ジョーンズが責任者を引き継いでから、おじさんがずっとJ&Jの仕事を請け負ってたなんて信じられないわ」クロエは言った。いまだにこのニュースから立ち直れずにいる。「どう言えばいいのかわからない。面食らってる。啞然としてる。絶句してる。親戚のなかに知ってる人はいるの？　わたしの両親は気づいてるの？」

彼らはエドワード・ハーパーのショールームと倉庫の二階にある羽目板張りのオフィスにいた。トロピカーナ・アベニュー近くのディーン・マーティン・ドライブをわずかに外れたそこは、砂っぽい工業地区にあった。隣りは長距離トラック向けのカジノで、カリフォルニアや東海岸への長い旅のあいだにひと休みしたい運転手を相手に商売している。通りの向かいにあるのは、明かりを消した窓と〝紳士のクラブ〟というネオンサインがある建物だ。だが〈ハーパー高級家具〉の店内は、典雅な旧世界のエレガントな雰囲気であふれていた。

エドワードは、金箔《きんぱく》を施した優美なルイ十五世スタイルの化粧板デスクの向こうに座っていた。クロエとジャックが座っているのは、ジョージ三世スタイルの一対のマホガニーの椅子だ。壁には十八世紀中頃の絵がいくつもかかっている。コーヒーを運んできたのは、高そうなスーツで優雅に身だしなみを整えたアシスタントだった。三人とも十九世紀の磁器のカップでコーヒーを飲んでいる。少なくとも、クロエには本物の十九世紀の磁器に見えた。

エドワードは上品な貴族的な顔立ちをした銀髪の男性で、手の爪にはマニキュアが施され、きちんと気遣っているのが伝わってくる体型をしている。タッセルつきのローファーからイタリア製のジャケットやズボン、あつらえたシャツやシルクのネクタイにいたるまで、オーダーメイドのライフスタイルを身をもって示していた。

「最近は一流の職人技を正しく評価する人間はめったにいない」エドワードが言った。彼には控えめに遺憾の意を表す潔さがあるのだ。「贋作も芸術の一種と考えられていた時代もあった。だが悲しいことに、その時代ははるかむかしに終わってしまった。一連の作業をすべてパソコンで行なうデスクトップパブリッシングとハイテクコピー機のせいで、大打撃を受けた。数年前から商売は全体的に下降線をたどっていて、わたしたちはクライアントをふやすしかなかったんだ」

「クライアントの基準をさげたわけじゃないでしょう?」厳しい口調で言う。「信じられないわ、エドワードおじさん、よりによってジョーンズ&ジョーンズだなんて」

エドワードが〝しょうがなかったんだ〟と言うように両手を横に広げた。「あそこは報酬がいいし、ファロン・ジョーンズは目利きだ。いまどき正真正銘の鑑識眼を持つクライアントと仕事をするのは、めったにない喜びだ。それに、おまえにちょっとした秘密を教えてやろう。一族のなかでJ&Jに作品を提供したのは、われわれがはじめてではない」

「なんてこと」クロエは言った。「自分の耳を疑うわ」

「とはいえ、わたしがJ&Jと交わした取引について、ほかの親戚に言わずにいてくれたらありがたい」

「心配しないで。ハーパー調査会社は秘密厳守を重視しているから。ショックだっただけよ、わかるでしょう?」

「ああ、恩に着るよ」エドワードがジャックに目を向けた。「さて、二人ぶんの新しい身分証明書一式という話だったな。ふつうの運転免許証のたぐいだけでなく、クレジットカードと安全な携帯電話も欲しいんだな?」

「安全なパソコンもいる」

エドワードがうなずいた。「パスポートは?」

ジャックがちらりとクロエを見た。「ああ、それも頼む」

「わかった」

エドワードがデスクの下へ手を伸ばし、隠しボタンを押した。オフィスの壁の一部が音もなくひらき、窓のない部屋が現われた。ステンレスの作業台やきらめくハイテク機器がところ狭しと置いてある。クロエはライトボックスに屈みこんでいる見慣れた姿をとらえた。片目に宝石商が使うルーペをつけている。

「デックス」

クロエは勢いよく椅子から立ちあがり、紫外線ビューアーやカメラ、ノートパソコン、プリンター、コピーマシン、ラミネート加工機や見慣れない照明器具の迷路を抜けていとこへ駆け寄った。

デックスが体を起こして振り向いた。クロエに気づいて口元が大きくほころんだ。

「やあ、クロエ。ベガスに来てるなんて知らなかったよ」

デックスはクロエと年が近く、ひょろりと背が高い。エドワードの貴族的な顔立ちを受け継いでいるが、両親に備わっている気品や洗練された雰囲気はない。伸びすぎたもつれた髪と黒縁めがね、皺くちゃのシャツにジーンズという姿は、いかにも天才芸術家にふさわしい。

「会えて嬉しいわ」クロエはやさしくいとこを抱きしめてうしろへ下がった。「ベスとおちびさんのアンディは元気？」

「元気だよ」クロエのうしろにちらりと視線を走らせる。「彼は？」

「ジャック・ウインターズだ」ジャックが片手を差しだした。

「ミスター・ウインターズ」デックスが力強く握手した。

「ジャックと呼んでくれ」

「いいとも」クロエに向き直る。「どうしてここに？」

エドワードが先に答えた。「J&Jの依頼だ。クロエとジャックは証明書一式を必要としている。しかも少々急いでいる」

デックスがクロエに向かって眉を寄せた。懸念で表情がこわばっている。「まずいことになってるのかい？」

「わたしじゃないわ。クライアントよ」ジャックのほうへ首をかしげる。「しばらく姿をくらます必要があるの」

「お安いご用だ」まだ心配しているように見える。「ほんとうに危険にさらされてるわけじゃないんだね？　長年にわたってうちの一族がJ&Jと対立してるのは知ってるけど、ファロン・ジョーンズは上客だ。きみとジャックが望むなら、守ってもらえるようにファロンを説得してやるよ。あいつにはいくつか貸しがあるんだ」

「それはできないの」クロエは言った。「いまみたいな状況に対して、ファロン・ジョーンズには独自の行動方針があるの。それがわたしのクライアントの目的とかならずしも一致するとはかぎらないのよ」

エドワードが冷静に値踏みするようにジャックを見た。「それで、きみの目的がなんなのか、訊いてもいいかね？」

「死なないことだ」ジャックが答えた。

「なるほど。当然の目標だ」ジャックの右足近くの床に置かれた革のダッフルバッグに視線を走らせる。「きみの目標達成に向けた行動には、バーニング・ランプとクロエが含まれているようだな」

「ああ」

「姪《めい》を必要としているのは、クロエならランプを操れると思っているからだな。それは理解できる。だが、手違いが起きたらクロエは大きな危険にさらされるかもしれない」エドワードの両目がわずかに細くなった。「きみによって」

「それはないわ、エドワードおじさん」きっぱり断言する。「そんなことにはならない。わたしなら、ランプとジャックの夢のエネルギー場の両方に対処できる。信じて」

「一度もランプを操ったことがないのに、どうしてそう思うんだ?」デックスが訊いた。

「ゆうべ、実験らしきことをしてみたの」すかさず答える。「何もかもうまくいったわ。簡単だった。何も問題はないわ」

「実験?」エドワードは納得したようには見えなかった。

ジャックがかすかに眉をあげてクロエを見たが、口を閉ざしているだけのわきまえは備えていた。

「わたしなら対処できるわ、エドワードおじさん」プロの自信と映ってほしいものをかき集めながら言う。「お母さんは、ハーパー家の人間はみんな能力を持っているとよく話していたわ。ランプを操るのがわたしの能力なのかもしれない。でも、それをやり遂げるには少し時間が必要なの。J&Jや夜陰とかいう集団が背後をうろつきまわっていたら集中できない。四十八時間、それだけでいいの。お願い、二日間の平和をくれるって約束して」

エドワードはためらいを見せたが、やがて心を決めたようにきっぱりうなずいた。「おまえがミスター・ウィンターズといても安全だと確信しているなら、四十八時間やろう」ジャックに目を向ける。「うちの家族はきみの一族にそれぐらいの借りはある」

意外な話にクロエは目をしばたたいた。「借りってどういうこと?」

デックスがぱちんと指を鳴らした。「そうか。ウィンターズ。むかしの恩義。母さんが二度ほど話してたのを覚えてる。ヴィクトリア朝時代にノーウッド・ハーパーの命を助けてもらったことと関係があるんだ」

「ノーウッド・ハーパー」クロエはつぶやいた。「先祖のノーウッド・ハーパー？　古代エジプトの遺物の見事な、その、複製をたくさんつくったノーウッド・ハーパー？」

「まさにそのノーウッド・ハーパーだ」うやうやしくエドワードが答える。「真の名匠だった。話せば長いが、ノーウッド・ハーパーはちょっとした苦境に陥ったとだけ言っておこう。きわめてたちの悪い連中に狙われていたんだ。グリフィン・ウィンターズが彼の問題を解決してくれた」

「うちの一族は借りはかならず返すわ」誇らしげにクロエは言った。

エドワードがうなずく。「そのとおり。さて、だとすると、今夜おまえたちと夕食を食べるのは無理そうだな」

「次の機会にはかならず」クロエは言った。「見てのとおり、いまはちょっと手がふさがっているの」

ジャックがデックスに目を向けた。「図々しい頼みで申しわけないが、少々急いでいるんだ」

「わかった」デックスがものであふれた空間を横切ってスチール製のキャビネットをひらいた。「どこへ行くんだい？」

「ロサンジェルス」ジャックが答える。「少なくとも、今後四十八時間、J＆Jと夜陰にぼくたちがいると思わせておきたいのはそこだ」

32

クロエは着色ガラスの窓に歩み寄り、二十階下のネオンがきらめく夜景をながめた。「オーケイ、明らかに格上げしてるわね。ダウンタウンの連れこみモーテルから、ラスベガス大通りを見おろす寝室一つにバスルーム二つのスイートルームへ。嬉しいわ。でもどうしてロスへ行かないの？　あそこなら姿を消すのが簡単なのに」

うしろでごつんと音がした。ジャックがダッフルバッグをテーブルに置いたのだ。

「なぜなら、それこそ相手の予想どおりの気がするからだ」ジャックが答えた。

ランプの抵抗しがたい重苦しいエネルギーがあたりを満たし、クロエの感覚を刺激していた。彼女はくるりと振り向いた。

「夜陰のことを言ってるの？」

「それとファロン・ジョーンズだ。どちらも追われているのを知ったぼくたちが、あわてて逃げだすと思っているはずだ。こんな状況だったら逃げるのが人間の本性だからな」

「だから正反対のことをするのね」

「ああ」

クロエはわずかに感覚を高め、ダッフルバッグについたジャックの痕跡を観察した。強くて健康的な夢のエネルギーに、しっかり取った睡眠のいい影響がはっきり現われている。けれど飲んでいた睡眠薬の痕跡もわずかながら残っている。

「どうしてファロン・ジョーンズのことを心配してるの?」クロエは訊いた。「あなたをつけまわしていないと言った彼の言葉を信じたんじゃないの?」

「ぼくを追跡していないと言ったのは嘘じゃないと思う。だがぼくがランプを手に入れたことと、夜陰がぼくたちを追っていることを知ったいま、ぼくたちを監視下に置きたい気持ちにファロンが逆らえるはずがない」

「わたしたちのためにね」皮肉に言う。

「おそらく今日の午後ぼくたちが着く前から、誰かにきみのおじさんの店を監視させていたはずだ。問題は、おとりの車に効果があったかだ」

「あったに決まってるわ」誇らしさを隠せない。「わたしの一族は、ああいうことがとても得意だもの」

ジャックの口元がかすかに上を向いた。「気づいてたよ」

日没直前、エドワード・ハーパーが手配した黒い窓ガラスのSUVが〈ハーパー高級家具〉を出発した。SUVには、芝居用メイクとかつらで驚くほどジャックとクロエそっくりに変装したデックスとベスが乗っていた。車はスピードをあげて走り去り、ロサンジェルスを目指して州間高速道路一五号線を西へ向かった。

クロエとジャックは少し時間を置いてから、店の裏にある倉庫を一日じゅう出入りしているハーパー高級家具の配達用ヴァンの荷台に乗りこんで出発した。二人ぶんの新しいクレジットカードと身分証明書と携帯電話にくわえ、ジャックは新品の安全なノートパソコンも持っていた。用心深い出発は、ハーパー家らしい手際のよさで行なわれた。

クロエはテーブルに歩み寄り、足をとめてランプを見おろした。「ほんとうに覚悟はできてるの？」

ジャックがテーブルの反対側から見つめてきた。「ほかに選択肢があるわけじゃない。きみはどうだ？」

彼のために自信に満ちた返事をしなければならないのはわかっていた。

「覚悟はできてるわ」クロエは言った。「第一段階はランプをともすことね。わたしたちのどっちかにそれができるはずだけれど、ひとたび明かりがともったら、パワーのレベルを押しあげられるのはあなただけよ」

「どうやればいいんだ？」

「直観に従うしかないんじゃないかしら。ランプはすでにあなたの波長と同調しているから、やり方は自然にわかるはず。でもゆっくり慎重にやりましょう。どうなるにせよ、ランプのパワーを制御できなくなることだけは避けたいわ」

「そんなに危険なのか？」

「ええ」そこでいったん言葉を切る。「ただ、どんなふうにどれぐらい危険なのかはわからない。でもパワーであることに違いはないわ。敬意を払わなくちゃ」

クロエは部屋のなかをめぐって照明を消していった。一転闇に閉ざされた室内を照らすのは、ネオンと砂漠の月の冷え冷えした光だけになった。暗がりのなか、カーテンをあけた窓を背にしたジャックがシルエットになっている。

クロエは暗さに目が慣れるのを待ってからジャックのほうへ歩きだした。薄暗いせいでソファにぶつかってしまった。

「痛っ！」朝になったらあざになっているに違いない。

「だいじょうぶか？」ジャックが訊いた。

「ええ、だいじょうぶよ」自信に満ちたプロらしい雰囲気もこれまでだ。太ももをさすりながらテーブルに近づく。「さあ、始めましょう」

クロエは感覚を高め、ランプに潜んでいるエネルギーの流れをそっと探った。ランプのなかでエネルギーが薄気味悪くうごめいた。ランプがゆっくり輝きはじめ、弱々しい淡い光を放ちだした。

「わたしにできるのはここまでよ」小声で言う。「ここから先はあなたの番」

ジャックから返事はなかったが、室内のエネルギーレベルがあがったのがわかった。超常エネルギーの熱さで感覚が刺激された。両腕がむずむずする。うなじの産毛が逆立つ。鼓動が速まる。興奮と期待がふくらむ。

ランプの明るさが増した。クロエの体がいっそう熱くなり、欲望の残滓《ざんし》が不快なほど感じ取れるようになってきた。素朴でありふれたものもあれば、吐き気をもよおすような不快なものもあり、それらが部屋に染みついている。室内のありとあらゆる場所にギャンブル熱の痕跡が残っていた。それ以外のさまざまな耽溺《たんでき》から生じる不健全な光も邪悪に輝いている。どんなに強力な洗剤でも夢のエネルギーには手も足も出ない。隣りのベッドルームの寝具から欲望がにじみだしている。

クロエは関係のないエネルギーを無視してランプに集中した。不思議な金属の上でどす黒い強烈なウルトラライトの指紋が蛍光を発し、暗がりのなかで渦巻き脈打っていた。この世のものとは思えない異様な色合いの青や黒や紫に、蛍光グリーンが混じっている。これまでクロエは感覚を全開にしてランプを見ないようにしていた。けれどいざ見てみると、もう目を離せなかった。

ランプについたドリームライトの残滓には、古くて不快な虹色に輝くものもあった。それが生々しいパワーの特徴であることをクロエは知っていた。小さなネズミの足が駆け抜けるように、はじめてクロエの感覚にパニックが走った。わたしは何に足を踏み入れてしまったのだろう?

クロエは大きく深呼吸した。わたしならできるはずだ。やらなければ。ジャックのために。

「あなたのご先祖さまがランプに痕跡を残しているわ」彼女は言った。「いちばん古いのはゆうに二、三百年前のものね」

「ニコラス・ウィンターズ」ジャックが静かに答えたが、声には彼が放っているエネルギーがこもっていた。

「波長の色調やパターンが、どことなくあなたのものに似ているわ。超常的な遺伝的特徴の影響ね。もう一つ、かなり強い痕跡がある。こちらのほうが新しいけれど、一世紀以上はたっぷりたっているわ」

「グリフィン・ウィンターズ」

クロエはランプについたほかのドリームライトの痕跡を観察した。「このランプを操った複数の女性の痕跡も見えるわ。いちばん古いものは、いまだに激しい怒りと絶望、それと抑えがたい復讐心で燃えている」

「エレノア・フレミング。このランプを操った最初の女性だ。彼女はニコラスの息子を生み、そのあとランプのエネルギーを使ってニコラスの超能力を消滅させた」

クロエは身震いした。「涙を誘う一面もあるのよ。ある程度、夢の領域の奥深くでは、エレノアはニコラスを愛していたの。少なくとも絆《きずな》を感じていた」

「子どものせいで？」

「ええ。ニコラスのほうはエレノアに執着していた。きっとランプのパワーをコントロールする鍵は彼女だと知っていたからだわ。どうやら二人とも問題を抱えていたようね」

「グリフィン・ウィンターズとアデレイド・パインはどうだ？」

クロエは感覚を総動員してふた組めの強い夢の痕跡を観察した。パワーをコントロールするにはパワーが求められる。グリフィンとアデレイドはどちらもとてつもない能力を持っていた。

「彼らのあいだにも絆があったわ。明らかに性的な絆が」そこで一瞬口をつぐむ。「たぶんそれがランプをコントロールするいちばんの鍵なのよ」

「え？」

「ウィンターズの男とドリームライトを操れる人間のあいだの精神的つながりみたいなもの」

「ちょっと待ってくれ」ジャックが言った。「ランプを操る二人は愛し合っている必要があると言おうとしてるんじゃないだろうな。自分はロマンチストじゃないと言ってなかったか？」

「信じて。ロマンチックな愛みたいな漠然としたはかないものの話をしてるんじゃないの」きっぱり言う。「ただ、セックスのあいだに超常エネルギーがたくさん生まれるのは誰でも知ってるわ。きっとゆうべわたしたちがベッドへ行くはめになった理由はそれだったのよ」

「ランプがそうさせたと思ってるのか？　なるほど、独創的な言い訳だな」

「考えてもみて。わたしたちはもうずいぶん長くランプの近くにいるし、これは大量のエネルギーを放ってる。わたしたちのオーラにどんな影響を及ぼしているか、誰にもわからないわ」

「ほんとうにロマンチストじゃないんだな？」

「言ったでしょう、そんなものになれるわけないって。わたしみたいな能力を持つ人間には無理」

「わかった。ただしこれだけは忘れるな。ぼくたちはランプを見つける前から惹かれあっていた」

「そうね」ランプを見つめる。「でも原因はほんとうに……」

「たがいに惹かれあっていたからだ」ジャックが不機嫌に言った。「心霊魔術のせいにする必要はない」

「わかったわ。わかったから、落ち着いて」

「本題に戻ろう。きみはこれを操れるのか、できないのか?」

「心配しないで、うまくいってるわ」クライアントに不安を見せてはいけない。「赤子の手をひねるようなものよ」

ランプが放つエネルギーがいっそう明るく強くなっていた。どっしりした底から広がった縁まで、エネルギーで脈動している。クロエは細いつるのようにくねったりカールしたりしているウルトラライトに目を奪われた。不思議な合金がゆっくりと半透明になり、やがて透明になった。ランプのなかで渦巻いている超常エネルギーの炎がはっきり見える。

「ジャック、うまくいってるわ」クロエはささやいた。

「感じる」超常エネルギーとはべつのもので声がかすれている。「きみのエネルギーも感じる」

ジャックは依然として月光とネオンの冷たい光と暗闇に包まれていたが、ドリームライトのせりあがる波がいかつい顔立ちを浮きあがらせていた。スペクトルの端から出ている黒ずんだ色調のなかで、険しい禁欲的な横顔があらわになっている。

ランプの変化がとまった。いまは透きとおった純粋な水晶でできているように見える。見つめるクロエの目の前で、縁についた石が一つを除いてすべて変化しはじめた。いずれも内側にある炎で燃えあがっている。もう不透明ではない――光り輝く石は、どれもドリームライト特有の色を帯びている。一つはまばゆいばかりの銀白色に輝いている。燃え立つような深紅のエネルギーを放っているものもある。縁についたほかの石からは、現実離れした青や紫、緑や琥珀《こはく》色の光が矢のように突きだしていた。

「バーニング・ランプ」クロエはすっかり魅了されていた。

「ああ」ジャックの声は険しくこわばっている。

「どうして一つだけ変化しないの？」

「ニコラスが最後につくったクリスタルに違いない。彼が〝ミッドナイト・クリスタル〟と名づけた石。もっとも危険な石だと日記に書いてあった」ジャックがクロエを見た。「あれも必要だと思うか？」

「いいえ、いらないと思う」慎重に探ってみる。「何も感じないもの。よくあるガラスか石英みたいに。この石がパワーを秘めていたとしても、わたしには感知することも操ることもできないわ」

「たぶん平凡なガラスなんだろう。誰に聞いても晩年のニコラスは完全に頭がおかしくなっていたようだし、彼は超能力を失いかけていた。復讐にとりつかれていたんだ。そんな精神状態だったら、ただのガラスの塊に強力なパワーを注入したと思いこんでも不思議じゃない」

クロエは直観が導いてくれるよう祈りながら慎重にランプに触れた。透明な金属に指が触れたとたん、感電したようなショックを受けた。他人の夢のエネルギーをかすめたときと似ているが、耐えがたさは百倍だ。ここでやめるわけにはいかない。やめられる自信がない。始めたものを終わらせるまでは無理だ。

そのとき、なんの前触れもなく次にどうすればいいか悟った。何をするべきか。

「片手をランプに置いて」クロエは言った。

ジャックが指示に従った。ランプに触れた瞬間、彼の口元がこわばった。わたしと同じショックを感じたのだ。

「わたしの手を取って」

ジャックが空いているほうの手でクロエの手を握った。ふたたび電気を帯びた超常エネルギーがクロエの体を貫いた。さっきより強い。苦痛の悲鳴を嚙《か》み殺すだけで精一杯だ。こちらの指にからまっているジャックの指に力が入った。

つかのまようすをうかがい、さらなる不快なショックに備えて気を引き締めたが、もうショックは感じなかった。

「入りこんだわ」クロエはささやいた。「わたしたちの波長がランプの波長と共振してる。

あなたのおかげよ」

「ぼくの？」

「あなたの遺伝パターンを持っていない人間にはここまで入りこめないと思う。わたしはあなたの流れに乗っているけれど、ランプのエネルギーのリズムやパターンをコントロールできる気がする。ものすごく大きくて、ものすごくたくましい牡馬《おすうま》に乗っている感じ」

ジャックの口元にユーモアとは無関係な笑みが浮かんだ。「ぼくは牡馬なのか？」

「そして乗り手はわたし。あなたにはむきだしのパワーがあるけれど、手綱を握っているのはわたしなの」

「状況が違ったら、かなり興味深いイメージになりそうだな。次はどうする？」

「時間をかけて慎重にやらないと」クロエは言った。「急ぎすぎるとどちらもひどい逆流を浴びそうな気がするの」

ジャックは何も言わなかった。ランプの中心に目を凝らし、そこに見えるものに釘づけになっている。

ゆっくり慎重に、直観だけに頼ってクロエはクリスタルのエネルギーに働きかけ、超常エネルギーの流れを安定させた。精神的にはすでに高ぶっていたが、いまや肉体的にも高ぶりはじめていて、しかもそれは一般的な意味での高ぶりではなかった。わたしはセックスをしたくなっている――そうとしか言いようがない――しかも相手は誰でもいいわけじゃない。ジャックが欲しい。ジャックだけが。彼を切望し、彼が欲しくてたまらず、彼に欲情している。彼のトランス状態を打ち砕くためにエネルギーを使った昨夜のように。

「おかしなことになってるわ」クロエはつぶやいた。

ジャックの指は手かせのようにクロエの手を締めつけていたが、視線はランプのうごめくエネルギーを見つめたままだ。

「きみにはすごいパワーがある」欲望と情欲に満ちた声。

クロエは彼の腕のなかに飛びこまずにいることしかできなかった。

しっかりしなさい。ランプのせいよ。仕事をするの。ジャックにはわたしが必要よ。

「最大限まで感覚を解き放って」クロエは静かに指示した。「あなたの夢のスペクトルの範囲を確認したい」

室内にエネルギーがみなぎった。狭いスペースで、強烈なウルトラライトがきらめき砕けている。ジャックが一〇〇パーセントの能力で集中しているのがわかる。彼の能力の範囲は驚異的だ。

意志の力でクロエは滝のように襲ってくる欲望の波を無視した。独身主義には一種の自由があるのよ。そう、たしかに。

ジャックのウルトラライトの流れをそっとうかがったクロエは、目にしたものに度肝を抜かれた。覚醒状態と夢見状態のあいだにあるチャネルがひらいている。ジャックは目覚めていて奮い立っているのに。それだけじゃない、二つの状態をつないでいるものが安定している。超心理物理学の法則では、不可能と考えられているのに。

ら
チャネルはひらいていて大部分は安定しているが、スペクトル上にわずかながら流れにむらがある場所が数カ所ある。乱れた部分はじょじょに回復しているようだが、そのスピードを速めたほうがよさそうだ。

本能に導びかれるままにテクニックを用い、クロエはランプが放つ超常エネルギーを安定させ、ジャックの夢のチャネルの乱れた部分の波長と共振するようにした。数秒のうちにむらがある箇所が安定し、健康的に脈動しはじめた。

「これで悪夢と幻覚は消えたはずよ」クロエはささやいた。「次は、あなたが飲んでいた薬をどうにかできるかやってみる」

言い終わるか終わらないうちに、ランプがいっそう激しく燃えあがり、ウルトラライトの嵐が起きた。あたかもクロエのちょっとした修復作業が見えない超常的な錠前のなかで鍵をまわし、ランプが秘めていた最後のパワーを解き放ったかのようだった。

ジャックの体がこわばった。撃たれたように全身の筋肉が張りつめている。彼の頭ががくんとのけぞった。死の苦しみのなかにある人間のように、ひらいた口から喉に詰まった苦しげなうめきが漏れている。救命具にしがみつく溺れかけた男さながらに、きつくクロエの手を握りしめている。

クロエは身の毛のよだつような絶望感に襲われた。わたしは恐ろしい過ちをおかしてしまったのだ。そのせいでジャックが死にかけている。流れこんだエネルギーが多すぎたのだ。人間の心は、ここまでの超常ハリケーンには耐えられない。直観的にそうとわかる。このランプはこんなふうに操るためにつくられたものではないのだ。

だからドリームライトを操れる人間が必要なのよ。だからわたしがここにいるのよ。でもいまさらとめられないのはわかった。何をもってしても、この魔神をランプに戻すことはできない。クロエは解き放たれたエネルギーを必死でコントロールしようとした。けれどすさまじい勢いで荒れ狂う超常エネルギーの嵐と交信しようとしても、無駄なのはわかっていた。

「ジャック」クロエはあえぎながら声をかけた。「手伝って。力を合わせないと」

「ああ」嚙みしめた歯のあいだからジャックが答えた。「やってみる」

彼が嵐の中心に手を伸ばし、そこにある生々しいパワーをつかんだのがわかった。あれをコントロールできるのは彼だけなのだ。ランプをとめられる唯一の人間。でもそのためには、激しく共振するドリームライトのパターンをわたしが安定させる必要がある。

そっと、慎重に、クロエは自分のエネルギーを嵐にすべりこませた。心臓が一拍か二拍打つあいだに、クロエは嵐の一部になっていた。荒れ狂う超常エネルギーが大量に体のなかを駆け抜ける感覚に、クロエは酔った。究極の高揚感。髪が舞いあがり、見えない風に吹きあげられているように顔のまわりで躍っている。まばゆいばかりの歓喜で叫びだしそうだった。わたしはほんとうにやり方を知っていたのだ。ハーパー家の人間は全員なんらかの能力を持っている。

クロエは流れのパターンを安定させた。同時にジャックがランプのパワーを制御した。間もなくなまなましい超常エネルギーの焼けるようなすさまじい勢いが収まり、一本のエネルギーの流れにまとまった。

ランプがしだいに暗くなり、半透明になったのち、最後にはもとの金属に戻った。この世のものとは思えない虹が消えた。虹をつくっていたクリスタルは灰色と不透明に変わっている。

クロエはランプ越しにジャックを見た。放心すると同時に勝ち誇った気分でもあった。

「やったわ」息切れしながら言う。これほどのパワーをコントロールしきった高揚感で舞いあがっていた。

ジャックの瞳はまだ超常エネルギーで緑に燃えていた。

「クロエ」

彼もなまめかしい気分で高ぶっているのがわかる。ジャックがクロエを抱き寄せてきつく抱きしめた。息ができない。でも酸素なんていらない。ジャックが欲しい。そのとき、ジャックも同じ切迫感にかられているのがわかった。少なくともいまこの瞬間は。

キスは激しく狂おしく、乱暴と紙一重のものだった。どちらも服を脱がなかった――たがいに相手の服をはぎ取った。クロエは生地が裂けてボタンが飛ぶのをぼんやり意識していた。

ジャックが彼女のズボンのファスナーをさげ、両手でズボンをつかんでショーツと一緒にいっきに足首までおろした。我慢ができず、クロエは足首にからまっているものを蹴《け》り投げた。

ジャックはクロエをベッドに運ぼうとはしなかった。かわりに片手を伸ばした。どすんと音がしてランプがカーペットに落ちた。次に気づいたとき、クロエはテーブルに仰向けに横たわり、縁から両脚を垂らしていた。

ジャックがズボンの前をひらき、クロエの太もものあいだに入ってきた。確かめるように片手を置かれ、クロエはその場で絶頂を迎えそうになった。ジャックがふたたび確かめると、奥まで激しく貫いた。

衝撃波がクロエのなかにあるあらゆるものを締めつけた。けれど彼女はほとんど限界に近かった。ぴんと張った感覚はいたたまれないほどだ。今にも矢を放とうとしている弓のように張りつめている。ドリームライトのスペクトルに存在するあらゆる色彩が周囲に広がり、感覚を惑わせ、封じ、まぶしい光で照らしてくる。

ジャックがふたたび入ってきた。たちまちクライマックスを迎えたクロエは息が切れて叫ぶこともできなかった。クロエがまだエネルギーの波に押し流されていたとき、かすれた低いうめき声が聞こえた。ジャックが最後に強く貫いてくる。彼の激しいクライマックスが二人を揺さぶった。

すべてが終わったとき、ジャックはクロエの上で体を支えていた。シャツの前をはだけ、クロエの体の両側に手をついている。髪が湿っていて、肩からクロエの胸に汗がしたたった。

「クロエ」ふたたび彼が言った。今度はとてもやさしい声で。

かがみこんでそっとかすめるようなキスをする。

クロエは彼のむきだしの胸に触れた。彼の肌は汗でつるつるしていて、とても暖かかった。

ほんとうに熱があるように。

ジャックが体を起こし、不本意なのがありありとわかるようすで起きあがった。ズボンの前を閉め、テーブルからクロエを抱きあげて近くのソファへ運ぶ。どさりとクッションに腰をおろし、膝の上にクロエを乗せた。そして頭をうしろにもたれ、目を閉じた。

そしてあっという間に眠ってしまった。

クロエはわずかに身じろぎし、少しだけ感覚を高めた。エネルギーはほとんど使い果たしてしまったけれど、さっきまでジャックの手が触れていたテーブルをチェックするぐらいのエネルギーは残っている。次にカーペットもチェックした。

彼の超常エネルギーの痕跡でいまも熱とパワーが燃えているが、波長は安定していて力強い。もう彼の感覚に夢エネルギーのはぐれた断片は流れこんでいない。飲んでいた薬のどす黒い汚れはまだ残っているけれど、それはたいして問題じゃない。

問題は、自分が失敗したという確信があることだ。クライアントは絶対に失敗を許さないものなのに。

33

ジャックが目を覚ますと、色つきガラスの窓から砂漠の日差しが差しこんでいて、シャワーの水音がしていた。膝のうえにセクシーなクロエのぬくもりを感じながら眠りに落ちた――意識を失ったに等しい――のをなんとなく覚えている。

ふと、ここ数週間か数カ月で最高に気分がいいことに気づいた。ここ数年で最高かもしれない。しかも半分固くなっている。朝あそこが元気なのもいい気分だ。ふつうになった気がする。最近はふつうなことがあまりなかった。

ジャックは立ちあがって伸びをすると、あくびをしながらのんびり予備のバスルームに入った。数分後バスルームから出たとき、急げばクロエと一緒にシャワーを浴びられるかもしれないと気づいた。昨日、ここのバスルームには複数のシャワーヘッドと霧吹きノズルで飾りたてた、まさにラスベガス流とも言うべき広いシャワー室があることを確認している。本物の水のワンダーランド。

彼は部屋を横切って寝室の隣りにあるバスルームへ向かった。その途中でランプが目に入った。テーブルに置いてある。

クロエをテーブルに乗せるためにランプを払い落とした記憶がいっきによみがえった。前戯も段取りもいっさい抜きで彼女をテーブルに乗せた。ゆうべクロエは超能力モンスターになりかけている自分を救ってくれたが、いまはきっとセックスに関してはネアンデルタール人なみだと思われているはずだ。評価がはねあがったとは言えない。

彼は寝室に入り、バスルームのドアをあけた。湯気がふわりとあふれだした。蒸気のなかで金色の蛇口や大理石のタイルが輝いている。やかましい水音がしているから、クロエはシャワー室にある噴射口やノズルや蛇口をすべてひらいているに違いない。

シャワー室の曇ったガラス越しにクロエが見えていた。降り注ぐお湯の下に立ち、こちらに背中を向けて髪を洗っている。ジャックは自分がすっかり固くなっていることに気づいた。

「入るか出るか好きにしていいけど、ドアを閉めてちょうだい」やかましい水音に負けない大声でクロエが言った。「暖かいのが逃げてしまうわ」

ジャックはバスルームのドアを閉めてシャワー室のドアをあけた。

「クロエ、ゆうべのことだが」

クロエが背筋を伸ばして目をあけ、わずかに彼のほうへ振り向いた。「〝ゆうべのこと〟で始まる会話が愉快なものになったためしはないということで、意見が一致したんじゃなかった？」

ジャックは言葉を失っていた。全身に降り注ぐシャワーを浴びて立っているクロエはやたらと官能的だった。とても繊細でとても女らしくて、とても柔らかそう。ゆうべの自分は彼女をテーブルの上で押しつぶしてしまったに違いない。おい、あざができてるじゃないか」

「すまない。何をやるなり言うなりすればいいのかわからないんだ。

クロエが太もものあざをちらりと見おろした。「あなたのせいじゃないわ。わたしが自分でソファにぶつかったの。あなたは何も悪いことはしてないから、謝るのはもうやめて」急にせかせかと浴用タオルにせっけんをつけている。「わたしは襲われたわけじゃない。おたがいにすっかり興奮していたし、ランプのエネルギーの影響も受けていたはずよ。ちょっと血気盛んになっていただけ。何も気にすることはないわ」

自分がかつて経験したことがないほど強烈な情事を、あくまで超常エネルギーによる高揚感の結果とろくでもないランプの影響として片づけようとしている。おそらく彼女にとってはそうだったのだろう。だがジャックはその可能性が気に入らなかった。

「じゃあ、以前にも同じ経験があるのか？」彼は訊いた。シャツを脱いで床に落とし、ズボンのファスナーをおろす。「超常エネルギーによる高揚感を味わったあとや、超常的工芸品を扱ったあとに？」

「いいえ、それはないわ」せっけんで顔を洗っている。「でも人間が奮い立っているとき、アドレナリンや男性ホルモンや生物学的超常エネルギーが血中にあふれだすのは周知の事実よ。ゆうべのわたしたちは最高潮まで奮い立っていたし、それにくわえてランプという厄介な問題もあった。たいしたことじゃないわ」

ジャックはズボンを蹴り投げてシャワーの下に踏みこみ、静かにガラスのドアを閉めた。クロエのうしろへまわって丸い肩にキスをする。クロエの動きがぴたりととまった。浴用タオルで顔が見えない。

「たいしたことじゃない?」ジャックは片手をクロエの腰に置き、そっと、とりわけそっと耳を噛んだ。「本気でそう思ってるのか?」

手の下でクロエが身震いしているのがわかったが、体を離そうとはしていない。拒否されるものと覚悟していたのに。どっと安堵《あんど》がこみあげた。

「わたしが言いたいことはわかってるくせに」浴用タオルに向かってクロエがつぶやいた。

「いいや、わからない」すっかり固くなっているものを彼女のお尻に押しつけ、太もものあいだに片手を入れる。「ぼくにとって、ゆうべあったことはたいしたことだった。おとといの夜にあったことも」

クロエがタオルをさげて顔を傾け、つけたばかりの泡をシャワーで洗い流した。ジャックの腕のなかでゆっくり体の向きを変え、真剣な目つきで彼を見あげる。

「気分はどう?」

「いいよ」さらにじっくり考え直し、ゆったりと微笑む。「ものすごく気分がいい」

クロエが彼のうしろにあるガラスドアをうかがった。ジャックはエネルギーの脈動を感じ取り、クロエがガラスについた彼の痕跡をチェックしているのがわかった。

「あなたの夢の超常エネルギーには、少し乱れた場所があったの。そのせいで幻覚や悪夢を見たのよ。でも、わたしが波長を整えたわ」

「わかってる。得体の知れないものは消えた」クロエの手からタオルを取って脇へ放り投げ、乳首に触れる。「変わったのがわかる」

「得体の知れないものは消えたかもしれないけれど、まだ睡眠薬の影響は残ってるわ。余裕がなくてそっちには手を出せなかった」真剣に顔を曇らせている。「でも薬の影響は薄れているわ。体から完全に抜け切るまで、たいして時間はかからないはずよ」

ジャックは両手でクロエの顔をはさみ、ドアではなく自分のほうを向かせた。

「ゆうべのことだが」あらためて言う。

クロエが目をしばたたかせた。言おうとしていたことから気をそらされたように。一心に集中していた雰囲気がじょじょに消えていく。クロエが微笑んだ。欲望と女性の神秘で瞳が翳《かげ》っている。

「そうね」彼女が言った。「あれはたいしたことだった。おとといの夜のことも」

これが聞きたかったのだ――ジャックは思った。なのにどうして満足できないのだろう？またの機会によく考えてみなければ。いまはクロエの全身に触れて、体じゅうにキスすることしか考えられない。今朝は昨夜やるべきだったことをすべてやるのだ。

周囲で見えないエネルギーが火花をあげ、燃えあがった。昨夜と同じだ。でも今回クロエはランプのせいにはできない。

しばらくのち、クロエがシャワー室を出て体に厚手の白いタオルを巻きつけた。あとに続いたジャックはタオルに手を伸ばした。ものすごくいい気分だった。目覚めたとき以上にいい気分。

彼はタオルで体をふきながらクロエに微笑んだ。「で？」

クロエが鼻の頭に皺《しわ》を寄せて真っ赤になった。そして笑いだした。

「いいわ、いまのもたいしたものだった」

ジャックはにやりとした。「ランプは無関係だ」

ジャックはハーパー家が用意してくれた新しい服を着た。そして寝室でクロエが着替えをしているあいだにファロンに電話をかけた。

最初の呼びだし音が鳴り終わらないうちにファロンが出た。「ロスにいないんだな」

「まだベガスだ。悪いな。プライバシーが欲しかった」

「今朝クレジットカードの請求を見て、不審に思いはじめていたところだ。ハーパーの采配か？」

「フルサービスセットの一環さ。ぼくが実際にいる場所とは違うところにいるように見せかけるようになっている」

「これまでと雰囲気が違うぞ。ランプの効果があったんだな？」

「触れこみどおりにね。クロエは、ぼくの夢のエネルギーパターンは安定を取り戻したと言っている。彼女は間違ってない。自分でも感じるんだ」

「じゃあ、もうケルベロスになることはないんだな。何よりだ。わたしの予定表の項目が一つ減った」

「もともとさほど心配している印象は受けなかったぞ」

「おそらくそんなに心配していなかったからだ。グリフィン・ウィンターズが生き延びたということは、ランプに効果があったことを示している。だからおまえにも効果があると思っていた」そこでいったん言葉を切る。「もちろん、苗字がジョーンズの人間を片っ端から殺したい衝動はいまも抑えきれないいんじゃないかと思っているがね」

「そうだな、言われてみれば――」

「冗談だ、ウィンターズ」

「わかってる」

ファロンがつかのま黙りこんでから言った。

「ニックじいさんが最後にランプに取りつけたミッドナイト・クリスタルにまつわる噂《うわさ》には、なにか根拠があると思うか？」

「ランプについている石の一つは最後まで光らなかった。ニコラスがミッドナイト・クリスタルと名づけた石はあれだと思う。クロエはただのガラスの塊だと思ってる。彼女には石のエネルギーを感じ取れなかったし、ぼくにはどうやっても光らせることができなかった」

「ジョーンズ一族にはいいニュースだな」とファロン。「いまわたしが心配しているのは、夜陰がランプを狙っているように思えるのに、その理由がわからないことだ」

「ゆうべモーテルであったことに夜陰が関わっていると、なぜそこまで確信がある？」

「わたしの能力だ」ファロンがあっさり答えた。

「それには反論しにくいな。だが連中はランプをどうするつもりなんだろう」

「その答えがわかったら、真っ先におまえに教える。ただ、おまえとクロエの手元にランプがあるかぎり、おまえたちは危険な状態にある気がする」

「なぜクロエが？」ジャックは訊いた。みぞおちが引きつっている。

「ランプを操れるからだ」とファロン。「もし夜陰がランプを狙っているなら、クロエも狙う可能性がある」

「くそっ」

「ハーパーの仕事に落ち度はない。おまえたちの居場所を突きとめようとしている人間は、おまえたちはロサンジェルスにいると考えるだろう。だからこっちにはいくらか息継ぎする時間がある。だが、できるだけ早くソサエティのいずれかの博物館の金庫にランプを収容したい」

「なにか策はあるか？」

「あった」とファロン。「わたしにはつねに策がある。だがおまえがベガスに留まると決めた時点ですべて頓挫《とんざ》した。二人の人間をロスで待機させていたんだ。この種の仕事をこなせる能力を備えた人間を」

「ハンターか？」

「身元がたしかなハンターだ。夜陰が相手のときは、わたしがみずから信頼性を確認した人間しか使わない。ほかに選択肢がないかぎり」

「ソサエティにスパイが潜入してると思ってるのか？」

「あの組織を設立した悪党が、数十年にわたって理事会のメンバーを務め、ありとあらゆるソサエティの機密事項に耳をそばだてていたとわかったからには、もう疑いの余地はない」

「ソサエティは機密保持が格別上手だったわけじゃないぞ」ジャックは言った。

「ソサエティは情報機関としてつくられたものじゃない」ファロンが反論した。「超自然的なものの研究に真剣に打ちこんでいる学者や研究者のグループだ。学術論文だって発表してるんだぞ。みずからの博物館のために工芸品を集めている。それにJ&Jはあくまで一介の民間調査会社で、ＣＩＡじゃない」

「落ち着けよ、ファロン。ストレスがたまってるんじゃないか？」

「じゃあ訴えればいい。いまわたしは十以上の案件を抱えていて、しかもいずれも急務だ。二カ月前に複数の夜陰の研究室を壊滅させたとき、どれほどのデータをつかんだかわかるか？」

「いいや」

「わたしもだ。なにしろデータはすべてパソコンに保存されていた。徹底的に暗号化されて。どう考えても作業にあたらせる暗号解読能力者の数が不足している」

「一筋縄ではいかなそうだな」なだめるように言う。だがファロンはブレーキが利かなくなっていた。「時間と人手が足りないばっかりに、ありきたりの案件を大量にあとまわしにせざるをえない。その結果、いまこうしているあいだも、社会病質人格を持つ数知れぬ超能力者が自分の能力を悪用し、年配の女性から老後の資金をだまし取ったり、スリを働いたり、宝石を盗んだり犯罪集団を組織したりしているんだ。なかには殺人を犯しながら罰を逃れている者もいる」

「J&Jは警察の役目を果たすためにつくられたものでもないぞ」ジャックはさりげなく諭《さと》した。

「われわれがやらなかったら、誰がそういう悪党を捕まえるんだ？　正規の法執行機関は超常的なものが存在することすら認めていないし、ましてや自分たちが追っている人間のなかに超能力者がいるなんて認めるはずがない」

寝室の戸口に気配を感じ、そちらをちらりとうかがうと、クロエがやってくるところだった。生き生きと生気にあふれ、シャワーとセックスでまだ頰がほんのりバラ色に染まっている。

「アシスタントを雇えよ、ファロン」電話に向かってジャックは言った。「誰かに仕事を任せることを考えるべきだ」

「ああ、みんなにそう言われている。だがこの仕事を任せられる人間を探している暇がない。それに、ほかにも問題がある」

「どんな問題だ？」

ファロンはつかのま無言だった。「わたしは一緒に仕事をしやすいタイプではないらしい」

「信じがたいな」

「ああ、不可解な話だ。問題なのは、たとえ適任者が見つかったとしても、その人物がいまの住まいを引き払ってスカーギル・コーブへ引っ越す気になる見込みがどれほどあるかだ」

「スカーギル・コーブのどこがいけないんだ？　メンドシノ岬のような風光明媚《めいび》な海沿いの小さな町じゃないのか？」

「しょせんはあくまで小さな町だ。景色がどうだろうと関係ない。唯一の映画館は四年前に廃業した。一軒きりの本屋は完全菜食主義の料理本と瞑想の本を扱っている。住民の大半は〝興味深い人柄〟としか言いようがないし、デートに使える程度に上品なレストランは〈サンシャイン・カフェ〉しかないが、そこは五時半に閉まる。ここの住民は夜は車で通りを流すんだ」

ジャックは耳から電話を離してまじまじと見た。あらためて耳に電話機をあてる。

「女性をデートに誘おうと思ってるのか？」おそるおそる尋ねる。

「わたしも男だ」ファロンがぼそりとつぶやいた。「欲望がある」

「じゃあ、ほかの街に引っ越すんだな。その欲望とやらを満たせそうな場所に」

「それはできない」ファロンが大きく息を吐きだした。「わたしには静けさが必要なんだ。大量の静けさが。スカーギル・コーブはうってつけだ」

「わかりきったことを訊いていいものか迷うところだが、アーケイン・マッチに登録することを考えたことはあるのか？」

「そんなことしてなんになる？　ソサエティのデータベースがわたしたちのような男の相手探しを得意としていないのは誰でも知っている。あそこで妻を探したおまえがどうなったか考えてみろ。二年で離婚していた」

「ぼくの結婚がうまくいかなかったからといって、アーケイン・マッチがおまえの役に立たないとはかぎらない」

「いいか、わたしは妻など探していない。妻の相手をしている暇などない。妻はあれこれ関心を向けてもらいたがるものだ」

「おまえに必要なのは、J＆Jの運営に対する興味を共有してくれる妻のようだな」ジャックは言った。自分はいつ結婚の専門家になったのだろう。ファロンは正しい。自分の結婚は、誰もが大成功と呼ぶようなものではなかった。

「なぜわたしの私生活の話なんかしてるんだ？」ファロンが言った。「やらなければいけない仕事があるのに。今日このあと、そっちへハンターのチームを送りこむ。ロスから車で向かわせる。ランプが空港のセキュリティチェックを受ける危険を冒したくない。彼らとすぐ連絡がつけば、約四時間後にはそちらへ着くはずだ」

ファロンが電話を切った。例によって〝じゃあ〟とか〝また今度〟などというよくある挨拶をしようともせずに。ジャックは電話を持つ手をさげてクロエを見た。

「ファロン・ジョーンズがランプを回収するチームをロサンジェルスからよこすそうだ。こっちには数時間の余裕がある。下へ行って朝食を食べないか？　腹が減った」自分が言った言葉をあらためて噛みしめ、にやりとする。食べ物を燃料以外のものとして考えたのは、ここ数週間ではじめてだ。「ものすごく腹が減っている」

34

だだっ広いカジノホテルのなかでは、どこへ行くにもゲームフロアを横切る必要があった。クロエは最小限まで感覚を弱めていたが、広い不夜城のあたり一面で幾重にも層をなして蛍光を発している熱に浮かされた夢の痕跡を無視するのは不可能だった。

われを忘れ、興奮し、むきになった数えきれないプレーヤーが残した超常エネルギーの光り輝く痕跡が、この世のものとは思えない冷たい光で真夜中の王国を輝かせている。きらびやかに光るカードテーブルやルーレットやスロットマシンのあいだを縫って歩くのは、海底で煮えくり返る硫黄の大釜の迷路を抜けて泳ぐようなものだった。

ホテルにはレストランやバーやファストフード店が一ダース以上あり、そのどれもがゲームフロアの周辺に点在していた。朝食と昼食を提供する広いカフェは、行列が短かった。二人はブースへ案内された。クロエは清潔でぴかぴかのテーブル一面で薄気味悪く光っている超常エネルギーの痕跡を無視してメニューをひらいた。ジャックが向かいに腰をおろし、自分の横にランプが入ったダッフルバッグを、反対側にパソコンケースを置いた。ランプからにじみだすどす黒いパワーの謎めいたオーラで、狭いスペースの空気が曇っている。「ほんとうにランプをソサエティに預けるつもりなの？」クロエは訊いた。

ジャックはメニューをながめている。「ああ」

「ほんとにそれでいいの？　ソサエティに任せてもだいじょうぶだと、本気で思ってるの？」

「一〇〇パーセント確信しているかと訊かれれば、ノーだ」メニューを閉じてクロエを見る。「だが一〇〇パーセント確信できることなどめったにない。ファロンは正しい。ランプはぼくのアパートのソファの横に置いておくより、鍵をかけたソサエティの金庫室にあるほうがはるかに安全だ」

「まあね、それは認めるわ。でも、もしあなたの子孫の誰かにランプが必要になったら？」

「その場合も理屈は変わらない。ソサエティは数世紀にわたって多くの超常的工芸品をかなりうまく保管してきた。最近のあそこのセキュリティは最高レベルの暗号解読能力者が考案しているから、間違いなく一流だ。ぼくの家族は大陸を横断して引っ越すだけでランプをなくしてしまった。先のことは誰にもわからない。曾孫《ひまご》の一人が、そんなものがいるとしたらだが、不用品セールで売り払う気になるかもしれない」

ジャックの子どもや曾孫を想像したとたん、なぜか胸がちくりと痛んだ。彼の子孫なら、みんな高い能力を持っているはずだ。きっと同じ瞳をしているのだろう。

クロエは無理やり現在に意識を戻した。

「言いたいことはわかるわ」あらためてダッフルバッグに目をやる。「でもそれは、子孫にランプが必要になったとき、ファロン・ジョーンズかソサエティ内で彼と同レベルの人間がランプの使用を許してくれると見込んだうえでの話でしょう？　そしてソサエティそのものが、今後数十年どころか数世紀にわたって存在しつづけると仮定したうえでの話」

「ソサエティは一六〇〇年代末から続いてるんだ」ジャックが肩をすくめた。「とびきりの選択肢があれこれあるわけじゃない。ランプは一つの家族が保管しているより、ソサエティみたいに長年存続している団体の手元にあったほうが安全だし、ソサエティは超常的工芸品の重要性を理解している」

クロエはジャックに言われたことを考えてみた。「そうかもしれないわね、あくまでものの道理で言えば。ただ、ジョーンズ一族が運営する組織にランプを任せていいの？」

「よく言うよ。きみのおじさんといとこはJ＆Jの仕事をしてるじゃないか」

クロエは顔をしかめた。「ほかの親戚が知ったらどうなることか」

二人はオムレツを注文した。料理が運ばれてくると、クロエは首を振った。オムレツの大きさに圧倒されていた。

「やれやれ、一皿を二人で分ければよかったわね」

ジャックが舌なめずりせんばかりの顔でオムレツをたっぷりフォークですくいあげた。

「きみはそうかもしれないが、ぼくはさっきも言ったとおり腹が減ってる」

セクシーな笑みを浮かべ、ウィンクする。クロエは顔が赤くなるのがわかった。そして、自分もお腹がぺこぺこだと気づいた。ゆうべはおたがいにそうとうエネルギーを消耗したのだ。クロエは勢いよくオムレツを食べはじめた。
昨夜の失敗を打ち明けなければならないタイミングを先延ばしにしているのはわかってい
た。けれどどうしてかはわからないけれど、今朝のほのぼのした親密な雰囲気を壊す気にな
れない。ほかの男性とこんな気持ちになったことはない。少しぐらいロマンチックな雰囲気
を楽しんでもいいはずだ。それに、わたしの勘違いかもしれない。失敗などしていないのか
もしれない。
「さっき、ファロンとの会話が聞こえてしまったの」クロエは言った。「あなたの結婚はど
のくらい続いたの？」
「二年だ」
「何があったの？」
「シャノンに言わせると、ぼくは何かにひどく取りつかれていて、一心不乱になっていた。
〝支配欲が強い〟と何度か言われた気がする」
「そうだったの？」
「ああ。ぼくは金を稼ぐのがうまかった。休みなしでせっせとそればかりやっていた。要す
るに、取りつかれたようにかなり一心不乱になっていたし、多少支配欲が強くもなっていた
んだろう。そういう流儀にはまっていたんだ」
「流儀とは違うと思うわ」クロエは言った。「あなたほどのレベルの能力を使いこなすには、
かなりの集中と決断力と抑制が必要よ。そういう属性があなたの人格や気性に現われている

の。何で生活費を稼いでいようと」

ジャックが顔をあげた。「ニコラス・ウィンターズは、三つの超能力それぞれの大きな代償について日記に書いている。〝一つめの能力は上げ潮のごとき不安で心を満たし、その不安は研究室で無限の時を過ごしてもやわらげることはできず、強い酒やケシの実の絞り汁で静めることもかなわない〟」

「それであなたの奇行のいくつかにも説明がつくわね。二つめの能力は悪夢や幻覚を伴うの？」

「そうだ」

クロエはそれとなく咳払いした。「で、三つめの能力は？」

「三つのなかで、もっとも強力で危険なものとされている。ニコラスは日記にこう書いている。〝もし錠前のなかで正しく鍵をまわさなければ、この最後の超能力は死を招くものとなり、まずは狂気を、やがては死をもたらす〟」

クロエのフォークが宙でとまった。「鍵と錠前って、具体的に書いてあるの？　どういう意味かわかる？」

「いや。むかしの錬金術師は謎かけや隠れた意味が大好きだった」

クロエは前の晩に経験した感覚を思い浮かべた。超常的な錠前のなかで見えない鍵をまわしている感覚を。ぞくりと寒気が走った。

「ニコラスは最初の二つの能力が強いる代償について、かなり明確に記録しているわ」慎重に切りだす。「あなたが思っている以上に事実を述べているのかしら」

ジャックが真顔で見つめてきた。「ニコラスは、ケルベロスへの変身を阻止するなり逆行させるなりできるのは、ランプを操れる女性だけだとも書いている」

クロエの鼓動が速まり、胸が締めつけられた。「いやだ、ものすごいプレッシャーね。ねえ、ジャック、今朝のあなたはかなりふつうに見えるわ。それに気分もいいんでしょう?」

ジャックがわずかに微笑んだ。瞳が熱を帯びている。「きみのおかげだ」

「ええ、でも――」

携帯電話がさえずる音で話をさえぎられた。クロエははっとしてバッグに手を入れ、携帯を出した。

「エドワードおじさん? どうかしたの?」

「さっき、おまえのアシスタントのローズから電話があった。今朝ドレイク・ストーンから連絡があったそうだ。おまえと話したがっている。大事な話だと言っていたらしい。おまえに伝えたほうがいいと思った」

クロエの感覚にかすかな警戒が走った。「すぐストーンに電話してみるわ。ありがとう、エドワードおじさん」テーブルの下で指で十字をつくり、嘘にならないおまじないをする。

「ああ、それからランプはうまく動いたわ」

「それはよかった」

「ええ。わたしたちにはもう必要ないから、ソサエティの金庫に保管するためにJ&Jの人間が引き取りに来ることになってるの」

「あそこに保管するのがいちばんだ」エドワードが言った。「ソサエティはああいうものの扱い方を心得ている」

「昨日のこと、あらためてお礼を言うわ」

「気にするな。すべて片づいたら、おまえのクライアントに請求書を送るよ」

クロエは電話を切ってジャックを見た。「ドレイク・ストーンに電話しないと。今朝ローズのところへ連絡してきたの。急いでわたしと話したいことがあるみたい」

ジャックがフォークをさげた。「何かあったのか？」

「まだわからない」

クロエはエドワードに教えてもらった番号にかけた。二度めの呼びだし音で女性が応えた。

「ストーンの自宅です」

陽気な声。別の家政婦だ。

「クロエ・ハーパーです」クロエは告げた。「ミスター・ストーンからご連絡いただいたのでお電話差しあげました」

「ああ、ミス・ハーパー。少々お待ちください」

すぐにストーンが電話口に現われた。

「クロエ、電話をくれてありがとう」不安そうに声がこわばっている。

「どうかしたんですか？」

「正直なところ、よくわからないんだ。ゆうべかなりおかしなことがあってね。ここへ訪ねてきた客があった。ランプの件だったような気がする」

ただならぬ気配で息が詰まった。ジャックがまたたきもせずに見つめているのがわかる。

「ランプの件だった気がする？」クロエは慎重に尋ねた。

「そこが妙なところなんだ」とストーン。「どんな話をしたかはっきり記憶がない。舞台を終えて、ベッドへ行くまえにくつろごうと何杯か飲んだことは認める。記憶があやふやなのはそのせいかもしれない。だが、いちばん気がかりなのは、今朝、表門のガードマンに確認した結果だ」

「それで？」

「昨夜夜勤だったガードマンの話と記録でわかったかぎりでは、誰も訪ねてきていない」

35

制服姿のガードマンに促され、二人はゲートを通過した。ジャックが並木のある私道に沿って車を走らせ、ストーンの地中海様式の屋敷前に停車した。クロエはバッグをつかんでドアをあけ、すばやく車を降りた。

昼近くで日差しがまぶしいが、気温はまだ十度台後半に留まっている。だがクロエが感じている寒気は、さわやかな空気とは無関係だった。暗い路地の入り口を通り過ぎるときや夜遅く駐車場に入るときのように、感覚がざわめいている。たいていの人間は自分の勘を無視する。けれど、みずからの特質の超常的側面をあたりまえのものとして受けとめている人間に育てられた者は、注意深くなるものだ。

クロエはジャックと一緒に石畳の歩道を進み、大きな屋敷の列柱が立つ堂々とした玄関へ向かった。例によってジャックはランプが入った革のダッフルバッグとパソコンケースを持っている。彼がチャイムを押した。

「自分がJ＆Jの仕事をしてるなんて、いまだに信じられないわ」忸怩《じくじ》たる思いでクロエは言った。「ハーパー家の基準も落ちたものね」

「べつの角度から考えるんだな」とジャック。「ファロンは料金を惜しまない」

「ほんとうにファロンの説が正しいと思う？　ミスター・ストーンから話を聞きだすために、ゆうべ夜陰が超能力催眠術師を送りこんできたんだと思う？」

「なんとも言えない」ジャックが答えた。「相手はファロンの陰謀説だ。最近のあいつの世界観を考えると、あらゆることが夜陰がらみになる」

クロエがストーンとの会話を終えたあと、二人はすぐにファロン・ジョーンズに連絡していた。ファロンは卒倒せんばかりに取り乱した。「いますぐストーンに会いに行け。彼と話して、細かいことまで洗いざらい訊きだすんだ。ストーンの夢の痕跡をしっかり観察しろよ、クロエ。ストーンとガードマンは、訪ねて来た人間を忘れるように催眠暗示をかけられた気がする。面会が終わりしだいくわしく報告してくれ」

「つかぬことをお尋ねするけれど、ミスター・ジョーンズ。わたしを雇おうとしてるの？」

「きみは私立探偵だろう。きみ以外にこんなに急に手配できる人間はいない。請求書はあとで送れ」

クロエは感覚を解き放って玄関前の階段を観察した。日差しを浴びたタイルで超常エネルギーがかすかに光っている。その意味を悟ったとたん、ぞくりと身震いが走った。

「明らかになんらかの高い能力を持った人間が最近ここを通ってるわ」クロエは言った。

「女性。足跡が見える。二日前にはなかったから、昨日のものに違いないわ」

ジャックが彼女を見た。黒いサングラスで目の表情が読み取れない。「女なのは間違いないのか？」

「ええ」さらに少し感覚を高め、それまで以上に集中する。「ただ、不安定さを示すものはない。昨日モーテルでわたしたちを殺そうとした男たちの足跡で見たエネルギーとは違うものよ」

「超心理が不安定になるのは、夜陰が使っている薬の副作用だとファロンが話していた」

「まあ、何者にせよ、ストーンに会いにきた女性が秘薬を使っていないのはたしかよ」

「ファロンの陰謀説もここまでだな」

玄関がひらいた。ホールに家政婦が立っている。以前二人を出迎えた女性とは明らかに別人だ。一昨日会った女性はいかにも家政婦に見えた——礼儀正しくて、黙々と手際よく働く、家事で手が荒れた中年女性。目の前にいる女性ははるかに若いうえ、ずっと魅力的だ。ブロンドの髪を軽快なポニーテイルにまとめ、体にぴったりフィットするジーンズに胸を強調する襟ぐりの深いゆったりした黄色のブラウスを着ている。

クロエはすばやく玄関ホールをうかがい、女性の足跡に残る超常エネルギーを見た。同じようにくすんだ病的なエネルギーを、パイオニア・スクエアの路地や戸口で見たことがある。ストーンは自分の家政婦が麻薬常用者だと知っているのだろうか。

ブロンド女性はさして興味がなさそうにクロエを一瞥《いちべつ》すると、ジャックにセクシーで魅力的な笑みを向けた。

「ミスター・ストーンはプールにいらっしゃいます」女性が言った。「こちらへどうぞ。ご案内します」

くるりと向きを変えて屋敷の表側の部屋へ歩きだす。無音のダンスビートに合わせてヒップが左右に揺れている。クロエはジャックがヒップに注目しているのではないかと疑い、彼をうかがった。だがジャックはあからさまな誘いには見事に気づかないふりをしていた。クロエにまじまじと見つめられていることに気づき、眉をあげて無言で邪気のない質問をしてきた――なんだい？

わたしの気持ちに気づいたのだ。クロエの顔がまた赤くなった。こんな態度はやめなければ。プロらしい態度には程遠いだけでなく、心が傷つくのは目に見えている。一緒に眠ることができるからって、何度かすばらしいセックスをしたからって、ジャックと末永い関係を築けるとはかぎらない。昨夜あまりうまくいかなかったことを彼にどう伝えるか、決めたいまはなおさらだ。ああ、もう。

クロエは壁一面の窓の向こうに見えるきらめくローマ式噴水とプールに意識を切り替えた。わたしは嫉妬《しっと》してるんじゃない。彼を自分のものだと思う権利などない。彼とつき合っているわけじゃあるまいし。おたがいに相手のことはほとんど知らない。たしかに肉体的には惹かれあっているけれど、一緒にランプを操る能力を数に入れなければ、二人のあいだにあるのはたぶんそれだけだ。

クロエは心をかき乱す思いを脇に押しのけた。ここへは仕事をしにきたのだ。彼女は大理石の床と美しい柄のあるカーペットに残る超常エネルギーの痕跡に視線を走らせた。家政婦と昨夜ストーンを訪ねてきた女性が残したもののほかに、新しい足跡が二種類ある。足跡を残したのが誰にせよ、裏からこの屋敷に入っている。

足跡は、いずれも不安定で病的なエネルギーで曇っていた。クロエにはその不健全なドリームライトがすぐにわかった。

はっと息を呑み、ジャックに向き直って危険を知らせようとした。けれど彼はクロエのほうを見ていなかった。廊下の物陰から音もなく近づいてくる二人の男を見つめている。昨日逃走用バイクを運転していたほうの男は、前日と同じデニムジャケットを着ていた。もう一人は、サイレンサーつきの拳銃を持ってモーテルの部屋で待ち伏せしていた男だ。長い髪に脂ぎった布を巻いている——バイカーがよく使うスカーフだ。

「そこまでだ」スカーフ男がジャックに告げた。「昨日おれに何をしたか知らないが、もう一度やろうとしても今回は少なくとも一発は撃つ余裕があるし、そのときはそっちの女を狙う。わかったか？」

「ああ」ジャックが答えた。「ストーンと家政婦はどこだ？」

「ストーンも家政婦も、おまえの知ったこっちゃない」デニムジャケットが言った。ブロンドに目配せする。「もういいぞ、サンディ。おまえの役目は終わった。出て行け」

「お金はどうなるのよ、アイク？」ブロンドが訴えた。「仕事が終わりしだいくれるって言ったじゃない」

「ヤク中のクソアマ」アイクがポケットに手を入れて小さな札束を取りだし、サンディの前のカーペットに放り投げた。「黙って庭から出て行け。入ってきたルートを使うんだ。それから忘れるなよ、ここであったことをひとことでもしゃべったら、命はないぞ」

「心配しないで」サンディがしゃがんで札束をつかみ、ブラウスの下に押しこんだ。「誰にも言わないから。あたしのことはわかってるでしょ、アイク。そんなことしないわ」

くるりと踵《きびす》を返して小走りでガラスの引き戸へ向かう。そして取っ手をつかんでドアをあけようとした。

クロエの周囲でエネルギーが震えた。見なくても、ジャックの瞳で超常エネルギーが燃えているのがわかる。その瞬間、クロエはこれから何が起きようとしているか悟った。

サンディが悲鳴をあげはじめた。長く尾を引く甲高い恐怖の叫び。ドアの取っ手から手を放し、両手の拳で引き戸のガラスを必死でたたいている。

「うるさい」アイクが怒鳴った。「黙れ、このヤク中」

「くそっ、頭がいかれやがった」スカーフ男が言った。「ゲートのガードマンが聞きつけたら、やばいことになる。こっちへようすを見にくるまえに、騒ぎを通報されるぞ。早くその女を黙らせろ」

「ヤク中なんか使うから、こうなるんだ」アイクが泣き叫ぶサンディにサイレンサーつきの銃を向けた。

周囲でいっそう激しくエネルギーが燃えあがり、クロエはジャックが標的を変えたことに気づいた。

アイクが死の恐怖の悲鳴をあげたが、なんとか一発発砲した。指が震えていたせいで弾は当然はずれ、サンディが床に泣きくずれた。小さなミサイルが窓を貫通し、ガラスがピシッと割れた。

アイクががくりと床に膝をついた。顔はハロウィーンの恐怖の仮面のようだ。見えない恐怖にがっちり捉えられて悲鳴をあげることもできずにいる。アイクが意識を失い、拳銃が派手な音をたてて大理石の床に落ちた。

スカーフ男がハンター特有のありえないスピードでクロエに飛びかかってきた。クロエがあとずさることもできないうちに首に腕をまわし、こめかみに銃口をあてる。

「おれに超能力を使おうなんて思うなよ」声をうわずらせてジャックに告げる。「おれを倒すまえにこの女は死んでるぜ」

踏みだしたジャックの足が宙でとまった。

クロエは片手をあげてスカーフ男の腕に軽く触れた。相手はまったく気にしていない。能力を全開にしてジャックだけに集中している。クロエはスカーフ男の濁った夢エネルギーの流れにそっとエネルギーを送りこんだ。男は一瞬で眠りこんだ。手から拳銃が落ち、男は音もなく床にくずれおちた。

サンディは引き戸の横にひざまずいてすすり泣いている。

ジャックが二挺の銃を拾いあげた。「意識が戻るまえにこいつらを縛りあげないと。二人ともハンターだ。危険は冒せない」

「そうね」クロエは深呼吸した。心臓が早鐘を打っている。まともに考えるにはかなりの努力が必要だった。「プールハウスにダクトテープと針金があったわ」

「持ってきてくれ。ぼくはここで三人を見張ってる」

「わかったわ」サンディをよけて引き戸をあける。

「それからもう一つ」

クロエは足をとめて彼に振り向いた。「何?」

「これが片づいたら、どうしてまだ二つめの能力が消えてないのか説明してもらおう」

36

ドレイク・ストーンと本物の家政婦は、縛られ猿ぐつわをされた状態で寝室の一つで見つかった。

「申しわけない」ストーンが、ショックを受けている家政婦をなぐさめるクロエに言った。「今朝押し入ってきたんだ。きみたちとランプの所在を教えないと、家政婦を恐ろしい目に遭わせると言われた」

クロエが首を振った。「わたしたちが悪いんです。お二人をこんな目に遭わせて申しわけありません」

ストーンは浮かない顔をしている。「あのランプが疫病神《やくびょうがみ》なのはわかっていたんだ。だが、あれに価値があると考える人間がいるとは思いもしなかった。どこから見ても偽物なのに」

ジャックはファロンに電話をかけるために外のプールサイドに出た。

「夜陰のメンバーを三人捕まえた？」ファロンが訊いた。かすれ声に切迫感がこもっている。

「確実に夜陰のメンバーなのは二人だ」ジャックは日差しがまぶしく反射するプールに沿って歩きまわり、まだ全身でくすぶっている興奮の残り火を静めようとしていた。サンディとアイクを倒すために大量のエネルギーを使った。ひどく消耗している。「少なくともぼくたちはメンバーだと思っている。まだ二人とも意識はない。女は意識があるが、家政婦のふりをさせるために雇われた頭の鈍い麻薬常習者にすぎない気がする。たぶん何も知らないはずだ。次に打つ麻薬のことしか考えていない」

「ほかの二人が夜陰だと、どうしてわかる？」とファロン。

「この状況でそれを判断するのは、そっちの仕事だろう」

「たしかに。ただ、なぜわたしの犯罪説を信じる気になった？」

「クロエが二人の足跡に不安定でおかしなエネルギーを見たんだ。超感覚に影響を及ぼす強い向精神薬を摂取している兆候かもしれないと彼女は考えている。おまえの陰謀説を裏づけている気がする」

「クロエには薬の兆候が見えるのか？」ファロンが鋭く尋ねる。

「本人はそう言っている」

「ふむ。じつに興味を引かれる話だ。夜陰のメンバーのオーラに不安定なものを感知できるハイレベルのオーラ能力者が二人いる。ドリームライト・リーダーに同じことをさせようとは考えたこともなかった。だが筋はとおる。超感覚に影響を与える薬品は、夢のエネルギーも乱すと考えられる。もっと早くそっちの角度から考えてみるべきだった。問題は、ハイレベルのドリームライト・リーダーはきわめて数が少ないことだ」

「ほかにもある」ジャックはプールの縁を歩きつづけた。「この家のホールと玄関前の階段に、べつの足跡がついていた。クロエは、昨夜ハイレベルな超能力者がストーンを訪ねてきたのは間違いないと言っている。ただその客が何者にせよ、さっきあったこととは無関係らしい。足跡に乱れたエネルギーはなかった」

「客についてストーンと話したのか？」

「いや、まだ話す機会がない」

「ストーンに訊くんだ。偶然とは思いたくないが、ベガスには強い超能力者が数人いる。有名人のなかに、強力な幻覚能力者と催眠能力者が少なくとも二人いる。最大手のカジノの一つのオーナーは、優秀な戦略能力者だ。それに、ひともうけするつもりでその街を訪れる直観能力者や確率能力者や暗号解読能力者はいくらでもいる。昨夜ストーンを訪れたのがまっとうな客だった可能性もある」

「本人もガードマンも覚えていない客？　友人ならどうして訪問したのを忘れさせる必要があるんだ？」

「ストーンはそっちでの暮らしが長いから、何人か敵をつくっていてもおかしくない」

「ストーンの作り話かもしれない」

ファロンがつかのま口を閉ざした。「いや、それはないと思う。事実を話している気がする」

「事実を話している気がする？」

「筋がとおる」そっけなく答える。「だが、もっと細かいことを思いだせるか確認したい」

「バイカーと女はどうする?」

「良識ある立派な市民らしく行動しろ。警察に通報するんだ。押しこみ強盗の最中に遭遇したと言え。事実に違いはない」

「あの三人を警察に引き渡しても、クロエとぼくがホテルに戻らないうちに保釈されるのがおちだ。そうでなくても、ハンターの二人は逃げてしまう。超能力者を相手にしていると警察にわかるはずがない」

「放っておけ。その二人は逮捕されるんだ。夜陰にとってはとんでもないへまをしたことになる。あそこは容赦ない組織だ。警察の関心を引くのはタブーとされている。逮捕は死刑宣告に等しい」

「夜陰はどうやってメンバーの口を封じるんだ?」

「簡単さ」とファロン。「薬の供給を断てばすむ。どうやら最新版の秘薬は一日に二回摂取する必要があるらしい。一回摂取しそこなうと、超能力が低下しはじめる。二、三回飛ばすと正気を失い、たいていは数日中に自殺に至る。懸案事項を解決するきわめて効果的なシステムだ」

「ソサエティには解毒剤《げどく》があるんだろう?」

「ある」疲れた声でファロンが答えた。「わたしが手配したチームがまもなくそちらへ着くはずだ。解毒剤を持たせた。最近は、仕事をするときはかならず解毒剤を持たせることにしている。バイカー二人に解毒剤を使う気があるかもちかけてみろ。誰の命令で動いているか教えたら、解毒剤を与えていい。取引に応じるとは思えないがね」

「あいつらはクロエのほかに、おそらく家政婦とストーンも殺すつもりだったんだぞ。解毒剤をやるなんて、絶対にごめんだ」

「好きにしろ」無関心なのがありありと伝わってくる。「ただ、これでおまえの気が楽になるかはわからないが、解毒剤それ自体が死刑宣告になる」

「どういう意味だ？」

「解毒剤を打てば死なずにすむし、そこそこ正気でいられる。だが深刻な副作用があるんだ。秘薬で増強された能力とともに、生まれ持った超能力も損なわれる。おまえのようなハイレベルの超能力者なら、レベル2まで落ちてしまうだろう。それ以外にも併発するものがある。パニック発作。慢性的な不安神経症。心をかき乱す夢。要するに、ヴィクトリア朝時代の人間が〝神経がぼろぼろになる〟と呼んだ状況になってしまうんだ」

ジャックは神経がぼろぼろになった二人のバイカーのことを考えてみた。

「回復の可能性はあるのか？」

「たぶんない。当然ながら、人間での実験はあまりできないし、超常エネルギーに関わる薬品となると動物実験には意味がない。すべてはあくまで理論上に留まっている。さっきも言ったが、おまえが捕まえたハンターが解毒剤を受け入れるとは思えない」

「どうして？」

「これまで数人の夜陰のメンバーに遭遇した。全員が完全に洗脳されていた。まず第一に、秘薬を断たれたら正気を失うと言っても信じないはずだ。指令を出している人間からべつの話を聞かされている」

「第二は?」

「こちらが夜陰に対して抱いているのと同じぐらい、彼らはソサエティに対して過度の猜疑《さいぎ》心を抱いている。自分を殺そうとしていると思いこみ、黙って解毒剤を打たせはしないだろう。ストーンと話したら電話してくれ」

「わかった」

「ああ、それはそうと、おめでとう。新しい能力を得てなによりだ」

「何が言いたい?」

「昨日おまえが運よくハンターを一人倒したという話は信じないでもないが、今日ハンター二人を含む三人を倒せたという話を信じる気にはなれない」

「ぼくが倒したハンターは一人だ」感情を抑えて告げる。「それと女が一人。たいしたことじゃない。もう一人はクロエが倒した」

「なんにせよ、とにかくおめでとう」

「心配しているようには聞こえないぞ」

「夜陰のメンバーを排除してくれるかぎり、おまえの新しい能力などどうでもいい。いまはどんな助けでも必要だ。ストーンと話したら電話しろ」

電話が切れた。

案のじょう、夜陰に送りこまれたハンターたちに解毒剤の話を持ちかけようと言い張ったのはクロエだった。だがファロンは正しかった。ハンターたちは拒絶した。警官は二人を縛っていたダクトテープと針金をはずし、標準仕様の手錠をかけた。そしてパトカーの後部座席に二人を押しこんで去っていった。

クロエとジャックは屋敷のポーチでパトカーを見送った。

「二人とも二十四時間以内に逃げるに決まってるわ」クロエがそう言って首を振った。「ハンターだもの。ありえないスピードを備えているだけでなく、超常的なハンティングの能力を持っている。警官は手遅れになるまで二人がいなくなったことにも気づかないでしょうね」

「あの二人は死んだも同然だとファロンが話していた」ジャックは言った。「正真正銘の警察に逮捕されたとなれば、夜陰は生きた爆弾を落とすみたいにあいつらを捨てるそうだ。もう秘薬は手に入らない。最初は正気を失う。二十四時間か、最長でも四十八時間かそこらで自殺する」

クロエが身震いした。「秘薬は恐ろしいものよ。ファロンの言うとおりだわ。夜陰を阻止しなければ」

「普段は陰謀説など信じないが、今回はファロンの言い分にも一理ある気がしはじめているんだ」

37

クロエはドレイク・ストーンのロゴが入ったマグカップを両手で持ってストーンを見ていた。彼の回復力に頭がさがる思いだった。

「あんなことがあったのに、今夜もステージをこなすなんて信じられません」クロエは言った。「たいていの人なら鎮静剤をいっき飲みして外傷性ストレス障害を心配するところなのに」

三人は外のプールサイドでくつろいでいた。頭上のヒーターが心地よいぬくもりを振りまいている。ストーンは家政婦を家族が待つ自宅へ帰したあと、みずからコーヒーを淹《い》れてくれた。

「むかしからショービジネスで言われている格言を知ってるかね？」ストーンが訊いた。

「何があろうとショーは続けなければならない？」

「いいや」とストーン。「〝どんな評判もいい評判だ〟今夜はこの街のあらゆるニュース番組にわたしの名前が出るだろう。こんなふうに話題になるのは数年ぶりだ。今夜ステージに立たなかったら、今度こそ噂が広まってしまう」

「どんな噂が?」ジャックが訊いた。

「わたしがじつは死んでいるという噂さ。数年前からそんな噂が広まっているんだ」両脚を前に伸ばし、ジャックに好奇の目を向ける。「さっきはあの二人をどうやって出し抜いたんだね? そしてロスからランプを引き取りにきた連中は何者なんだ?」

「いろいろ込み入っているんです」ジャックが答えた。

ストーンがうなずく。「そうじゃないかと思っていたよ」

「今日ここに押し入ったバイカーたちは、メンバーに超能力をさずける違法な薬物を使っている、闇の犯罪組織から送りこまれてきたと言ったら信じますか?」

ストーンがやれやれというように日よけに目を向けた。「やっぱりな。きみたちは政府の人間なんだな。実際のところ、どういうことなんだ? 麻薬のおとり捜査か? カジノ詐欺か?」

「違います」すかさずクロエは言った。「わたしたちは政府の職員じゃありません。ほんとうです」

「まあいい」ストーンが片手をあげてクロエを黙らせた。「捜査についてこれ以上知りたくない。なんと言ってもここはベガスだ。ここでは無知でいるほうが、完全に幸せとまでは言えなくても、はるかに安全なものだ」

「いくつか質問してもいいですか?」ジャックが言った。

ストーンが眉をあげた。「ゆうべの客について訊きたいんだろう?」

「ぼくたちをここへ呼びだすために、話をでっちあげたわけじゃありませんよね？」

「違う。ただ、皮肉なことに、わたしはほんとうにきみたちに連絡して、訪ねてきた女性について話そうと思っていたんだ。だが、すでに話した内容以外に話せることはない。とにかくこまかいことを覚えていないんだ。はっきり思いだせない夢を見たことはあるか？」

「ええ」ジャックが答え、クロエを見た。「あります」

クロエは知らんぷりをしようとした。ジャックには訊きたいことが山ほどあるはずだし、いまの彼の機嫌がよくないのは明らかだ。無理もない。もう二重超能力者ではないと思っていたのに、まだ悪夢を投射できると思い知らされたのだから。本人にしてみれば、まだ彼は超能力モンスターなのだ。

そのうえ、サンディとアイクを倒すために使ったせいで、彼の感覚は疲労困憊《こんぱい》寸前になっているに違いない。代償なしにあれほどの超常エネルギーを使うことはできない。エネルギーはエネルギーだ。大量のエネルギーを使ったら、回復には時間がかかる。わたしだってくたくただ。ハンターを眠らせるために能力を振り絞ってしまった。

それでも、まだいくらか力が残っている。

クロエはストーンに集中して感覚を解き放った。ドリームライトの大半は正常に見える。少なくとも見た目のウルトラライトは正常だ。けれど波長のいくつかに不自然な色合いが見て取れる。くすんだ色で、パターンが乱れている。こういう異常は以前にも見たことがある。

「ゆうべ訪ねてきたのが誰にせよ、あなたに催眠暗示をかけた可能性があると思います」クロエは言った。

ストーンが眉をあげた。「この街には催眠術師がいくらでもいる。そういうことを得意としている有名な人間なら一人残らず知っている。だが、彼らは全員男だ。それに、強盗が目的でないなら、なぜわたしに催眠をかける必要がある？　今朝確認したが、何もなくなっていなかった」

「保証はできませんが、わたしなら昨夜の訪問者のくわしいことを思いだすお手伝いができるかもしれません」

「どうやって？」

「リラクゼーション療法だと思ってください」クロエは言った。「やっているあいだ、意識ははっきりしたままだとお約束します。わたしが言ったりやったりしたことはすべて覚えているし、わたしに話す内容もきちんと自分で決められます」

ストーンは長いあいだ彼女を見つめていたが、やがてこくりとうなずいた。「自分でも記憶の空白が気になっているんだ。ゆうべ客が来たことも忘れてしまうなら、次は〝ブルー・シャンパン〟の歌詞も忘れるようになりかねない。そんなことになったら、この稼業もおしまいだ。やってくれ」

ジャックは無言だった。コーヒーを飲みながらようすをうかがっている。

「無理に記憶を呼び起こそうとしないでください」クロエはストーンに告げた。「そのままにしておくんです。これ以上気にしないで。頭のなかの静かな場所を見つけてリラックスしてください」

なだめるように話しかけながら、乱れたくすんだ波長に向けてそっと夢エネルギーを送りこむ。話している内容は重要ではない。言葉は投射しているエネルギーとは無関係だ。それでも黙っていたら、何が起きているのかストーンが心配するのはわかっていた。

クロエはごく軽いタッチでくすんだ夢の乱れを微調整して整えはじめた。いくらもしないうちに色彩が正常に脈打ちだした。

「黒髪」ストーンが言った。ぱちんと指を鳴らし、嬉しそうな顔をしている。「見事なカット。金《かね》がかかったカットだ。魅力的だが、ラスベガスによくいるけばけばしいタイプじゃないと思った。服も上等だった。しゃれているが、かなり地味なスーツとパンプス。CEOか弁護士みたいだった」

ジャックがわずかに眉をしかめた。「めだつ特徴は？　宝石は？」

ストーンがつかのま考えこみ、首を振った。「すまない。彼女はチャイムを鳴らしたんだ。事前にガードマンから連絡がなかったから、わたしは知り合いかスタッフだろうと考えた。玄関を開けたときは誰だかわからなかった。なんらかの手段で壁を乗りこえてきたファンだと思った。わたしは誰かと訊いた」

「なんと答えましたか？」とクロエ。

「わたしに会いにきたと答えた。わたしが持っていると小耳にはさんだ古いランプについて訊きたいことがあると。わたしは、ランプは興味を持ったほかのコレクターに譲ったと言った」

「相手はなんて？」ジャックが訊く。

「きみたちの名前を訊かれた」ストーンの表情がこわばった。「わたしは教えられないことになっていると答えた。そのあと、くそっ、次の瞬間には名前はもちろん、きみたちについて知っていることをすべてしゃべっていた。なぜそんなことに？」

「なぜなら、彼女があなたに催眠術をかけたからです」クロエは言った。

ストーンが小さく口笛を吹いた。「腕が立つ催眠術師に違いない」

「ええ」とジャック。「そうとう腕が立つに違いありません」

38

ホテルまでの運転はクロエが担当した。

ジャックが無表情に前方の道を見つめたままファロン・ジョーンズに電話をかけた。ドレイク・ストーンの謎の訪問者についてわかったことを伝えている。話し終えて電話を切ったあとも、むっつりと道路をにらんでいた。

「それで?」クロエはちらりと彼をうかがった。「ファロンに何か考えはあったの?」

「ああ。予想したとおり、あいつが調べている夜陰の陰謀にぴったり符合する。ストーンを訪ねてきた女は、ランプの捜索を任されたメンバーだとファロンは考えている。昨日ぼくたちがロサンジェルスへ向かったように見せかけた時点で、ぼくたちを見失ったんだろうと話していた」

「だから手がかりを求めてストーンのところへ戻ったということ?」

「ぼくたちの居場所をつかむために彼を利用したんだ」ジャックが言った。「いい塩梅《あんばい》に、ぼくたちがまだこっちにいることがわかった。彼女は罠《わな》をしかけ、ぼくたちはそのエサに食いついた」

「でもうまくいかなかった。手下が逮捕されただけでなく、ランプはソサエティの手に渡ってしまった」

「彼女はしくじったんだ」ジャックがシートの背に頭を預けた。「ファロンによると、これで彼女の命は風前の灯火《ともしび》らしい」

「でも彼女は秘薬を使っていなかったわ。夢の痕跡には薬の兆候がなかったもの。夜陰は彼女をあっさり切り捨てるわけにはいかないわ」

「人間を始末する方法はほかにもある」

「ええ、そうね。でももし夜陰のメンバーなら、なぜ秘薬を使っていなかったの？」

「いい質問だ。ファロンは、夜陰のなかには欠点のない完全なものになるまで秘薬を使う危険を冒さないことにした人間がいるのではないかと考えている」

「きわめて賢い判断ね。でも、だとすると、夜陰はメンバーへの支配力を失うことになるわ。上層部の人間は、秘薬がなければメンバーを支配できない」

「まあ、それはファロンに心配させておけばいい」とジャック。「ぼくにはほかに心配しなきゃいけないことがある。ぼくに何が起きてるんだ、クロエ？」

「言ったでしょう、あなたはだいじょうぶ。岩みたいにしっかり安定してるわ」

「二つめの能力が戻ってる」

「そっちも一つめの能力と同じぐらい安定しているわ」冷静に言う。

「ありえない。複数のハイレベルの能力が一人の人間のなかに共存すると、かならず精神のバランスを崩す」

「たしかにソサエティでは長年そう考えられてきたわ」

「それはおそらく、二重能力者が現われると、毎回超能力モンスターになったからだ」

「あなたはモンスターじゃないわ」クロエはきっぱり断言した。「あなただって言ってたじゃない。ふつうに戻った気がするって。それにわたしには、あなたの夢エネルギーがしっかりバランスが取れて安定しているのが見えるのよ」

「二つめの能力が消えていないことを知っていたのか？」

クロエはため息を漏らした。「確信はなかった。今日の午後、あなたが使うまで」一瞬くちごもる。「でも、そんな気はしていたわ」

「そうなのか？　どうして？」

「ゆうべ、あなたの夢のスペクトルをじっくり観察したとき、夢見状態と覚醒状態のあいだにあるチャネルがひらいたまま安定していることに気づいたの。あなたはそうやって炎のようなパワーを引きだしているのよ」

「そんなことありえない。もし事実なら、ぼくは本格的なケルベロスになっているはずだ」

「そうね」と認める。「ひらいたままのチャネルをコントロールできるのは、たぶんあなたが受け継いでいるニコラスのＤＮＡの遺伝子変異が原因なのよ」

「じゃあ、きみはゆうべランプで何をしたんだ？」

「数週間前に突然チャネルがひらいたとき、あなたの夢エネルギーの一部で乱れが生じたんだと思う。乱れたパターンは自然に修復されているみたいだった。わたしはランプのエネルギーを使ってそのスピードを速めただけよ。睡眠薬で受けたダメージをいくらか治そうとしたけれど、いろいろややこしいことが起きて最後までできなかったの」

「ぼくのドリームライトのチャネルを閉じようとはしなかったのか?」

「ええ」クロエは答えた。「できなかった」

「なぜだ?」

「あなたを殺しかねなかったもの」あっさりと言う。「あるいは、少なくとも狂気に追いやっていたか」

ジャックが見つめてきた。「どうして?」

「なぜなら、いまのあなたは遺伝学的にあるべき姿だからよ。それがあなたにとっての正常なの。もしわたしがドリームライトのチャネルをいじったら、あなたはひどく異常になってしまう。わかってもらえる?」

「じゃあ、ぼくは正常な二重能力者なのか? そんなものは存在しない」

「そうね、それについてはわたしもさんざん考えたわ」

「へえ、そうかい」

おとななんだから当てこすりは無視しなさい――クロエは自分に言い聞かせた。ジャックは大きなストレスにさらされているのだから。

「大切なのは」クロエは言った。「わたしには、あなたがほんとうに二重能力者なのか確信がないことよ」

ジャックが道路へ視線を戻した。「先月ぼくは戦略能力者だった。今月は悪夢を投射できるようになっている。もしこの二つがべつの能力でないなら、なんなんだ？」

「よく考えて、ウィンターズ。戦略能力者にも数えきれないほど種類があるけれど、彼らには共通点が一つある。全員が状況を把握して分析したのち、それをどう利用するか見きわめる超自然的能力を備えているの。本質的にはあくまでも生きるためのメカニズムよ。おそらく大昔の祖先に備わっていた太古の狩猟本能が、超自然的なかたちで現われたものなんだわ」

「なにを言おうとしてるんだ？」

「自分の主張を組み立ててるの。いいから聞いて。あなたの戦略能力は、他人の弱みや弱点を察知するうえでものすごく役に立っている。そうね？」

「だから？」

「だから、他人の弱点を見きわめて利用することも、超常エネルギーの一撃でその人を死ぬほど怯《おび》えさせることも、拡大解釈すれば同じことで、たいした差はないのよ。ひとたび相手の弱点がわかったら、ある程度のパワーと相手を意のままにする主導権を持てる。あなたの場合はそれよりもう一歩先のことができるの。相手のもっとも根本的な恐怖の波長に焦点を絞ってエネルギーを送ることができるのよ」

「生まれてから三十五年かそこらは、そんなことはできなかった」

「たぶんね。でもいまそれができるからって、かならずしもまったく新しい能力が身についたことにはならないわ。いまあなたに備わっているのは、もともとあった能力が高まったものにすぎないのよ」

「秘薬で高められた能力のように？」ジャックの口元がこわばった。「ファロン・ジョーンズなら役に立つと思ってくれるかもしれないが、ジョーンズ一族のほかのメンバーは、ザック・ジョーンズを含めて、ぼくの能力の新しいレベルを鷹揚《おうよう》に捉えるとは思えない」

「そうかしら」ぶしつけに言う。「ジョーンズ一族の人間に、超能力に関して何がふつうで何がふつうじゃないか決める権利があるのかしらね」

「どういう意味だ？」

「ねえ」クロエは言った。「シルベスター・ジョーンズが若いうちからさまざまな超能力増強薬の実験をしていたことは秘密でもなんでもないわ。三人の女性とのあいだにジョーンズ坊やたちをつくるまえに、シルベスターが自分のＤＮＡに何をしたか誰にもわからないじゃない？」

はっとしたような短い沈黙が落ちた。

「くそっ」ジャックが小さく口笛を漏らす。「考えたこともなかった。あの一族にめったにないハイレベルの超能力者がぞろぞろ生まれるのも、それで説明がつくかもしれない」

「ええ、そうよ」晴れやかに答える。

「もしぼくの能力が正常なら、なぜ幻覚や意識喪失が起きるんだ？　どうして夢エネルギーが乱れているんだ？」

「幻覚は理解できるわ」クロエは言った。「夢のエネルギーがほかの感覚に漏れだしたときよく起こるの。さっきも話したように、突然能力が高まったせいで、夢エネルギーの一部で流れのパターンが一時的に乱れたのよ」

「意識喪失と夢遊病はどうなんだ？」

クロエはハンドルを握る手に力をこめた。「夢のチャネルにほころびができたのが原因かもしれない。でもさっきも言ったように、スペクトルの一部にまだかなり薬の影響が残ってるわ」

「睡眠薬を飲みはじめたのは、意識喪失や夢遊病が始まったあとだ」

「それ以前になんらかの薬を飲んでいなかった？」クロエは尋ねた。「市販されてる薬でも超能力者には予想がつかない影響を及ぼすわ。あなたみたいなハイレベルの人間ならなおさらよ」

「たまに抗炎症剤を飲んだことはある。それだけだ」

「まあ、慰めになるかわからないけど、薬の影響は確実に薄くなっているわ」

「ぼくは人生の丸々一日を失ったんだ。幾晩かうろうろさまよい歩いただけでなく」

「すごく不安になるのはよくわかるわ」いたわりをこめて言う。「でもいまは安定してる。わたしにはわかるの。ゆうべは超常的な錠前のなかで鍵をまわしたような感じがしたわ。あなたはだいじょうぶよ、ジャック」

「〝ただし〟がありそうだな」

クロエは大きく息を吸いこんだ。「ただし、あのランプにあれほどのパワーが秘められている理由がまだわからないのよ」

39

その夜、二人はホテルのなかにあるバーの一つでお酒を飲んだ。ジャックはウィスキーをごくりとあおり、クロエと過ごす心地よさを噛みしめていた。本物のデートみたいだ——もっとも、これまで出会ったなかに、自分を一瞬で目覚めたまま悪夢へ放りこみかねない男とテーブルをはさんで座っていても、ここまでのんきにしていられる女性がいたとは思えないが。とはいえ、クロエはこれまで出会ったどんな女性とも違う。

「J&Jはこれからどうするの？」クロエが訊いた。

「ファロンはいらついている」ジャックは肩をすくめた。「まあ、珍しいことじゃないが」

「ストーンの玄関先に現われた謎の女性の身元はまだわからないの？」

「ああ。だが、ファロンはどうせそっちは行き止まりだと思っているらしい。ソサエティがランプを取り戻して金庫の一つに収めたいま、夜陰は計画に終止符を打つはずだと確信しているんだ。失敗の責任を負うべきメンバーは、組織のしきたりに従って通告を受ける」

「秘薬を断たれるのね」

「おそらく」

「でも、ファロンはまだ夜陰がランプを狙う理由をつかんでいないの？」

「いまのところ、夜陰がランプを狙っているのは秘薬を欲しがる理由と同じだと考えている」

クロエがうなずいた。「超能力を高める可能性があるからね」

「そう考えればつじつまが合う。でも理由はどうあれ、ぼくたちにはもう関係ない。厄介なことはファロンに任せておけばいい」

クロエが乾杯するように軽くワイングラスを掲げた。「ハーパー調査会社にとっては、一件落着ね」

どういうわけか、ジャックはその響きが気に入らなかった。あまりにもこれでおしまいと言っているように聞こえる。だが、クロエは正しい。

「きみは優秀だな」ジャックは言った。

「だから言ったでしょう」

ジャックの口元がほころんだ。「ああ、言った。じつは、ずっと考えていたんだ」

「何を？」クロエがうながした。期待のオーラが伝わってくる。

「ファロンによると、夜陰はかなりうまく組織された団体らしい。トップには企業の役員会のようなものがあって、その下に出世を狙うグループなり集団なりが複数存在する。各グループにつながりはないらしい。それぞれが独立して機能している」

クロエを包んでいたほのぼのとした期待のオーラが一瞬で掻き消えた。切なそうに小さくため息すら漏らした気がする。自分は何かへまをしたのだ。クロエはぼくが何を言うと思っていたのだろう？　だが彼女はすぐに気を取り直していた。

「要するに、J&Jはそういうグループのいくつかをつぶすことはできるけれど、そうしたところでトップにいる人間につながる手がかりはつかめないということね」

「そうだ。ただ、どんなにうまくまとまった組織だろうと、夜陰は本質的に利益を追求しているはずだ」

クロエが眉をあげた。「お金を稼ぐことが目的だと言うの？」

「夜陰のような組織にとって、最終的な目標は権力だ。だが金《かね》はエンジンを動かすガソリンになる。ファロンの話だと、夜陰は、大本《おおもと》では薬剤の研究開発と製造販売を行なっている企業だ。先端技術の研究室や販売ネットワークは、合法だろうとそうでなかろうと元手なしでは維持できない。湯水のように金がいる。膨大な金が」

「でしょうね」

「ということは、グループであれ集団であれ、そこは金を稼いでいるに違いない。しかも個々のグループは利益の一部をトップに上納しているはずだ。営利目的の組織はそれで成り立っている」

「つまり？」

「つまり」じっくり言葉を選びながら続ける。「グループ同士がどれほど巧妙に切り離されていても、組織のトップに金を送るなんらかの手段があるはずだ。秘薬を受け渡す必要もある」


「何か心あたりがあるの?」

「ファロン・ジョーンズは、ビジネスのいちばん古いルールに注目しているんだろうか」

「どんなルール?」

「金をたどれ」ふたたびウィスキーをあおり、グラスを置く。胸のなかで期待がふくらんでいた。「金の流れが夜陰最大の弱点に違いない。隙がある場所」

クロエが色めきたった。「ファロンにその話をしたの? 協力できるかもしれないわ。かなり人手不足みたいだもの」

「夕食のあと電話をしてみてもいい」

クロエがうっすら微笑んだ。「きっとよ」

一時間後、二人はカジノをあとにしてネオンが輝くラスベガス大通りの幻想世界へ出た。肌寒い夜だったが、まばゆい光を放つホテルからホテルへと移動する人ごみで、大型リゾートホテルをつなぐ歩道は込み合っていた。

ラスベガス大通りはどこを見ても特撮映画の一場面のようだった——人工の海に浮かび、大砲を放っている実物大の海賊船。大音響で火を噴く大きな火山。ベニスの真ん中から抜きだしてきたような運河に浮かぶゴンドラ。巨大な湖で音楽に合わせて踊る噴水。大劇場のひさしで夜の太陽のように光り輝いている、出演するスターや芝居の名前が書かれた特大サイズの掲示板。

ジャックは古代ローマ風広場の階段で足をとめ、ファロンに電話をかけた。

「新しい報告でもあるのか？」苛立たしさ丸出しでファロンが訊いた。「こっちは忙しいんだ」

「金のことを考えていたんだ」

電話の向こうで不自然な沈黙が流れた。

「それがどうかしたのか？」言葉と裏腹に興味を引かれているのがわかる。

「夜陰の活動におけるそっちの側面をどこまで追跡できたのかと思っただけだ」

「さほどわかっていない」大きなため息が聞こえた。「少なくとも書類上、われわれが解体した研究室はすべて経営も運営も独立しているようだった。相互のつながりはない」

「ありえない。なんらかの方法で、指揮系統のトップにいる人間に金が流れているはずだ。秘薬を移動する手段もあると見て間違いない」

「たしかに」とファロン。「だがわれわれはまだつながりを見つけられずにいる。組織に関しては、連中はなかなかやり手なのさ、ジャック。あそこは政府の諜報機関で長年スパイをしていた男がつくった組織だ」

「そんなに巧みに運営されている組織なら、なぜ低級でさえないごろつきに汚れ仕事をさせているんだ？」

「ランプを奪おうとしたバイカーたちのことを言ってるのか？」

「あの二人はハンターだったが、一流の超能力者とは言えなかった」

「夜陰はさえないごろつきも大勢使う」ファロンが言った。「おおかたそういう連中はいくらでもいるし、使い捨てにできるからだろう。あるところへ行けば、人手はいくらでもある」

「どこだ?」

「何が」

「無尽蔵の使い捨て要員を見つけようとしたら、どこへ行く?」苛立ちをこらえて尋ねる。

「ロサンジェルスでもサンフランシスコでもラスベガスでもいい。そういうやつらがあふれてる」

「でも、なんらかのかたちで彼らを勧誘し、秘薬を使うように仕向けて、そのあとも手綱を握りつづける必要がある。夜陰に人事部があるのかどうかは知らないが、企業のスーツ組の一団がそこから薄暗い路地へ人員を送りこんで、雇えそうな相手と面接させるとは思えない」

ファロンが珍しく長々と黙りこんだ。

「何かアイデアがあるのか?」やがて彼が訊いた。

「考えていることがある」

「やれ。確実なことをつかんだら、すぐ電話しろ。こっちは少し休憩が必要だ」

耳元で電話が切れた。ジャックはクロエに目を向けた。

「J&Jに雇われたらしい」

「ファロンにとっては賢明な判断ね」クロエが肩越しにホテルを見た。「ということは、わたしは部屋に戻って荷物をまとめ、シアトルへ戻る明朝の便を予約したほうがよさそうね。あなたはいつ発《た》つの?」

「考えていなかった」その事実に気づいてショックを受けた。シアトルのコンクリートとスチールにあふれた寒々とした部屋へ戻ることが、突然何より避けたいことになっていた。

クロエの手に手を伸ばしたジャックは、そこではじめて手をつないで歩くという他愛ないことを一度もしていないことに気づいた。

彼はクロエの指にしっかり指をからませた。

「この数日は、あっという間だった」会話の糸口を探しながらしゃべりはじめる。「ランプについて話す以外のことをあまりやる時間がなかった」

「たとえば?」

「たとえばいましているようなことだ」

「いま?」

ジャックはクロエを見た。「話をむずかしくするな。ぼくたちのことを話そうとしてるんだ」

「わたしたちのことを話すのがむずかしいなら、ほかの話題にしたほうがいいんじゃない?」クロエがやさしく言った。

「こういう話が苦手なのはわかってる。でもだからって話したくないわけじゃない」

「ジャック、いいのよ。ほんとうに」

超能力がなくても急速に会話が下火になっているのがわかる。

「何がいいんだ?」警戒しながら彼は訊いた。

「あなたとわたし。説明したり謝ったりする必要はないわ。わたしたちのあいだに何が起きているか、わたしはちゃんとわかってる」

「そうなのか? なら、きみから説明してくれ」

「いま起きているあらゆることから受けているプレッシャーよ」空いているほうの手を振りかけたところで、重たいバッグを持っていることに気づいたらしい。クロエが腕をさげた。「おたがいに大きなストレスにさらされているわ。なにしろ殺されかけたんだもの。そのせいで、きわめて強いけれど同時にあくまで一時的な感情が芽生えているの」

「感情」淡々とした口調を慎重に保ってくり返す。

「そう。それプラス、一件落着したことで、たぶんいまのあなたはわたしに感謝している。よくある反応よ。大勢のクライアントが経験しているわ」

「感謝するべきじゃないと言ってるのか?」

「感謝や肉体的に惹かれる気持ちをごっちゃにするべきじゃないと言ってるの。なんていうか……ほかのものと。あなたのためにランプを操るドリームライト・リーダーは、きっとほかにもいるわ。選んだのがたまたまわたしだっただけ」

「ぼくがきみに惹かれたのは、きみがランプを操るどころか、きみにあれを見つけられるとわかる前からだ」ジャックは言った。「それに、きみはぼくに惹かれていたはずだ。それをどう説明する？」

「たしかにわたしたちのあいだには、当初強く惹かれあうものがあったわ。でもわたしたちが巻きこまれた緊張状態のせいで、実際以上に感じたのかもしれない。それに、わたしたちのオーラにランプが影響を及ぼした可能性も無視できない。たぶん少し客観的になったほうがいいのよ」

ジャックは行き交う人波からクロエを引きだし、ショッピングモールの二階へあがる大きな外階段の陰へ連れて行った。そっと慎重に石壁へ彼女を押しつけて動けないようにする。

「ジャック？」

彼は身をかがめ、クロエにしかない女らしいエネルギーのかすかなオーラへ感覚を解き放った。彼女の耳元に唇を近づける。

「客観的な意見を聞きたいのか？」ジャックは訊いた。「教えてやろう」首筋に沿ってキスをする。「ぼくはランプが見つかる前からきみが欲しかった。ランプが見つかったあともきみが欲しかったし、ランプがソサエティの手元に収まったいまもきみが欲しい」そっとかすめるようにキスをする。「いまの状況に対するぼくの客観的な意見はこれだ。きみの意見は？」

つかのまクロエはじっとしていた。やがて低くかすれたつぶやきとともに、両腕がゆっくりジャックの首に巻きついた。

「そうね、あなたがそう言うなら」クロエがささやいた。

期待していた降伏《こうふく》の言葉とは多少違ったが、ジャックはばかではなかった。今夜はこれでよしとしよう。ここはベガスで、この街にいる戦略能力者は引きどきを心得ている。

ジャックはふたたび唇を重ね、クロエの柔らかさとぬくもりを味わった。雑踏のざわめきが遠くへ薄れていく。

しばらくのち、二人は手をつないでホテルへ戻った。

こんな気持ちにも慣れるはずだ――ジャックは思った。それがどんな気持ちであろうと。

それどころか、すでにやみつきになっている。

40

目を覚ましたクロエは、ベッドに自分しかいないことに気づいた。まぶたをあけると、窓の前にジャックのシルエットが見えた。ネオンが輝く夜景を見おろしている。ズボンを穿《は》いているが、シャツは着ていない。ふつうとは違う感覚を使うまでもなく、彼のなかに潜む緊張が感じ取れた。あたりの空気にはっきり現われている。

クロエは体を起こして枕に寄りかかり、両膝を抱えこんだ。

「どうかしたの?」

ジャックが振り向いた。暗くて表情が読み取れない。「今日ドレイク・ストーンにやったことを、ぼくにもできるか?」

クロエは顔をくもらせた。「催眠トランス状態を取りのぞくこと?　ええ、たぶん。あなたに催眠をかけた人がいるとしたらだけれど」

「ありえないと思うのか?」

「可能性はかなり低いんじゃないかしら。あなたはとても強力な超能力者だもの。ハイレベルの超能力者は催眠術にかかりにくいことで有名よ。率直に言って、あなたを深い催眠状態にできる人はいないと思う。強い催眠超能力を備えた人間でもね」そこでふとくちごもる。

「あなたが協力すればべつだけれど」

「どんなふうに協力するんだ？」

クロエは両膝を抱きかかえて考えをめぐらせた。「ゆうべランプを操ったときみたいに、あなたには意識的に感覚を解き放ってもらう必要があるわ。たとえそうしても、あなたに催眠をかけるのはむずかしいはずよ。そしてもしうまくいったとしても、催眠暗示が長く続くとは思えない。きっとかなりのスピードで効果が消えてしまうわ」

「もし新しい能力が出現したせいで、催眠にかかりやすくなっていたとしたら？」

「その話はもうしたでしょう、ジャック。新しい能力なんてない。高度に発達した能力があるだけよ」

「好きなように表現すればいい。幻覚はわずらわしいかぎりだったが、少なくとも何が起きているか自覚はあった。悪夢は不愉快だったが、なんとか対処できた。気がかりなのは意識喪失だ。意識がないあいだは、生まれ持った防御力が落ちていると考えるのが当然な気がする。そのあいだに自分が何をして、どんな目に遭っていたか知りようがない」

「記憶が戻っている兆候はないの？」

「一瞬の場面やぼんやりした光景」窓の外の夜を見つめる。「ささやき声。頭がどうにかなりそうなんだ、クロエ。意識喪失や夢遊病を起こしているあいだに何があったか、どうしても知りたい」

「わたしに言えるのは、あなたが飲んでいた睡眠薬で起きた乱れがまだ残っていることだけよ。でも、薬を飲みはじめたのは、意識喪失や夢遊病が起きたあとだったんでしょう？」

「ランプがなくても、薬が引き起こした乱れを消せるか？」

クロエは考えてみた。「一時的に流れを静めることはできるわ。このあいだの晩やったように、少なくともあなたがぐっすり眠れる程度には。でも、それ以上のことをやっていいのかわからない。やる必要があるとも思わない。放っておいてもあなたの体は薬を追いだしているみたいだもの」

「じっと待ってはいられない。どのぐらいかかるかわからないんだぞ。いますぐ答えを知りたいんだ」

「スペクトルの影響を受けている場所のリズムを正常に戻すことはできるかもしれない」クロエが言った。「でも、やりそこなったら、夢見状態と覚醒状態のあいだにあるチャネルにまたほころびをつくってしまうかもしれない。そうなったら幻覚と悪夢が戻ってしまうわ。やるならランプが手元にあったほうがいいわ。万が一必要になったときのために」

「ロサンジェルスへ行って、もう一度実験させてくれるようにソサエティを説得するには時間がかかる。そんなことはしていられない」

「そんなに大事なことなの？」

「是が非でもなんらかの答えが欲しいんだ、クロエ」

「わかったわ」クロエが静かに言った。上掛けを押しのけ、ベッドを出てホテルのバスローブをはおる。「やってはみるけれど、保証はできない。それでもいいのね？」

「ああ」

「それから、ようすが変だと思ったら、その場で実験をやめるわ。いい？」

ジャックはすぐには返事をしなかったが、結局はうなずいた。

「ああ」

「座って」クロエがうながした。

ジャックは一人掛けのソファの一つに腰をおろした。クロエが部屋を横切ってきて、ソファの横で足をとめて両手で彼の片手を持った。

「覚悟はいい？」

「ああ」

「感覚をぎりぎりまで解き放って。あなたの能力は強力だから、とことんまでやってもらう必要があるわ。さもないと、あなたの夢のスペクトルがはっきり見えないの」

エネルギーの振動が感じられない。

「自分の能力を心配する必要はないわ」クロエが言った。「わたしを信じて。あなたはちゃんと自制してる。間違ってもわたしを死ぬほど怖がらせるようなことにはならない。それは意識して集中しなければできないもの。感覚を解き放っただけでは、厄介なことにはならないわ。前にもやったでしょう。ゆうべのことを覚えてる？」

ジャックの口元がわずかに上向いた。状況の深刻さに反し、その笑みはどことなくやけにセクシーだった。

「ああ、もちろん」彼が言った。「ゆうべのことは覚えてる」

突然あたりでエネルギーが燃えあがった。クロエは感覚を高め、ジャックのオーラで脈打ちながら光っているどす黒い夢エネルギーの高波に目を凝らした。そしてスペクトルの睡眠薬の影響を受けている場所に、おそるおそるそっと光のパルスを送った。

何も起こらない。

「うーん」とつぶやく。「何にせよ、強力ね。流れを再起動できそうにないわ。少なくともあなたが起きているかぎり」

ジャックが変な顔で見つめてきた。「ぼくを気絶させたいのか?」

「いいえ。眠ってほしいの。夢見状態に入れば、もっと簡単にエネルギーのパターンを操れるかもしれない」

ジャックが両脚を前に伸ばし、ソファの背に頭をもたせかけて半分閉じたまぶたのあいだからクロエを見た。「次はどうすればいい?」

「眠るのよ」やさしくクロエは言った。

ふたたび彼の片手を持ち、わずかにエネルギーを送りこむ。つかのまジャックは抵抗していた。あくまで本能的な反応だ。彼は主導権を譲るのには慣れていない。

「わたしを信じて、ジャック」

ジャックが目を閉じ、眠りに落ちた。

41

ジャックは夢を見ていた……

彼はふたたび目覚めたが、頭が朦朧《もうろう》として混乱していた。震えてもいる。前回と同じだ。熱があるに違いない。

天井越しに上の階から機械がたてるやかましい金属音が響いてくる。ガチャン、ゴツンという音が、むきだしになった感覚にたたきつけてくる。目をあけると、窓のない狭い部屋にいるのがわかった。壁は真っ白に塗られている。ドアの横にステンレスのカウンター。ぎらぎらまぶしい蛍光灯が感覚をさいなむ。目を射る光をさえぎろうと腕をあげようとしたが、手が動かない。

「起きて、ジャック」

暗闇から彼を呼ぶクロエの声がした。彼女のほうへ行きたいのに、熱に侵された悪夢から逃れられない。機械の騒音が執拗《しつよう》に響いている。両腕はベッドの端に縛りつけられていた。憤怒とパニックが全身を貫いた。

「ジャック。早く目を覚まして」

クロエの声はさっきより大きく真剣なものになっている。彼女のもとへ行こうと必死でもがいていると……

まぶたをあけると、クロエが見えた。さっきと同じようにソファの横に立ってジャックの手をしっかりつかんでいる。差しこむネオンと月明かりを浴びた顔が、不安と懸念で曇っていた。

「だいじょうぶだ」ジャックは言った。アドレナリンが全身を駆けめぐっている。「もう目が覚めた」

「エネルギーの流れは正常になっているわ」クロエが言った。まだ手を放そうとしない。

「何か思いだした？」

「全部」

津波のようにすべてがどっと戻ってきた。ジャックは押し寄せる波を懸命にコントロールするしかなかった。それだけでなく、わきあがる怒りも懸命にコントロールする必要にせまられていた。彼は必死で集中力を保った。

そしてしゃべりだした。はっきりしているうちにすべてを話してしまいたい。細かい部分一つでも取り逃すわけにはいかない。

「上の階に機械があった。大きな音をたてていた。ぼくのあらゆる感覚が解き放たれていた。

全身が痛んだ。熱で体が焼けるように熱かった。絶え間なく続くやかましい金属音が耐えがたかった。逃げる道は一つしかなくて、それは夢見状態へ陥ることだった。だがその地獄へふたたび戻るつもりはなかった。そこへ行ったら自制を失ってしまう。死んだほうがましだ」

「どこにいたの?」クロエがやさしく尋ねた。

「部屋だ。病室みたいだった。地下だと思う。窓はなかった。天井の蛍光灯がついていたが、ゆがんでいた。熱のせいで視覚がおかしくなっていたんだ」

「でも目は見えたのね」

「ああ。ステンレスのシンクとカウンターがあった。アルミニウム製の歩行器。医療品が入った白いキャビネット。壁際に聴診器とモニターらしきもの。使用済みの注射器と針を入れる小さな赤い箱もあった」

「ほかに何か見えた?」

ジャックはひと呼吸置いて、雑然としたイメージと印象をよりわけた。「床はコンクリートだった。ぼくのアパートにデザイナーが取り入れたコンクリートの床に似ていたから覚えているんだ。ただ、その部屋のコンクリートはなめらかに磨かれてはいなかった。古くてひびが入っていた。ガレージの床みたいに」

「あるいは地下室みたいに?」

ジャックはつかのま考えた。「ああ。地下室。ぼくはストレッチャーに寝かされていて、計画を練ろうとしていた。一つ思いついたと思う」

「どんな計画？」

「最初に目が覚めたとき思いついたんだ。でもまた薬を打たれたせいで実行できなかった。意識を集中しようとしたが、騒音とまぶしさのせいでなかなか集中できなかった。ぼくは自分に、おまえは戦略能力者だろうと言い聞かせた。いちばん重要なことに集中しろと。そのうちようやく計画を思いだした。そのためには見張りを部屋のなかへ来させる必要があった」

「見張りがいたの？」

「ドアの外に。最後に目を覚ましたとき見かけたのを覚えていた。ぼくは体を起こそうとした。そのとき縛られていることを思いだした」

「ベッドに縛られていたの？」ぞっとしたようにクロエが訊く。

「革のストラップでストレッチャーに固定されていた。暴れる患者に病院が使うようなやつだ。手を縛っているストラップには、ストレッチャーの金属製のサイドアームをぎりぎり叩けるぐらいの余裕があった。ドアがひらいて見張りが部屋に入ってきた。自分の役目にうんざりしているようだった。ぼくはそれを利用できると考えていた」

「見張りの特徴を話せる？」

「どういうわけか、ぼくはその男にブルースという名をつけた。理由はわからない。たぶんマッチョなバイカーを気取っていたからだろう。デニムだらけの格好に鋲《びょう》つきの革ベルト。

バイク用ブーツ。タトゥー。髪はポニーテイルに結っていた」

「わたしたちを襲った男の一人？」

「いや、べつの男だ。だがエネルギーのオーラは同じだった。なんらかの超能力を備えていたはずだ。見張りをしていたことを考えると、ハンターの可能性が高い。でもその男は、完璧な超能力ハンターのような判断はしなかった」

「どういう意味？」

「ぼくは他人の弱みや弱点を嗅ぎつけることができる。ブルースには本物のハンターに備わっている能力のスペクトルがそろっていなかった。どう説明すればいいのかわからない。とにかくブルースには少しおかしなところがあったんだ」

「モーテルでわたしたちを待ち伏せしていた男のように？」

「ああ」

「これで、この件にはバイカーが三人関わっていることになるわ」クロエが言った。「二流で頭の回転があまり速くないごろつきがいっぱいいね。続けて」

「ブルースはぼくに小便かと訊いた」ごほんと咳払いする。「その、トイレに行きたいのかと。ぼくはそうだと答え、もう我慢できないと言った。ぼくの声は自分の耳にも情けなく聞こえた」

「ブルースはストラップをはずしたの？」

「ああ。シーツの上で漏らしたらぼくに掃除させると言った。ブルースはアルミ製の歩行器を押して近づいてきた。ぼくはストレッチャーの端に腰かけていた。床に立つにはありったけの力を振り絞る必要があった。ゼラチンの海のなかを移動しているみたいだった。それでも歩行器をつかんだ。病院のガウンを着せられていることに気づいたのは、そのときだ。どこへ逃げるにせよ、そんな格好ではむずかしい」

「それからどうしたの？」

「感覚を高めればいくらか体力が戻るか確かめようとした。部屋のなかがはっきり見えるようになったときは、少なからず驚いた。明らかにそれまでより血がたぎっていた。もうそれほどふらついていなかった。生々しいエネルギーにあまり長く頼っていられないのはわかっていた。そのレベルで燃やしつづけることはできないと。でも短いあいだなら、ぼくに必要なものを与えてくれるはずだった」

　つかのま口を閉ざし、さらに記憶をたどる。こんなふうに記憶がよみがえってくるのは妙な感じがした。まるでたったいま真っ暗な深い穴から引っ張りだしたようだった。

「もみ合いになったの？」クロエが訊いた。

「いや。取っ組み合いをしてもブルースに勝てないのはわかっていた。体調がいいときでも無理だし、そのときは体調がよくなかった。ブルースは完全なハンターではないかもしれないが、力が強いし動きも速いはずだ。でも、ぼくにてこずらされると思っていないのは明らかだった。当然だ。ぼくは茹《ゆ》ですぎたパスタみたいに見えたはずだからな。ブルースはストレッチャーにもたれて、尻のポケットから噛みタバコの缶を出そうとした」

そこでふたたび言葉を切り、自分の言葉を頭のなかでリプレイして新しいデータをすべて吸収しようと努力する。

「ジャック、それからどうなったの？」

「歩行器を使って一歩前に出て、さらに一歩歩いた。体重を支えられるのがわかると、歩行器をさかさまにして歩行器の脚をブルースのみぞおちに突きたてた」

「まあ。うまくいったの？」

「もう少しでうまくいくところだった。相手がハンターでなければうまくいったはずだ。でもブルースには電光石火の反射神経が備わっていた。寸前で歩行器の脚をつかみ、ぼくの手から歩行器を取りあげた。ぼくはドアへ突進したが、行き着けないのはわかっていた。うしろでブルースがわめいていた。ステロイド性激怒の真っ只中になっていて、しかも能力を全開にしていた。ぼくを取り押さえるだけではすまず、さんざん殴ったあげくまたストレッチャーに縛りつけた。ぼくを殺そうとしていた。自分を抑えられなくなっていた。自制を失っていたんだ」

「なんてこと」

「そのとき、青天の霹靂《へきれき》のように、どうすればブルースを阻止できるかわかった」

「あなたの能力を使ったの？」

「新しい能力だ」

「完全に発達した能力よ」クロエがあくまで言い張った。

「ぼくはブルースに超常エネルギーの強烈な波を浴びせた。ブルースはひと声うなって床に倒れた。そのまま動かなかった」

「死んだの？」

「いや」眉を寄せて考える。「そのときは死んでいなかった。意識を失っていたんだ。ただ、エリオット湾に浮いている身元不明の遺体が見つかったという記事が新聞に載ったから、そのあと死んだに違いない。遺体の外見はブルースにそっくりだった。タトゥーに至るまで」

「その部屋からは、どうやって逃げたの？」

「ブルースの服を着た。サイズが合わなかったが、夜中だった。たぶん一時か二時だと思う。通りに人影はなかった。自分がどこにいるのかわかった。キャピタル・ヒルだ。よろめきながら、なんとかブロードウエイまで二ブロック歩いた。バーやクラブはもう閉まっていた。ぼくはタクシーをつかまえた。運転手に泥酔していると思われたのを覚えてる。料金はブルースの財布に入っていた現金で払った。自分のアパートにたどりつき、ベッドに倒れこんだ。目が覚めたときは、何も覚えていなかった。二日間熱がさがらなかった。ずっとベッドにいた。あんなに具合が悪かったのは、生まれてからはじめてだ」

「誰かに話した？」

「いいや。ようやく回復したとき、何も覚えていないのは高熱で意識がなかったせいだと自分に言い聞かせた。エリオット湾でタトゥーのある男の裸の遺体があがった記事が新聞に載ったのは、それと同じ日だった」

ていた」

「死因はなんだったの?」

「麻薬の過剰摂取。記事にはそうあった。警察は、フェリーから海に飛びこんだものと考えていた」

「でも、あなたは信じなかった」

ジャックはクロエと目を合わせた。「自分のクロゼットにバイカーが着るような革やデニムの服やらバイク用ブーツやらがあるのに、その解釈を信じるのは少々無理があった」

クロエはつかのま考えこんでいた。「その部屋で目を覚ますまえの最後の記憶は、友だちとビールを飲んだあと家へ歩いて帰るところだと言ったわよね」

「そうだ」

「だとすると、それであなたの夢エネルギーに現われている薬の痕跡の説明もつくわ。睡眠薬じゃなかったのよ。あなたの意識を失わせて、二十四時間閉じこめておくために、犯人はなんらかの薬を使ったんだわ。犯人は路上であなたを拉致《らち》したの。あなたはお金持ちだわ。犯人は身代金を要求するつもりだったのかしら」

「違う」ジャックには確信があった。「すべてはランプがらみだ。関連があるに違いない」

「あなたを誘拐したのが誰だろうと、犯人は二十四時間かそこら記憶がなくなるほど強い薬を投与したのよ。それが可能な強い鎮静剤は何種類かあるわ。違法な薬もたくさんある。どんな薬を使ったにせよ、そのせいであなたの記憶はしばらくとだえてしまった。でも、あなたの高い能力がふたたび幅をきかせだしたせいで、薬の影響は薄れていた。すべてを思いだすのは時間の問題だったはず。誘拐犯もそれに気づいているのかしら」

ジャックは手をついてソファから立ちあがり、部屋を歩きまわった。神経が高ぶってじっとしていられない。「そのあと起きた意識喪失についてはどう思う？」

「それもあなたを意識不明にするために使った薬の副作用よ。そこまで強い薬なら、あなたみたいにハイレベルの超能力者だけでなく、たいがいの人に予測のつかない影響を及ぼすわ。夢遊病のあいだのことで、何か覚えてることはある？」

「毎回徒歩で自分のアパートを出て、キャピタル・ヒルまで行って帰ってきたことだけだ」そこで足をとめ、クロエに向き直る。「ほかにもある」

「何？」

「人に見られたくなかった。ロビーからでなく、わざわざガレージの裏口から外へ出た。そのことについては異常に神経をとがらせていたのを覚えている。誰かに監視されていると思いこんでいた。それにたしかに、路地には男がいたんだ。正体はわからなかったが、男に見られたくないのはわかっていた」

「それであなたはどうしたの？」

「能力を使って男を死ぬほどびびらせた。効果はあった。男はいつも震えあがって、路地の物陰に潜んでいられなくなった。立ち去ったが、ぼくが戻るとかならずそこにいた。ぼくは毎回同じ手を使って、相手が発作的な神経過敏と闘っているあいだに建物に入ったんだ」

「あなたに薬を盛った犯人は、ずっとあなたを監視させていたようね」

ジャックはあらためて記憶を確認し、こまかい点や時間枠を整理した。「いったいどんな理由で何者かがぼくに薬を盛って二十四時間監禁し、そのあと監視を手配するんだ？」

「犯人はあなたを解放したわけじゃない。あなたは逃げたの。たぶん犯人は二十四時間よりもっと長くあなたを監禁しておくつもりだったのに、あなたが逃げたから計画が狂ったんだわ」

「じゃあ、ぼくの具合がひどく悪かった理由は？　熱が出たのは、記憶を失わせる薬の影響だと思うか？」

「わからないけど、たぶん」つかのまジャックを見つめる。「夢遊病のあいだに、アパートからファースト・アベニューを歩いてキャピタル・ヒルへ行ったと言ったわよね」

「ああ」

「キャピタル・ヒルのどこへ行ったの？」

「看護士を殺そうとした犯人に遭遇した通りだ」

「その界隈《かいわい》のことで、覚えていることはある？」

「静かだった。同じブロックに小さな店が何軒かあったが、どれも閉店したあとだった」そこで言葉を切る。新たな記憶がよみがえり、どっとアドレナリンがあふれた。「ジムはべつだ。くそっ、そういうことだったのか」

「何？」

「狭い部屋で目を覚ましたとき聞いた音。あれはジムのマシンの音だ」

42

「ランプだ」ファロンは言った。彼は電話を耳に押しつけて窓辺に立ち、サンシャイン・カフェの明かりが消えた窓を見おろしていた。「この件にはなんらかのかたちであのいまいましいランプが絡んでいるに違いない」

「それがどうして何者かが通りでぼくを拉致して薬を盛ることとつながるんだ?」

「監禁されていた部屋は病室のようだったと言ったな。それで最初に思いつくのは、おまえはなんらかの実験の対象にされたということだ」

「なんで夜陰がぼくで実験したがる?」

「なぜならおまえはウィンターズだからだ」ファロンは苛立ちはじめていた。事態が収拾しつつあるのがわかるのに、まだもやもやしたものがいくつか残っている。ほんとうにもっと睡眠を取らなければ。「考えてみろ。おまえはニコラス・ウィンターズの直系子孫の男子だ。夜陰は明らかに秘薬で問題を抱えている。おそらくほかの選択肢を探しているんだろう。バーニング・ランプは同様の目的でつくられた。生まれ持った能力を高め、新たな超能力を得るために。おまえを拉致した人間は、DNAの簡単な検査と研究をするために血液サンプルが欲しかったのかもしれない」

「すばらしい。じゃあ、ぼくは二十四時間実験用のラットにされたわけか。どのぐらいぼくを監禁するつもりだったんだろう」

「さあね。おそらく目的を果たしたあとは、おまえを手元に置いておくつもりはなかったんだろう」

「ぼくを殺すつもりだったと?」

「そこまではわからない。まだ充分なデータがそろっていない。重要なのは、おまえが逃げたことだ。薬漬けにされ、高熱を出していたにもかかわらず。秘薬で能力を高めたハンターを出し抜くことまでやってのけた」

「だから?」

「そのせいで犯人はそうとう不安になっているはずだ。だが同時に、おまえに備わっている能力が実際に一つだけじゃないと犯人が確信を深めた可能性もある。そして、それはむかしランプが効果をあげて、ニックじいさんの子孫の能力が遺伝的に高められている証拠だと解釈するはずだ」

「なるほど、話を整理させてくれ。ぼくは逃げだし、最初にやったのはドリームライト・リーダーとランプを探すことだった。犯人はぼくを尾行し、ランプを盗もうとした。そういうことか?」

「ああ、おそらく」

「いつもの九八・七パーセント自信がある口調と違うぞ、ファロン」

「それはたぶん、九八・七パーセント自信がないからだ」

「ほかにも情報がある」ジャックが続けた。「夜陰、もしくは少なくともぼくに薬を盛ってランプを奪おうとした連中は、シアトルにあるジムをアジトにしている。犯人は、そこで二流のごろつきハンターをスカウトしたんだ」

「ふむ」ファロンの口元がほころんだ。今回は、カチッと音がせんばかりの勢いで、彼の頭のなかにある多次元のチェス盤上で複数の光点をつなぐ線が現われた。今度こそ自信がある。

「なかなかいい推理だ。筋がとおっている。もっと聞かせろ」

「今夜記憶が戻ったとき、夢遊病のあいだにキャピタル・ヒルの通りへ行ったことを思いだしたんだ。その通り沿いで終夜営業しているのは、一軒のフィットネス・クラブだけだった。監禁されていた小部屋の天井越しに、ジムのマシンの音が聞こえたことも思いだした」

ファロンはデスクに戻ってペンをつかんだ。「店名と住所はわかるか?」

「ああ、だがジムをばらばらにして悪党どもを追い散らすためにチームを送りこむ前に、誰かにあの店の素性をしっかり調べさせたほうがいい。財政状態や所有権なんかをチェックするんだ。金の流れを追うんだよ、ファロン」

「そういう仕事をさせるのに、おまえ以上の適任者は思いつかない」

電話の向こうでジャックがつかのま黙りこんだ。

「ぼくにあそこを調べろと言ってるのか?」やがて彼が訊いた。

「いけないか？　この手のことではおまえがいちばん腕がいい。わたしが〝結果に対する既得権〟と呼んでいるものを得られるのは言うに及ばず」

「J&Jと契約している財務戦略能力者や確率能力者は、あまり多くなさそうだな」

「二人いるが、おまえほど能力が高くない」

「いいだろう、やるだけやってみる」ジャックが言った。「さしあたって、クロエとぼくは朝の便でシアトルへ戻る。姿をくらましていたほうがいいとおまえが思えばべつだが」

「ソサエティの金庫にランプが納まっているかぎり、おまえたちに危険が迫っているとは思わない。以前も話したように、夜陰はすでにこの計画から手を引いているはずだ」

「間違いないのか？」

「すべてはランプがからんでいるんだ。そしてランプは厳重に鍵がかかった場所に保管されている」

「じゃあ、ぼくたちは家へ帰る」

「ジムについて何かわかったら連絡しろ」

ファロンは電話を切って窓辺に戻った。サンシャイン・カフェが開店するまで、まだ二時間半ある。いますぐあの店へ行って、ブースに座ってコーヒーを飲み、イザベラ・バルディーズの気にさわるほど前向きなエネルギー場で頭のなかをはっきりさせてもらえたらどんなにいいだろう。

彼女といろいろ議論ができたらもっといいが、イザベラはソサエティのメンバーではないし、ましてやＪ＆Ｊの職員でもない。おそらく彼女は自分が本物の超能力者だと気づいてもいないのだろう。こちらの仕事を説明しようとしても、頭のねじがゆるんだいかれた陰謀理論家だと思われるのがおちだ。そう思っている人間は、もう充分この町にいる。イザベラには同じ結論に至ってほしくない。

43

「大学から契約の更新はしないと連絡があった」フレッチャーが言った。「でも、あれやこれやを考えると文句は言えない。あの晩きみが来てくれなかったら、ぼくは死んでいたんだ。だから料金は払うよ」

「まあ、ありがとう」クロエは言った。「請求書を送ろうと思っていたところだったの」

フレッチャーが悲しげに微笑んだ。「だろうと思ってたよ」

「でも、ミスター・ウィンターズに対する追加料金は請求しないわ」

フレッチャーがめがねの位置を直した。「ぼくに言わせれば、ウィンターズがあの家からマデリン・ギブソンを助けだしたところで、ぼくにとってもこの世にとってもなんの役にも立っていない。彼女を置き去りにするべきだったと、いまでも思ってる」

「彼はマデリンから銃を取りあげたのよ、フレッチャー。彼女はわたしの犬を撃って、次にあなたを撃とうとしていた」

「警察は、ウィンターズが銃を取りあげたことなんて何も言ってなかった」むっつり顔をしかめている。「マデリンは精神崩壊を起こして気を失ったと言われた」

「実際はもう少し複雑だったのよ」でも説明するともっと複雑になるから、これ以上は言わないでおこう。

二人はクロエのオフィスにいた。受付エリアとオフィスを隔てるドアは少しあけてある。ヘクターは前足に鼻先を乗せてベッドに横たわっていた。もうエリザベスカラーはつけていないし、包帯も取れた。頭に毛を剃《そ》って縫った場所があるほかは、元どおりに見える。例によって、フレッチャーには無関心だ。

「マデリン・ギブソンはまだウエスタン・コーブ精神病院に入院しているそうね」クロエは言った。

「おそらくしばらくそのままだろう」とフレッチャー。「洗いざらい話したが、いまだに炎のなかから現われたデーモンの話をしているらしい。完全に頭がいかれてるのさ」

「たしかに正気とは思えないわね」

「彼女の弁護士は、精神異常の申し立てをするだろう。まあどうなろうと、マデリンは数年は出てこられないだろうから何よりだ」顔をしかめている。「刑事司法制度ではストーカーや殺人未遂の告発を免れるのはけっこう簡単だが、警察はどういうわけか放火を深刻にとらえる傾向があるからね。よかったよ」

表のドアがあく音がし、ローズに挨拶するジャックの低い声が聞こえた。ヘクターが立ちあがって、半開きのドアから出ていった。

クロエはデスクの上で両手の指を組み、フレッチャーを見つめた。「大学のポストを失ったのは残念だったわね」

「ほかを探すさ」フレッチャーが椅子の背にもたれて膝に反対の足の足首を載せ、どことなく困った顔でクロエを見つめた。「ここ数日、どこにいたんだ？　何度電話しても、アシスタントはきみは電話に出られないの一点張りだった」

「仕事で街を離れると話したでしょう」

フレッチャーが心持ちおもしろがっているように眉をあげた。「またきみが専門にしてる、胡散《うさん》臭い調査かい？」

「仕事の話はしないことにしてるの」冷たく言う。

フレッチャーが〝真面目なセラピスト〟モードに切り替わった。「クロエ、自分は超能力者だというきみの思い込みは、男と親密な関係になることに対する問題と直結してるんだ。ぜひセラピーを受けるべきだ。ぼくが力になるよ」

「よりによっていま、わたしが抱える男性関係の問題が話題になるなんて不思議ね。わたしのささいな問題は、どうやら自然に解決したようよ」

フレッチャーがあからさまに驚いた顔をした。「どうしてわかるんだ？」

ジャックがオフィスへやってきた。

「実体験でわかったのさ」ジャックが言った。クロエに目を向ける。「もうランチへ行けるか？」

クロエはにっこり彼に微笑みかけた。「ええ」

フレッチャーがジャックをにらみつけ、クロエを見た。「彼はクライアントじゃなかったのか？」

「もう違うの」クロエは答えた。「いまはわたしの実体験」

「独身主義はどうなったんだ？」フレッチャーが問い詰める。

「わたしには向いてないってわかったのよ」


二人は二ブロック先のファースト・アベニューを曲がってすぐのところにあるこぢんまりしたレストランまで歩き、小さな丸テーブルでフィッシュ・タコスを食べた。シアトルへ戻ってから三日のあいだに、二人だけの日課ができていた。夜はクロエの部屋で一緒に過ごす。二人で朝食を食べたあと、午前中はべつべつに過ごす。ランチタイムになるとジャックがクロエのオフィスへやってきて、午後はまたそれぞれのオフィスへ戻る。夕方クロエの部屋でふたたび落ち合う。ほとんど結婚してるも同然だわ――クロエは思った。でも完全にではない。結婚にそっくりなものなんて存在しない。結婚というのは別物だ。

「フレッチャーはひどい体験から順調に回復しているようだな」ジャックが言った。

「ええ。でも今度ばかりは噂やゴシップの影響から逃れられなかったの。大学は彼との契約を更新しないことにしたわ」

「次の短期の恋人を選ぶときは、もっと慎重になるだろう」

「たぶんね。でもどうかしら。フレッチャーはフレッチャーだもの。彼も問題を抱えてるのよ。自分では認められないだけ。犯罪金融調査の進み具合はどう？」

「進展もあるが、行き止まりもある」ジャックが答える。「大量の行き止まりが」

「夜陰は足取りを隠すのがうまいとファロン・ジョーンズが話していたわ」

「いまのところわかってるのは、北西部でフィットネス・クラブを三軒所有している非公開会社の存在だ。そのうち一軒はシアトルにある。ジムは三つとも去年までオーナーも経営もべつべつだった。いずれも経営破綻《はたん》寸前で、廃業しかけていた。そんなとき、あるＬＬＣに買収された」

「リミテッド・ライアビリティ・カンパニー《有限責任会社》？　将来は明るそうね」

「まあね。このフィットネス・クラブ・チェーンには、もう一つかなり興味深いことがある」

「何？」クロエのなかの探偵魂が刺激されていた。

「そのＬＬＣに買収されるまでは、三軒ともピラティスとヨガを教えていた。でもいまの客は本格的なボディビルダーばかりだ」

「わたしたちを殺そうとした二人みたいな？」

「そのとおり」

　クロエは微笑んだ。「刑事みたいな考え方をしてるのね」

「ずっと刑事のような考え方をしてきた気がするんだ。最近までは、利益の出し方を見抜いていただけで」

「それも役には立つわ」

「ああ、だがしばらくすると古くなってしまう。じつは拉致された夜、ぼくは友人のジェリーに、ある朝起きたらウィンターズ投資会社がつぶれていたらどうするだろうと話していたんだ」

「会社を再建できるかどうか?」

ジャックがうなずき、タコスをかじった。

「答えは〝できる〟よ」クロエは言った。「でも、あなたはとっくにわかってたんでしょう?」

「ジェリーには、ブロンド女性とシボレー・コルベットのない中年の危機に陥っているんだと言われた」

「ところがなんと、わたしと出会ってベガスへ行くはめになった」

ジャックの瞳にセクシーな笑みがよぎった。「効果はあったよ」

クロエは自分のタコスをたいらげ、ナプキンで指をぬぐった。「気に入ってるのね?」

「きみとベガスが?　まあ、きみは間違いなくプラス要因だし、ベガスはいやでも避けてはとおれなかった」

「わたしやベガスのことを言ってるんじゃないわ。ファロン・ジョーンズが阻止しようとしてる陰謀のために、彼の仕事をやることよ」

「退屈はしない」ジャックが認めた。

「あなたは中年の危機に陥ってなんかいなかったのよ、ジャック。退屈していただけ。やりがいが必要だったの」

「ウィンターズの呪いにもかかっていた」

「呪いじゃないわ」辛抱強く言う。

ジャックがタコスを食べ終えた。「ぼくに必要だったのは、きみだ」

クロエはフレッチャーに言われた〝問題〟について考えた。「どうやらわたしたち、おたがいの健康維持に役立っているようね」

ジャックがおもしろそうな顔をした。「四角張った言い方で、セックスはいいものだと言ってるのか？」

そうじゃない――クロエは思った。遠まわしにあなたを愛していると言ったのだ。でもそれをはっきり口に出したら、ジャックにも自分の気持ちを言葉にするよう強いることになる。そうなったら、結果は二つに一つだ――いいか、悪いか。

そのとき、あることに気づいた。ずっと男性に対して正直でいようと努めてきた。一度に一人の男性としかつき合わないけれど、その相手を次つぎに替えるつもりでいることや、男性との関係が長続きしたためしがないことを説明しようとしてきた。それなのに、ようやく理想の相手にめぐりあったいまになって、この関係が永遠に続くはずがないと思って死ぬほど怯えている。恋に落ちるのがこんなに怖いなんて、誰が予想しただろう？

44

翌朝、クロエとヘクターが夜明けのパトロールをしていると、マウンテン・マンが夜を過ごした路地のねぐらから出てきた。彼は肩にかけた擦り切れたキャンバス地のダッフルバッグをかつぎなおし、かがんでヘクターの頭を撫でた。

「よお、でかいの」マウンテン・マンがヘクターに話しかけた。「調子はどうだ? 傷は治ったみたいだな」

「ずいぶん元気になったわ」クロエは言った。「あなたの調子はどう? ヘクターが、診療所でもらった薬を飲んでるか知りたがってるわ」

「飲んでるさ、言われたとおりにな」着古した作業着のポケットに手を入れ、錠剤が入った小さな瓶を出す。「ここに持ってる。一週間毎日飲んだら、もう一度診療所に行くことになってるんだ」

「よかった」クロエは言った。「ヘクターがコーヒーを一杯おごると言ってるわ。時間はある?」

「もちろん。時間だけはたっぷりある」

二人と一匹は角のコーヒーハウスへ向かった。マウンテン・マンのために、クロエはコーヒーとペストリーを買った。バリスタがいつものように昨日のマフィンをヘクターにくれた。クロエとマウンテン・マンは隅のテーブルに腰をおろした。ヘクターはテーブルの下に寝転んでいる。マウンテン・マンはクロエたちとコーヒーを飲むのが好きだが、それは単にコーヒーとペストリーが無料《ただ》だからではない。彼にとっては、おぼろげにしか覚えていないふつうの暮らしをしていた時代をいっとき垣間見られる時間だということをクロエは知っていた。

「ヘクターが、まだ悪夢を見るか知りたがってるわ」クロエは言った。

「ゆうべはだいじょうぶだった」マウンテン・マンがヘクターに話しかけた。「夢は見なかった」

わたしがやったことがまだ効いているのだ。クロエはそう思い、マウンテン・マンのコーヒーカップについた超常エネルギーの痕跡をチェックした。いずれ悪夢は戻ってくるだろうけれど、いまのところ夢のスペクトルは落ち着いている。少なくともマウンテン・マンのひどくダメージを受けた夢エネルギーにしては落ち着いているほうだと言える。

そのあと、二人と一匹はファースト・アベニューへ戻った。霧の毛布がシアトルを覆い、街は灰色の冷たいトワイライトゾーンになりかけていた。

「コーヒーをありがとな、でかいの」マウンテン・マンが言った。全財産が入った重たいダッフルバッグをかつぎ直し、さよならがわりにヘクターの頭を撫でる。「またな」

ヘクターがマウンテン・マンの手を舐《な》めた。

「忘れないよ」マウンテン・マンがヘクターに約束する。

そして向きを変えて交差点を横切って行ったが、途中で立ちどまってくるりと振り向いた。風雨にさらされて皺だらけになった顔がこわばっている。力のない瞳のなかで、知性とただならぬ危機感がつかのまきらめいた。

「ヘクター」マウンテン・マンが言った。だがいつもと声が違う。ぼそぼそと曖昧《あいまい》にしゃべるのではなく、命令口調になっている。

ヘクターが耳をぴくぴくさせた。

「彼女に用心するように伝えろ」真剣な厳しい口調のままマウンテン・マンが言った。

クロエは相手を見つめた。「どうしてわたしが用心しなきゃいけないのか、ヘクターが知りたがってるわ」

「今朝はこないだと同じ感じがする」とマウンテン・マン。だが早くも瞳からはさっき垣間見えた認識が消えはじめ、軍人めいた歯切れのいい口調はいつものぼそぼそしたしゃべり方に戻りつつあった。「少なくともおれは同じ気がする」

「このあいだは、何があったの?」クロエは訊いた。「ヘクターが知りたがってるわ」

「ろくでなしどもが待ちかまえていた。待ち伏せだ。おれにはわかった。中尉に言ったんだ。でも中尉は耳を貸そうとしなかった。情報部は優秀だと言って。中尉は最初にあいつらに殺《や》られちまった」

クロエの感覚に凍るような寒気が走った。「気をつけるわ」

マウンテン・マンが満足し、交差点の残りを横切っていった。

クロエは舗装道路で輝いている足跡を見た。麻薬の常用癖や精神と肉体の疾患から生じる何層にも重なった不健康なエネルギーの下に、一定の超能力を示すぼんやりした淡い光が見て取れる。仲間と砂漠で待ち伏せに遭ったとき、マウンテン・マンが生き延びた理由の一つはあれなのだろう。彼が路上で生き延びている理由の一つも。


ローズは自分のデスクで『心理学の基礎』というタイトルの重さと同じぐらい重たい本に没頭していた。クロエとヘクターがオフィスに戻ってきた気配でローズが顔をあげた。

「話があるの、ボス」

「不吉な響きね」クロエは答えた。

オフィスに入ってデスクのうしろに腰をおろし、パソコンのスイッチを入れる。

ローズが音をたてて本を閉じ、小走りでオフィスへやってきた。

「ボスのことはわかってるのよ」ローズが言った。「ジャック・ウィンターズが自分に惹かれてるのは、ランプを見つけてあげたからだと思ってるんでしょう？　彼が自分に抱いているのは感謝の気持ちだって」

「調査が終わったあと、その段階に入る男性は彼がはじめてじゃないわ」モニターに予定表が現われるのを待つ。「あら、新しいクライアントの予約が二件入ってるのね」

ローズがちらりと予定表を見た。「今日の午後の予約はバーバラ・ロリンズよ。去年、ご主人に依頼された仕事をやったでしょう?」

「とってもすてきなローマングラスを入手するお手伝いをしたわ」

「ミスター・ロリンズは二カ月前に亡くなったの。未亡人は夫のコレクションを売ろうとしてる。個人コレクターの市場に出す相談をしたいそうよ」

「ご主人がコレクションを手に入れた方法と同じね」クロエはメモを取った。

ローズが咳《せき》払いした。「ねえ、ジャック・ウィンターズのことだけど」

「彼がどうかしたの?」

「彼はボスに感謝してるかもしれないけど、ボスと寝てる理由は絶対それじゃないわ。そう言えば、寝るで思いだしたけど、わたしがボスと知り合ってから、ボスが自分の部屋に泊めた男性はジャックがはじめてだって気づいてた? これはすごいことよ。大きな進歩だわ」

「ローズ、プライベートの話はしたくないの」

「わたしはただ、これまでみたいに彼との関係もだめにしちゃうんじゃないかって心配してるだけよ」

「だめにする? 専門用語は使わないで。ときどきあなたに専攻を変えてほしくなるわ。心理学なんてやめなさい。会計学はどう? ここに会計士がいたら助かるわ」

「わたしが言いたいことはわかってるくせに」

クロエはゆっくり息を吐きだした。「言いたいことはわかってるわ。でもその話はしたくないの。いい？」

ローズが冷静に見きわめるような目で見つめてきた。「うわ、信じられない。まただめにしちゃうんじゃないかって、本気で心配してるのね？」

「怖いのよ」

45

少年の名前はラリー・ブラウンといった。そして彼は典型的な〝ダサイやつ〟だった。年は十七歳と六カ月、背は低くやせていて、スポーツマンには程遠い。フットボールのかわりにチェスをやり、生きる世界はネットのなかにあった。物心ついたときから、校庭やロッカールームや教室で出会ったいじめっ子に片っ端からいじめられてきた。そして、いじめっ子に出会うのはつねに時間の問題だった。

学校ではいじめっ子たちが仕掛けた罠の大半を避けることができた。ラリーには、厄介なことになりそうなとき警告してくれる第六感のようなものがあったのだ。でも鋭い勘も、最悪のいじめっ子――父親――にはあまり役に立たなかった。数カ月前、ラリーは生き延びるために唯一できることをした。家出したのだ。けれど路上生活はうまくいかなかった。街なかにいる悪党は、学校のいじめっ子より危険だった。もっとも、父親ほどではなかったが。

けれど三週間前にたまたま見つけたウェブサイトのおかげで、ラリーの人生は一変しようとしていた。世界じゅうでいじめられている人間にとっての聖杯を手に入れるチャンスを与えられたのだ――力を。

「きみはこれまでに秘薬の新バージョンを三回打っている」ドクター・ハルゼイが言い、透明な液体が入った小瓶に注射器の針を刺した。「これから四回めを打つ。これで潜在する夢エネルギーと超感覚のあいだにあるチャネルがひらくには充分なはずだ。今後はチャネルをひらいたままにするために、維持量を打つことになる」

「あまり気分がよくないんです」ラリーは言った。

彼は不気味なほど診察室にそっくりな壁の白い狭い部屋で、ストレッチャーの端に腰かけていた。体がぶるぶる震えていて、どういうわけか蛍光灯の光が目に染みて涙が出た。頭上から聞こえるトレーニングマシンのこもったドシン、ガチャンという音で、頭痛がする。あらゆるものが苦痛だった。

「心配いらない」ドクター・ハルゼイが明るく言った。「新バージョンはとても強力ですぐ効果が現われる。急速に高まる超能力のレベルに適応するまで、きみの体と感覚が多少時間を必要としているだけだ。ここへ来たとき、きみはおそらくレベル3だった。二十四時間以内にきみはレベル8か9になるだけでなく、新しい超能力も備えているだろう。どんな能力か楽しみだ。二つめの能力はまったく予測がつかないのでね」

ラリーは注射器を満たすドクターを見つめていた。ハルゼイのことは好きではない。気味が悪いし、めがねをかけて白衣を着た巨大なカマキリみたいだ。でも声をかけてきた感じのいい女性が注射には打つだけの価値があると保証してくれたので、自分の勘を無視していた。すべて終わったときは、超能力で人間を好きなように操れるようになっているだろう。そうなったらどんなにすごいだろう？　もう二度といじめられることはないのだ。

ハルゼイがラリーに注射を打った。前回と同じようにちくっとした。不快な熱さがどっと全身に広がる。吐き気がする。

「このあとはどうするんですか？」ラリーは訊いた。

「待つ」とハルゼイ。

「何を？」

「ランプをだ、もちろん」

「ランプ？　どうしてランプが必要なんですか？」

ハルゼイが含み笑いを漏らした。「そうだな、一つには、ランプがなければきみは死ぬからだ。だがわたしがほんとうに気にしているのは、ランプがなければ実験全体が失敗に終わってしまうことだ」

46

クロエは助手席で番をするヘクターを残して車を離れ、堂々とした屋敷の正面の階段をのぼった。それはマーサー島に多く建つ閑静な住宅の一つだった。ワシントン湖の真ん中に浮かぶこの島は、高級住宅街になっている。

マーサー島の不動産は、不動産業界最古の原則の典型例だ——一にも二にも立地。州間高速道路九〇号線の橋で、島は西のシアトルと湖の東側に広がる高所得者が多く住む郊外の街と直接つながっていた。湖に面している住宅には破格の値がつき、湖岸に沿ってならぶ屋敷の桟橋には大型ヨットが停泊している。

クロエは腕時計をチェックしてチャイムを鳴らした。三時。

前回ここを訪れたときは家政婦が玄関をあけたが、今日彼女を出迎えたのはバーバラ・ロリンズだった。

バーバラは七十代半ばの身なりの優雅な女性だ。きれいな銀髪を短いボブカットにしている。見事な仕立てのクリーム色のズボンと淡いブルーのシルクのシャツは、高級デパートの有名デザイナーの店で買ったものと思われた。首にブルーとクリーム色の小さなスカーフを結んでいる。左腕には金のブレスレットを何本か重ねてつけ、数本の指に見事な指輪をはめている。

「ミス・ハーパー」礼儀正しいながらもどこかよそよそしいバーバラの声には、彼女の立場の女性が店員や雇い人に話しかけるときにふさわしい慎みがうかがえた。「どうぞお入りになって」

「ありがとうございます」バーバラのような洗練された慎みを持ち合わせていないことを自覚しているクロエは、自信に満ちたプロの口調で応じた。ロリンズのようなクライアントには、たいていこの口調が効果を発揮する。

クロエは二階まで吹き抜けになっている玄関ホールに入った。天井から巨大なシャンデリア——北西部の著名なガラス作家の作品に違いない——がさがっている。無数の水晶の花が咲き乱れているようだ。

「こちらへどうぞ」バーバラが言った。「コレクションをお見せするまえに、少しお話がしたいの。おわかりだとは思うけれど、ジョージのコレクションを売りに出すのは、わたくしにとってつらい判断だったの。彼はアンティークにとても情熱を注いでいたから」

「わかります」

クロエはバーバラに続いて典型的なむかしながらのシアトル風にしつらえられたガラス張りの部屋に入った。木目でアクセントをつけたベージュ・オン・ベージュ。窓の向こうに広大な庭が広がっている。庭の向こうには湖に突きだす桟橋がある。桟橋にもやいであるのが小型のキャビンクルーザーだと気づき、クロエは少し意外に思った。前回ロリンズ邸を訪れたときは、外洋にも出られる大型クルーザーが停泊していた。

無意識のうちにクロエは感覚を解き放ち、室内に何層にも重なっている超常エネルギーの痕跡をチェックしていた。夢エネルギーの痕跡のなかには、数十年前のものもある。カーペットでかすかに光る足跡では、人間のありきたりの感情がまじりあっていた——愛、怒り、興奮、あこがれ、悲しみ、そして喪失感。けれど高い超能力を示す、薄気味悪い熱を帯びて燃えあがっている足跡はない。秘薬で能力を高めた超能力者の足跡が心をかき乱す蛍光色を放つことをいまは知っているが、その特徴は見当たらない。

なじみのクライアントの家で夜陰の痕跡を探してしまうこと自体、神経と感覚がまだ緊張状態にある証拠だ。クロエは仕事に取りかかれるように緊張を解こうとした。

「クルーザーがありませんね」クロエは切りだした。

「息子夫婦に譲ったの」とバーバラ。「でも子どもたちはアンティークには興味がなくて」

「遺品の処分はどなたでもつらい思いをするものです」クロエはやさしく話しかけた。亡くなった配偶者が遺した高価なコレクションを売却することに罪悪感を抱いている、悲しみにくれる遺族を相手にするのはこれがはじめてではない。

「おかけになって、ミス・ハーパー」バーバラがガラスとベージュ色の石でできたコーヒーテーブルへクロエを促した。テーブルにはポットが二つと繊細な磁器でできたカップとソーサーがセットされている。

クロエはオフホワイトの一人掛けのソファの一つに腰をおろした。足元の床にバッグを置く。

バーバラがきらめく銀のポットを示した。「コーヒーと紅茶、どちら?」

「紅茶をいただきます」

バーバラがポットの一つを取りあげた。「ご存知のように、ジョージは長年アンティークを蒐集《しゅうしゅう》していたわ。博物館にゆだねるつもりでいたようだけれど、結局そこまで手がまわらずじまいだった。息子と娘には、コレクションを売却するように言われているの。でも結論を出すまえに、コレクションの価値を知りたいと思うようになったの。ジョージはあなたを信頼していた。頼りになると言っていたわ。ミルクとお砂糖は?」

「いいえ、けっこうです」

バーバラがソーサーに載せたカップを差しだした。そのあと自分にコーヒーを注いだ。「この家も売ることを考えたほうがいいかもしれないわ。一人で住むには大きすぎるもの。でも引っ越しなんて考えるのもいやなの。四十年住んでいたんだもの」

「わかります」

クロエは紅茶に口をつけた。こういう状況のとき、クライアントには話をする時間が必要だ。クロエは礼儀正しく耳を傾け、腕時計を見ないようにしていた。

けれどしばらくすると、かちりと小さな音をたててソーサーにカップを置いた。

「コレクションを見せていただけますか、ミセス・ロリンズ?」

「ええ、そうね。ギャラリーは家の奥よ」

バーバラがコーヒーカップを置いて立ちあがった。クロエの先に立って廊下を進み、銀行の金庫室についていそうな扉の前で足をとめた。

「ジョージはこのギャラリーをコレクションのためにつくらせたのよ。最先端のセキュリティをつけて」

「知っています」クロエは言った。

バーバラが頑丈な扉をあけ、奥ゆかしく一歩さがった。

クロエは薄暗い部屋に踏みこんだ。中身が詰まったガラスケースがいっぱいある。ところどころに石像が立っていた。クロエは近くのテーブルにバッグを置いてあけようとした。革のバックルがどこか変だ。なぜかしっかりつかめない。クロエはめまいの波に襲われた。目の焦点を合わせようとしても、部屋がぐるぐるまわってわけがわからない。

暗闇の触手が何本も伸びてきて、クロエに巻きつき、彼女を深みへ引きずりこんだ。

47

「話を最初に戻そう」ファロンが言った。「犯人はどうやっておまえに薬を盛ったんだ？」

「わからない。ぼくは、むかしからの友人兼クライアントとビールを飲みに出かけていた」ジャックは答えた。「ジェリー・バーグストローム。それしか覚えていない」

「何か食べたか？」

「いいや」

「時間的に、おまえを気絶させた薬はビールに入っていたとしか考えられない」

「おまえが考えてることはわかる。だがジェリーが夜陰に関わっているなんて、どうしても信じられない」

「能力増強薬は性格を激変させることがある。しかもいい変化だったためしはない」

「ジェリーはいつもと変わらなかった。ぼくのことを心から心配しているように見えた」

「この件には超能力催眠術師が関わっている」ファロンが釘を刺した。「ベガスのドレイク・ストーンの自宅に現われた女」

「そのことはぼくも考えていた」ジャックはオフィスの窓辺に近づいた。「その女がジェリーに催眠をかけた可能性もある。おそらくジェリーに薬を渡して、ぼくに飲ませるように催眠をかけたんだろう。クロエを彼に会わせて、ストーンにやったようになくした記憶を呼び戻せるかためしてみる」

「やれ」ファロンが言った。「それはさておき、例のフィットネス・クラブ・チェーンに関するおまえの推測はあたっていると思う。問題は、あれをどうするかだ」

「閉鎖する？」

「どうしてわれわれは警察やＦＢＩじゃないと、何度も言わなくちゃならないんだ？」

「この前は、躊躇《ちゆうちよ》なく夜陰の五つの研究室を閉鎖したじゃないか」

「ほかに選択肢がなかった」ファロンが不機嫌に言った。「ザックと理事会は、五つも研究室があったら秘薬の生産量がばかにならないという点で意見が一致した。せめていくばくかでも供給を断つ必要があった。五カ所とも、うまく失火《しつか》に見せかけることができた。研究室が西海岸の広範囲に点在していて、明白なつながりがなかったことも役に立った。だが、偶然にも同じ民間企業が北西部に所有する三つのジムが焼け落ちたら、疑問を持つ人間が現われる」

「夜陰はソサエティの仕業だと思うだろうな」ジャックは言った。「でも、べつに気にする必要はないんじゃないか？」

「わたしが心配してるのは夜陰じゃない。研究室を破壊したのがわれわれだということは、向こうもわかっている。ジムを焼き払ったら放火の捜査が行なわれるはずだ。警察からその種の関心を引くことは避けたい」

「秘密組織の難点だな。オーケイ、じゃあ、どうする？」

「いま考えているところだ」ファロンが答えた。「現時点で夜陰はわれわれが三カ所のリクルート・センターを特定したことに気づいていない。おまえが二十四時間監禁されていたキャピタル・ヒルのジムすらまだ閉じていない」

「それは記憶喪失薬のせいでぼくの記憶が抑えこまれていると思いこんでいるからだ」

「われわれにとっては好都合だ。シアトルのジムは比較的レベルの低い二人のオーラ能力者に監視させている。しばらくようすを見る」

「誰かに踏みこませるつもりか？」

「それはない」ファロンがきっぱり断言した。「そのためには職員を秘薬の危険にさらさなければならない。そんなリスクは負わせられない」

「夜陰のスパイを寝返らせることができるかもしれないぞ」

「たとえそれができたとしても、その人間を信頼できない。さっきも言ったように、秘薬は性格を激変させるんだ。ただ、運がよければ、昔ながらの月並みな監視で何か役に立つことがわかるだろう。監視の難点は人手がかかることだ。かなりの人手がな。この件に投入できる人手は限られている。おい、わたしは何本か電話をかけなきゃいけないんだ。クロエと二人で友人のジェリーと話したら、連絡しろ」

「わかった」いつものようにいきなり電話が切れるものと思っていたが、電話の向こうで沈黙が流れた。

「ファロン？　まだいるのか？」

「ああ、考えていた」

「なにを？」

「おまえと最後にビールを飲みに行ったのはいつだろうと。この件が片づいたら、クロエと短い休暇でも取ったらどうだ？　週末にかけて数日とか」

「休暇を取ることと、おまえとビールを飲みに行くことと、どんな関係があるんだ？」

「クロエと一緒に何日かスカーギル・コーブに来ればいい。景色のいい場所だ。おまえもきっと気に入る。天候はシアトルそっくりだ。灰色」

電話が切れた。ジャックは耳から電話機を離してまじまじと見つめ、聞き間違えたのだろうかといぶかった。たったいま、ぼくはファロンに招待されたのか？

彼はとりあえずその疑問を棚上げにして、ふたたび鉛色の空を見つめた。胸のなかの張りつめた感覚がどんどん強まっている。以前にも似たような経験があるからわかる。この心がざわつく不安感は、クロエがフレッチャーの家の張り込みに行った晩に感じたものと同じだ。

48

クロエは機械がたてるゴツン、ガチャンというこもった音と低いうめき声で目を覚ました。うめきは助けを求める声ではない。あらゆる希望を捨てて死だけを望んでいる男の静かな苦悶の声だ。その痛ましい声がクロエを暗闇から引きずりだした。

まぶたをあけたクロエは、目がくらむ蛍光灯の光ですぐまたまぶたを閉じた。

「ああ、気がついたかね、ミス・ハーパー。よかった」

クロエはあらためておそるおそるまぶたをあけたが、今回は薄目をあけるに留めた。皺《しわ》くちゃの白衣を着たがりがりにやせた男が彼女のうえに乗りだして、黒縁めがねの奥から見つめていた。分厚いレンズで目が薄気味悪くゆがんで見える。強い光を浴びた禿《は》げ頭が甲虫の殻のように光っていた。

「誰?」クロエはささやいた。飲みすぎたときのようにろれつがまわらない。

「ドクター・ハンフリー・ハルゼイだ」男が答えた。虫のような目が興奮できらめいている。

「お近づきになれて嬉しいかぎりだ、ミス・ハーパー」

まぶしい光に目を細めたまま、クロエは窓のない部屋を見わたした。白い壁、きらめくステンレスのトレイとカウンター、白衣姿の男、自分が横たわっているストレッチャー。この光景には心あたりがある。監禁されていた場所に関するジャックの記憶そのものだ。

頭はじょじょにはっきりしてきていたが、やけに熱っぽかった。肌がひどく敏感になっていて、かけられているシーツの感触が痛いほどに感じられる。きっと熱があるのだ。先月受けたインフルエンザの予防接種も効果はなかったらしい。

「病院じゃないわ」消え入りそうな声でクロエはつぶやいた。

「ああ、違う。ミス・ハーパー」ハルゼイが言った。「ここは病院ではない。研究施設だ」

クロエは鼻の頭に皺を寄せた。「かなりお粗末な研究施設のようね。地下室みたいな臭いがするわ」

「ああ、まあ、科学の最先端にいる人間も、ときには最新とは言えない設備や技術で間に合わせなければならないこともある。知ってのとおり、資金調達はつねに頭痛の種だ」

背後の壁の向こうから、ふたたび弱々しいうめき声が聞こえてきた。声にこもる苦悩が感覚をかき乱す。

「あれは誰？」クロエはどうにか尋ねた。

「名前はたしかラリー・ブラウンだ。わたしは被験者Aと呼んでいる」

「彼はどうしたの？」

「どうやら治療の副作用に苦しんでいるらしい。ここ数カ月、わたしは秘薬に手直しをくわえていたのだが、まだ予測がつかないことがたくさんある。新たな能力を生むために必要な量を使ったときは、なおさらだ」

「秘薬」怒りがこみあげ、気力がわいた。両肘をついて体を起こしたクロエは、まだバーバラ・ロリンズに会ったときと同じ服を着ていることに気づいていくぶん驚いた。ストレッチャーに縛りつけられてはいない。どうやらわたしが危険な存在になったり逃げたりすると考えた人間はいないらしい。「彼に大量の創設者の秘薬を打ったのね」

「べつに押さえつけて無理やり注射したわけではない」ハルゼイが言った。「被験者Aがみずから望んだことだ。その点がわたしの研究計画のすばらしいところでね。本物の超能力をもたらすなり、すでにある能力を高めるなりする薬を得るためなら、どんなことでもやる人間には事欠かない」

ラリー・ブラウンがふたたびうめいた。クロエは身震いし、その震えをとめられない気がした。

「なのにあなたはドクターのつもりなのね」虫唾《むしず》が走る。「〝何よりもまず患者を傷つけてはならない〟という医学の鉄則はどうなったの？」

ハルゼイがあからさまに侮辱された顔をした。「わたしは研究専門の科学者だ。わたしの一族には、超自然的としか言いようのない科学の才能を授かった人間が大勢いる」

「ああそうね、だから人間に毒を盛ってもいいというわけね」二の腕がずきずきする。わたしをストレッチャーにおろしたのが誰かは知らないけれど、やさしくやってはくれなかったらしい。

「気休めになるかどうかわからないが」ハルゼイが続けた。「秘薬に対するわたしの関心は、最近までさほど高くなかった。先祖たちと同じく、もっぱらわたしの関心の主眼の付属物として捉えていた」

「あらそう？　あなたの関心って？」

「夢の超常エネルギーだ」両足のかかとに重心をかけてわずかに体を揺らし、講義するような物腰になっている。「きみのような能力を持つ人間なら、これからわたしが話す内容がきわめて刺激的だとわかってもらえるだろう」

「でしょうね」

ハルゼイがばかにした口調を無視して続けた。「ヴィクトリア朝時代の天才ベイジル・ハルゼイをはじめとする多くの先祖と同じように、わたしは夢のエネルギーの謎解明に情熱を燃やしてきた。きみも知ってのとおり、ミス・ハーパー、夢エネルギーのスペクトルはいまだに未知の領域だ。今日《こんにち》まで、科学者を納得させるほど夢の作用を説明できた人間はいない。夢に関わるエネルギーがほぼ一〇〇パーセント超常的な存在なのは明らかだ。そのくせいまだに目覚めているときはアクセスできないも同然になっている」

「あなたの最終目標は、夢のエネルギーにアクセスすることなの？」

「アクセスするだけでなく、研究してその秘密を知ることだ。可能性は無限だ」ハルゼイがため息を漏らす。「ただ、それには金がかかる。だから、研究に必要な資金と施設を提供してもらうかわりに、長年さまざまな団体や個人と契約を結ぶしかなかった」

「夜陰ね」

「たしかに現在は夜陰と関わっている。だが若いころはしばらく政府の秘密機関で仕事をしていた。ベイジル・ハルゼイが残したノートを手がかりにシルベスター・ジョーンズの秘薬の再生に成功したのは、そのころだ。わたしが所属していた部門がいささか唐突に閉鎖されたあとは、ウィリアム・クレイグモアとやむなく手を組んだ。この名前に聞き覚えはあるかね?」

クロエは必死で意識を集中した。「夜陰をつくった男ね?」

「いかにも。わたしは彼の研究責任者だった。いまでも組織のなかでその地位を保っている。全体として見ると、わたしはシルベスターの秘薬の完成に専念させられている時間を惜しいと感じている。夜陰がこだわっているのは、ある種の能力を高めることだけだ。正直なところ、また政府機関で働いているようなものだ。最近まで夜陰のメンバーのなかに、この研究に関わる科学へ真の理解を示す者はいなかった」

「でも状況が変わった?」

「数カ月前、接触してきた人物にすばらしい話をもちかけられた。ミス・ナイトだ。彼女はアデレイド・パインの日記を所有していた」

高熱がもたらす押し寄せる熱っぽさと闘いながらクロエはなんとか体を起こし、ストレッチャーの縁に腰かけた。

「ヴィクトリア朝時代にグリフィン・ウィンターズのためにバーニング・ランプを操った女

性ね」

「まさしく。日記を読んだわたしは、バーニング・ランプこそ自分が長年探し求めてきた鍵かもしれないと考えた。夢見状態と覚醒状態のあいだにあるチャネルをひらき、それを安定してひらきつづけておく装置だと。わたしがどれほど興奮したか、きみにはわかるまい。だがミス・ナイトは、一つ問題があると言った」

「ランプは行方不明になっていた」

「あろうことか、そういうことだ。ミス・ナイトはランプを探していて、発見した暁にはわたしが研究で使えるように取り計らおうと言った。それと引き換えに、わたしは彼女のためにある人物で実験することに同意した」

壁越しに絶え間なく聞こえていた苦しげなうめきが、いっそうつらそうなものになった。クロエはぞっとする声を聞かずにすむように両手で耳をふさぎたかったが、それだけの力を奮い起こせるとは思えなかった。全身が激しく震えだしていて、ストレッチャーから落ちないように頑張るだけで精一杯だ。

「隣りの部屋にいるかわいそうな男性を使って実験しろと、ナイトが言ったの？」かすれ声で訊く。

「被験者Aではない」もどかしそうにハルゼイが答えた。「ジャック・ウィンターズだ」

クロエは凍りついた。「ジャックを拉致したのは、あなただったのね。でも、なんのために？　彼に何をしたの？」

「先祖の一人の仮説を証明したに決まっているだろう。最初の仮説が間違っていたら、研究を進めても意味はない」

「どんな仮説のことを言ってるの？」

ハルゼイが顔をしかめた。「むろん、ウィンターズ一族の男子には、シルベスターの秘薬の副作用に対する免疫があるという仮説だ」

クロエは呆然とハルゼイを見つめた。「ジャックに秘薬を打ったのね」

「二十四時間で四回。いずれもかなり大量に投与した。実験の成功を確実にする以上の量だ。結果を観察するために、あと一日か二日監禁しておくつもりだったが、ウィンターズはなんらかの手段で逃げだした。だが、損害はなかった。ミス・ナイトもわたしもすこぶる満足している」

「ろくでなし」かすれ声で言う。「自分から希望した人しか使わないと言ったくせに」

「おいおい、ミス・ハーパー。ジャック・ウィンターズが協力するはずがないことぐらい、きみにもわかるだろう。彼がソサエティ内のみならず、ビジネス界でも有名なことを考えると、すべては細心の注意を払って行なう必要があった。記憶喪失を引き起こす強力な鎮静剤を使ったから、本人は自分の体験をいっさい覚えていないはずだ。ミス・ナイトには、もしウィンターズが生き延びてなんらかの記憶が戻ったとしても、思いだすのは不快な夢の断片にすぎないだろうと太鼓判を押しておいた」

クロエは体に両腕を巻きつけて熱からくる寒気をこらえた。「人でなし。あの恐ろしい薬で、ジャックは死ぬか正気を失うかしていたかもしれないのよ」

「喜ばしいことに、最終的に実験は大成功だった。秘薬を断たれたあとのウィンターズの経過はかなり順調なようだ。喜んでいるのはミス・ナイトだけではない」ハルゼイが顔をしかめた。「わたしの現在の雇い主も喜んでいる」

「ナイトはなぜジャックなら秘薬に耐えられると思ったの？」

「説明しよう」ハルゼイが言った。これまで以上に熱が入っている。「秘薬は夢エネルギーの潜在力を引きだすことによって効果をあげる。能力が高まるのはそのためだ。ありきたりのものと超常的なもののあいだにあるチャネルをひらき、スペクトルの端で使われずにいるエネルギーにアクセスするのを可能にする。だが、そのチャネルはきわめて狭いうえにすこぶるもろい。そのうえ、ひとたびひらいたあとは、持続的に秘薬を摂取しつづけないとチャネルの機能を維持できない。たった二回摂取しそこなっただけで、取り返しのつかない不安定状態に陥ってしまう。ごく短期間のうちに狂気と死が訪れる」

「でも、ジャックはそうならなかった」

「ミス・ナイトの意見によると、わたしも同じ意見になりつつあるが、原因は、むかしニコラス・ウィンターズが最初にランプを使ったときに受けた遺伝子変異の結果である可能性が高い。バーニング・ランプは本質的には秘薬と同じことを成し遂げる。夢見状態と覚醒状態をつなぐチャネルをひらくのだ。だが最初にランプが使われたとき、ニコラスのＤＮＡは明らかに影響を受けた。彼の特定の子孫は、グリフィン・ウィンターズとジャック・ウィンターズを含めて、どうやら夢見状態にアクセスできる能力を生まれながらに備えているらしい。彼らに秘薬は必要ない。パインの日記を読んだミス・ナイトは、年齢が一つのファクターだと確信した」

「ジャックは三十六歳よ」

「いかにも。ミス・ナイトは、もしウィンターズが遺伝子変異を引き継いでいるのなら、すでに変化が現われはじめているはずだと考えた」

激しい怒りがクロエの全身を貫いた。高熱のように熱い怒り。

「はっきりさせましょう」クロエは言った。「あなたとミス・ナイトとやらは、ジャック・ウィンターズを拉致して、彼に免疫があるのか確かめるために秘薬を打った。彼に逃げられたあとは、ジャックがどうなるのかひたすら傍観していた。あなたたちにとって、ジャックはあくまで実験対象にすぎなかった」

「そのとおり」ハルゼイが悪びれもせずに言った。「しかも、きわめて興味深い実験対象だ。逃亡後の彼を観察した結果、われわれはウィンターズには免疫があるだけでなく、実際に新たな能力が発現していると判断した。それ以外、見張りを倒した理由の説明がつかなかった。ミス・ナイトはウィンターズの自宅に二十四時間態勢の監視をつけた。数日姿を見せなかったときは、実験は失敗だったのだろうと思った。だがようやく姿を見せたとき、ウィンターズは明らかに健康そのものだった」

「意識喪失以外はね」

ハルゼイがふたたび顔をしかめた。「意識喪失？」

クロエはつかのま息をとめ、感情を表に出さないようにした。ハルゼイが意識喪失のことを知らないとすると、それが意味することは一つしかない——夢遊病状態のジャックにそっぽを向くよう脅された見張りは、ジャックを見ていないのだ。ハルゼイたちは、拉致されたジムまでジャックが戻ったことを知らずにいる。

クロエは咳払いした。「一時的な意識喪失があったはずだと思っただけよ。鎮痛剤と秘薬が合わさったことを考えると」

ハルゼイが緊張を解いて含み笑いを漏らした。「とんでもない。ウィンターズは、夢見状態と覚醒状態をつなぐチャネルを安定させるためにランプを使える証拠だ。ランプが秘薬をはるかにしのぐ存在であることを示している。白状するが、わたしはたいへん興味をかきたてられた。次のステップは、言うまでもなく、ランプと強力なドリームライト・リーダーを見つけることだった。ミス・ナイトがその捜索計画にまさに着手しようとした矢先、驚いたことにウィンターズ本人がたまたまハイレベルのドリームライト・リーダーである私立探偵を雇った」

「わたしね」

「そういうことだ、ミス・ハーパー」

「ジャックがランプを探していると知って、あなたたちはわたしたちに発見できるか見守っていた」

「まあ、ミス・ナイトは幸運に恵まれなかったし、きみも知ってのとおり、むかしからの言い伝えもあったのでね。ランプを見つけられるのは、強力なドリームライト・リーダーだけだという言い伝えが」

「伝説や神話を信じてるなんて驚きだわ、ドクター・ハルゼイ。科学的なアプローチとは言えないんじゃない？」

「ふだんならそんな作り話など信じないが、今回は例外だった。なにしろ相手は既存の科学では説明できない工芸品だ。膨大なドリームライトが吹きこまれたランプ。きみのような非凡な能力を備えた人間にはランプに対する親和力があり、それゆえにありかを特定する可能性が高いと考えるのはどこから見ても筋がとおっている。いずれにしても、計画はうまくいった」

「あなたたちの手下がランプを盗みそこなったことをべつにすればね。いまはソサエティの手元にあるわ」

ハルゼイがくすくす笑った。「もう違う」

クロエはストレッチャーの端をつかんだ。「どういう意味？」

「バーニング・ランプは昨日ソサエティの金庫から回収され、現在はわれわれの手元にある」

クロエが気落ちさせられるニュースを頭に染みこませようとしていると、またしても薄い壁の向こうから低いうめき声が聞こえてきた。

「なんとかしてあげられないの?」クロエは訴えた。

「いいや、ミス・ハーパー、無理だ」ハルゼイが至福の笑みを浮かべた。「彼を救えるのは、きみだけだ」

49

「なくなったとは、どういう意味だ?」片手で携帯を握りしめ、ジャックは反対の手で勢いよくオフィスのドアをあけた。「ソサエティの金庫にあったはずだろう。あそこに安全に保管されているはずだった」

「言っただろう、ザックとわたしは数カ月前からソサエティの複数のレベルにスパイが潜入しているのではないかと疑っていたんだ」ファロンの声はうなり声のようだった。ひとことひとことに緊張と疲労がこもっている。「夜陰のスパイがロサンジェルスの博物館で働いていて、金庫に出入りできた可能性がある」

ジャックは早足で廊下を進んだ。「すばらしい。どこの馬の骨ともわからない夜陰のスパイを雇ってソサエティの博物館で働かせていたわけか。新聞に広告を出したらどうだ? 〝超能力を備えた社会病質者求む、高額報酬〟」

「これまでソサエティには、ランクの低い職員に対して型どおりの身元調査以上のことをやる時間も人手もなかった。何度も話したように、J&Jは無尽蔵に資金調達できる政府の秘密機関じゃない。わたしは一人で今回のろくでもない事態全体を取り仕切ろうとしているんだ」

ジャックはエレベーターに着いてボタンを押した。

「そっちの言い訳を聞いてるひまはない」

「どうした？　トレーニングでもしてるみたいに聞こえるぞ。トレッドミルか何かをやってるのか？」

「いいや。このビルを出ようとしてるんだ。ここは高層ビルだ。いまいましいエレベーターを待っている」

「何かあったのか？」

「ここに電話をする前に、クロエのオフィスに電話した。クロエはクライアントとの三時のアポイントから戻っていない。携帯にも出ない」

「くそっ」

「まさにそう言おうとしていたところだ」

エレベーターの扉がひらいた。ジャックは電話を切ってエレベーターに乗りこみ、地下の駐車場へ向かった。

マーサー島の教えられた住所までは、記録的なタイムで到着した。クロエの車のなかで、ヘクターが迷える魂のように遠吠えしていた。ジャックに気づいたとたん吠えるのをやめ、彼がドアをあけるのを待っていたが、そのあいだもずっと耳をぴくぴくさせ、全身の筋肉をこわばらせていた。ドアがあくやいなや車から飛びだし、大きな屋敷の玄関へ続く通路を走っていく。そしてやかましく吠え立てながら玄関を引っかき、白い塗装に深い溝をつくった。

ジャックが屋敷の前の階段に足をかけたとき、玄関がひらき、七十代前半の上品な女性が現われた。ヘクターが女性の横を駆け抜け、屋敷のなかへ姿を消した。

「いったいなにごと？」女性がジャックを見つめた。呆然と口をひらき、目を丸くしている。

「ミセス・ロリンズ？」

「バーバラ・ロリンズよ。あなたはどなた？」

「怖がらないでください。危害をくわえるつもりはありません。ぼくはジャック・ウィンターズといいます。クロエ・ハーパーの友人です。彼女は今日の三時にあなたと約束していました。まだオフィスに戻っていません。ぼくはクロエを探しているんです」

「ミス・ハーパー？」バーバラ・ロリンズが困惑したように眉を寄せた。「ええ、たしかに約束していたわ。ミス・ハーパーは三時ぴったりにやってきた。いま思いだしたわ。でももう帰った。どうしてかしら」

「彼女の車はまだ道路脇にとまっています。車内で犬が吠えていた」

「鳴き声が聞こえたわ。動物管理局に電話しようと思っていたの」そこでくちごもる。不安で表情がこわばっている。「でもどういうわけか、電話できなかった。電話番号を調べようとするたびに頭痛がして」

「入ってもいいですか、ミセス・ロリンズ」

「いいえ、あなたを知らないもの」

ヘクターがふたたび吠えだした。屋敷の奥にいるらしい。

バーバラがたじろいだ。

「犬が」ジャックはおだやかに話しかけた。「ぼくが連れてきます」

悪夢のエネルギーをわずかに使い、バーバラを不安にさせる。

「ええ、犬」彼女が不安げに言った。「家のなかを走りまわられては困るわ」

ジャックはゆっくり玄関ホールに踏みこんだ。湖を見晴らすガラス戸の前にヘクターがいた。ジャックが引き戸をあけてやると外へ飛びだし、庭を駆け抜けて桟橋でとまった。

また遠吠えしている。ジャックは桟橋へ行ってヘクターの頭に手を置いた。ヘクターが静かになった。一人と一匹は空っぽの桟橋を見つめた。

「クロエは船で連れ去られたんだ」ジャックは言った。

50

ラリー・ブラウンは十八歳以上には見えず、しかも死にかけていた。筋肉隆々のハンターが狭い部屋のひらいたドアを押さえていた。部屋に一歩入ったところで、クロエの足がとまった。覚悟はしていたつもりだったが、心底恐怖を感じた。クロエは両手で体を抱きしめ、全身をがたがた震わせる寒気をこらえた。

「なんてこと」消え入りそうな声でつぶやく。「どうしてこんなことができたの？　まだ子どもじゃない」

ストレッチャーに横たわっているラリーは、手首と足首を革のストラップで固定されていた。熱で顔が赤い。両目をきつく閉じて蛍光灯の光をさえぎっている。クロエの小さな声でぶるっと身震いし、つらそうな声を漏らした。

ハルゼイが部屋に入ってきて学者ぶった態度を取った。「被験者Aには、わたしがつくった秘薬の最新バージョンを四回投与した。ジャック・ウィンターズに投与した量と同じだ。昨夜投薬を停止した。現在、彼の感覚全体で錯綜《さくそう》した夢エネルギーがあふれかえっている。まだ正気は失っていないが、きみがランプで助けなければ、間もなくそうなる」

「無理よ」クロエは小声で答えた。怒りをこらえるにはありったけの気力が必要だったが、いまは腹を立てている場合ではない。ハルゼイは正真正銘の狂人かもしれないが、科学者であることに変わりはない。理屈になら耳を傾けるはずだと期待するしかない。「ジャック以外の人間にランプの効果があるとは思えない。ランプのパワーを使いこなせるのは、ジャックと同じレベルと種類の能力を備えた人だけよ」

「ナンセンス」ハルゼイが一蹴《いっしゅう》した。むっとした顔を見るのははじめてだ。「パワーはパワーだ。被験者Aはもともとジョーンズ基準でレベル3だったが、すでにレベルを7まで高めるだけの秘薬を投与してある。そのレベルなら、ランプが放つパワーに充分対処できるはずだ」

クロエはふたたび喉元まで出かかった反論を嚙《か》み殺した。持論で頭がいっぱいになるのは誰にも起こりうることだし、頭のおかしい科学者ならなおさらだ。ハルゼイが間違っていることには確信があるけれど、わたしの言葉に耳を傾けるとは思えない。

ハルゼイが見張りに振り向いた。「ランプを用意しろ」

「はい、ドクター・ハルゼイ」

クロエはストレッチャーに近づいた。「聞こえる、ラリー?」

可能なかぎりなだめるような小声で話しかけたつもりだった。それでもラリーは身震いした。感覚がひどい混乱状態にあるいまは、どんな刺激もすさまじい苦痛をもたらすに違いない。ラリーは何も言わなかったが、うっすら目をあけてクロエを見あげた。高熱と恐怖のなかで溺《おぼ》れかけているのがわかる。クロエはそっと縛られている手に触れた。ラリーがびくっとした。唇がひらいて無言の悲鳴をあげている。クロエは軽く触れたまま、慎重に感覚を解き放った。

バリバリと音をたてて感覚をつんざいたエネルギーはあまりに強烈で、熱で弱っているクロエが耐えられる限界を危うく超えそうなほどすさまじかった。ラリー・ブラウンのドリームライトは、不安定な超常エネルギーのどす黒い嵐だ。クロエはなんとか倒れずにこらえたが、ストレッチャーのアームをつかんで体を支えなければならなかった。

秘薬が引き起こした痛ましい影響が見えたとたん、新たな憤《ふん》怒《ぬ》がこみあげた。ラリーは夢と現実の区別がつく段階をはるかに超えてしまっている。いまの彼は悪夢の世界で生きているのだ。

部屋の戸口で話し声がした。顔をあげると、男が二人見えた。一人はランプを取りに行ったハンターだ。太い腕の下にランプを抱えている。

もう一人はよくいるスーツ族に見えた。投資会社の管理職と言ってもとおりそうだ。値が張りそうなコートから雨粒がしたたっている。ボディビルで鍛えたハンターのようなたくましい体格ではないものの、どことなく強力なエネルギーが伝わってくる。まだ感覚を解き放ったままでいたクロエは、すばやく床に残る男の足跡をうかがった。不安定な蛍光色の炎が燃え盛っている。何者にせよ、夜陰の秘薬を使っているのだ。

「とりあえず実験に間に合ったようですな、ミスター・ナッシュ」ハルゼイが言った。不機嫌と言えるほど無愛想な口調になっている。

「ポートランドで嵐があった」ナッシュが冷ややかに応じた。「飛行機が遅れた。ランプで実験をするときは立ち会いたいと言っておいたはずだぞ。なぜわたしの到着が確実になるまで待たなかった？」

「一刻も無駄にはできなかった」とハルゼイ。「被験者Aは急速に弱っている。あと一時間か二時間でランプの介入が不可能になってしまう」

二人は仲が悪いのだ——クロエは思った。敬意すらうかがえない。ハルゼイは明らかにナッシュを見くだしているし、ナッシュがハルゼイに耐えかねているのも明らかだ。必要に迫られてつき合っているだけの関係。

ナッシュがつかのま品定めするようにクロエを見つめた。感心しているようには見えない。クロエはエネルギーの振動と周囲の空気が活気づいたのを感じ、ナッシュが感覚を高めたのがわかった。またしても身震いが走った。ナッシュの足跡は曇りがひどすぎて読み取れないが、どんな能力を備えているにせよ、きわめて危険なものなのは間違いない。それを必死でコントロールしているのも同じぐらい間違いない。

「それがおまえが話していたドリームライト・リーダーか？」ナッシュがハルゼイに尋ねた。

「そうだ」ハルゼイは苛立ちを隠そうともしていない。ハンターからランプを受け取り、せかせかと部屋を横切っていく。「さっきなにごともなく彼女を手に入れることができた」

「目撃者も尾行もないのは確かなんだろうな」とナッシュ。

「ああ、確かだ。すべて滞りなく進んだ。マーサー島の女は超能力催眠術師が手を打った」

クロエはナッシュを見た。「あなたは誰なの？」

「おまえの新しいボスだ」そこで一拍置く。「もし今日おまえがうまくやれば、そうなる」

水晶と氷でできた指が、クロエの背骨に沿ってスタッカートのリズムを打った。

ハルゼイがストレッチャーの横にあるテーブルにランプを置いた。「ちょっとした実験を始める時間だ、ミス・ハーパー。それから、被験者Aを救えないなどというナンセンスはもうやめてもらおう。もしランプのエネルギーを有効に操作できなければ、われわれにとってきみは用なしになる。そんなことになったら、遺憾ではないかね？」

クロエはランプに目を向けた。ランプの周囲でパワーがささやくような音をたてている。ジャックがわたしを探しているはずだ。直観でわかる。いまは時間をかせぐことに賭《か》けるしかない。

「さがって」権威ある女性の冷静で高圧的な口調を装ってクロエは言った。

「いいとも」ハルゼイが答えた。両目がぎらぎら光っている。

ナッシュは動こうとしない。

クロエは片手をランプにあて、不思議な金属のなかに閉じこめられているエネルギー波に超常エネルギーの波動を軽く送りこんだ。ランプが持つパワー全体にアクセスできるのはジャックだけだけれど、わたしにも光らせることはできる。わたしにランプを操れるとハルゼイとナッシュを納得させるには、それで充分かもしれない。

ランプのなかでエネルギーがもぞもぞとうごめいた。クロエには室内の全員がそれに気づいたのがわかった。ラリー・ブラウンがうめき、ふたたび目を閉じた。

「いいぞ」ハルゼイがささやいた。「動いてる。動いてる」

ナッシュがコートのポケットに両手を入れてさらに少し部屋の奥へ移動した。ランプに一心に集中している。

クロエはランプにさらに二つ波動を送りこみ、どうにか淡い月の光程度まで光らせて見せた。でも透明にはなっていない。灰色の石は不透明なままだし、虹も現われてはいない。それでも変化は劇的だった。ハルゼイとナッシュは明らかに目を奪われている。

クロエはラリー・ブラウンに視線を移した。慎重に夢エネルギーの流れをさぐり、秘薬が染みこんで焼けるように熱くなっている、意識を攪乱《かくらん》するエネルギー波に備えて気を引き締めた。耐えていられるのは、ここで手を引いたら間違いなくラリーの命はないとわかっているからにほかならない。どす黒いドリームライトがいくつもの波となって感覚に押し寄せるなか、クロエは必死で一見正常で健康に見えるパターンを探した。

ありとあらゆる場所に秘薬の痕跡があり、ラリーの本来のリズムをゆがめてかき乱していた。彼には秘薬が解き放つエネルギーをコントロールするだけの体力がないために、混乱状態がどんどんひどくなっている。不安定な大きな波長で、もうすぐラリーの正気と超感覚は葬り去られてしまうだろう。

でも混乱状態の奥底に、まだ本来の流れがわずかに残っていた。ようやくそれを見つけたクロエは仕事に取りかかり、乱れた波長を鎮める穏やかなエネルギーを送りこんだ。ラリー・ブラウンにとって正しいことをしているのか、知りようがなかった。ジャックとの経験は参考にならない。ジャックの心と体は秘薬の影響を寄せつけなかったし、遺伝子変異のおかげで彼にはスペクトルのドリームライトの領域から解き放たれたパワーの流れをさばくことができた。

　でもラリー・ブラウンは、超自然的な過度の刺激となって感覚に押し寄せてくる超常エネルギーの奔流をコントロールできない。彼を救うには、秘薬がひらいたチャネルを閉じるしかない。それは、路上で暮らすクライアントの悪夢が生みだす心をかき乱す超常エネルギーの流れを鎮めるのとはわけが違う。いまやっていることで、ラリー・ブラウンの感覚にさらに根深い影響を与えてしまうかもしれない。おそらくは死ぬまで消えない影響を。それをわたしは即興で勘に頼ってやっている。でも、いまは勘に頼るしかない。

　少しずつ制御が利《き》きはじめた。こちらが用心深く慎重に送りだしている逆のパターンに、荒れ狂う大波が反応しはじめている。しだいに波長が落ち着いた安定したものになっていく。

「効果が出てるぞ」ハルゼイが静かに歓喜の声をあげた。

　ラリーは目に見えてさっきより落ち着きはじめていた。早かった呼吸も正常に近づいている。まぶたをあけた彼の目には、疲労と安堵と感謝の涙が浮かんでいた。ラリーの指がクロエの手をきつく握りしめた。

「もうだいじょうぶよ」クロエは静かに声をかけた。

「ありがとう」かすれ声でラリーが言った。

崇拝に近いものが浮かぶ顔でクロエを見つめている。この表情なら以前も見たことがある。わたしが彼の正気と命を救うために、秘薬で高められた能力を葬ったと知ったあとも、同じぐらい感謝してくれるだろうか。それに、もともと備わっていた能力が受けたダメージを修復できるほどラリーの精神力が強いかどうかは知りようがない。ハルゼイの話だと、夜陰に出合ったときのラリーはジョーンズ基準でレベル3だった。意識が戻ったときは超能力をすっかり失っているかもしれない。その喪失感で精神崩壊を起こしても不思議ではない。

「少し眠りなさい」クロエは言った。

さらにもう少しエネルギーの波動を送る。ラリーがまぶたを閉じて眠りに落ちた。

運がよければ二、三時間は眠っているだろう。ラリーが目覚めれば、実験が失敗だったことにハルゼイとナッシュが気づくはずだ。でも、これ以上どうすればいいのかわからない。ジャックに見つけてもらえるように、少しでも長く時間をかせがなければ。

ハルゼイが壁のモニターをのぞきこんだ。「見事だった。被験者Aは完全に安定している。まさにわたしが思ったとおりの効果だ」

そうとは言いきれないわ――クロエは思った。ちらりとランプをうかがう。光らせるためにクロエが最初に送りこんだエネルギーのせいでまだ光を放っているが、明るさは急速に薄れている。

「ランプを操ると、超常エネルギーをすごく消耗するの」わざわざ疲れた声を出す必要はなかった。「少し休みたい。気分が悪いわ」

ハルゼイが異存はないという顔で彼女を見た。「ああ、もちろんだ。わたしが今日成し遂げたことの真価をきみも認めてほしいものだ。シルベスターやニコラスが夢見た以上に超生物物理学の限界を押し広げたのだから」

「感動してるわ」ほんとうに横になりたい。アスピリンもいるかもしれない。熱っぽさが増している。

ナッシュが眉をしかめた。「彼女には何回投与したんだ？」ハルゼイに訊く。

「一度だけだ」ハルゼイがうわの空で答えた。メモを取るのに気を取られている。「でも打ったのは実験段階の新しい薬だ。かなり効果が高い。ここへ運びこまれた直後に投与した。まだ意識がないうちに。二時間後にもう一度投与する」

クロエは二の腕の一カ所がずきずきすることを思いだし、パニックに襲われた。「わたしに秘薬を打ったの？」

「当然だろう」ハルゼイが答えた。メモから目をあげようともしない。「そうでもしなければ、きみは協力しないかもしれないとミスター・ナッシュが考えたんだ。わたしも同じ意見だった。われわれは、言ってみればきみが確実に組織と結束するようにしたかった。今後は一日に二回注射する必要がある。心配ない、最初の一週間が終われば、錠剤に切り替えることができる」

戸口でナッシュがトカゲのようににやりとした。「夜陰へようこそ、ミス・ハーパー」

51

「一人で突入するなんて無茶だ」ファロンが言った。「こちらが使えるのはジムを監視している二人のオーラ能力者しかいない。彼らはこの種の訓練は受けていない。応援を手配する時間をくれ」

「たとえおまえがハンターを二人どうにか工面できたとしても、役に立たない」ジャックは言った。「どうせ夜陰のバケモノどものほうが数で勝っている」

「おまえがもうただの戦略能力者じゃないのはわかっている」ファロンが懸命に訴えた。「だが一人で敵に立ち向かうことに変わりはない。なぜそこまで自信があるんだ?」

「前向き思考のパワーさ」

「なぜクロエがジムにいるとわかる? 監視にあたっているオーラ能力者からは、あの建物の前の路地でいつもと違う動きがあったという報告はきていない」

「クロエはあそこにいる。夜陰もCIAやFBIじゃないんだ。J&Jと同様に無尽蔵の資金はない」

「一理あるな」ファロンがしぶしぶ認めた。

「あいつらは地下の入り口から密かにクロエを運びこんだんだ。くそっ、ぼくのときも同じ方法だったのかもしれない」

「その可能性はある。おまえはいったい何者なんだ、ジャック？」

「クロエによると、いまもあくまで戦略能力者らしい。だが、とびきり強力な戦略能力者だ。携帯の電源は切っておくからな、ファロン。まずいタイミングで鳴ってほしくない」

「おい、待て、切るな――」

ジャックは電話を切って電源をオフにした。ポケットに携帯を入れ、通りを横切ってジムが入っているレンガの建物の裏路地を進む。まだ六時だが、一年のこの時期すでにあたりは真っ暗だった。

裏口の外に見張りが一人いたが、パニックの波を一つ送っただけで見張りは目を丸くして路地の反対側を見つめ、簡単に注意をそらすことができた。攻撃が反対方向から来ると気づいたときは、もう手遅れだった。見張りは背後にいるジャックの気配にすばやく向き直り、能力を高めたハンターのスピードでジャケットのなかに手を入れた。

だが最強のハンターでも、エネルギーの流れより早く動けるはずがない。ジャックはふたたび恐怖の波を浴びせかけた。見張りの心は自分を呑みこんだ悪夢に対処しきれなかった。どさりと地面に倒れ、意識を失った。

ジャックは近くにあった金属製のゴミ容器の裏まで見張りを引きずっていき、相手の服と銃と鍵を奪った。

二分後、見張りの服に着替えたジャックは野球帽を目深にかぶり、奪った鍵でジムの裏口をあけた。廊下で出合ったがっしりしたハンター二人に向けて恐怖の波動をわずかに放ち、相手の気を散らして落ち着かない気分にさせ、すれ違うあいだ反対方向を見ているように仕向けた。

建物内にいる人間は多くなかった。もともと大勢に出くわすとは思っていなかった。ファロンにも言ったように、夜陰はJ&Jと同じく多くの制限を抱えたうえでの活動を強いられている。それに、生き残りを願ううぬぼれの強い陰謀団にとって、第一の責務はめだたない存在でありつづけることだ。

階段を見つけて地下へおりたジャックは、見覚えのある廊下に出た。彼は逃げた晩に使ったルートを逆にたどっていた。

監禁されていた部屋は難なく見つかった。戦略能力者は、立ちどまって方角を尋ねる必要に迫られることはない。

今回もドアの外に見張りがいた。クロエがあの部屋に閉じこめられていることを示す強力な証拠。悪党どもがクロエに何をしたか、ジャックは考えないようにした。考えたら平常心を失ってしまう。いまは集中しなければ。さもないと、クロエの役に立てない。

52

ストレッチャーに横たわって熱でがたがた震えていたクロエの耳に、錠前で鍵がまわる音が届いた。間もなくドアからジャックが入ってきた。野球帽に至るまで見張りと同じ格好だが、世界じゅうのどこで会おうと彼だとわかっただろう。ジャックは意識のない見張りを室内に引きずりこみ、ドアを閉めた。

「だいじょうぶか?」クロエに近づきながら彼が尋ねた。

ジャックは超常エネルギーで燃えあがっていた。周囲でエネルギーが渦巻いている。ぎらつく両目の熱さで火がつきそうだ。唯一足りないのは燃え盛る剣のみ。

復讐の天使。熱があるのに笑みが漏れた。

「助けにきてくれるって、わかっていたわ」か細い声でクロエは言った。超常エネルギーを振り絞ってストレッチャーの縁に腰かける。「すぐここを出るんでしょう?」

「ああ」クロエの前に立ち、彼女の頰に両手をあてる。「熱があるじゃないか」

「ええ。絶好のタイミングでインフルエンザにかかったと思わない? 心配しなくてもだいじょうぶ、超常エネルギーを少しだけ使って影響を弱めているから」秘薬を注射されたことはいま話すべきじゃない。ジャックがどんな反応をするかわからないし、いまは彼が集中できるようにするのが何より重要だ。

「話はあとでしよう」ジャックがクロエの手を取って足早にドアへ向かった。「すぐここを出ないと」

「優先順位をつけられる男性は好きよ」

ジャックが自分が握っているクロエの手に視線を落とした。「ものすごく熱いぞ」

「インフルエンザにくわえて超常エネルギーだもの。こうもなるわ」

「インフルエンザじゃない。ぼくに使った鎮静剤を打たれたんだな？」

「そんなところ。でもだいじょうぶ」

ジャックが信じていないのはわかったが、戦略能力者の彼なら高熱をどうすることもできないと承知しているはずだ。

「ぼくが先に出る」

ジャックが手を放してドアをあけ、慎重に廊下へ出た。彼の周囲で振動するエネルギーがわずかに強まり、廊下にいた人間を不安にさせたのがわかった。

「よし」ジャックが言った。「ぼくの前を歩いてくれ。ぼくにほかの部屋へ連れて行かれるように見せかけるんだ」

クロエは廊下をのぞきこんだ。「どっちへ行けばいいの？」

「左だ」

　クロエは一つ大きく息を吸いこむと、疲れていやいや歩いているように見えるように歩きだした。疲れの部分は装う必要がなかった。すぐあとをジャックがついてくる。

　曲がり角でクロエはふたたび足をとめた。

「右だ」

　右に曲がろうとしたとき、左にあるドアがひらいてナッシュが現われた。片手をドアノブにかけて廊下に出ようとしている。部屋のなかに振り向いて緊張した低い声で誰かに話しかけているので、まだクロエには気づいていない。ひらいた戸口から心をかき乱すランプのエネルギーが漏れていた。

　クロエはぴたりと足をとめて一歩あとずさった。けれど逃げる場所も時間もなかった。ナッシュはもうこちらへ振り向きかけている。

「ブラウンの意識が戻って実験の成功を確認したら、ポートランドへ戻る」室内にいる相手にナッシュが言った。「わたしのためにあの女にランプを使わせるまえに、あと数回実験をしたい」

「はい、はい、わかったよ」苛立ったハルゼイの声が聞こえた。

　ナッシュがクロエに気づいた。怒りで顔がゆがむ。

「誰が部屋から出ていいと言った？」ナッシュが怒鳴りつけた。

　ジャックが角を曲がって姿を見せた。「ぼくだ」

「何者だ？」

ナッシュの逆上はあまりにも突然で、しかも明らかに度はずれている——クロエは思った。まるで〝戸惑いや苛立った権力者〟という、それ以前にあるべきもっと自然な段階をすべて飛び越えて、いっきに〝理不尽な癇癪《かんしゃく》〟に達したように見える。夜陰の秘薬が影響を及ぼしているのは、彼の超能力だけではないのだ。

「ジャック・ウィンターズだ」ジャックが言った。「おまえたちはぼくのものを二つ奪った。それを返してもらう」

「ばかめ」ナッシュが一喝する。「わたしからは何も奪えない。おまえは死ぬんだ」

廊下の空気中で、精神を焼き焦がすすさまじいエネルギーがバリバリと音をたてた。狙われたのはジャックだが、クロエもパワーの後流に捕らわれた。まるで世界じゅうが燃えあがったようだった。白熱する超常エネルギーが廊下を呑みこみ、クロエのあらゆる感覚を麻痺《まひ》させた。クロエはよろめいて激しく壁にぶつかった。意識が遠のく。逃げるどころか動くこともできない。

わたしの推測はあたっていた。ナッシュはほんとうに命を奪える能力を備えている。超常エネルギーの殺人衝撃波を生みだすことができるのだ。

視界がぼやけ、涙で目がひりひりした。エネルギーの滝を背景に、ジャックの姿が黒いシルエットになっている。彼はわたしを助けだそうとしてくれた。そしてみずからの不運のために命を落とそうとしている。彼を死に引き寄せたのはわたしなのに、わたしには何もできない。

嵐は起きたときと同じぐらい出し抜けにやんだ。クロエは倒れまいと壁に爪を立てた。周囲でさっきとは違うエネルギーがくねくねとうねり、激しく振動しはじめている。クロエが感じたのはつかのまの言いようのない不安と身も凍る恐怖だけだったが、それでも復讐の天使が報復を行なって天罰を下しているのはわかった。

誰かの悲鳴が聞こえたが、クロエの声ではなかった。そんな力は残っていなかった。悲鳴は延々続いている。どこかで一人の男が地獄へ落ちている。

麻痺していた感覚が戻ってきた。だしぬけに悲鳴がやんだ。

目をあけると、ジャックが見えた。まだ廊下に立っていて、周囲でエネルギーが鞭《むち》のような音をたてている。両目がエメラルド色の石炭のように光っていた。

「だいじょうぶか？」彼が訊いた。

「ええ」ごくりと喉を鳴らし、壁についた手に力をこめてなんとか壁から離れる。「ええ。だいじょうぶよ。たぶん。あなたは？」

「ああ。でも一人逃がした。部屋の奥にもう一つドアがあったんだ」

視線を落とすとナッシュが見えた。オフィスの床に倒れて息絶えている。顔は絶望した恐怖の仮面になって凍りついていた。両目が見えない虚空を見つめている。

「ハルゼイ」クロエはささやいた。「逃げたのはハルゼイよ。床にいるのはナッシュ。責任者はナッシュみたいだったわ。実験のためにポートランドからやってきたようなことを話していた」

ジャックが死体をまたいだ。ランプをつかんで戸口へ戻ってくる。

「ここを出よう」彼が言った。

ランプのなかで超常エネルギーがうごめいていた。見つめるクロエの目の前で、みるみる透明になっていく。

「ジャック、ランプが光ってるわ」クロエは小声でささやいた。

「ランプが必要になるかもしれない」

「なぜ?」

「きみは、こいつのなかにあるエネルギーには、ぼくの夢エネルギーを静める以外の役目もあるに違いないと言っただろう?」

「ええ」

「ぼくもそんな気がするんだ。二度めにランプにクリスタルをつけたとき、ニコラスが何をつくりだしたかわかった気がする。エレノア・フレミングに三度めに会いに行った理由が」

クロエは大きく深呼吸して気持ちを落ち着かせた。「そう」さらにもう少し超常エネルギーを使って気を静める。「裏口から出るのね?」

「いや、裏の路地はもう封鎖されているだろう。表から出る。連中はこっちが表から出るとは思っていないはずだ。建物の外へ出てしまえば、もうぼくたちに手出しはできない。まだ六時を過ぎたばかりだ。人通りが多い。目撃者が多すぎる」

「何もかも、あっという間だったわ。見張りはまだわたしたちに気づいていないかもしれない」

ジャックがちらりと上を見た。その視線を追うと、天井の監視カメラが見えた。監視している人間は、たったいま地下でおかしなことが起きたのをもう知っているに違いない。ナッシュがかなりまずい状況にあることは明らかだ。

「ジャック、ちゃんとできるか自信がないわ」クロエは言った。「あなた一人のほうが逃げられる可能性が高い」

ジャックが心からおもしろがっているように微笑んだ。「ぼくがきみを置き去りにすると、本気で思ってるのか?」

クロエも微笑みそうになった。「いいえ」

「ぼくはきみを助けにきたんだ。きみを置いて逃げはしない」光り輝くランプを差しだす。「ほら、これを持ってくれ」

反射的にクロエは重たいランプを両手で抱えた。「申しわけないけど、これを持ったまま歩けるとは思えないわ」

「歩く必要はない」

ジャックが両腕でクロエを抱きあげ、てきぱきと廊下を歩きだした。彼の強力なオーラがクロエを包みこんでいた。クロエは彼から力をもらってランプをしっかりつかんだ。ランプはすでにほとんど透明になっている。石はドリームライトの色で輝いていた。

抱きかかえられたまま階段に着いた。クロエは片腕でランプを抱え、反対の手を伸ばしてドアをあけた。ジャックが二階分の階段をあがる。クロエがべつのドアをあけ、二人は〝トイレ〟と表示のある廊下に出た。

廊下を進んでジムのトレーニングルームに入る。

広いスペースには、誰かが息を潜めて待ちかまえている静けさがあった。天井の照明は消えているが、通りに面したガラスドアから差しこむ街灯の明かりで筋肉隆々の男たちがいるのがわかる。男たちは半円を描いて立ち、出口への道をふさいでいた。

クロエはたくましい男たちの数を数えた。六人。トレーニングマシンの陰からさらに二人が音もなく現われた。秘薬の影響を受けた超常エネルギーの痕跡が床でまがまがしく輝き、鋼鉄製の器具で蛍光を放っている。

ハンターだ――クロエは思った。狼《おおかみ》の群れのようにすばやくて情け容赦ない相手。地下室であったことを考えると、ジャックに充分なエネルギーが残っているとは思えない。

「その女に怪我をさせるな」男の一人が怒鳴った。「貴重な存在だ」

ハンターたちが輪になって近づいてきた。クロエは彼らに目を凝らした。もし一人でも二人でも直接触れることができれば、これから始まる戦いでいくらか役に立てるかもしれない。

「おろして」クロエはささやいた。

「だめだ」とジャック。「一緒にやるんだ」

「何を言ってるの？」

ジャックから返事はなかったが、そのときクロエは手のなかでランプがいっそう熱く光りだしたことに気づいた。エネルギーがうごめいて閃光《せんこう》をあげ、錬金術師がつくった金属が半透明から一点の曇りもない透明へと変化していく。

熱に浮かされたクロエの感覚がざわめいた。直観的に、彼女はジャックが何をしてほしがっているか悟った。両手でランプを高く掲げ、残り少ない超常エネルギーをかき集めてランプに送りこみ、ジャックのためにドリームライトの流れを安定させる。その瞬間、クロエは気づいた。ジャックはなんらかの方法でランプを武器に変えられるが、それにはわたしの協力が必要なのだ。

一つをのぞいてすべてのクリスタルが輝いていた。得体の知れない黒っぽい石だけは不透明なままだ。炎の虹がジム一面に広がり、エネルギーの大火がハンターたちを呑みこんだ。

ジャックのパワーは周囲でバリバリ音をたてることも振動することもなかった――それはあたり一帯で音もなく鳴り響いていた。そのとたん、クロエは理解した。ラスベガスで彼のためにランプを操ったとき、わたしがしたのはこれだったのだ。錠前のなかで精神的な鍵をまわす感覚を覚えている。わたしはランプを強力な武器に変えるジャックの能力を解き放ったのだ。軍事用語で言えば、このランプは戦力多重増強要素なのだ。

三つめの能力。

ハンターたちが悲鳴をあげていた。ランプの石が放つすさまじいウルトラライトを浴びて、体を激しくひきつらせている。一人、また一人と床に倒れ、動かなくなった。

ジャックがクロエを抱えたまま、床に転がるハンターたちや林立するきらめくステンレス製のマシンのあいだを縫って外へ出た。

「復讐の天使」クロエはささやいた。熱と暗闇が主張しはじめていたが、言わなければいけないことがある。「一つ約束して」

ジャックの腕に力が入った。「なんでも言ってみろ」

「何があっても、ソサエティがわたしに解毒剤を使わないようにして」

「秘薬を打たれたのか?」

もうしゃべる力がない。「ええ。でも誰にも言わないで」

「クロエ」

「超常エネルギーを消耗しすぎて倒れたとだけ言って」

「そんな頼みは聞けない。解毒剤を拒否したという理由できみを失うわけにはいかない」

「心配ないわ、わたしには免疫があるの。あなたのように」

「何を言ってるんだ?」

「説明はあとでするわ。いまは秘薬の影響を打ち負かす時間が必要なだけ。あなたと同じ。何があったかソサエティに話さないと約束して。解毒剤を打たれたら、永遠に超能力を失ってしまうかもしれない」

「でも、なぜ秘薬に免疫があるとわかるんだ?」

「わたしは夢エネルギーを読み取れるのよ。わたしの能力は、スペクトルのドリームライトの領域から生まれているの、あなたの能力と同じように。その種のエネルギーに対して親和力を持つわたしたちみたいな人間は、たぶん生まれつき免疫があるのよ」

「たぶん？」

「いいわ、なら、間違いなく。そう考えれば筋がとおるもの」

「どう筋がとおるんだ？」

「あとで」もう目をあけていられない。「いまはあなたを信じるだけ。誰にも解毒剤を打たせないって約束して」

ジャックがためらった。「死なないと約束するなら」

「わたしならだいじょうぶ。信じて、ジャック」

「わかった」彼が言った。「解毒剤は使わせない」

「もう一つ」

「ものすごく熱がある人間にしては、やけにおしゃべりだな」

「愛してるわ」

クロエは眠りに落ちた。最後に覚えているのは、ジャックの腕のほっとできるたくましさと、しっかりと包みこんでくる彼のパワーだった。

ぼくも愛してる、と言った彼の声が聞こえた気がしたが、たぶん夢にすぎなかったのだろう。

53

電話が鳴ったのは、ファロンが一人用のコーヒーメーカーのフィルターバスケットに追加の〝ボールド・ロースト〟をくわえようとスプーンで粉をすくったときだった。できれば二杯めは通りの向かいのサンシャイン・カフェで飲みたいところだが、小さなレストランは例によって五時半ぴったりに閉店していた。最近の習慣どおり、彼はイザベラ・バルディーズが窓の表示を裏返すところを見つめていた。そしてイザベラは、いつものようにファロンを見あげて微笑みながら手を振った。そのあと彼女は四ブロック先のこぢんまりしたホテルへ帰っていった。そこに部屋を借りているのだ。

ファロンは最初の呼びだし音が鳴り終わらないうちに電話をつかんだ。「どうなった、ジャック?」

「クロエを保護した。無事だ。いまジムの外にいる。いますぐジムのなかへ誰かを送りこめば、ナッシュというハイレベルの夜陰のメンバーの死体がある。秘薬を打った意識不明のハンターたちもいる。少なくともぼくたちが出てくるときは意識がなかった。ハルゼイという名の男は地下トンネルらしき場所から逃げた。オーラ能力者に気づかれずにクロエを運びこんだのも、きっとそこからだ」

ファロンの頭から、コーヒーのことも それ以外のすべてのことも吹き飛んだ。ボディブローを食らったように息ができない。

「ハルゼイ？」彼は言った。「逃げた男の名前はそれに間違いないのか？」

「クロエにはそう名乗った。夜陰の研究責任者だと話していたらしい」

「ハンフリー・ハルゼイ、ベイジル・ハルゼイの子孫」話しながらべつの電話をつかんで短縮番号を押す。「夜陰が秘薬を入手したそもそもの経緯はハルゼイだと、最近わかったところだ。ベイジル・ハルゼイは、一八〇〇年代末の第一次陰謀団のために秘薬を研究していた」

「その話は聞いたことがある」

「ベイジルは息子に手記と日記を遺し、息子はそれを子孫に引き継いだ。二カ月前、子孫の一人のハンフリー・ハルゼイが秘薬の新バージョンをつくったことがわかった。夜陰はなぜクロエを狙ったんだ？」

「すべてはよくある問題にさかのぼるのさ。秘薬は本質的に不安定で、結果の予測がつかない。夜陰はクロエならランプで問題を解決できるかもしれないと考えたんだ」

「ふん、クロエと話す必要があるな。だがいまは時間がない。ジムに誰かを行かせたら、かけなおす」

「援護を山ほどつけろよ」

「ああ、もちろん、援護用の人手が山ほどいたらな。聞いてなかったのか？　ザックに行かせたいところだが、あいにく今週ザックとレインはロサンジェルスだ。シアトル地区に一人幻覚能力者がいる。手が空いているかどうかわからないが。その男はいい結果を出すが、たいていはどんな手段を使ったか聞かないに越したことはない」

ファロンはジャックとの電話を切ると、別の電話に応えた男に早口で話しはじめた。

幻覚能力者は無言で耳を傾けていた。

「引き受けよう」幻覚能力者が言い、電話を切った。

ファロンは電話機をきつく握りしめ、大きく息をついた。自分を想像力が旺盛なタイプだと思ったことはないものの、幻覚能力者の氷のように冷たい声を聞いたとき、心臓が二度打つあいだ感覚に寒気が走った。あの男を使うのは気が進まないが、職員に関しては贅沢《ぜいたく》を言っていられないときもある。

彼はジャックの番号を押した。返事がない。クロエの携帯をためし、次に彼女のオフィスへかけてみた。

「こちらはハーパー調査会社です。ただいま電話に出られません。お名前と連絡先を残していただけたら、のちほどかけなおします」

ファロンは電話を切り、しばらくデスクに座ってジャックとクロエと連絡が取れなくなった理由を考えた。理にかなった理由は一つしかない。ジムにいるあいだに、クロエに何かあったのだ。ジャックは彼女をかばっている。

54

暗闇の奥から聞こえるジャックの声が、クロエを水面に引き戻した。「クロエ、聞こえるか？」

「ええ」手をきつく握ってくれているのがわかる。目をあけると、見慣れた天井が見えた。

「わが家がいちばんね」

「お帰り」ジャックが言った。険しい顔立ちが引きつってこわばっている。クロエは超常エネルギーのかすかな振動を感じ取った。

「また眠っていないのね」

「この二十四時間はね」とジャック。「死にはしないさ」

「今日は何曜日？」

「木曜だ。きみをジムから運びだしたのは、二日前になる」

「そして彼はそれからずっと、あなたのベッドサイドに座ってるのよ」ベッドの反対側からローズの声がした。「わたしたち全員」

ベッドの足元にいたヘクターが立ちあがり、上掛けのうえをゆっくり歩いてきてクロエの顔を舐めた。クロエは顔をゆがめてヘクターを撫でてやった。

「もうこの子は便器から水を飲んでないって言って」

ローズがベッド越しにジャックを見た。「間違いなくもとどおりね。水を持ってくるわ。熱があったから水分を取らないと」

いっきに記憶がよみがえった。クロエはジャックの手をつかんだ。

「わたし、だいじょうぶなの？　ソサエティには何もさせてないわよね？」

ジャックがうっすら微笑んだ。「ファロンが知るかぎり、きみはトラウマになりかねない厳しい試練のあと休息していることになっている」

「いま何時？」

ジャックが腕時計を見た。「夜の七時になるところだ」

「バスルームに行きたいのも当然ね。失礼するわ」上掛けを押しのけてベッドからおりる。遅まきながら視線を落とすと、寝巻きを着ていることに気づいた。寝巻きもベッドも汗でぐっしょり濡れている。

「服を脱がせようと言ったのはローズだ」ジャックが言った。

クロエは体がほてるのを感じた。今回は熱のせいではない。「まあ、あなたに裸を見られるのははじめてじゃないしね」

「ああ。でもローズはあとできみが恥ずかしがると思ったらしい。男との親密な関係にまつわる問題と、眠っているせいで無防備なことが合わさって」

「ああ、そうね。親密な関係にまつわる問題」クロエはベッドを離れて短い廊下を足早に進み、バスルームへ向かった。

ヘクターがあとをついてきて、ドアの外で待っている。捨てられるのを恐れる問題だ――クロエは思った。やれやれ、みんな問題を抱えている。

鏡をのぞきこむと、高熱に打ち勝ったばかりの女性が映っていた。見栄えがいいとは言えない。髪は乾いた汗でもつれているし、顔は青白くてかさかさに乾き、目にはストレスと疲労がくっきり現われている。〝今月のミス・元気潑剌《はつらつ》〟の候補にはなれそうもないけれど、わたしは生きているし、そこそこ正気だ。しかも恐る恐る感覚を解き放ってみたら、まだ能力があるのがわかった。ありがとう、ジャック。わたしを信じて約束を守ってくれたのだ。

クロエは鏡のなかの女性に微笑みかけた。ふいに数分前よりはるかに気分がよくなった。

シャワーを浴びてバスルームを出ると、キッチンでローズがせっせと立ち働いていた。ポットにはジャックがつくったハーブティーが入っていた。クロエはジャックと窓の前でハーブティーを飲みながら、古風な街灯が輝くパイオニア・スクエアの雨の夜をながめた。

「ドリームライト・リーダーは秘薬に免疫があるというわたしの仮説を、ファロン・ジョーンズに話したの？」クロエは訊いた。

「あれは仮説だったのか？」やけにあたりさわりのない口調でジャックが言った。「ジムを出たとき、きみは自分には絶対に免疫があると言っていたぞ」

クロエは咳払いしてマグカップに手を伸ばした。「ええ、まあね、あのときはほぼ確信があったのよ。それはそれとして、彼に話したの？」

「いいや。きみから説明したほうがいいと思った」

ローズがキッチンから話しかけてきた。「ジャックがあなたをここへ運びこんでから、ファロン・ジョーンズは一時間ごとに毎時ぴったりに電話をしてきたのよ。わたし、家じゅうの電話の電源を切ってやったわ。あの人、寝ることがあるの？」

「あまり寝なそうね、あきらかに」クロエは言った。

短い沈黙が落ちた。クロエはジャックを見た。

「これでケルベロス伝説の由来がわかったわね」

ジャックはすぐにクロエの言葉の意味を理解して、こくりとうなずいた。「三つめの能力は、ランプを武器に変える力なんだ」

「わたしはいまでも全部一つの能力だと思ってるわ。それにこれを忘れないで、ランプをあんなふうに操るには、二人の人間が必要なのよ」

ジャックがつかのま黙りこんだ。

「なにを考えてるの？」

「ランプに何ができるか、正確にファロン・ジョーンズに教えるのはやめようと考えていた。ソサエティにこれ以上ウィンターズ家の言い伝えは必要ない」

クロエはにっこり微笑んだ。「心配しないで。ハーパー調査会社はクライアントの秘密厳守に細心の注意を払っているから」

「ファロンと言えば、そろそろあいつに電話したほうがよさそうだな。ぼくたちがジムを出たあとどうなったか知りたい。昨日と今日の朝刊には何も載っていなかったから、ソサエティも夜陰もことを表沙汰《おもてざた》にせずにすませたらしい」

「秘密を守ることにかけては、二つの秘密の超能力者組織に勝るものはないものね」クロエは言った。「それはそうと、アデレイド・パインの日記の行方がわかったと思うわ。ヴィクトリア・ナイトという女性が持ってるの」


「電話があるころだと思っていた」ファロンの声は不機嫌だった。「クロエは無事か?」

「問題ないと言っただろう」ジャックは答えた。

「あれは嘘だ。だがおまえの嘘にも慣れてきた」

「クロエには休息が必要だった。おまえに邪魔してほしくなかったんだ。ジムはどうなった?」

ファロンがゆっくり息を吐いた。「たいして収穫はなかった。わたしが送りこんだ幻覚能力者は、ナッシュの遺体と意識不明のハンター数名を発見したが、それ以外にめぼしいものはなかった。ハルゼイはとっくに逃げたあとだった」

「そいつはナッシュの遺体をどうしたんだ?」

「訊かなかった」とファロン。

「パソコンは?　ハルゼイのメモは?　ファイルは?」

「興味をそそられるものをいくつか回収したが、いずれも役に立ちそうにない。どうやら大事なものはハルゼイが持ち去ったらしい」

「たぶん大事なものは全部、トンネルから逃げるときに持って行ったパソコンに入っていたんだ。ハンターたちはどうなった？」

「全員意識を取り戻し、解毒剤を勧められた。四人は同意した。現在治療中だが、役に立つ話を聞けるとは思えない。あのレベルの夜陰のメンバーはたいしたことを知らないからな」

「解毒剤を拒否したハンターはどうなった？」

「幻覚能力者が解放した」疲れた声でファロンが答えた。「ほかにわれわれにできることはたいしてない。夜陰がいつものやり方に従って彼らを見捨てれば、全員間もなく死ぬはずだ。警告しようとしたが、彼らはすっかり洗脳されていた。カルトのメンバーのようだった」

ジャックはファロンに言われたことを考えてみた。「ひょっとしたら、夜陰はそうやって下働きのメンバーを見つけているのかもしれない」

「カルトを装って？」

「金がもうかるビジネスとなると、たぶん麻薬の密売以外ではカルト集団に勝るものはない」

「そっちの側面を考えてみる必要があるな」ファロンが言った。「じつは、役に立ちそうな人間を見つけた。ラリー・ブラウンと名乗っている。地下にある部屋の一つで眠っていた。ストレッチャーに縛りつけられて。女性に命を助けられたと話している。彼が言った女性の外見はクロエと一致する。彼女を電話に出せ」

「あとでな」ジャックは言った。「これから夕食を食べるんだ」

「ふざけるな」ファロンが毒づいた。だがさほど本気には聞こえなかった。

ジャックはとりわけそっと電話を切った。

55

クロエはローズがつくってくれたポーチドエッグとサラダの軽い食事をすませてから、ファロンに電話をかけた。クロエがゆったり座っている大きな一人掛けのソファの足元にはヘクターが寝転び、ローズは近くをせかせか歩きまわっている。ジャックはハーブティーを淹《い》れ直すためにキッチンへ行っていた。

「おとといの晩、何があった？」ファロンが問い詰めてきた。

「ええと、かいつまんで説明してみるわね」クロエは言った。「ヴィクトリア・ナイトという名の女性がなんらかの手段でアデレイド・パインの日記を手に入れたのよ。ナイトはハンフリー・ハルゼイと手を組んで、ランプが秘薬が持つ不安定な特徴の解決策になるか確かめようとした」

「九八パーセントの確率で、ヴィクトリア・ナイトはわれわれが行方を追っている超能力催眠術師だ」とファロン。「そう考えればつじつまが合う」

「そうかもしれないわね。いずれにしても、ハルゼイのボスであるナッシュも一味にくわわった。三人は、秘薬を与えたきわめて不安定な超能力者をわたしが安定させられるか確かめたくて、わたしを誘拐したの」

「ラリー・ブラウンか?」

「そう。わたしはランプを光らせることはできるけれど、ランプの奥に隠れているパワーには、ジャックや彼特有の超能力遺伝子を持っている人間でなければアクセスできない。だから時間をかせぐために、ランプでちょっとした見せ場をでっちあげたの。わたしはハーパー家の人間だもの。でっちあげるのは得意なのよ。とにかく、ラリーが眠りこんだあと——」

「ちょっと待て」ファロンがさえぎった。「ランプを使わずにブラウンを救ったのか?」

「秘薬は、ランプもそうだけど、夢見状態と覚醒状態のあいだにあるチャネルをひらくことで効果をあげるの。わたしには夢エネルギーに対する親和力がある」

「それは知ってるが——」

「わたしは秘薬がひらいたドリームライトのチャネルをもとどおりに閉じたけれど、ラリー・ブラウンのスペクトル全体を観察する余裕はなかったわ。だから、秘薬のダメージがどの程度かはわからない。ハルゼイは、ラリーは秘薬を打つ前はレベル3だったと話していた。気の毒だけど、回復したときラリーは超能力をすっかり失っているかもしれない。かわいそうに」

「ブラウンは今朝、飛行機でロサンジェルスに搬送された」ファロンが言った。「あっちのソサエティの研究室で検査を受けている。初期指標では、現在のレベルは2だ。専門家たちはレベル3まで回復するかもしれないと考えている。彼らはいま、大量の秘薬とそれに続く投与中止を経てもブラウンの超能力の一部が残っている原因を解明しようと、回し車を走ってるハムスターの群れみたいに必死になっているが、まだ答えは見つかっていない。ブラウンは、本来ならすでに正気を失っていると認定されているはずだ」

どっと安堵《あんど》がこみあげた。「じゃあ、ラリーはだいじょうぶなのね？」

「そうらしい、きみの手柄だ。きみは生きた解毒剤なんだ、クロエ・ハーパー。それどころか、われわれが使っている解毒剤よりすぐれている。被害者の超能力を消さずに秘薬の影響を取りのぞけるんだからな。体から夜陰の秘薬を抜きたい人間が、大挙して押し寄せてくると思っているわけではないが」

「カルトの心理のせいで？」

「それと、秘薬の効果が現われると、超能力が高まるからだ。本物の力を手放したがる人間が、どのぐらいいる？」

「そうね、でも長期的な合併症が――」

「たいていの人間は長期的には考えない。煙草メーカーに訊いてみればいい。夜陰はこちらに解毒剤があることに気づいているはずだが、解毒剤が大人気とは言いがたい」

「言い換えれば、夜陰は完璧な薬を売りこんでいるのね」

「完璧な毒だ。ルシンダ・ブロムリーは日記にそう書いている」

「ブロムリー？　あなたの祖先のケイレブ・ジョーンズと結婚した女性じゃなかった？」

「そうだ。わたしの何代も前の祖母。Ｊ＆Ｊの二つめのＪ。ただし言うな」

「何を言っちゃいけないの？」

「このところ、わたしにはパートナーが必要だとしょっちゅう言われている。だが、そういう相手はケイレブ・ジョーンズがルシンダを信頼したようなかたちで、わたしが心から信頼できる人間でなければならない。わたしの心を読めるほどハイレベルな勘を備えた人間。わたしは自分がやっていることをすべて話すわけにはいかないからな。九時から五時までしか働かず、休暇を取るような人間では困る。二十四時間、三百六十五日働ける人間でなければならない。パートナーにも妻にも関心はないが、アシスタントを雇ってもいいかもしれないと考えはじめている」

クロエの口元がほころんだ。「あなたの心が読めて、二十四時間働けて、絶対に休暇を取らないアシスタント？　幸運を祈るわ、ミスター・ジョーンズ」

「ありがとう」うわの空でファロンが答えた。「解毒剤の話に戻るが、超感覚を取り戻すためにすでに解毒剤を打っている人間の力になれると思うか？」

「わからないわ」

「二カ月前、ダマリス・ケンブルという女性にはじめて解毒剤を投与した。話せば長い。われわれは彼女の命と正気を救ったとだけ言っておく。だが超感覚は戻っていないし、専門家は今後も戻る見込みはないと言っている」

「解毒剤を打つまえのレベルは？」

「7だ。ソサエティの精神科医によると、当初ケンブルは命が助かっただけでもよかったと思っていたが、いまは深刻な鬱《うつ》状態にあるらしい」

「無理もないわ。ハイレベルな能力を失った喪失感は、充分鬱病の原因になるもの」

「できるだけ早くケンブルをそちらへ行かせる。会ってみてくれ。請求書はあとでメールで送ってくれ。ちなみに請求書は明細つきにしてほしい。合計金額だけを記載したものではなく」

クロエはつかのま言葉を失った。「J＆Jで雇うと言ってるの？」

「可能なかぎり急いでほかのドリームライト・リーダーの採用に取りかかるつもりだが、ラリー・ブラウンにきみがやったようなことは、きみと同じぐらい能力が高い人間にしかできない気がする。きみのような超能力者はめったにいない。ソサエティにはきみが必要だ」

「でもわたしはハーパー家の人間よ」

「わたしはジョーンズ家の人間だ。それがなんだ？　任務をまっとうしてくれると信頼できれば、仕事を依頼する超能力者が誰だろうとどうでもいい」

クロエはパニックとしか言いようのない奇妙な感覚に襲われた。「わたしはシアトルに住んでるわ。いちばん近いソサエティの研究室はロサンジェルスよ。ロサンジェルスには引っ越したくない。ここがわたしのうちだもの。家族もクライアントもこっちにいるし」

「ソサエティの新しい宗主はそちらの近くに住んでいる」

「オリアナ・ベイでしょ、知ってるわ。でもそれにどんな関係があるの？」

「ザックと彼の妻のレインも、引っ越しは望んでいない。ザックが現在ソサエティの責任者であることを考えると、彼は自分の希望どおりに行動できる。ソサエティはすでにシアトル地区にオフィスを借りて、研究室を設置する準備も始めている。さしあたって、きみが自分のオフィスで仕事ができない理由は見当たらない。まさか元夜陰のクライアントが相手だと萎縮《いしゅく》するわけじゃないだろう」

クロエは息をついた。「わかったわ、やってみる」

「明日の昼前にそちらのオフィスへダマリス・ケンブルを行かせる。彼女と話したら、一部始終を報告してくれ。それからあらためて言っておくが、かかった時間と経費すべての明細が欲しい。ああ、あと、明日ほかのチームにランプを引き取りに行かせるとジャックに伝えてくれ」

耳元で電話が切れる音がした。

クロエはジャックを見た。「明日、ランプを引き取りに来させるそうよ」

「そんなに早く?」ジャックがハーブティーのマグカップを差しだした。「ずいぶん手回しがいいんだな。前回ソサエティはランプの扱いであんなドジを踏んだのに」

クロエはハーブティーを少し飲んでカップをさげた。「まあ、少なくともファロンはランプに何ができるか、正確にはわかってないわ」

「相手はファロン・ジョーンズだ。ぼくがジムでどうやってハンターたちを倒したのか、いずれ不審に思うだろう。原因の一つがランプだとまだ気づいていないとしても、気づくのは時間の問題だ」

クロエはジャックを見つめた。「何を考えてるの?」

「ファロン・ジョーンズや理事会や夜陰を含めた全員に、ランプは無事ソサエティの手元に戻ったと思わせておくのはいい考えかもしれない」

56

「秘薬のせいでひどく具合が悪くなったわ」ダマリス・ケンブルが言った。話すだけでもつらそうな一本調子のしゃべり方をしている。「ここまでの気分の悪さに比べたら、どんなものでもましだと思った。でも元気になったら、自分が失ったものに気づきはじめたの」

ファロン・ジョーンズは時間を無駄にしなかった。ダマリスは翌朝の十時にやってきた。一人ではなかった。J＆Jのハンターが付き添っていて、いまは表のオフィスでローズとヘクターが彼の相手をしている。

「想像はつくわ」クロエはやさしく語りかけた。「ある朝目覚めたら、一つかそれ以上のあたりまえの感覚がなくなっていることに気づいたみたいな感じでしょうね」

ダマリスがきつくまぶたを閉じて涙をこらえた。「たまに、超能力が戻った夢を見るの。でも目をあけたとたん、何も変わっていないとわかる」

「なくしたのは超感覚だけじゃないと言ったわね。同時に父親とお姉さんもなくした。そんなことがあったら、誰だって打ちのめされるわ」

「ソサエティの精神分析医に診てもらったけれど、たいして役に立たなかった。ひどく打ちひしがれた気分。正常な気分に戻れさえすれば、ほかのことにも対処できる気がするの。あなたはほんとうに、わたしがいくらかでも能力を取り戻す手助けができると思う?」

クロエは床に目をやった。ダマリスの足跡で、解毒剤が水面に張った油膜のような淡い光を放っている。

「とりあえず、やってみましょう」

クロエは椅子から立ちあがってデスクをまわり、ダマリスの手を取った。そして慎重に、そっと、細心の注意を払って、仕事に取りかかった。

57

「どうしてダマリス・ケンブルにボディガードが必要なのか、いまだに理解できないわ」クロエは言った。

時刻は五時。クロエとジャックは、ヘクターの夕方のパトロールのおともをしていた。冬のシアトルが謎めくこの時間帯、街は濃い夕闇の不思議な薄明かりに包まれている。通りは雨できらめき、街灯が靄《もや》のなかで水晶玉のように光っていた。

「ファロンから聞いてないのか？」ジャックが言った。

「ミスター・ジョーンズから情報を引きだすのは、ものすごくむずかしいのよ」

「話好きとは言えないからな」ジャックが認めた。「ダマリス・ケンブルにボディガードが必要なのは、彼女が夜陰の設立者の娘だからだ」

「嘘でしょ。ダマリスはクレイグモアの娘なの？」

「クレイグモアは、娘に秘薬の最新版を与えたんだ。そのせいでダマリスはひどく体調を崩し、そのままだったら命を落としていたと考えられる。父親が死んだあと、ソサエティは解毒剤を勧め、ダマリスは同意した。それと引き換えに、夜陰について知っていることをすべ

いらしい」
「ああ。惜しむらくは、ファロンによると、彼女は組織の上層部に関してはたいして知らな
「つまり、夜陰が彼女の口を封じようとしている可能性があるのね」
てJ&Jと理事会に話している」

「父親がくわしく話さなかったから？」
「ウィリアム・クレイグモアは秘密主義の悪党だった。夜陰をつくったとき、一人もしくは
ひと握りの人間をもってしても活動全体が停止させられることがないように組織をつくりあ
げた。考えてみれば見事な手だ。ファロンによると、ソサエティは夜陰の上層部のほかのメ
ンバーについて、まだほとんどつかめていないらしい」
クロエはちらりとジャックに目をやった。「でも、あなたはお金の流れが弱点だと言った
わ」
「金はつねに弱点だ。どんな組織にとっても欠かせない血のようなものだからな。血の供給
がとまれば、死に向かう」
「ジムからのお金の流れを、どうやって追ってるの？」
「四つのジムすべてを所有経営している有限責任会社は、オレゴン州ポートランドにあるべ
つの株式非公開会社から資金を受け取っているらしい。〈カスカディア・ドーン〉という会
社だ。地方の卸売業者で、サプリメントや健康食品を販売している」
冷静な満足感がうかがえる話し方に、クロエの口元がほころんだ。

「違法な薬を製造している組織にとっては、またとない隠れ蓑《みの》になりそうね」

「格好の隠れ蓑だ。今回ファロンは急いでいない。カスカディア・ドーンをしばらく監視するつもりでいる。役に立つ情報をつかめるかようすを見ているんだ。でも、おおかたあそこも夜陰の研究室の一つにすぎず、J&Jが二カ月前に解体したものと同じだろう。ぼくたちは多少の情報を得られるかもしれないが、組織の上層部を捕らえられるとは思えない」

クロエはにっこりした。「ぼくたち？　まるで正式にJ&Jの職員名簿に載ってるみたいな口ぶりね」

「とんでもない。J&Jにはぼくのコンサルタント料金は払えない。これはあくまで無料奉仕だ」

「でも楽しんでる」

ジャックが肩をすくめた。「やりがいがある」

「それこそあなたに必要なものよ。これからどうするの？」

「きみと話をする」

クロエの足が宙でとまった。ヘクターの引き綱をぎゅっとつかむ。ヘクターが立ちどまり、日課が邪魔された理由を確かめようと行儀よく振り返った。

ジャックも立ちどまってクロエに振り向いた。クロエはエネルギーが燃えあがるのを感じた。

「夜陰のアジトからきみを運びだした晩、きみはぼくに愛していると言った」ジャックが言った。「あれは本気だったのか？　それとも熱にうかされて言っただけなのか？」

その瞬間、だしぬけにクロエのなかで勇気が燃えあがった。あるいは、真実と夢がかなう可能性以外はどうでもいいと気づいたせいかもしれない。

クロエは引き綱を放してジャックの首に抱きついた。「あなたといると、いつもちょっと熱っぽくなるの。でも、ええ、あなたを愛しているわ」

ジャックが両手でクロエの顔をそっとはさんだ。「長いつき合いを考えるぐらいに？」

「仕事の契約を交渉してるみたいに聞こえるわ」

「愛してる、クロエ。でも短期間で次つぎに相手を替えるつもりはない。全部かゼロかだ」

「全部よ」クロエは言った。「絶対全部」

ジャックがクロエを抱き寄せ、冬の夢の光《ドリームライト》のような光のなかでキスをした。

58

ファロン・ジョーンズはパソコン画面を真剣に見つめ、クロエ・ハーパーからメールで届いたばかりの報告書を読んでいた。

……解毒剤の問題は、本質的には細い針と絹糸を用いた針仕事と変わらない機能を果たすために、大槌《おおつち》をふるう点にある。大槌の効果はあるが、その過程でべつのダメージを生んでしまう。しかしながら、ダマリス・ケンブルは本来備わっていた超感覚を、すべてではないだろうが、ほとんど取り戻すものと思われる。

当方は、今後もJ&Jのために調査を行なうことを心待ちにしている。添付した請求明細をご参照のうえ……

ファロンは報告書を保存して椅子の背にもたれ、考えをめぐらせた。ソサエティにランプを戻すことについてジャックは強硬に異議をとなえ、窃盗事件の調査が行なわれるまでランプはシアトルの自分の手元に置いておくと言って譲らなかった。

もっともな要求だ。調査は始まっているが、夜陰のスパイが博物館のスタッフに潜入していたとしても、その人物を特定するまでしばらく——おそらく二週間かそれ以上——かかるだろう。ほかの可能性もある。今回の一件を幽霊のようにさまよっていた超能力催眠術師のヴィクトリア・ナイトが博物館へやってきて、的確な催眠暗示で何人かの頭を反対方向へ向かせ、ランプを持ち去っただけかもしれない。

オリアナ事件のあと、ニッキ・プラマーという名の女がウィンターー・コーブ精神病院を出て行ったときのように。またしてもいくつかひらめきが訪れた。ファロンは超自然的平面の上に存在する多次元構造に線が現われて、点と点をつないでいくのを見守っていた。
二、三週間後には、ジャックもきわめて興味深い工芸品をロサンジェルスの博物館に託す気になるだろう。ランプはあそこの金庫に安全に保管される。新たなセキュリティが導入されるはずだ。
だが二、三週間は長い。オリジナルのきわめて優れたコピーをつくる、超能力を備えた偽造の専門家一族にとって充分な長さなのは間違いない……

階段から足音が聞こえ、考えごとがさえぎられた。ファロンの脳裏を奇妙な期待感がよぎった。グレイスとルーサーが帰ってから客は一人も来ていないし、来る予定もない。階段をのぼってくるのが誰にせよ、きっとネットで注文したパソコンを届けにきたのだろう。そこではたと気づいた——宅配業者の訪問を楽しみにしているのが事実なら、自分は重症だ。でもふつう宅配業者は男だ。階段から聞こえる足音は女のもので、男のものには聞こえない。

ふいにあることに気づき、雷に打たれたようなショックを受けた。腕時計をチェックする。六時。サンシャイン・カフェは三十分前に閉店した。こちらへ手を振って、モーテルへ帰っていくイザベラを見た。彼女は降りつづく雨のなか傘を差していた。イザベラのはずがない。彼女は自分の部屋で夜を過ごすために帰っていった。そもそもここへ来る理由がない。

けれど、階段から聞こえる足音のリズムには何かある。自分にはそれがわかる。

ファロンは身じろぎもせずに椅子に座ったまま、ノックを待った。数秒後、それが聞こえた。ファロンは返事をしようとした。入れと声をかけようと。その言葉が喉に詰まった。紳士ならドアをあけてやるものだ。

はじかれたように立ちあがり、デスクをまわる。三歩も行かないうちにドアがひらいた。イザベラがオフィスに入ってきた。コートとたたんだ傘から雨粒がしたたっている。イザベラがにっこり微笑んだ。

「ポストの件で来たの」

言葉を失っていたファロンはようやく平静を取り戻した。「ポスト?」

「ジョーンズ&ジョーンズで空いているポスト」

「求人はしていない」

「新聞に求人広告を出す必要はないわ」イザベラが興味深そうに散らかった室内を見わたした。「あなたには明らかにアシスタントが必要よ。あなたは運がいいわ。わたしはずっと調査会社で働きたかったし、サンシャイン・カフェよりもう少しお給料がいい仕事を探していたの。この町の人たちは、チップに関してしまり屋だから。あなたをのぞいて」

ファロンは唐突に〝ヘッドライトを浴びた鹿〟と表現される表情がどんなものか正確に理解した。

「そのポストにどれぐらい給料を払えるか、考えたことがない」わらにもすがる思いで言う。

「かまわないわ」イザベラがヴィクトリア朝時代の古い傘立て――J＆Jの最初のオフィスに優雅な趣を添えていたもの――にポンと傘を差した。「これからは、わたしが会計と財政管理を担当するわ。だから安心して。あなたはもう厄介な細々したことを心配する必要はない。あなたには、それよりはるかに大事なことがあるもの」

「ミス・バルディーズ、きみはわかってない。ここはふつうの調査会社じゃない」

イザベラがレインコートを脱いで凝ったデザインの錬鉄製のコート掛けにかけた。これもロンドンにおけるJ＆J草創期の遺物だ。

「知ってるわ」イザベラがあっさり答えた。

ファロンは愕然《がくぜん》とした。「どうして知ってるんだ?」

「なぜなら、あなたはふつうの人じゃないからよ」まばゆいばかりの笑顔を見せる。「もう一つデスクを注文したほうがよさそうね。すぐ取りかかるわ」

59

フィリスはサンルームで大きな籐《とう》椅子に腰かけ、そろいのスツールに両足を載せた。片手に朝刊を、反対の手に紅茶のカップを持っている。クロエがサンルームに入ってくると目をあげ、そのあとちらりと姪《めい》のうしろの床に視線を走らせた。

「まあ、まあ」フィリスが言った。無言の満足感が声にこもっている。「彼と恋に落ちたのね?」

「彼となら寝られるのよ、フィリスおばさん」

フィリスは笑い声をあげた。「たいていの場合なら、その台詞《せりふ》はあまり褒められたものじゃないわね。でもあなたの場合は、それがすべてを言い表わしているわ。それで、ミスター・ウィンターズにはいつ会わせてくれるの?」

ジャックがサンルームへやってきた。「今日はどうですか?」サンルームを横切って籐椅子に歩み寄り、片手を差しだす。「ジャック・ウィンターズです。お会いできて光栄です、ミス・ハーパー」

フィリスは頭からつま先までしげしげとジャックを見つめ、それから彼が歩いたばかりの床に目をやった。にっこり微笑んで彼の手を取る。「お近づきになれて嬉しいわ、ジャック。お茶をご一緒できるわね？」

「はい」ジャックが言った。「喜んで」クロエを見てにっこりする。

クロエはドリームライトがサンルームで渦巻いているのがわかった。自分とジャックのあいだで、見えないエネルギーの波がいくつも躍っている。光は強くて揺るぎない。その光がこれから一生自分たちをつないでくれるとクロエにはわかっていた。

「わたしも喜んでいただくわ」クロエは言った。

60

作戦は文句なしの大成功とはいかなかった。ランプはソサエティの金庫に戻り、ふたたび盗みだすのが容易でないのはわかっている。けれど、どうせもう一度危ない橋を渡ったところで意味はない。実験が失敗したのは明らかだ。ラリー・ブラウンは生き延びたが、それはクロエ・ハーパーという例のドリームライト・リーダーが彼にしたことが原因にほかならない。ラリーは二つめの能力が身についた状況を乗りきれなかったはずだ。あるいはもともとの能力が高まった状況ですら。もとからあったなけなしの能力もすべて失っていたに違いない。

結論一：わたしの祖父の仮説は間違っていた。バーニング・ランプは秘薬のかわりにはならない。ウィンターズの超能力DNAを持つ人間にしか効果はないと思われる。

結論二：バーニング・ランプは、能力を高める秘薬の影響を鎮める目的では使用できない。

結論三：ジャック・ウィンターズとクロエ・ハーパーがジムから逃亡した事実から判断すると、ランプにまつわる言い伝えや噂《うわさ》には多少の事実が含まれていると思われる。ランプは一種の超常エネルギー兵器だが、それが持つパワー全体にアクセスできるのはウィンターズの血を引く人間のみの可能性がきわめて高い。

今回の作戦を立てたときは、目的が二つあった。自分の能力を高めるためにも秘薬の影響から守るためにもランプを利用できないとわかったときは失望したが、二つめの目的は達成できた。自分で言うのもなんだが、華々しいかたちで。

ジョン・スティルウェル・ナッシュはこの世から葬り去られた。

唯一悔やまれるのは、ナッシュが事態の皮肉さを知ることなく死んだことだ。彼はみずからの失墜をお膳立てしたのが、自分と同じ先祖——ジョン・スティルウェル——を持つ人間とは思いもしなかっただろう。

超能力を高める実験でみずからの命と遺伝子を危険にさらしたあとで子孫を残したのは、錬金術師のシルベスター・ジョーンズとニコラス・ウィンターズだけではなかった。ヴィクトリア朝末期、ダーウィンが発表した新しい説に心を奪われたわたしの祖先のジョン・スティルウェルは、みずから数件の交配実験を行なった。それから数世代が経過し、わたしとナッシュはいずれも彼の実験の結果だ。

ソサエティから能力を高める秘薬の秘密を盗みだしたのはスティルウェルだった。危険な副作用を恐れ、シルベスターの秘薬を使うことは一度もなかったものの、超能力遺伝子に関する直観的理解を生かし、きわめて能力が高い子孫を残すことに成功した。スティルウェルはわが子が成人に達するまえにゲイブリエル・ジョーンズの手にかかって命を落とした。けれど彼の血統は残った。わたしが生きた証拠だ。

彼女は自分のオフィスの窓辺へ行き、雨に濡れたポートランドの街を見つめた。今朝、ジョン・スティルウェル・ナッシュの上司から、最近空席になったナッシュのポストを継ぐように連絡があった。明日はカスカディア・ドーンのナッシュが使っていたオフィスへ行くことになっている。組織のいまも残っている数少ない秘薬研究室の一つの隠れ蓑になっている事業。

そこからわたしは組織の中枢へ昇っていくのだ。いまや最終目標がはっきり見えている。いずれ時が来れば夜陰の女性支配者になれるだろう。

ドアをノックする音で彼女は振り向いた。

「どうぞ」

ドアがひらいた。ハンフリー・ハルゼイがせかせかとオフィスへ入ってきた。めがねをはずしてごしごし磨いている。

「実験結果に失望しているのはわかっている、ミス・ナイト」ハルゼイが真顔で言った。「だが、あいにく最先端科学にはこういうことがつきものだ。大進歩を遂げるまえには、多くの失敗がある」

「わかってるわ、ドクター・ハルゼイ。ランプに期待どおりの効果がなかったのは残念だった。でも、カスカディア・ドーンの前任者と違い、わたしは科学的プロセスの性質は評価しているし、多少の失敗は受け入れる覚悟がある。これからも協力していきましょう」

ハルゼイがめがねをふくのをやめた。目をぱちくりさせている。

「協力？」

「当然でしょう。あなたはいまやわたしの研究責任者だもの。バーニング・ランプ計画に着手したとき、わたしはあなたに夢の研究に必要な設備が整った施設と資金援助を約束した。その約束を果たすわ」

ハルゼイが喜びで顔を輝かせた。「礼を言う、ミス・ナイト。後悔はさせない」

「後悔はしないわ。なにしろこれまで秘薬にとりつかれた多くの人間と違って、わたしは能力を安定して高める鍵は、夢エネルギーの研究に隠されていると確信しているもの」

「そのとおり」ハルゼイが興奮のおももちで言う。「ミスター・ナッシュに説明しようとしたのはまさにそれだ。だが彼は耳を貸そうとしなかった。秘薬もランプも、夢見状態の潜在エネルギーにアクセスすることによって効果をあげる。だが夢エネルギーは本質的に不安定だ。秘薬でもそれがつねに問題の原因になっている。夢を見るプロセスに関する謎をいくつか解明できるまで、化学的に安定した信頼できる秘薬は提供できない」

彼女はにっこり微笑んだ。「だとすると、おたがいに秘薬を打つほど愚かでなくてよかったわね」

ハルゼイがあざけるように鼻で笑った。「まったくもってそのとおりだ、ミス・ナイト。正直言って、組織のほかの点では一見頭がよさそうな連中が、あんな不安定な薬を熱心に摂取しているのは驚くばかりだ。ばかげている」

二人のどちらも秘薬を摂取していないことは、彼女とハルゼイだけの秘密だった。秘薬に依存した超能力者が運営している組織で、秘薬に束縛されていないことは二人に有利に働いている。だが同時に、それは二人の弱点にもなっていた。もし彼女とハルゼイが秘薬を使っていないことが上層部にばれたら、二人とも命はないだろう。夜陰の幹部会は、メンバー全員が秘薬を用いることにこだわっている。それは究極の人事管理方法、究極の支配方法なのだ。

「わたしたちは仲間よ、ドクター・ハルゼイ」彼女は言った。

「仲間だ」ハルゼイが同意した。

61

二人は結婚式のあと車で北カリフォルニアへ向かい、その遠出をハネムーンにしていた。車は景色のいい海岸線に沿って延びる旧道の高速一〇一号線をたどった。ヘクターは後部座席で可能なかぎり窓から鼻先を突きだしていた。夜は風が吹き渡る感じのいいモーテルに泊まり、イクリプス・ベイという小さな町にあったそのうちの一軒には〈夢の情景〉というふさわしい名前がついていた。

スカーギル・コーブに着いたのは夕方だった。ジョーンズ&ジョーンズのオフィスにはまだ煌々《こうこう》と明かりがついていた。クロエとジャックは食料品が詰まった袋を抱えて階段で二階へあがり、そのすぐうしろをヘクターがついてきた。階段の踊り場でジャックが手をあげると、ノックしないうちにドアがあいた。

戸口にファロンが立ち、まごついた顔で二人を見ていた。

「ジャック」ファロンがクロエに目を向ける。「きみはクロエだな」

「そしてあなたがファロン・ジョーンズね」クロエはにっこり微笑んだ。「あれやこれやがあったあと、ようやく会えて嬉しいわ」

「ここで何をしてる？」ファロンが訊いた。

「ハネムーンよ」クロエは説明した。「通りの先にあるモーテルを予約してあるの」食料品が詰まった袋を見せる。「五時半以降はまともなレストランがあいてないって聞いたから、買い物してきたの。わたしが夕食をつくるわ」

ファロンはまごついたどころではなくなっていた。斧《おの》で殴り倒されたような顔になっている。

「夕食？」その言葉も概念もはじめて知ったように彼がくり返した。「ここで料理するという意味か？」

「そうよ」クロエは言った。「だめ？」

「い、いや」ファロンが眉をしかめた。「だめじゃない」

「キッチンはどこ？」

「一応オフィスの隣りにある」キッチンを探すようにちらりと肩越しに振り返っている。

ジャックが缶ビールの六缶パックを掲げて見せた。「クロエが料理をしているあいだに、二人でビールでも飲まないか？」

ファロンの表情が晴れた。うしろにさがって、ひらいたドアをおさえる。

「いいとも」ファロンが言った。「楽しそうだ」

訳者あとがき

ロマンチック・サスペンスの女王、ジェイン・アン・クレンツが、全精力を投入して取りかかっているアーケイン・ソサエティ・シリーズの新作をお届けします。

このシリーズは、十七世紀に錬金術師のシルベスター・ジョーンズが創設した超能力者集団〝アーケイン・ソサエティ〟を中心に、二つの大陸と二つの時代にまたがってくり広げられます。シルベスターがつくった超能力増強薬の製法を守ろうとするソサエティと、その薬の悪用を画策する謎の組織〝夜陰〟の戦いをめぐるストーリーはスリルとロマンスにあふれ、これまで二見文庫からご紹介した現代アメリカを舞台にした三作（『許される嘘』、『消せない想い』、『楽園に響くソプラノ』）はいずれもご好評をいただきました。

シリーズでありながら、どの作品も単独で充分楽しんでいただけるところがご好評のゆえんと思いますが、ヒロインとヒーローの独特な超能力も毎回大きな読みどころになっています。

本書のヒロイン、クロエ・ハーパーは、夢の痕跡〝ドリームライト〟を感知する能力を備えています。相手の本質を見きわめられるこの能力は、私立探偵をするうえでは大いに役立っていますが、他人が使ったベッドで眠ることはおろか、眠っている人の近くにいることすらできないという大きな欠点がありました。

恋人ができても、絶対に同じベッドで朝を迎えようとしないクロエを理解してもらえるはずもなく、男性との関係はなかなか長続きしません。クロエは結婚を夢見るのはとうにあきらめ、やりがいのある仕事に専念していました。

けれどある依頼人との出会いをきっかけに、クロエの人生は一変します。

彼の名前はジャック・ウィンターズ。三十年以上前に行方不明になった先祖伝来の品、〝バーニング・ランプ〟を探してほしいという依頼でした。それはジャックの祖先で錬金術師だったニコラス・ウィンターズが、十七世紀末につくったものでした。

ニコラスにまつわる言い伝えはクロエも知っていました。

ニコラスとソサエティの創設者であるシルベスター・ジョーンズは、超能力を高める方法を模索するライバル同士でした。そしてシルベスターが現在に至るまでソサエティを悩ませている能力増強薬を発明した一方、ニコラスはバーニング・ランプをつくったのです。

ニコラスはランプを使って新たな超能力を身につけたものの、そのときＤＮＡに変異が起きてしまいました。その変異は男子の子孫にのみ受け継がれ、ウィンターズ家の呪いとなったのです。なにしろ変異が表出した子孫は成長に従って三種類の超能力を備えるようになり、同時に精神に異常をきたすのですから。狂気とはかり知れない能力をあわせもつモンスター。ソサエティがそんな危険な存在を野放しにしておくはずがありません。

ジャックはある事件を発端に、自分がモンスターに変化しつつあると確信していました。言い伝えによれば、ニコラスの呪いを受け継いだウィンターズの男子にとって、モンスターにならないための唯一の希望はバーニング・ランプを手に入れ、ランプに秘められたドリームライトのエネルギーを操れる女性を見つけることだけです。

ジャックがクロエに接触してきた理由は、まさにそれでした。

一族の呪いから逃れようとするジャックと、それに協力するクロエに忍び寄る〝夜陰〟の魔手、強力なパワーが封じこめられたバーニング・ランプの秘密、いつしか惹かれあっていく二人のロマンス、魅力的な脇役として登場するクロエの親戚たちなど、今回も読みごたえたっぷりです。

さらに、これまでのシリーズを楽しんでくださった読者のみなさんには、無愛想で孤独を愛するファロン・ジョーンズに女性の影がちらつくというおまけまでついていて、ファロンのファンにはたまらない作品と言えるでしょう。

本書は〈ドリームライト・トリロジー〉の一作めで、残る二作はバーニング・ランプをめぐる過去と未来の物語になっています。また、二〇〇九年十二月にはアーケイン・ソサエテイ・シリーズ内の新たなトリロジーの一作め“IN TOO DEEP”が刊行され、シリーズの今後の展開がますます期待されます。

二〇一一年一月

ザ・ミステリ・コレクション

夢《ゆめ》を焦《こ》がす炎《ほのお》

著者　ジェイン・アン・クレンツ

訳者　中西和美《なかにしかずみ》

発行所　株式会社 二見書房
東京都千代田区三崎町2-18-11
電話 03(3515)2311 [営業]
03(3515)2313 [編集]
振替 00170-4-2639

印刷　株式会社 堀内印刷所
製本　合資会社 村上製本所

落丁・乱丁本はお取り替えいたします。
定価は、カバーに表示してあります。

ISBN978-4-576-11016-5
http://www.futami.co.jp/